AUFBAU BIBLIOTHEK

Tewje, der Milchmann, lebte Ende des 19. Jahrhunderts in der Nähe der großen Stadt Jehupez (Kiew) im »Jüdischen Ansiedlungsgebiet« Rußlands. Scholem Alejchem (1859–1916) schuf seine liebenswürdige, anrührende Gestalt, der er seinen Weltruhm verdankt, nach einem lebenden Vorbild. Wie sein wirkliches Urbild beliefert der Tewje des Romans die Sommergäste in Bojberik mit Milch, Butter und Käse, ist reich an Töchtern und arm an Geld. Durch einen Zufall glaubt er, sein Glück gemacht zu haben, doch wie der biblische Hiob muß er erleben, daß Gott ihm eine schier endlose Reihe fast unerträglicher Prüfungen auferlegt: Er verliert eine Tochter nach der anderen, seine Frau stirbt, und am Ende soll er auch noch seine Heimat verlassen. Trotz Armut, Erniedrigung und der verschiedensten Schicksalsschläge findet Tewje – wie Hiob – immer wieder Trost und Kraft im Glauben seiner Väter, verliert seinen Humor und sein Gottvertrauen nicht. »Es entstand die Figur des Tewje, ... eine mit niemand anderem zu verwechselnde und dabei im Tiefsten typische Gestalt wie nur je eine unter den bleibenden Werken der Menschheit.« (Max Brod)

Die Kasrilewke-Erzählungen erschienen 1901, sieben Jahre nach »Tewje, der Milchmann«. Auch in ihnen begegnet uns wieder der dem Autor wesenseigene Humor, seine Heiterkeit vor dem Hintergrund der Trauer, sein Lächeln unter Tränen.

Scholem Alejchem

TEWJE, DER MILCHMANN

DER FORTSCHRITT IN KASRILEWKE

und andere Geschichten aus neuerer Zeit

Aus dem Jiddischen
von Alexander Eliasberg und Andrej Jendrusch

Aufbau Taschenbuch Verlag

Titel der Originalausgabe

Tewje der milchiger
Kapitel I–VII aus dem Jiddischen von Alexander Eliasberg,
»Ich bin zu gering« und Kapitel VIII und IX aus dem Jiddischen
von Andrej Jendrusch

Kasrilewke, di schtodt fun die kleinen menschelach
Aus dem Jiddischen von Andrej Jendrusch

ISBN 3-7466-6078-5
1. Auflage 2000

© Aufbau Taschenbuch Verlag GmbH, Berlin 2000
Der Fortschritt in Kasrilewke © Buchverlag Der Morgen, Berlin 1990
Umschlaggestaltung Torsten Lemme
nach einem Gestaltungskonzept von Andreas Heilmann, Hamburg
unter Verwendung eines freigestellten Porträts, Ullstein Bilderdienst
Druck Ebner Ulm
Printed in Germany

www.aufbau-taschenbuch.de

Scholem Alejchem (rechts) und Dr. J. Eljaschov

TEWJE, DER MILCHMANN

ICH BIN ZU GERING

Ein Brief von Tewje, dem Milchmann, an den Autor
geschrieben 1895

Meinem hochverehrten, geliebten, teuren Freund Reb Scholem Alejchem, Gott schenke Euch Verdienst und Wohlergehen samt Eurem Weib und Euren Kindern. Freude sei euch beschieden, wo Ihr geht und steht, auf all Euren Wegen, amen!

»Ich bin zu gering!« möchte ich ausrufen, wie unser Erzvater Jakob im Abschnitt *Darauf sandte er* sagte, als er sich – es sei zwischen beiden wohl unterschieden – gegen Esau wandte.

Und wenn dieser Vergleich womöglich nicht ganz am Platze ist, so bitte ich Euch, Reb Scholem Alejchem, nehmt es mir nicht übel, ich bin nur eine einfacher Mensch, Ihr wißt so viel mehr als ich – was gibt es da groß zu reden? In einem Dorf ist man lebendig begraben, wer hat da schon Zeit in ein heiliges Buch zu schauen oder einen Bibelabschnitt samt Raschi zu studieren? Ein Glück noch, daß im Sommer die Jehupezer Reichen nach Bojberik auf ihre Datschen fahren, dann trifft man auch mal auf einen gebildeten Menschen und hört ein kluges Wort. Ihr könnt mir glauben, daß ich oft an jene Tage zurückdenke, als Ihr neben mir im Wald saßet und meinen närrischen Erzählungen gelauscht habt. Das ist für mich ebenso, als würde ich wer weiß wieviel Geld einnehmen! Ich weiß nicht, womit ich es verdient habe, daß Ihr Euch mit mir kleinem Menschlein abgabt, mir Briefe schicktet und meinen Namen auf ein Buch gesetzt habt. Ihr habt ja aus mir einen regelrechten Festtagsschmaus gemacht, so als wäre ich wer weiß wer. Wie sollte ich da nicht sagen: *»Ich bin zu gering!«* Freilich, ich war Euch immer ein guter Freund, möge mir Gott nur den hundertsten Teil dessen bescheren, was ich Euch wünsche! Ihr habt ja, denke ich, mit eigenen Augen gesehen, wie ich Euch treu zu Diensten war in den guten Jahren, als Ihr noch in der großen Datsche wohntet – erinnert Ihr Euch? Damals habe

9

ich Euch eine Kuh für einen halben Hunderter verkauft, die unter Brüdern gut und gern ihre fünfundfünfzig wert war! Und daß sie Euch am dritten Tage starb, ist ja wirklich nicht meine Schuld. Nun ja, die zweite Kuh, die ich Euch besorgt habe, ist auch gestorben … Aber Ihr wißt ja selbst nur zu gut, wie mich das damals mitgenommen hat; ich war ganz außer mir! Denkt Ihr, ich wüßte das nicht mehr? Und so wünsche ich Euch denn nur das Schönste und Beste, möge mir Gott beistehen im neuen Jahr und Euch auch, auf das alles mit seiner Hilfe so wird, wie man sagt: *Er erneuere unsere Tage wie in alter Zeit …*

Und mir möge Gott bei meinem Broterwerb helfen, damit wir, ich und mein Pferd – es sei zwischen uns beiden wohl unterschieden – gesund bleiben und meine Kühe so viel Milch geben, daß ich Euch auch weiterhin auf beste Art mit meinem Käse und meiner Butter beliefern kann, Euch und alle Jehupezer Reichen, Gott schenke ihnen Glück und Segen, Wohlstand und Freude. Und auch für Eure Mühe und für die Ehre, die Ihr mir mit Eurem Büchlein erweist, sage ich Euch nochmals: »*Ich bin zu gering!*« Womit habe ich eine solche Auszeichnung verdient, daß alle Welt plötzlich erfährt: hier in Bojberik unweit von Anatewke lebt ein Jude, den man Tewje, den Milchmann, nennt? Aber Ihr wißt natürlich selbst, was Ihr tut, ich brauche Euch keinen Verstand zu lehren, und auch wie Ihr schreibt, das wißt Ihr ganz allein, und was das übrige anbelangt, da verlasse ich mich auf Euren edlen Charakter. Daß Ihr dort in Jehupez alles tut, damit von dem Büchlein auch etwas für mich abfällt, ein kleiner Verdienst. Das habe ich gerade jetzt, so wahr ich lebe, besonders nötig, denn ich rechne, mit Gottes Hilfe, schon bald damit, eine Tochter zu verheiraten; und wenn Gott, wie Ihr sagt, mir das Leben versüßen will, dann sogar zwei auf einen Schlag… Lebt mir derweil wohl und seid stets glücklich, das wünscht Euch von ganzem Herzen Euer bester Freund

Tewje

Ach, das Wichtigste hätte ich fast vergessen! Wenn das Büchlein erscheint und Ihr mir etwas Geld schicken wollt, seid doch so gut und schickt es nach Anatewke, an die Adresse des

Schächters. Ich begehe dort im Winterhalbjahr zwei Gedenk-
tage: einmal im Spätherbst nach Erntedank, das zweite Mal um
Neujahr herum – dann weile ich in der Stadt. Einfache Briefchen aber könnt Ihr auch zu mir nach Bojberik senden,
schreibt einfach in Russisch darauf: Abzugeben bei Herrn Tewje,
dem Milchjuden.

I. DER HAUPTTREFFER

Eine wunderliche Geschichte, wie Tewje, der an Geld arm, doch mit Kindern gesegnet war, sein Glück machte durch einen seltsamen Zufall, von dem es sich lohnt zu berichten. Von ihm selbst erzählt.

Er richtet den Geringen auf aus dem Staube und erhöhet den Armen aus dem Kot. (Psalm 113,7)

Wenn einem der Haupttreffer beschert ist, hört Ihr, Reb Scholem Alejchem, so kommt er zu einem ganz von selbst ins Haus, wie es in den Psalmen heißt: *Vorzusingen auf der Gittith*: – wenn man Glück hat, so kommt es von allen Seiten gelaufen; und es gehört gar kein Verstand und keine Tüchtigkeit dazu. Wenn man aber, Gott behüte, kein Glück hat, so kann man reden, bis man zerspringt, und es wird nützen wie der vorjährige Schnee. Wie sagt man doch: »Es gibt keine Weisheit und keinen Rat gegen ein schlechtes Pferd.« Der Mensch arbeitet, der Mensch plagt sich ab und ist nahe daran, auf alle Feinde Zions sei es gesagt, sich hinzulegen und zu sterben! Und plötzlich kommt, man weiß nicht woher, von allen Seiten lauter Glück und Erfolg, wie es im Buche Esther steht: *Hilfe und Errettung kommen den Juden*. Ich brauche es Euch wohl nicht zu übersetzen, doch der Sinn dieser Stelle ist, daß der Mensch, solange seine Seele in ihm ist, Gottvertrauen haben muß. Das habe ich am eigenen Leibe erfahren, wie der Ewige mich geleitet hat und wie ich zu meinem jetzigen Beruf gekommen bin: denn wie komme ich dazu, Käse und Butter zu verkaufen, wo die Großmutter meiner Großmutter niemals mit Milchwaren gehandelt hat? Es lohnt sich wirklich, die ganze Geschichte vom Anfang bis zum Ende anzuhören. Ich werde mich für eine Weile hier neben Euch ins Gras setzen, und mein Pferdchen soll inzwischen etwas kauen, wie wir es im Morgengebet sagen: *Die Seele aller Lebenden preiset den Herrn*. Und das Pferdchen ist ja auch ein Geschöpf Gottes!

Kurz und gut, es war so um die Schwuoszeit herum, das heißt: ich will nicht lügen, es war eine oder zwei Wochen vor Schwuos, und vielleicht auch ein paar Wochen nach Schwuos. Vergeßt nicht, es ist schon – ich will es Euch ganz genau sagen – ein Jahr mit einem Mittwoch her, das heißt, es sind genau neun Jahre, vielleicht auch zehn und vielleicht auch etwas mehr. Ich war damals gar nicht der Tewje, wie Ihr mich jetzt seht; das heißt, eigentlich war ich derselbe Tewje und doch ein anderer. Was heißt das? Nun, ich war damals ein siebenfacher Bettler. Die Wahrheit zu sagen, bin ich ja auch jetzt kein reicher Mann: was mir dazu fehlt, um so reich wie Brodski zu sein, können wir uns beide wünschen, in diesem Sommer bis nach Sukkoth zu verdienen. Aber immerhin, im Vergleich mit damals bin ich heute ein reicher Mann, der ein eigenes Pferd und einen eigenen Wagen hat und auch, unberufen, ein paar Kühe, die sich melken lassen und von denen die eine bald kalben muß. Ich will nicht mit den Lippen sündigen: ich habe alle Tage frischen Käse und Butter und Sahne, und alles ist mit eigenen Händen erarbeitet, denn wir arbeiten alle, und niemand sitzt müßig: mein Weib, sie soll leben, melkt die Kühe, die Kinder schleppen die Milchkannen, machen Butter, und ich selbst, wie Ihr mich da seht, fahre jeden Morgen auf den Markt hinaus; gehe durch Bojberik von einer Sommerwohnung zur anderen und komme auch manchmal mit Menschen zusammen, sogar mit den vornehmsten Herren aus Jehupez. Und wenn man so unter Menschen kommt und mit Menschen spricht, so fühlt man, daß man auch selbst ein Mensch auf der Welt ist und kein hinkender Schneider. Und vom Sabbat gar nicht zu reden: am Sabbat bin ich ein König. Da schaue ich in ein jüdisches Buch hinein, ich nehme den Wochenabschnitt durch, lese ein wenig im Targum, in den Psalmen, in den Sprüchen der Väter usw. Ihr schaut mich an, Reb Scholem Alejchem, und denkt Euch wohl in Eurem Herzen: Dieser Tewje ist doch wirklich ein Mensch, welcher ...

Kurz und gut, was wollte ich erzählen? Ja, ich war also damals, mit Gottes Hilfe, ein elender Bettler, starb, auf keinen Juden sei es gedacht, mit Weib und Kindern dreimal am Tage vor Hunger, arbeitete wie ein Esel, schleppte Baumklötze aus dem Walde zur Bahn, ganze Wagenladungen Baumklötze, und bekam dafür, nehmt daran keinen Anstoß, dreißig Kopeken den Tag; und selbst diesen Verdienst hatte ich nicht alle Tage. Und mit diesem Geld mußte ich, unberufen, eine ganze Stube voll hungriger Mäuler aushalten, und, es sei zwischen den Menschen und dem Vieh wohl unterschieden, auch ein Pferd, das sich gar nicht darum kümmert, was Raschi dazu sagt, sondern den ganzen Tag ganz ohne Grund kauen will. Was tut aber Gott? Er ist doch, wie man sagt, ein Ernährer und Erhalter und regiert die Welt klug und weise. Und wie er sieht, daß ich mich wegen eines Bissens Brot so abquäle, sagt er zu mir: »Du meinst wohl, Tewje, daß du am Ende angelangt bist und daß der Himmel über dir eingestürzt ist? Nein, Tewje, du bist ein Narr! Bald wirst du sehen, daß Gott, wenn er will, dein Schicksal in einem Augenblick umwenden kann, so daß es bei dir in allen Winkeln leuchten wird!« Wie wir es auch am Rosch-Haschanah im Gebet »Unessane Tojkef« sagen: *Im Himmel wird bestimmt, wer erhöht und wer erniedrigt werden soll*, wer fahren und wer zu Fuß gehen wird. Die Hauptsache ist aber Gottvertrauen: der Jude muß hoffen und immer hoffen! Und wenn er dabei zugrunde geht? Nun, dazu sind wir ja eben Juden auf der Welt, und es steht geschrieben: *Du hast uns erwählt vor allen Völkern*, und nicht umsonst beneidet uns die ganze Welt … Ja, warum sage ich das alles? Ich sage es, weil ich Euch erzählen will, wie Gott mich geleitet hat, was für Wunder und Zeichen er an mir getan hat, und Ihr könnt mir wirklich zuhören.

Ich fahre eines Tages im Sommer durch den Wald, ich fahre nach Hause, mit leerem Wagen. Ich halte den Kopf gesenkt, und die Welt ist mir wüst und finster. Mein Pferdchen, nebbich, bewegt kaum die Beine, will nicht schneller laufen, und wenn ich es auch totschlage. »Laß dich«, sage ich, »zusammen mit mir begraben! Auch du sollst einmal wissen, was ein Fasttag an einem langen Sommertag bedeutet, wenn du schon einmal bei Tewje als Pferd angestellt bist!« Ringsumher ist es still, jeder Peitschenknall hallt im Walde wider. Die Sonne geht gerade unter, der Tag liegt in den letzten Zügen; die Schatten der Bäume werden so lang wie der jüdische Golus; es wird dunkel, und trübe Gedanken ziehen mir durch den Kopf, Gestalten längst verstorbener Menschen tauchen vor mir auf und gemahnen mich an mein Heim. Ach und weh ist mir! In der Stube ist es finster, und meine Kinder, gesund sollen sie sein, sind nackt und barfuß und schauen nach ihrem unglücklichen Vater aus, ob er ihnen vielleicht ein frisches Brot mitbringt oder gar eine Semmel. Und sie, meine Alte, brummt, wie ein Weib eben brummen kann: »Kinder muß ich dir gebären, und gleich sieben Stück! Gott möchte mich für die sündigen Worte nicht strafen, aber erwürge deine Kinder oder wirf sie in den Fluß!« Wie glaubt Ihr: ist es angenehm, solche Worte zu hören? Man ist aber doch nur ein Mensch, ein Geschöpf aus Fleisch und Blut! Mit Worten kann man sich den Magen nicht vollstopfen, und wenn ich ein Stück Hering heruntergewürgt habe, will ich gerne einen Schluck Tee trinken. Und zum Tee braucht man ein Stück Zucker, und den Zucker hat Brodski und nicht ich. »Ohne Brot«, pflegt mein Weib, sie soll leben, zu sagen, »kann man noch auskommen, und der Magen kann das verzeihen. Doch ohne Tee«, sagt sie, »bin ich am Morgen wie tot, denn das Kind«, sagt sie, »saugt aus mir in der Nacht alle Kräfte heraus!« Und man ist doch ein Jude und muß das Abendgebet verrichten. Das Gebet ist zwar, wie man sagt, keine Ziege und läuft einem nicht davon, aber beten muß man doch. Stellt Euch aber vor, was das für ein schönes Beten ist: gerade wie ich mich hinstelle, um das Achtzehngebet zu sprechen, brennt mir der Gaul, wohl vom Satan angestiftet, durch, und ich muß ihm nachlaufen, fest die Zügel anziehen und dabei singen: »*Gott Abrahams, Gott Isaaks, Gott Jakobs!*« Es ist wirklich ein schönes Beten! Und ich habe ausgerechnet an diesem Abend Lust, mit besonderer Inbrunst und recht schön zu beten, denn es scheint mir, daß das Gebet mir das Herz erleichtern kann.

Ich laufe also dem Wagen nach und spreche dabei das Gebet der Achtzehn Segenssprüche recht laut mit der richtigen Melodie, wie man es in der Schule – sie sei vom Walde wohl unterschieden! – vor dem Vorbeterpult singt: »*Er versorgt alle Lebewesen*«, singe ich, »*mit Gnade und bewährt seine Treue den im Staube Liegenden*« – und sogar denen, die unter der Erde liegen und aus Lehm Beugel backen. Ach, denke ich mir, liege ich nicht tief in der Erde? Ach, geht es mir schlecht! Und nicht wie jenen Leuten, den Reichen von Jehupez, die den ganzen Sommer in Bojberik sitzen, gut essen und trinken und in allem Guten baden. Ach, du Schöpfer der Welt, womit habe ich das verdient? Ich bin doch der gleiche Mensch wie die anderen Juden! Gott, habe doch ein Einsehen! »*Sieh unser Elend*«, singe ich weiter, »*schau nur, wie wir uns abplagen, und nimm dich der armen Menschen an*«, denn wer soll sich ihrer annehmen, wenn nicht du? »*Heile uns, daß wir genesen*, und schicke uns nur die Arznei, denn die Wunden haben wir schon von selbst. *Segne uns dieses Jahr mit allen Arten seines Ertrages*«, das heißt mit Korn und Weizen und Gerste, obwohl ich eigentlich gar nicht weiß, was ich das brauche! Und was geht es mein Pferdchen an – es sei von mir wohl unterschieden! –, ob der Hafer teuer oder billig wird? So oder so – es bekommt doch niemals Hafer zu sehen! Aber Gott darf man mit solchen Fragen nicht kommen; am allerwenigsten darf es der Jude. Er muß alles als gut hinnehmen und zu allem sagen: »*Auch dies ist zu meinem Besten*, denn so will es wohl Gott. *Und den Lästerern*«, singe ich weiter, »*sei keine Hoffnung, denn Gott zerbricht die Feinde und vernichtet die Übermütigen …*« Die Aristokraten, die da sagen, es gäbe keinen Gott auf der Welt, werden schön aussehen, wenn sie ins Jenseits kommen; dort werden sie es mit Zinseszinsen auskosten, denn Gott ist ein guter Zahler und läßt mit sich nicht spaßen. Man darf ihn nur anflehen und zu ihm schreien: »*Barmherziger Vater, höre unsere Stimmen, schone uns und erbarme dich unser*, erbarme dich meines Weibes und meiner Kinder, denn sie haben, nebbich, Hunger. *Bewillige deinem Volk Israel*«, singe ich, »*wie einst den Tempel*, und die Priester und die Leviten …« Und plötzlich – halt! Das Pferdchen ist stehengeblieben.

Ich spreche schnell die Achtzehn Segenssprüche zu Ende, hebe die Augen und sehe: zwei Gestalten kommen mir aus dem Walde entgegen. Sie sehen merkwürdig aus und sind gar sonderbar gekleidet. Mein erster Gedanke ist: Räuber! Ich sage mir aber sofort: Pfui, Tewje, bist du ein Narr! Du fährst schon seit so vielen Jahren im Walde herum, bei Tag und bei Nacht, und hast doch noch niemals einen Räuber gesehen. Was fallen dir plötzlich heute Räuber ein? »Hui!« sage ich zum Pferdchen und ziehe ihm ein paar über, als ob das Ganze mich gar nicht anginge.

»Reb Jude! Hört doch, Reb Vetter!« schreit zu mir das eine der beiden Geschöpfe und winkt mir mit einem Tuche. »Bleibt doch einen Augenblick stehen, wartet ein Weilchen! Rennt nicht davon! Es wird Euch, Gott bewahre, gar nichts geschehen!«

Aha! Ein böser Geist! denke ich mir und sage gleich darauf zu mir selbst: »Rindvieh in Gestalt eines Pferdes! Was fallen dir plötzlich böse Geister und Teufel ein?« Ich lasse mein Pferdchen halten und sehe mir die beiden Geschöpfe genauer an: es sind zwei Frauenzimmer. Die eine, die ältere, hat ein seidenes Tuch auf dem Kopfe, die andere ist jünger und trägt eine Perücke. Beide haben feuerrote Gesichter und sind verschwitzt.

»Guten Abend! Willkommen!« sage ich zu ihnen sehr laut und tue so, als ob es mir lustig zumute wäre. »Was ist Euer Begehr? Wenn Ihr etwas kaufen wollt, so werdet Ihr bei mir nichts finden, höchstens Bauchweh, auf die Köpfe meiner Feinde sei es gesagt! Oder eine volle Woche Herzkrämpfe oder etwas Kopfweh, trockene Schmerzen, nasse Plagen, heisere Wehen?«

»Beruhigt Euch!« sagen sie mir. »Sieh nur, wie er ins Zeug gekommen ist! Wenn man so einem Juden auch nur ein einziges Wort sagt, ist man seines Lebens nicht mehr sicher! Wir wollen«, sagen sie, »gar nichts kaufen. Wir wollen Euch nur fragen, ob Ihr uns vielleicht sagen könnt, wo der Weg nach Bojberik ist?«

»Nach Bojberik?« sage ich und fange zu lachen an. »Es ist genau so«, sage ich, »wie wenn Ihr mich fragen würdet, ob ich weiß, daß ich Tewje heiße.«

»So?« sagen sie. »Ihr heißt Tewje? Guten Abend, Reb Tewje! Wir verstehen gar nicht«, sagen sie, »warum Ihr lacht! Wir sind hier fremd, wir sind aus Jehupez und wohnen in Bojberik in der Sommerfrische. Wir sind«, sagen sie, »für einen Augenblick ausgegangen, um ein wenig spazierenzugehen, und irren jetzt in diesem Walde seit heute früh herum. Wir haben uns verirrt und können den Weg nicht finden. Da hörten wir«, sagen sie, »daß jemand im Walde singt, und wir glaubten anfangs, es sei, Gott behüte, ein Räuber. Als wir aber«, sagten sie, »sahen, daß Ihr ein Jude seid, wurde es uns etwas leichter zumute. Versteht Ihr es jetzt?«

»Ha-ha-ha! Ein schöner Räuber!« sage ich. »Habt Ihr einmal die Geschichte vom jüdischen Räuber gehört«, sage ich, »der einen Wanderer überfiel und ihn um eine Prise Tabak bat? Wenn Ihr wollt«, sage ich, »kann ich Euch die Geschichte erzählen.«

»Die Geschichte«, sagen sie, »wollen wir lieber ein anderes Mal hören. Jetzt zeigt uns lieber den Weg nach Bojberik!«

»Nach Bojberik?« sage ich. »Herr Gott! Das ist ja der richtige Weg nach Bojberik! Ihr mögt wollen oder nicht«, sage ich, »Ihr müßt auf diesem Wege nach Bojberik kommen!«

»Warum habt Ihr bisher geschwiegen?«

»Sollte ich denn schreien?«

»Wenn es sich so verhält«, sagen sie, »so wißt Ihr vielleicht auch, wie weit es noch nach Bojberik ist?«

»Nach Bojberik«, sage ich, »ist es nicht weit, es sind nur einige Werst. Das heißt«, sage ich, »es sind fünf bis sechs Werst oder sieben oder vielleicht auch volle acht.«

»Acht Werst!« schrien beide Weiber zugleich. Sie rangen die Hände und fingen beinahe zu weinen an. »Herr Gott, was redet Ihr? Wißt Ihr auch, was Ihr redet? Es ist doch keine Kleinigkeit – acht Werst!«

»Nun«, sage ich, »was soll ich dagegen machen? Wenn das von mir abhinge, hätte ich den Weg ein wenig kürzer gemacht. Der Mensch«, sage ich, »muß auf der Welt alles ausprobieren. Es kommt vor«, sage ich, »daß man sich durch den Schmutz bergauf schleppen muß, und es ist kurz vor Sabbatanbruch, der Regen peitscht ins Gesicht, die Hände zittern, das Herz ist matt, und da bricht auch noch eine Achse ...«

»Ihr redet wie ein Verrückter«, sagen sie. »Ihr seid wohl gar nicht recht bei Sinnen! Was erzählt Ihr uns für lange Geschichten, Märchen aus TausendundeinerNacht? Wir haben keine Kraft mehr, die Beine zu bewegen, wir haben heute den ganzen Tag außer einem Glas Kaffee und einer Buttersemmel nichts im Munde gehabt, und da kommt Ihr und erzählt uns solche Geschichten!«

»Wenn es sich so verhält«, sage ich, »so ist es was anderes. Wie sagt man doch: Kein Tanz geht vor dem Essen. Ich weiß ganz gut, wie der Hunger schmeckt, und Ihr braucht es mir nicht zu erklären. Es ist wohl möglich«, sage ich, »daß ich Kaffee und Buttersemmeln seit einem Jahre nicht mehr gesehen habe ...« Und wie ich das sage, sehe ich vor mir ein Glas heißen Kaffee mit Milch und eine frische Buttersemmel und noch andere gute Sachen. »Unglücksmensch!« sage ich zu mir, »bist du denn mit Kaffee und Buttersemmeln großgezogen worden? Bist du krank, ein Stück Schwarzbrot mit Hering zu essen?« Doch der böse Trieb, nicht gedacht soll seiner werden, hält mir wie zum Trotz den Kaffee und die Buttersemmel vor die Nase, und ich spüre den Geruch vom Kaffee und den Geschmack der Buttersemmel, der frischen, wohlschmeckenden Buttersemmel, die die Seele erquickt!

18

»Wißt Ihr was, Reb Tewje?« sagen zu mir beide Weiber. »Es wäre vielleicht gar nicht so dumm, wenn wir, wie wir hier stehen, zu Euch in den Wagen steigen und Ihr die Mühe auf Euch nehmt und uns, mit Verlaub zu sagen, nach Hause, nach Bojberik bringt? Was werdet Ihr dazu sagen?«

»Der Vorschlag ist jetzt ebenso angebracht«, sage ich, »wie der Vers, daß das Leben einem zerbrochenen Topf gleicht: ich komme aus Bojberik, und Ihr wollt nach Bojberik! Wie kommt die Katze über das Wasser?«

»Nun, was ist denn dabei?« sagen sie. »Wißt Ihr denn nicht, was man in einem solchen Falle tut? Ein gelehrter Mann findet Rat: er wendet den Wagen und fährt zurück. Habt nur keine Angst, Reb Tewje«, sagen sie, »Ihr könnt sicher sein: wenn Ihr uns, so Gott will, wohlbehalten nach Hause bringt, wünschen wir uns soviel Kränke, wieviel Ihr an der Sache draufzahlt!«

Sie reden auf Aramäisch, denke ich mir, es ist keine gewöhnliche Menschensprache! Und es kommen mir in den Sinn Gespenster, Hexen, böse Geister, die Cholera. Narr, Sohn eines Spechts! denke ich mir. Was stehst du wie ein Pflock da? Spring in den Wagen, zeige deinem Pferde die Peitsche und entflieh! Doch gegen meinen Willen, es ist wohl ein Werk des Teufels, kommen mir aus dem Munde die Worte: »Steigt in den Wagen!«

Als die Weiber dies hörten, ließen sie sich nicht lange bitten und sprangen schnell in den Wagen. Ich setzte mich auf den Bock, wendete den Wagen um und zog dem Pferdchen ein paar über: eins, zwei, drei, vorwärts! Aber es hört auf mich wie auf den gestrigen Tag! Es will sich nicht vom Fleck rühren, und wenn ich es auch in Stücke schneide. So, denke ich mir, nun verstehe ich schon, was es für Weiber sind ... Der Teufel hat mich verführt, mitten im Walde zu halten und mich mit den Weibern in Gespräche einzulassen! ... Stellt Euch nur vor: einerseits bin ich im Walde, und es ist so unheimlich still, und die Nacht bricht an, und andererseits habe ich diese beiden Geschöpfe, sozusagen Weibsbilder, bei mir ... Meine Einbildungskraft ist so recht im Zuge und spielt auf allen Saiten, und mir fällt die Geschichte von dem Fuhrmann ein, der einmal ganz allein durch den Wald fuhr und auf der Landstraße einen Sack Hafer liegen sah. Als der Fuhrmann den Sack Hafer sah, war er nicht faul, sprang vom Wagen, lud sich den Sack Hafer auf den Buckel, nahm alle seine Kräfte zusammen, schleppte den Sack Hafer zum Wagen und fuhr weiter. Wie er eine Werst gefahren ist, sieht er sich nach dem Sack Hafer um: weg ist der Sack, weg ist der Hafer, eine Ziege liegt in seinem Wagen, eine Ziege mit einem Bärtchen. Er will sie anrühren, da zeigt sie ihm die Zunge, die eine Elle lang ist, lacht wild auf und verschwindet.

»Warum fahrt Ihr noch nicht?« sagen zu mir die Weiber.

»Warum ich noch nicht fahre? Ihr seht doch«, sage ich, »warum: mein Pferdchen will nicht, es ist nicht in der Stimmung.«

»Zieht ihm doch ein paar mit der Peitsche über«, sagen sie. »Ihr habt doch eine Peitsche!«

»Ich danke Euch«, sage ich, »für den Rat, es ist gut, daß Ihr mich daran erinnert habt. Leider hat aber mein Pferd vor solchen Dingen keine Angst. Es ist die Peitsche schon so gewohnt wie ich die Armut«, sage ich zu ihnen wie im Scherz, während ich wie im Fieber zittere.

Kurz und gut, was soll ich Euch lange damit aufhalten, ich ließ meine ganze Erbitterung an dem Pferdchen aus. Ich schlug es so lange, bis es mit Gottes Hilfe die Beine rührte. *Und sie zogen aus von Raphidim ...* So fuhren wir durch den Wald auf dem Wege nach Bojberik. Und wie wir so fahren, kommt mir ein neuer Gedanke in den Sinn: Ach, Tewje, bist du ein Esel! Die Fallsucht komme über dich! Du warst ein Bettler und bleibst ein Bettler. Was heißt das? Da schickt dir Gott eine solche Begegnung, wie man sie einmal in hundert Jahren erlebt. Warum machst du nicht im voraus aus, was du dafür zu bekommen hast? Von welchem Gesichtspunkte du die Sache auch betrachtest, vom Gesichtspunkte des Gewissens oder der Menschlichkeit, des göttlichen oder des menschlichen Gesetzes, oder ich weiß selbst nicht von welchem Gesichtspunkte, so ist es wirklich kein Verbrechen, wenn du bei einer solchen Gelegenheit etwas verdienst. Warum sollst du den Knochen nicht ablecken, wenn du ihn gefunden hast? Laß dein Pferd halten, du Rindvieh, und sage ihnen soundso, wie Jakob zu Laban gesagt hat: *Es geht um Rahel, deine jüngere Tochter!* Habt Ihr bei Euch soundso viel, so ist es gut; und wenn nicht, so nehmt es mir nicht übel und steigt aus dem Wagen! Gleich darauf sage ich mir aber: Du bist doch wirklich ein Rindvieh, Tewje! Weißt du denn nicht, daß man das Fell des Bären im Walde noch nicht verkaufen darf?

»Warum fahrt Ihr nicht ein wenig schneller?« sagen die Weiber und stoßen mich in den Rücken.

»Habt Ihr denn«, sage ich, »keine Zeit? Übereilung«, sage ich, »führt zu nichts Gutem!« Ich schaue meine Fahrgäste an: sie sehen wirklich wie Weibsbilder aus; die eine hat ein seidenes Tuch auf dem Kopfe und die andere eine Perücke; so sitzen sie da, schauen einander an und tuscheln miteinander.

»Ist es noch weit?« fragen sie mich.

»Näher als von hier«, sage ich, »ist es ganz gewiß nicht. Bald«, sage ich, »geht es bergauf, dann bergab, und dann«, sage ich, »geht es wieder bergauf und wieder bergab, und erst dann«, sage ich, »kommt der große Berg. Den müßten wir hinauf und wieder hinunter, und von dort geht schon ein ebener Weg bis nach Bojberik …«

»Ein Unglücksmensch!« sagte die eine zu der anderen.

»Die Cholera!« sagt die andere.

»Ein Sieb voller Elend!« sagt wieder die erste.

»Mir scheint, er ist einfach verrückt!« sagt wieder die andere.

Natürlich bin ich verrückt, denke ich mir, wenn ich mich so an der Nase herumführen lasse!

»Wo soll ich Euch abwerfen, meine werten Damen?« sage ich zu ihnen.

»Was heißt«, sagen sie, »abwerfen? Was wollt Ihr damit sagen?«

»Es ist nur so ein Ausdruck«, sage ich, »aus der Fuhrmannssprache! In gewöhnlicher Menschensprache heißt das: wo soll ich Euch hinbringen, wenn wir«, sage ich, »mit Gottes Hilfe, heil und gesund und wenn der Herr uns am Leben erhält, nach Bojberik kommen? Es heißt ja: lieber zweimal fragen als einmal irregehen!«

»Ach so, das wollt Ihr wissen! Ihr werdet«, sagen sie, »so gut sein und uns zu der grünen Villa bringen, die am Flusse jenseits des Waldes steht. Kennt Ihr sie?«

»Warum soll ich sie nicht kennen?« sage ich. »Ich bin doch in Bojberik wie zu Hause. Ich möchte so viele Tausende verdienen«, sage ich, »wieviel Baumklötze ich schon hingebracht habe. Bei der grünen Villa«, sage ich, »habe ich erst im vorigen Sommer zwei Kubikklafter Brennholz abgeladen. Damals wohnte dort ein reicher Mann aus Jehupez, ein Millionär, ein Mann, der vielleicht hunderttausend oder gar zweihunderttausend Rubel hat!«

»Er wohnt auch heuer da«, sagen die beiden Weiber. Sie schauen einander wieder an, tuscheln und lachen.

»Halt!« sage ich; »wenn die Schmerzen der Schwangerschaft wirklich so groß sind, so darf ich doch annehmen, daß Ihr in irgendwelcher Beziehung zu ihm steht. Es wäre vielleicht gar nicht so dumm«, sage ich, »wenn Ihr Euch bemühen wolltet, bei ihm ein Wörtchen für mich einzulegen, daß er mir Arbeit oder eine Stelle verschafft, oder ich weiß selbst nicht, was. Ich kenne«, sage ich, »einen jungen Mann, Ißroel heißt er und wohnte nicht weit von unserem Städtchen. Ein großer Taugenichts war er, aber er machte, kein Mensch weiß wie, seinen Weg. Heute ist er ein einflußreicher Mensch, verdient vielleicht zwanzig Rubel die Woche und vielleicht gar vierzig – was weiß ich? Andere Leute haben Glück! Was wäre, zum Beispiel, aus dem Schwiegersohne unseres Schächters geworden, wenn er nicht nach Jehupez gekommen wäre? Allerdings ging es ihm dort in den ersten paar Jahren sehr schlecht, und er starb beinahe vor Hunger. Aber jetzt – auf mich sei es gesagt, wenn er nur keinen Schaden davon hat! Er ist schon so weit, daß er Geld nach Hause schickt und sein Weib mit den Kindern zu sich nach Jehupez kommen lassen will. Er hat aber kein Wohnrecht in Jehupez. Werdet Ihr doch fragen: Also wie wohnt er dort? Nun, er quält sich eben ab … Ich sage ja immer«, sage ich, »wenn man lebt, kann man manches erleben. Da ist ja auch schon«, sage ich, »der Fluß und da ist die grüne Villa!« So sage ich und fahre nobel und mit großem Gepolter vor die Villa, so daß die Deichsel beinahe in die Veranda hineinstößt.

Wie man uns sah, gab es gleich Freude und Jubel, einen Lärm und ein Geschrei: »Gott, da ist ja die Großmutter! … Die Mutter! … Tante! … Da seid ihr ja endlich! Gratuliere! … Gott, wo seid ihr gewesen? Den ganzen Tag waren wir ohne Kopf … Überallhin haben wir Reiter ausgeschickt … Wir glaubten schon, Wölfe hätten euch zerrissen … Oder, Gott bewahre, Räuber hätten euch überfallen … Was ist denn passiert?«

»Es ist etwas sehr Schönes passiert: wir haben uns im Walde

verirrt, haben uns vielleicht zehn Werst vom Hause entfernt ...
Plötzlich sehen wir einen Juden ...« – »Was für einen Juden?« –
»Einen Unglücksmenschen mit einem Pferd und einem Wagen ...
Mit Mühe und Not ließ er sich bewegen, uns mitzunehmen! ...
Es war entsetzlich!« – »Ganz allein, ohne Begleitung?« – »Das
war eine Geschichte, man muß Gott danken ...«

Kurz und gut, man brachte auf die Veranda Lampen, deckte
den Tisch und schleppte Samowars herbei, Teekannen, Zucker,
Eingemachtes, feines Gebäck, frisches Buttergebäck und allerlei
Speisen, die teuersten Gerichte, fette Suppen, Braten, Gänsernes,
die besten Weine und die feinsten Liköre. Ich stehe abseits und
sehe zu, wie die Reichen von Jehupez, unberufen, essen und trinken. Man soll seine letzte Habe versetzen, denke ich mir, und ein
reicher Mann werden! Mir scheint, daß das, was hier vom Tische
fällt, meinen Kindern für eine ganze Woche bis zum Sabbat genügen würde. Lieber Gott! Es heißt ja, daß du ein guter und großer
Gott bist – warum bekommt dann der eine alles und der andere
nichts? Warum gibst du dem einen Buttersemmeln und dem anderen nichts als Plagen? Und dann sage ich mir wieder: Bist doch
ein großer Narr, Tewje! Willst du ihn vielleicht belehren, wie er
die Welt regieren soll? Wenn er es einmal so haben will, so muß es
wohl so sein. Denn wenn es anders sein müßte, so wäre es eben
anders. Und warum ist es nicht anders? Nun, *weil wir Knechte
waren bei Pharao in Ägypten*; dazu sind wir ja auch Juden; der
Jude muß Glauben und Gottvertrauen haben; erstens muß er
glauben, daß es einen Gott auf der Welt gibt; und zweitens muß
er auf Den hoffen, der da ewig lebt, daß Er ihm, so Gott will,
hilft ...

»Halt! Wo ist der Jude?« höre ich plötzlich jemand sagen. »Ist
der Unglücksmensch schon weggefahren?«

»Gott behüte!« melde ich mich aus meinem Winkel. »Meint
Ihr, daß ich so einfach wegfahren werde, ohne mich zu verabschieden? Friede sei mit Euch!« sage ich. »Guten Abend wünsche
ich Euch allen, die Ihr da versammelt seid! Wohl bekomm es
Euch!«

»Kommt doch her«, sagt man mir. »Was steht Ihr dort im Finstern? Laßt Euch wenigstens anschauen, wir wollen wissen, wie
Ihr ausschaut. Wollt Ihr vielleicht einen Schluck Branntwein?«

23

»Einen Schluck Branntwein? Ach«, sage ich, »wer wird einen Schluck Branntwein ausschlagen? Es steht ja geschrieben: *Der eine soll leben und der andere sterben* … und Raschi übersetzt es so: ›Gott ist Gott und Branntwein ist Branntwein.‹ Ihr sollt leben!« sage ich und trinke mein Glas aus. »Gebe Gott«, sage ich, »daß Ihr immer reich bleibt und viel Freude erlebt! Juden«, sage ich, »sollen immer Juden bleiben. Gott gebe ihnen aber«, sage ich, »Gesundheit und Kraft, um alle Plagen und Leiden zu ertragen!«

»Wie heißt Ihr?« fragt mich der Hausherr selbst, ein stattlicher Mann, mit einem Käppchen auf dem Kopfe. »Wo seid Ihr her? Wo wohnt Ihr, was ist Euer Geschäft, seid Ihr verheiratet, habt Ihr Kinder und wieviel?«

»Kinder?« sage ich. »Ich kann mich nicht beklagen! Wenn jedes meiner Kinder«, sage ich, »wirklich eine Million wert ist, wie es mir meine Golde einreden will, so bin ich reicher als der reichste Mann von Jehupez. Leider«, sage ich, »ist aber arm nicht reich, und verschieden nicht gleich, wie es auch geschrieben steht: *Der da unterscheidet zwischen heilig und alltäglich.* Wenn einer das Geld hat, so geht es ihm gut. Geld haben aber die Brodskis, und ich habe Töchter. Und wenn man hat Töchter«, sage ich, »so vergeht das Gelächter. Aber es macht nichts, Gott ist doch der Vater. Er regiert uns, das heißt, er sitzt oben, und wir quälen uns unten. Man rackert sich ab und schleppt Baumklötze – hat man denn die Wahl? Das ganze Unglück kommt vom Essen. Wie meine Großmutter, sie ruhe in Frieden, zu sagen pflegte: ›Wenn das Maul in der Erde läge, könnte sich der Kopf in Gold kleiden!‹ … Nehmt es mir nicht übel«, sage ich, »es gibt nichts Geraderes als eine schiefe Leiter, und nichts Schieferes als ein gerades Wort; besonders«, sage ich, »wenn man einen Schluck Branntwein auf den nüchternen Magen genommen hat.«

»Gebt doch dem Mann etwas zu essen!« sagt der Hausherr, und im Augenblick trägt man mir zahllose Gerichte auf: Fisch und Fleisch und Braten und Gänsernes und Hühner und Lebern ohne Zahl.

»Wollt Ihr nicht etwas essen?« sagt man zu mir. »Geht, wascht Euch die Hände!«

»Einen Kranken fragt man, einem Gesunden gibt man! Aber

ich danke schön! Einen Schluck Branntwein kann ich noch nehmen; aber ich werde mich doch nicht hier hinsetzen und ein solches Mahl verzehren, wenn Weib und Kinder, sie sollen gesund sein, zu Hause fasten ... Wenn Ihr aber so gut sein wollt ...«

Sie verstanden mich im Nu, und ein jeder packte mir in den Wagen, was er nur schleppen konnte: der eine – ein Brot, der andere – Fische, der dritte – Braten, der vierte – ein Viertel Gans, der fünfte – Tee und Zucker, der sechste – einen Topf Schmalz, der siebente – einen Topf Eingemachtes.

»Das alles werdet Ihr Eurem Weib und Euren Kindern als Geschenk mitbringen«, sagen sie. »Und jetzt sagt uns, was verlangt Ihr für Eure Mühe und dafür, daß Ihr zwei Seelen aus einer Gefahr gerettet habt?«

»Was heißt«, sage ich, »was ich verlange? So viel Ihr mir geben werdet, so viel werde ich nehmen. Wir werden uns schon einigen, wie man sagt, einen Rubel herauf, einen Rubel herunter. Ein ausgetretener Schuh kann nicht noch mehr ausgetreten werden ...«

»Nein«, sagen sie, »wir wollen Eure Ansicht hören, Reb Tewje, habt nur keine Angst, man wird Euch, Gott behüte, nicht köpfen!«

Was soll ich da tun? denke ich mir. Es ist doch wirklich nicht gut: verlange ich einen Rubel, so wird es mich vielleicht später reuen, daß ich nicht zwei verlangt habe. Und verlange ich zwei, so werden sie mich vielleicht für verrückt halten. Womit habe ich auch zwei Rubel verdient?

»Drei Rubel ...« sage ich plötzlich ohne Überlegung. Alle fangen plötzlich zu lachen an, so daß ich vor Scham in die Erde versinken möchte.

»Nehmt es mir nicht übel«, sage ich, »ich habe es mir nicht überlegt. Ein Pferd hat vier Beine und kann stolpern; um so mehr der Mensch, der nur eine Zunge hat.«

Nun lachen sie noch lauter, sie kugeln sich einfach vor Lachen.

»Genug schon zu lachen!« sagt der Hausherr und holt aus der Jacke eine große Brieftasche heraus. Und er nimmt aus der Brieftasche – nun, wieviel meint Ihr? – ratet einmal! – einen ganzen feuerroten Zehnrubelschein – so wahr wir beide gesund sein sollen! –, und er sagt zu mir: »Das gebe ich. Und ihr, Kinder, gebt dem Mann aus eurer Tasche, soviel jeder will!«

Kurz und gut, was soll ich lange erzählen, es flogen auf den Tisch Fünfrubelscheine, Dreirubelscheine, Einrubelscheine – Hände und Füße zitterten mir, ich meinte, ich müßte gleich in Ohnmacht fallen.

»Nun, was steht Ihr so da?« sagt zu mir der Hausherr. »Nehmt doch die paar Rubel und fahrt nach Hause zu Weib und Kindern.«

»Gott gebe Euch«, sage ich »das Zehnfache und das Hundertfache von dem, was Ihr mir gegeben habt. Und Ihr sollt alles Gute erleben und recht viel Freude!« Und ich scharre das Geld mit beiden Händen zusammen und stopfe es mir, ohne zu zählen, in die Taschen.

»Gute Nacht!« sage ich. »Bleibt gesund und erlebt recht viel Freude an Euren Kindern und Eurer ganzen Familie!« Wie ich aber schon zum Wagen gehen will, sagt zu mir die Hausfrau, das ist die ältere Frau mit dem seidenen Tuch: »Wartet eine Weile, Reb Tewje; von mir bekommt Ihr noch ein Extrageschenk. Ich schicke es Euch morgen zu. Ich habe«, sagt sie, »eine braune Kuh; sie war früher einmal eine wertvolle Kuh und gab jeden Tag vierundzwanzig Glas Milch. Heuer hat sie wohl ein böser Blick getroffen, und sie läßt sich nicht mehr melken, das heißt, melken läßt sie sich wohl, aber sie gibt keine Milch mehr.«

»Lange leben sollt Ihr«, sage ich, »und nie im Leben Kummer erfahren! Bei mir wird sich Eure Kuh sowohl melken lassen wie auch Milch geben. Meine Alte ist, unberufen, eine gute Hausfrau und kann aus Nichts Nudeln machen und aus der leeren Hand einen Brei kochen ... Nehmt's mir nicht übel«, sage ich, »wenn ich ein Wort zuviel gesagt habe. Ich wünsche Euch allen gute Nacht und alles Gute, und bleibt gesund«, sage ich.

Ich gehe aus dem Hause und schaue nach dem Pferd – ach und weh ist mir! Ein Unglück ist mir geschehen! Ich schaue nach allen Seiten – das Pferd ist verschwunden!

Nun, Tewje, sage ich mir, man hat dich schon in Behandlung genommen! Und es kommt mir eine schöne Geschichte in den Sinn, die ich einmal in irgendeinem Buche gelesen habe: die unsauberen Mächte erwischten einmal einen anständigen Juden, einen Chossid in der Fremde, lockten ihn in einen Palast und traktierten ihn dort mit allerlei Speisen und Getränken; plötzlich verschwanden sie alle und ließen ihn allein mit einem Frauenzimmer zurück. Das Frauenzimmer verwandelte sich sofort in ein reißendes Tier, das reißende Tier in eine Katze und die Katze in eine Natter … Paß auf, Tewje, daß dir nicht dasselbe geschieht und daß man dich nicht beschwindelt!

»Was schleicht Ihr dort herum, und was brummt Ihr?« fragt man mich.

»Was ich brumme?« antworte ich. »Ach und weh ist mir!« sage ich, »ich habe einen großen Schaden: mein Pferd …«

»Euer Pferd«, sagen sie zu mir, »steht im Stall. Bemüht Euch nur in den Stall.«

Ich komme in den Stall und sehe: es stimmt, so wahr ich ein Jude bin! Mein Gaul steht recht vornehm unter den herrschaftlichen Pferden, ist ganz ins Kauen vertieft und frißt Hafer nach Herzenslust.

»Hör nur«, sage ich zu ihm, »mein Kluger, es ist schon Zeit, nach Hause zu fahren! Man darf nicht«, sage ich »sich so auf das Fressen stürzen: ein Bissen zu viel kann manchmal schaden«.

Kurz und gut, es gelang mir mit großer Mühe, den Gaul zu überreden und, mit Verlaub zu sagen, vor den Wagen zu spannen. Und ich fuhr nach Hause, lustig und guter Dinge, und sang im Fahren gar fröhlich das Gebet: »Melech Eljon«; auch das Pferdchen war ein ganz anderes geworden, als ob ihm ein neues Fell gewachsen wäre: es wartete nicht mehr auf die Peitsche und lief vorwärts so flink wie ein Lied. Ich kam recht spät in der Nacht nach Hause und weckte mein Weib mit großer Freude.

»Einen guten Feiertag!« sage ich ihr. »Masel-tow, Golde!«

»Einen wüsten und finsteren Masel-tow wünsche ich dir!« sagt sie. »Was bist du so festlich gestimmt, mein teurer Brotgeber? Kommst du denn von einer Hochzeit oder von einer Beschneidungsfeier, mein Goldspinner?«

»Von einer Hochzeit«, sage ich, »und einer Beschneidungsfeier! Warte eine Weile, mein Weib, du wirst bald einen Schatz sehen«, sage ich. »Wecke aber zuerst die Kinder, damit auch sie, nebbich«, sage ich, »von den Jehupezer Speisen genießen.«

»Bist du toll oder nicht gescheit oder närrisch oder von Sinnen. Denn du redest wie ein Verrückter, auf alle Feinde Zions sei es gesagt!« sagt mir mein Weib und flucht, wie es eben nur ein Weib kann.

»Ein Weibsbild«, sage ich, »bleibt ein Weibsbild. Nicht umsonst sagt König Salomo, daß er unter tausend Weibern kein rechtes gefunden hat. Es ist wirklich noch ein Glück, daß es heute nicht mehr Mode ist, viele Weiber zu haben«, sage ich. Und ich gehe zu meinem Wagen, hole alle die guten Dinge, die man mir eingepackt hat, und stelle alles auf den Tisch. Als meine Leute die Semmeln sahen und den Braten rochen, fielen sie, nebbich, wie die hungrigen Wölfe über den Tisch her. Sie packten fest zu, ihre Hände zitterten, und ihre Zähne arbeiteten, wie es in der Schrift heißt: *Und sie aßen.* Raschi übersetzt es: »Und sie fraßen wie die Heuschrecken.« Tränen traten mit in die Augen.

»Nun, sag schon endlich«, sagt zu mir mein Weib, »bei wem war denn die Armenmahlzeit oder das Festessen, und warum bist du so plötzlich so stolz?«

»Habe Geduld, Golde«, sage ich, »bald wirst du alles erfahren. Bereite aber«, sage ich, »zuerst den Samowar; dann wollen wir uns alle um den Tisch herumsetzen«, sage ich, »und ein Glas Tee trinken, so wie es sich gehört. Der Mensch«, sage ich, »lebt nur einmal auf der Welt, und nicht zweimal. Besonders jetzt«, sage ich, »wo wir eine eigene Kuh haben, die vierundzwanzig Glas Milch am Tage gibt. So Gott will, bringe ich sie morgen her.« Nun ziehe ich aus der Tasche den ganzen Pack Banknoten und sage: »Zeige deinen Verstand, Golde«, sage ich, »und rate, wieviel Geld wir da haben?«

Ich werfe einen Blick auf mein Weib – sie ist blaß wie die Wand und kann kein Wort sprechen.

»Gott sei mit dir, liebe Golde«, sage ich, »was bist du so erschrocken? Fürchtest du vielleicht«, sage ich, »daß ich jemand bestohlen oder beraubt habe? Pfui«, sage ich, »du sollst dich schämen! Du bist seit so vielen Jahren schon Tewjes Weib und verdächtigst ihn einer solcher Sache? Närrchen«, sage ich, »das ist koscheres Geld, ich habe es mit eigenen Händen und eigenem Verstand ehrlich verdient. Ich habe«, sage ich, »zwei Seelen aus einer großen Gefahr errettet«, sage ich, »wenn ich nicht gekommen wäre, so weiß Gott allein, was mit ihnen geschehen wäre!«

Kurz und gut, ich erzählte ihr die ganze Geschichte, wie Gott mich geleitet hat, vom Aleph bis Ssof. Und dann begannen wir das Geld zu zählen: es waren zweimal achtzehn Rubel, und noch ein überzähliger Rubel dazu. Ihr könnt es Euch leicht ausrechnen: es waren genau siebenunddreißig Rubel! … Golde fing sogar zu weinen an.

»Was weinst du«, sage ich, »du närrisches Weib?«

»Wie soll ich nicht weinen«, sagt sie, »wenn mir die Tränen von selbst kommen?! Wenn das Herz voll ist«, sagt sie, »gehen die Augen über! So wahr mir Gott helfe«, sagt sie, »mein Herz wußte es schon vorher, daß du mit einer guten Nachricht kommen wirst! Heute nacht«, sagt sie, »erschien mir nach vielen Jahren Großmutter Zeitel – es sei zwischen Lebenden und Toten wohl unterschieden! – wieder im Traume. Ich schlief, und plötzlich sah ich einen Melkkübel; Großmutter Zeitel, sie ruhe in Frieden, hielt den Kübel unter der Schürze verborgen, damit ihn kein böser Blick treffe, und die Kinder schrien: Mutter, gib uns Milch!«

»Greife nicht nach den Nudeln vor dem Sabbat«, sage ich, »teure Seele! Großmutter Zeitel möge ein lichtes Paradies haben«, sage ich, »ich weiß aber nicht, ob wir von ihr etwas haben werden. Doch wenn Gott an uns solch Wunder getan hat, daß wir eine Kuh bekommen, wird er wohl auch dafür sorgen, daß es eine anständige Kuh wird. Gib mir lieber einen Rat, Golde, was wir mit dem Gelde tun sollen!«

»Das wollte ich eben dich fragen«, sagt sie zu mir, »was willst du mit dem Gelde, unberufen, tun, Tewje?«

»Nein, sage du«, sage ich, »was glaubst du, können wir mit einem solchen Kapital, unberufen, anfangen?«

Und wir begannen es uns beide zu überlegen. Wir zerbrachen uns den Kopf und nahmen alle Geschäfte durch, die es nur in der Welt gibt. In jener Nacht handelten wir mit allen Dingen, die man sich nur ausdenken kann: wir kauften ein paar Pferde und verkauften sie dann gleich wieder mit Profit; wir gründeten ein Kolonialwarengeschäft in Bojberik, verkauften alle Waren aus und gründeten gleich darauf ein Schnittwarengeschäft; wir beteiligten uns an einer Waldversteigerung und ließen uns einige Rubel Abstandsgeld zahlen; dann versuchten wir die Fleischsteuer in Anatewke zu pachten und liehen das Geld auf Zinsen aus …

»Du bist verrückt, auf meine Feinde sei es gesagt!« sagt zu mir mein Weib. »Du willst wohl die paar Rubel verlieren, so daß dir nichts als deine Peitsche zurückbleibt?«

»Ist es denn besser«, sage ich, »mit Brot zu handeln und Bankrott zu machen? Sind denn wenig Leute«, sage ich, »beim Weizenhandel zugrunde gegangen? Hast du denn noch nicht gehört«, sage ich, »wie es in Odessa zugeht?«

»Was taugt mir«, sagt sie, »Odessa? Die Väter meiner Väter sind dort niemals gewesen, und meine Kinder kommen auch niemals hin, solange ich lebe und solange mich meine Beine tragen!«

»Was willst du denn?« sage ich.

»Was ich will?« sagt sie. »Ich will, daß du kein Narr bist und keine Dummheiten redest.«

»Wahrscheinlich«, sage ich, »bist du jetzt klug geworden. Man sagt ja auch: kommt Geld, kommt Verstand, und wenn man vielleicht reich ist, so ist man gewiß klug. So ist es immer!«

Kurz und gut, wir zankten uns einige Male und versöhnten uns gleich wieder. Schließlich einigten wir uns darauf, daß wir zu der braunen Kuh noch eine zweite Milchkuh hinzukaufen sollen.

Werdet Ihr doch wohl fragen: Warum gerade eine Kuh und kein Pferd? Werde ich Euch darauf antworten: Warum ein Pferd und keine Kuh? Bojberik ist doch ein Ort, wo im Sommer alle reichen Leute von Jehupez auf dem Lande leben; und da die reichen Leute von Jehupez eine vornehme Erziehung genossen haben und gewohnt sind, daß man ihnen alles ins Haus bringt und in den Mund steckt: Holz, Fleisch, Eier, Hühner, Zwiebeln, Pfeffer, Petersilie – warum soll sich nicht jemand finden, der ihnen jeden Tag Käse, Butter und Sahne ins Haus bringt? Und da die Jehupezer Leute viel vom Essen halten und der Rubel bei ihnen keine Rolle spielt, kann man dabei viel Geld einnehmen und ordentlich verdienen. Wichtig ist nur, daß man ihnen gute Ware liefert; solche Ware wie bei mir findet Ihr aber auch in Jehupez nicht! Ich möchte mit Euch zusammen soviel Segen erleben, wie oft mich schon sehr vornehme Leute, auch Christen, gebeten haben, daß ich ihnen frische Ware bringe: »Wir haben gehört«, sagen sie, »Tewje, daß du ein anständiger Mensch bist, wenn du auch ein krätziger Jude bist.« Wie, glaubt Ihr: bekommt man von Juden je ein solches Kompliment zu hören? Auf alle meine Feinde sei es gesagt! Kein gutes Wort höre ich von unseren

Leuten. Ständig schauen sie in fremde Töpfe hinein. Als sie bei Tewje eine Kuh und einen neuen Wagen sahen, zerbrachen sie sich gleich die Köpfe: Wo hat er das her? Handelt vielleicht dieser Tewje mit falschen Banknoten? Oder hat er eine geheime Schnapsbrennerei? Ha-ha-ha! denke ich mir, zerbrecht euch nur die Köpfe, Brüder! Ich weiß nicht, ob Ihr es mir glauben werdet – Ihr seid wohl der erste, dem ich die ganze Geschichte erzähle, wie und was und warum.

Mir scheint aber, ich habe mich ein wenig verplaudert, nehmt es mir nicht übel! Man muß ja auch ans Geschäft denken oder, wie es in der Schrift heißt: *Und alle Raben mit ihrer Art*: ein jeglicher gehe an seine Arbeit, Ihr an Eure Bücher, und ich an meine Milchtöpfe und Kannen.

Um eines möchte ich Euch bitten, Reb Scholem Alejchem: Ihr sollt mich in Euren Büchern nicht beschreiben! Und wenn Ihr mich doch einmal beschreibt, so nennt wenigstens meinen Namen nicht. Bleibt mir gesund, und laßt es Euch gut gehen!

II. EIN HEREINFALL

Viele Gedanken wohnen im Menschenherzen – so heißt es, glaube ich, in unserer heiligen Thora. Ich brauche Euch diesen Vers wohl nicht zu übersetzen, Reb Scholem Alejchem; aber er bedeutet dasselbe wie das jüdische Sprichwort: »Das beste Pferd braucht eine Peitsche, und der klügste Mensch einen guten Rat.« Wen meine ich damit? Ich meine damit mich selbst: denn wäre ich damals zu einem guten Freund gegangen und hätte ihm die ganze Geschichte erzählt, so wäre ich gewiß nicht so übel hereingefallen! Aber – *Tod und Leben steht in der Zunge Gewalt* – wenn Gott den Menschen strafen will, so nimmt er ihm den Verstand. Wie oft habe ich mir schon gesagt: Überlege es dir nur, Tewje, du Esel! Du bist ja, wie man sagt, kein Narr; wie läßt du dich so furchtbar anführen? Was könnte es dir schaden, wenn du neben deinem Verdienst an den Milchwaren, die in der ganzen Welt – in Bojberik und in Jehupez – und wo nicht? – so berühmt sind, auch noch etwas Bargeld hättest, das ganz still im Koffer versteckt wäre und von dem kein Mensch etwas wüßte? Denn wen geht es etwas an, ob Tewje Geld hat oder nicht? Ich meine es ganz ernst! Viel hat sich die Welt um Tewje gekümmert, als er, nicht auf heute sei es gesagt und auf keinen Juden sei es gesagt, neun Ellen tief in der Erde lag und mit Weib und Kindern dreimal am Tage vor Hunger starb! Erst als Gott sich seiner angenommen und ihn so ganz plötzlich beglückt hatte, als Tewje aufatmen konnte und etwas Geld auf die Seite zu legen begann, da fing sein Name an, in der ganzen Welt zu klingen, und Tewje wurde plötzlich zu einem Reb Tewje – ein Spaß! Es erschienen plötzlich viele gute Freunde, wie es auch geschrieben steht: *Alle sind geliebt, alle sind auserwählt.* Gibt Gott mit dem Löffel, so geben die Menschen mit dem Scheffel. Jeder kommt mit seinem Rat: der eine spricht von einem Schnittwarengeschäft, der andere von Kolonialwaren, der dritte von einem eigenen Häuschen und einem Grundstück, der vierte redet von Weizen, der fünfte von Wald, der sechste von Lieferungen. »Brüder«, sage ich, »laßt ab von mir! Ihr seid in großem Irrtum, denn ihr glaubt wohl, ich sei Brodski. Ich wünsche uns allen soviel, wieviel mir zu dreihundert und sogar zu zweihundert und selbst zu hundert Rubeln fehlt! Es ist leicht«, sage ich, »das Vermögen des anderen abzuschätzen: jeder glaubt, daß beim anderen eitel Gold leuchtet; kommt er aber näher heran, so sieht er nur einen Messingknopf!«

Kurz und gut – nicht gedacht soll ihrer werden –, ich meine unsere Juden! Denn ein böser Blick hat mich getroffen! Einen Verwandten hat mir Gott zugeschickt, einen ganz entfernten Verwandten, meines Pferdes Peitschenstiel, wie man das nennt. Menachem-Mendel hieß er, ein Windbeutel, ein Herumlaufer, ein Dreher, ein Garnichts war er – auf keinem guten Ort möge er stehen! Er hat mich erwischt und mir den Kopf mit ganz unsinnigen Dingen verdreht. Werdet Ihr doch fragen: »Wie komme ich, Tewje, zu diesem Menachem-Mendel?« Werde ich Euch darauf antworten: *Knechte waren wir bei Pharao in Ägypten … Es* war mir so beschert! Hört nur die Geschichte.

Ich komme einmal anfangs Winter mit meinen Milchwaren nach Jehupez – mit einigen und zwanzig Pfund frischer Butter aus dem Butterland und einigen Laib Käse wie Gold und Silber –, ich wünsche uns beiden ein gutes Jahr! Es versteht sich doch von selbst, daß ich meine Ware im Nu verkaufte und nicht einmal Zeit hatte, alle meine Sommerkunden, die Bojberiker Sommerfrischler aufzusuchen, die auf mich wie auf den Messias warten. Denn die Jehupezer Kaufleute mögen soviel Plagen erleben, wie sie imstande sind, eine solche Ware zu liefern, wie Tewje sie liefert. Euch brauche ich es ja nicht zu erzählen! Wie sagt doch der Prophet: *Laß dich von einem andern loben* – gute Ware lobt sich selbst.

Kurz und gut, als ich meine Ware ausverkauft und dem Pferdchen etwas Heu gegeben hatte, ging ich in die Stadt. *Der Mensch ist Staub,* und man ist doch nur ein Mensch. Also hat man Lust, sich die Stadt anzuschauen, etwas Luft zu atmen und die schönen Dinge zu sehen, die Jehupez in seinen Fenstern ausstellt, als wollte es sagen: »Mit den Augen darfst du schauen, soviel du willst, aber mit den Händen anrühren – daß du dich nicht unterstehst! Stehe ich so vor einem großen Schaufenster, in dem Halbe Imperiale, Silberrubel, Wertpapiere und einfache Banknoten ohne Zahl ausgestellt sind, und denke mir: Schöpfer der Welt! Hätte ich auch nur den zehnten Teil davon, was für Ansprüche hätte ich da noch auf Gott, und wer wäre mir gleich? Vor allen Dingen würde ich meine älteste Tochter verheiraten und ihr fünfhundert Rubel Mitgift geben außer den Brautgeschenken, Kleidern und Hochzeitskosten. Ich würde das Pferd, den Wagen und die Kühe verkaufen, sofort in die Stadt übersiedeln und mir einen Betplatz an der Ostwand kaufen und meiner Frau, sie soll leben, etwas Perlenschmuck; für wohltätige Zwecke würde ich soviel geben, wie es einem reichen Manne geziemt. Jenkel Schejgez würde dann nicht lange mehr Vorstand in der Beerdigungsbrüderschaft bleiben: er hat schon genug auf Gemeindekosten Branntwein getrunken und Hühnermagen und Lebern gegessen!

»Friede sei mit Euch, Reb Tewje!« sagt plötzlich jemand hinter meinem Rücken: »Wie geht es Euch?« Ich drehe mich um und sehe einen Mann, von dem ich schwören würde, daß ich ihn kenne. »Auch mit Euch sei Friede!« sage ich ihm. »Woher seid Ihr?« – »Woher ich bin? Aus Masepewke«, sagt er zu mir. »Ich bin ja Euer Freund, das heißt, wir sind Vettern, denn Euer Weib Golde«, sagte er, »und ich sind Geschwisterkinder dritten Grades.« – »Halt!« sage ich, »seid Ihr nicht Boruch-Hersch's Lee-Dwoßjes Schwiegersohn?« – »Beinahe erraten«, sagte er zu mir. »Ich bin der Schwiegersohn von Boruch-Hersch Lee-Dwoßjes, und mein Weib heißt Schejne-Schejndel Boruch-Hersch's Lee-Dwoßjes. Versteht Ihr es jetzt? – »Halt!« sage ich: »Die Großmutter Eurer Schwiegermutter Ssore-Jente und meines Weibes Muhme Fume-Slate waren, glaube ich, Geschwisterkinder ersten Grades, und Ihr selbst seid, wenn ich nicht irre, der mittlere Schwiegersohn Boruch-Hersch's Lee-Dwoßjes? Aber Euren Namen habe ich vergessen, er ist mir aus dem Kopfe geflogen. Wie heißt Ihr also?« – »Ich heiße«, sagt er, »Menachem-Mendel Boruch-Hersch's Lee-Dwoßjes. So nennt man mich zu Hause in Masepewke.« – »Wenn es sich so verhält«, sage ich, »so gebührt dir, Menachem-Mendel, eine ganz andere Begrüßung! Sage mir nun, mein lieber Menachem-Mendel, was tust du hier, und was machen deine Schwiegereltern, sie sollen leben? Und wie geht es dir«, sage ich, »gesundheitlich, und wie steht es mit deinen Geschäften?« – »Ach«, sagt er, »was die Gesundheit betrifft, so kann ich zufrieden sein: man lebt. Die Geschäfte stehen aber heute nicht so glänzend ...« – »Gott wird helfen«, sage ich und werfe einen Blick auf seine Kleider: die Kleider sind, nebbich, an vielen Stellen durchgewetzt, und die Stiefel, mit Verlaub zu sagen, zerrissen. »Es macht nichts«, sage ich, »Gott wird helfen. Er wird gewiß deine Lage verbessern, wie es auch in der Schrift steht: *Alles ist eitel*. Denn Geld«, sage ich, »ist rund; heute geht es so und morgen so. Die Hauptsache ist«, sage ich, »Gottvertrauen: der Jude muß hoffen. Und wenn er dabei zugrunde geht? Nun, dazu sind wir eben Juden auf der Welt! Es heißt ja auch: Bist du Soldat, so mußt du Pulver riechen. Es ist wie das Gleichnis vom zerbrochenen Topf. Die ganze Welt«, sage ich, »ist ein Traum ... Sage mir lieber, mein teurer Menachem-Mendel«, sage ich, »wie kommst du plötzlich nach Jehupez?« – »Was heißt«, sagt er, »wie ich herkomme? Ich wohne hier schon seit beinahe anderthalb Jahren.« – »So?« sage ich: »Dann bist du also ein Hiesiger und in Jehupez ansässig?« – »Pst!« sagt er zu mir und schaut sich nach allen Seiten um. »Nicht so laut, Reb Tewje! Ich wohne zwar hier«, sagt er, »aber es soll unter uns bleiben!« ... Ich schaue ihn an wie einen Verrückten. »Bist du ein Flüchtling«, sage ich, »daß du dich in Jehupez mitten auf dem Markte verbirgst?« – »Fragt mich nicht«, sagt er, »Reb Tewje, es ist schon recht! Ihr seid offenbar mit den Jehupezer Sitten und Gesetzen noch nicht bekannt. Kommt«, sagt er, »ich will Euch alles erklären, und dann werdet Ihr verstehen, was es heißt, in Jehupez ansässig und zugleich nicht ansässig zu sein.«. Und er erzählt mir eine lange Geschichte, wie er sich in Jehupez abplagen muß. Und ich sage ihm: »Folge mir, Menachem-Mendel, und komm für einen Tag zu mir ins Dorf. Sollen deine Beine wenigstens etwas ausruhen! Du wirst unser Gast sein«, sage ich, »und zwar ein willkommener Gast! Meine Alte wird außer sich vor Freude sein!«

Kurz und gut, ich hatte ihn überredet. Wie wir beide zu mir nach Hause kamen, da gab es Freude und Jubel! Ein Gast! Ein Geschwisterkind dritten Grades, das ist doch wirklich keine Kleinigkeit! Ein Verwandter ist doch kein Fremder, wie man sagt. Und nun ging der Tanz los: »Was hört man in Masepewke?

Was macht Onkel Boruch-Hersch? Was macht die Muhme Lee-Dwoßje? Und der Onkel Jossel-Menasche? Und die Muhme Do-brisch? Und wie geht es ihren Kindern? Wer ist gestorben? Wer hat sich verheiratet? Wer hat sich scheiden lassen? Wer ist nie-dergekommen, und wer muß niederkommen?« – »Was kümmern dich, mein Weib«, sage ich, »fremde Hochzeiten und fremde Be-schneidungsfeiern? Schau lieber«, sage ich, »daß wir etwas zu essen bekommen! *Wer da hungert, komme und esse*, wie es in der Haggada steht. Kein Tanz«, sage ich, »geht vor dem Essen. Wenn du eine Rübensuppe hast«, sage ich, »so ist es gut. Und wenn du keine hast«, sage ich, »so nehmen wir auch mit Käsekuchen oder Krapfen oder Knödeln oder gar Pfannkuchen fürlieb! Von mir aus«, sage ich, »darf es auch ein Gericht mehr sein, nur daß es schnell geht!«

Kurz und gut, wir wuschen uns die Hände und nahmen einen gar feinen Imbiß. *Sie aßen*, heißt es in der Schrift, und Raschi sagt: »Wie Gott befohlen hat.«

»Iß nur, Menachem-Mendel«, sage ich zu ihm. »König David sagt ja: *Alles ist eitel*. Die Welt ist närrisch und falsch. Und meine Großmutter Nechame – ihr Andenken zum Segen, eine kluge Frau ist sie gewesen! – pflegte zu sagen: ›Gesundheit und Ver-gnügen soll man nur in der Schüssel suchen.‹« Meinem Gast zit-terten sogar, nebbich, die Hände, und er konnte das Werk meiner Frau gar nicht genug loben; er schwor bei allem Guten, daß er sich nicht mehr an die Zeit erinnere, wo er so wunderbare Milch-speisen, so herrliche Pasteten und Pfannkuchen gegessen habe. »Unsinn!« sage ich ihm: »Hättest du nur einen Nudelauflauf ihrer Arbeit versucht, Menachem-Mendel«, sage ich, »so wüßtest du erst, was ein Paradies auf Erden bedeutet!«

Kurz und gut, nachdem wir gegessen und das Tischgebet ge-sprochen hatten, kamen wir ins Gespräch. Ich sprach natürlich von meinen Geschäften und er von den seinen; dann sprach ich von dem und jenem, und er wieder von seinen Geschäften; er er-zählte mir Geschichten von Odessa und Jehupez, und wie er schon an die zehnmal, wie man sagt, auf dem Pferde und an die zehnmal unter dem Pferde war. Heute reich, morgen arm und dann wieder reich und wieder ein Bettler. Er handelte mit gar sonderbaren Waren, von denen ich nie im Leben etwas gehört habe: »Hausse« und »Baisse«, »Aktien«, »Putilow«, »Malzew«, der Teufel soll sich da auskennen! Und er nannte ganz verrückte Zahlen: zehntausend, zwanzigtausend, Geld wie Holz!

»Ich will dir die Wahrheit sagen, Menachem-Mendel«, sage ich ihm, »was du da von deinen Geschäften erzählst, beweist deine Tüchtigkeit, denn man muß so etwas können! Aber eines verstehe ich nicht: wie ich deine Frau kenne«, sage ich, »muß ich mich wundern, daß sie dich so herumreisen läßt und nicht selbst zu dir kommt«, sage ich, »auf einem Besen geritten!« – »Ach«, sagt er und seufzt, »erinnert mich lieber nicht an sie, Reb Tewje! Denn ich habe von ihr«, sagt er, »auch so genug! Wenn Ihr nur wüßtet«, sagt er, »was sie mir für Briefe schreibt, würdet Ihr auch selbst sagen, daß ich ein Märtyrer bin. Aber das«, sagt er, »ist nicht so wichtig: dazu hat man ja auch ein Weib, daß sie einen umbringt. Es gibt«, sagt er, »etwas viel Schlimmeres: ich habe, versteht Ihr mich, eine Schwiegermutter! Ich brauche Euch von ihr nicht viel erzählen«, sagt er, »denn Ihr kennt sie selbst« – »Du hast allerlei«, sage ich, »wie es von den Schafen Labans heißt: *gesprenkelte, gefleckte und bunte*; das heißt: auf der Wunde ist eine Wunde, und auf dieser Wunde ein Geschwür!« – »Ja«, sagt er, »Reb Tewje, das stimmt: Die Wunde ist wirklich eine Wunde, aber das Geschwür«, sagt er, »ach, das Geschwür ist ärger als die Wunde!«

Kurz und gut, wir plauderten bis spät in die Nacht hinein; mir schwindelte sogar der Kopf von seinen Geschichten und wilden Geschäften, den Tausenden, die nur so herumflogen, und den Vermögen, die nur ein Brodski besitzen kann. Ich träumte dann die ganze Nacht von Jehupez … Halben Imperialen … Brodski … Menachem-Mendel und seiner Schwiegermutter … Erst am nächsten Morgen rückte er mit der Hauptsache heraus: »Da bei uns in Jehupez«, sagt er, »das Geld seit einiger Zeit sehr rar ist«, sagt er, »und die Ware im Preise gefallen ist, so ist Euch, Reb Tewje, die Möglichkeit geboten«, sagt er, »einige Rubel zu verdienen. Mich werdet Ihr aber damit am Leben erhalten, buchstäblich vom Tode erretten!«

»Du redest wie ein Kind«, sage ich zu ihm, »du meinst wohl, daß ich Jehupezer Gelder besitze, Halbe Imperialen? Närrchen«, sage ich, »was mir dazu fehlt, um so reich wie Brodski zu sein«, sage ich, »das wünsche ich uns beiden bis zum Pessach zu verdienen.« – »Ja«, sagt er, »das weiß ich selbst: Aber Ihr glaubt wohl«, sagt er, »daß man dazu ein großes Kapital haben muß? Wenn Ihr mir jetzt einen Hunderter gebt«, sagt er, »mache ich Euch daraus in drei – vier Tagen zweihundert, dreihundert, sechshundert, siebenhundert und warum auch nicht gleich tausend?« – »Es ist alles wohl möglich«, sage ich, »wie es geschrieben steht: *Es ist sicheres Geld, aber noch weit von der Tasche.* In welchem Falle«, sage ich, »gilt das? Doch nur, wenn ich den Hunderter habe. Und wenn ich ihn nicht habe, so ist es, wie es in der Schrift steht: *Ist er ohne Weib gekommen, so soll er auch ohne Weib ausgehen*, oder wie Raschi es erklärt: ›Steckst du ins Geschäft Kränke, so bekommst du Hitzfieber heraus!‹«

»Ach«, sagt er, »Reb Tewje! Ein Hunderter wird sich bei Euch wohl noch finden«, sagt er. »Bei Eurem Geschäft und Eurem guten Namen, unberufen …« – »Was habe ich«, sage ich, »von meinem guten Namen? Ein guter Name ist doch sicher viel wert, aber ich habe nur den Namen, und das Geld hat immer Brodski. Wenn du es genau wissen willst«, sage ich, »so besitze ich im ganzen kaum hundert Rubel; und mit diesem Gelde muß ich achtzehn Löcher verstopfen: erstens muß ich eine Tochter verheiraten …« – »Das ist es ja«, sagt er, »was die Schrift meint: denn Ihr habt jetzt die Gelegenheit«, sagt er, »einen Hunderter ins Geschäft zu stecken und, mit Gottes Hilfe, so viel zu verdienen, daß es Euch«, sagt er, »reicht, um alle Töchter zu verheiraten, und noch etwas übrigbleibt!«

Und nun begann ein neues Kapitel. Drei Stunden lang versuchte er mir klarzumachen, wie er aus einem Rubel drei und aus drei Rubeln zehn macht: »Vor allen Dingen«, sagt er, »zahlt man einen Hunderter ein und läßt sich«, sagt er, »zehn Stück kaufen«. Ich habe schon vergessen, wie die Dinger heißen, die man kaufen muß. Dann wartet man einige Tage, bis sie im Preise steigen. Nun telegraphiert man irgendwohin, daß man sie schleunigst verkauft und für das Geld die doppelte Zahl kauft; dann steigen sie wieder, und man telegraphiert wieder, sagt er, und das so lange, bis aus einem Hunderter zwei werden, aus zwei – vier, aus vier – acht, aus acht – sechzehn … Große Wunder erzählte er mir! »Es gibt«, sagt er, »in Jehupez Leute, die noch vor kurzem ohne Stiefel herumgelaufen sind, die noch gestern Makler, Lehrer und Diener waren und die heute eigene Häuser besitzen und deren Frauen bereits mit dem Magen zu tun haben und in die ausländischen Bäder reisen ... Und sie selbst fahren in den Jehupezer Straßen auf Gummirädern herum und erkennen keinen Menschen mehr!«

Kurz und gut, was soll ich Euch lange damit aufhalten? Ich bekam ordentlich Lust, die Sache zu riskieren. Vielleicht hat ihn mir Gott als einen guten Boten gesandt? Ich hörte ja oft, wie Menschen, die nichts als ihre zehn Finger hatten, in Jehupez steinreich geworden sind. Was bin ich ärger als sie? Er ist doch, so scheint es mir, kein Lügner und hat diese Geschichte nicht erfunden! Vielleicht wendet sich mein Schicksal, wie man sagt, nach rechts, und Tewje wird wenigstens auf seine alten Tage ein Mensch? Wie lange muß ich noch arbeiten und mich abplagen? Jeden Tag Pferd und Wagen, jeden Tag Käse und Butter. Es ist schon Zeit, sage ich mir, Tewje, daß du dich ausruhst, daß du ein Mensch unter Menschen wirst, daß du ab und zu ins Bejss-Hamidrosch kommst und in ein jüdisches Buch hineinschaust. Und wenn die Sache, Gott behüte, nicht glückt, wenn ich hereinfalle und das Brot mit der Zuckerseite nach unten fällt? Warum soll ich aber nicht lieber an die andere Möglichkeit denken?

»Was meinst du?« sage ich zu meiner Alten. »Wie gefällt dir sein Plan, Golde?« – »Was soll ich«, sagt sie, »dazu sagen? Ich weiß«, sagt sie, »daß Menachem-Mendel nicht der erste beste ist und daß er dich nicht anschwindeln wird. Er stammt, Gott behüte, weder aus einer Schneider- noch einer Schusterfamilie! Sein Vater«, sagt sie, »ist ein sehr anständiger Mensch, und sein Großvater«, sagt sie, »war ein gar seltener Mensch: er war zwar blind, saß aber Tag und Nacht und studierte die Thora. Auch die Großmutter Zeitel – es sei zwischen Lebenden und Toten wohl unterschieden! – war keine einfache Frau« – »Was hat damit die Chanukka-Lampe zu tun?« sage ich. »Ich rede vom Geschäft, und du kommst mit deiner Großmutter Zeitel, die Honigkuchen zu backen verstand, und deinem Großvater, der seinen Geist bei einem Glase Schnaps aufgab. Ein Weibsbild bleibt doch immer ein Weibsbild! Nicht umsonst«, sage ich, »hat König Salomo die ganze Welt bereist und kein Weibsbild gefunden, das Grütze im Kopfe hätte.«

Kurz und gut, es wurde beschlossen, ein Kompaniegeschäft zu

machen: ich stecke Geld hinein, und Menachem-Mendel seinen Verstand. Was wir aber gewinnen, wird geteilt. »Glaubt mir«, sagt er mir, »ich werde, so Gott will, das Geschäft ganz großartig machen und Euch mit Gottes Hilfe mit Geld überschütten!« – »Amen, auch dir wünsche ich dasselbe!« sage ich. »Deine Worte mögen direkt in Gottes Ohr kommen! Aber eines«, sage ich, »begreife ich nicht: wie kommt die Katze über das Wasser? Ich bin hier, und du bist dort! Geld«, sage ich, »ist ein edler Stoff! Nimm es mir nicht übel«, sage ich, »ich habe dabei keine Hintergedanken; ich will nur sagen, wie es bei unserem Vater Abraham geschrieben steht: *Wer Tränen säet, wird Jubel ernten!* Es ist besser, sich die Sache hundertmal zu überlegen, als einmal bereuen ...« – »Ach!« sagt er zu mir. »Vielleicht meint Ihr eine schriftliche Abmachung? Mit dem größten Vergnügen!« – »Nein«, sage ich, »wenn man es sich so überlegt, so kommt es auf dasselbe hinaus: so oder so, wenn du mich schlachten willst, wird mir auch das Papier nicht nützen. *Nicht die Maus ist der Dieb*, heißt es im Talmud, *sondern das Mauseloch.* Nicht der Wechsel zahlt, sondern der Mensch, und wenn ich schon an einem Fuß hänge, so will ich lieber gleich an beiden hängen!« – »Ihr könnt mir glauben«, sagt er, »Reb Tewje, ich schwöre Euch bei meinem heiligen Glauben, so wahr mir Gott helfe, daß ich gar nicht daran denke, Euch anzuschwindeln. Ich will mit Euch, so Gott will, alles ehrlich und anständig teilen, die Hälfte mir und die Hälfte Euch: mir hundert, Euch hundert; mir zweihundert, Euch zweihundert; mir dreihundert, Euch dreihundert; mir vierhundert, Euch vierhundert; mir tausend, Euch tausend.«

Kurz und gut, ich holte meine paar Rubel heraus, zählte sie dreimal mit zitternden Händen nach, rief meine Alte als Zeugin herbei, erklärte ihm, wieviel Schweiß und Blut mich das Geld kostete, nähte es ihm ins Unterfutter seines Rockes ein, damit man es ihm unterwegs nicht stehle, und machte mit ihm aus, daß er mir, so Gott will, nach Sabbat ausführlich schreibt, wie die Dinge stehen. Dann verabschiedeten wir uns voneinander gar freundlich mit einem Kuß, wie es Verwandten ziemt.

Wie ich allein geblieben bin, kommen mir allerlei süße Gedanken und Träume in den Sinn, und ich wünsche, daß sie ewig dauern und niemals aufhören sollen. Ich sehe vor mir ein großes

mit Eisenblech gedecktes Haus mitten in der Stadt, mit Stallun-
gen, Kammern, Kämmerchen und Vorratskammern, die mit allen
guten Dingen angefüllt sind; eine Hausfrau mit einem Schlüssel-
bund in der Hand geht durch die Zimmer – das ist mein Weib
Golde, aber ich kann sie kaum erkennen, denn sie hat ein ganz
anderes Gesicht bekommen: das Gesicht einer vornehmen Frau
mit einem fetten Kropf und einer Perlenschnur um den Hals; sie
ist furchtbar aufgeblasen und schimpft wütend auf die Dienst-
boten; alle meine Kinder laufen in Sabbatkleidern herum und tun
nichts; der Hof ist voller Hühner, Gänse und Enten; in der Stube
glänzt es, im Ofen brennt ein Feuer, und auf dem Herde steht
das Abendessen; der Samowar siedet und schnaubt wie ein Räuber! An der Spitze der Tafel sitzt der Hausherr selbst – das heißt
Tewje –, in einem Schlafrock, mit einem Käppchen, und um ihn
herum sitzen die vornehmsten Bürger der Stadt und schmeicheln
ihm: Verzeiht, Reb Tewje … Nehmt es nicht übel, Reb Tewje …
»Ach«, sage ich, »soll der Teufel das Geld holen!«

»Wen soll der Teufel holen?« fragt mich meine Golde. »Niemand«, sage ich, »ich habe geträumt. Sage mir lieber, teure Golde«,
sage ich, »weißt du nicht, womit er handelt, dein Verwandter
Menachem-Mendel, meine ich?« – »Alle meine bösen Träume«,
sagt sie, »von heute und von gestern und vom ganzen Jahr mögen meine Feinde treffen! Unerhört!« sagt sie. »Du sitzst mit
einem Menschen einen Tag und eine ganze Nacht zusammen und
redest und redest und redest, und jetzt hast du auf einmal vergessen, womit er handelt! Ihr habt doch«, sagt sie, »etwas abgemacht?« – Ja«, sage ich, »wir haben etwas abgemacht, aber was wir
abgemacht haben, das weiß ich nicht mehr, und wenn du mir auch
den Kopf abschneidest! Ich kann mich auch auf das geringste
nicht mehr besinnen! Aber es macht nichts«, sage ich, »du sollst
unbesorgt sein, mein Weib! Mein Herz sagt mir, daß die Sache gut
ausgehen wird! Wir werden, so Gott will, glaube ich, viel Geld verdienen! Sage also amen und koche das Abendbrot!«

Kurz und gut, es vergeht eine Woche, es vergehen zwei Wochen und drei Wochen – von meinem Kompagnon kommt keine
Nachricht! Ich habe den Kopf verloren und weiß gar nicht, was
ich mir denken soll. »Es kann doch nicht sein«, sage ich mir, »daß
er einfach vergessen hat, mir zu schreiben; er weiß ja ganz gut,

wie wir auf den Brief warten!« Und dann geht mir der Gedanke durch den Kopf: »Was kann ich tun, wenn er dort den ganzen Rahm abschöpft und mir hinterher sagt, er hätte nichts verdient? Nichts kann ich dagegen machen! Aber das kann nicht sein!« sage ich mir. »Ich habe ja den Menschen wie einen Verwandten behandelt, ich wünsche mir selbst alles, was ich ihm wünsche, und da soll er mir einen solchen Streich spielen?!« Und dann sage ich mir wieder: »Mein Gott, auf den Profit will ich gerne verzichten – *Hilfe und Errettung kommen den Juden*, heißt es im Buche Esther; gebe Gott, daß das Grundkapital erhalten bleibt!« Und es wird mir plötzlich heiß in allen Gliedern. »Alter Narr!« sage ich mir: »Zu früh hast du dir den Geldbeutel genäht, du Rindvieh in Gestalt eines Pferdes! Hättest du dir doch für den Hunderter ein paar ordentliche Pferde gekauft und deinen Wagen gegen einen besseren, einen auf Federn umgetauscht.«

»Tewje, warum denkst du nicht mehr an die Sache?« sagt zu mir mein Weib. »Was heißt«, sage ich, »daß ich nicht mehr denke?« sage ich. »Der Kopf zerspringt mir vor lauter Denken, und da kommt sie her und sagt, daß ich nicht denke!« – »Ich kann es mir gar nicht anders erklären«, sagt sie zu mir, »als daß ihm unterwegs etwas zugestoßen ist. Entweder«, sagt sie, »haben ihn Räuber überfallen und ihm alles genommen, oder man hat ihn, Gott behüte, irgendwohin verschleppt, oder er ist, ich will es lieber gar nicht aussprechen, gestorben …« – »Was du dir nicht alles ausdenken kannst«, sage ich, »meine teure Seele! Was fallen dir plötzlich Räuber ein?!« Dabei denke ich aber: Kann man denn wirklich wissen, was einem Menschen unterwegs alles passieren kann? »Du mußt«, sage ich zu ihr, »immer gleich an das Schlimmste denken!« – »Er ist«, sagt sie, »von der besten Familie: seine Mutter«, sagt sie, »sie möchte für mich eine Fürbitterin im Himmel sein! – ist vor nicht langer Zeit in jungen Jahren gestorben, und von seinen drei Schwestern«, sagt sie, »es sei zwischen Lebenden und Toten wohl unterschieden! – ist die eine als Mädchen gestorben; die zweite«, sagt sie, »hat geheiratet, hat sich aber dann im Bade erkältet und ist auch gestorben; und die dritte«, sagt sie, »ist bald nach dem ersten Kinde verrückt geworden, hat sich eine Zeitlang gequält und ist gleichfalls gestorben …« – »Sie ruhen in Frieden!« sage ich. »Alle werden wir sterben, Golde! Denn der

Mensch«, sage ich, »kann verglichen werden mit einem Schreiner: der Schreiner lebt so lange, bis er stirbt; so auch der Mensch!«

Kurz und gut, es wurde beschlossen, daß ich nach Jehupez hereinfahre. Inzwischen hatte sich bei mir ziemlich viel Ware angesammelt: Käse, Butter und Sahne, lauter prima Ware. Ich spanne mein Pferd an und fahre nach Jehupez. Wie ich so in düsterer Stimmung, wie Ihr Euch denken könnt, allein durch den Wald fahre, kommen mir allerlei Gedanken in den Sinn. Es wäre doch wirklich schön, sage ich mir, wenn ich mich nach meinem Kompagnon erkundigte und die Auskunft bekäme: »Ihr fragt nach Menachem-Mendel? Der Mann steckt schon in den großen Federn! Er hat ein eigenes Haus und fährt in einer feinen Equipage, – man kann ihn kaum wiedererkennen!« Ich fasse mir ein Herz und gehe zu ihm ins Haus. »Halt!« sagt man mir vor seiner Türe und stößt mich mit dem Ellenbogen in die Brust: »Drängt Euch nicht so vor, Reb Vetter, hier darf man sich nicht drängen!« – »Ich bin«, sage ich, »sein Verwandter, er und mein Weib sind Geschwisterkinder dritten Grades!« – »Masel-tow!« sagt man mir: »Sehr angenehm! Aber trotzdem«, sagt man, »könnt Ihr ein wenig draußen warten, es wird Euch, Gott behüte, gar nicht schaden.« Nun komme ich auf den Gedanken, daß man in einem solchen Falle ein Trinkgeld geben muß, wie es in der Schrift heißt: *Und sie stiegen auf und nieder*: wenn man gut schmiert, so fährt man gut. Ich komme also zu ihm in die Stube. »Guten Morgen«, sage ich ihm, »Reb Menachem-Mendel!« Er erkennt mich aber gar nicht! »Was wollt Ihr von mir?« fragt er mich. Ich falle beinahe in Ohnmacht! »Was heißt«, sage ich, »erkennt Ihr denn Euren Verwandten nicht mehr? Ich heiße Tewje!« – »So?« sagt er, »Ihr heißt Tewje? An den Namen kann ich mich wohl erinnern.« – »Ihr könnt Euch an ihn erinnern?« sage ich zu ihm. »Vielleicht erinnert Ihr Euch auch an die Pfannkuchen meiner Frau, an ihre Käsekuchen, Pasteten und Knödel?« Und dann geht mir wieder ein ganz anderer Gedanke durch den Sinn: Ich komme zu Menachem-Mendel, und er begrüßt mich gar freundlich: »Willkommen! Willkommen! Setzt Euch, Reb Tewje! Wie geht es Euch? Was macht Euer Weib? Ich warte auf Euch mit Ungeduld, denn ich will mit Euch abrechnen.« Und mit diesen Worten schüttet er vor mir einen Haufen Halber Imperialen aus, einen

ganzen Hut voll. »Das«, sagt er, »ist der Profit, und das Grundkapital«, sagt er, »bleibt im Geschäft. Auch das, was wir in Zukunft
verdienen, wird geteilt zu gleichen Teilen: mir hundert, Euch hundert; mir zweihundert, Euch zweihundert; mir dreihundert, Euch
dreihundert; mir vierhundert, Euch vierhundert ...« Und wie ich
mir das denke, schlummere ich ein und merke gar nicht, wie mein
Gaul von der Landstraße abgeschwenkt ist. Der Wagen stieß an
einen Baum an, und ich bekam einen solchen Stoß von hinten,
daß mir Funken vor den Augen flogen. *Auch dies ist zum Besten!*
sagte ich mir. Gott sei dank, daß die Achse nicht gebrochen ist!

Kurz und gut, ich kam nach Jehupez, verkaufte sofort und so
schnell wie immer meine Milchwaren und machte mich auf die Suche nach meinem Kompagnon. Ich gehe eine Stunde, zwei Stunden, drei Stunden durch alle Gassen, doch *der Knabe ist nicht da* –
ich sehe keine Spur von ihm! Nun spreche ich verschiedene Leute
an und frage sie: »Habt Ihr etwas von einem Mann gehört oder
gesehen, der mit seinem Namen Menachem-Mendel heißt?« –
»Wenn er heißt Menachem-Mendel«, sagen sie mir, »so geht seine
Zunge wie ein Pendel! Aber das genügt nicht«, sagen sie, »denn es
gibt viele Menachem-Mendels auf der Welt!« – »Ihr meint wohl«,
sage ich, »seinen Familiennamen? Soll ich mit Euch zusammen soviel Böses erfahren, wie ich seinen Familiennamen weiß. Alles, was
ich weiß«, sage ich, »ist, daß man ihn bei ihm zu Hause, das heißt
in Masepewke, nach seiner Schwiegermutter nennt: Menachem-
Mendel Lee-Dwoßjes. Aber was wollt Ihr mehr?« sage ich. »Sein
Schwiegervater ist ja ein alter Mann und heißt gleichfalls nach
seiner Frau: Boruch-Hersch Lee-Dwoßjes. Und sogar sie selbst,
ich meine Lee-Dwoßje, heißt Lee-Dwoßje Gdalje-Hersch's Lee-
Dwoßjes. Versteht Ihr es jetzt?« – »Wir verstehen es wohl«, sagen
sie mir, »aber das genügt noch immer nicht! Was ist sein Geschäft?
Was treibt Euer Menachem-Mendel?« – »Was er treibt?« sage ich.
»Er handelt hier mit Halben Imperialen«, sage ich, »mit Hausse-
Baisse und Putilow, er telegraphiert«, sage ich, »irgendwohin, nach
Petersburg oder nach Warschau ...« – »Ach so!« sagen sie und ku-
geln sich vor Lachen: »Meint Ihr vielleicht jenen Menachem-Men-
del, der mit Jaknhas handelt? Seid so gut«, sagen sie, »und bemüht
Euch auf die andere Straßenseite hinüber: dort rennen viele Hasen
herum, und der Eurige ist auch dabei ...«

Je länger man lebt, je mehr lernt man, denke ich mir. Da reden die Leute plötzlich von Hasen? Von Jaknhasen? Ich gehe also auf die andere Straßenseite hinüber und sehe Juden ohne Zahl, unberufen, wie auf einem Jahrmarkt. Es ist ein solches Gedränge, daß ich mit Mühe vorwärtskomme. Man rennt wie verrückt, der eine hin, der andere her, man überrennt einander, es ist wie in der Hölle, man redet, man schreit, man fuchtelt mit den Händen: »Putilow ... Fest, fest! ... Beim Worte genommen ... Angezahlt ... Er wird sich schneiden! ... Ich bekomme dafür Courtage! ... Bist ein gemeiner Hund ... Gleich wird man dir den Kopf entzweispalten ... Spuck ihm ins Gesicht! ... Schau nur her, man hat ihm den Kaftan geschlachtet ... Ein netter Spekulant! ... Bankrotteur! Hausdiener! ... Der böse Geist fahre in deinen Vater ...« Man ist nahe daran, sich zu ohrfeigen ... *Und Jakob floh*, sage ich zu mir: Entfliehe, Tewje, sonst kriegst du gleich auch eine Ohrfeige! Das muß ich sagen, denke ich mir, Gott ist ein Vater, Jehupez ist eine Stadt, und Menachem-Mendel ist ein Verdiener! Ist das der Ort, sage ich mir, wo man sein Glück macht, wo man Halbe Imperialen verdient? Das nennen die Leute Geschäft? Schön sehen dann deine Geschäfte aus, Tewje!

Kurz und gut, ich bleibe vor einem großen Schaufenster, in dem viele Hosen ausgestellt sind, stehen und sehe plötzlich in der Spiegelscheibe das Bild meines Brotgebers. Das Herz wollte mir zerspringen, als ich ihn sah! Wenn ich irgendwo einen Feind habe und wenn Ihr irgendwo einen Feind habt, so wünsche ich uns beiden, ihn in einem solchen Zustande zu sehen, in dem ich Menachem-Mendel sah: So was nennt sich Rock? So was nennt sich Stiefel? Und das Gesicht! Leichen sehen schöner aus! Nun Tewje, sage ich mir, verloren ist verloren! Du liegst schon im Grabe und kannst deinem Geld Lebewohl sagen. Es ist, wie man sagt: *Weder ein Bär, noch ein Wald*: Hin ist die Ware, hin ist das Geld, nur dein Unglück ist dir übriggeblieben!

Auch er schien sehr bestürzt. Wir standen einander wie angewurzelt gegenüber, konnten kein Wort sprechen und sahen einander wie zwei Hähne an, als ob jeder von uns sagen wollte: Wüst und finster ist uns beiden die Welt! Nun kann ein jeder von uns einen Sack nehmen und von Haus zu Haus betteln gehen!

»Reb Tewje!« sagt er zu mir ganz leise. Er bewegt kaum die Lippen, und Tränen rollen über seine Wangen. »Reb Tewje! Ohne Glück, hört Ihr mich?!« sagt er, »soll man lieber gar nicht geboren werden! Man hängt sich lieber gleich auf«, sagt er, »als daß man so lebt!« Und er kann kein Wort mehr aussprechen. »Gewiß«, sage ich zu ihm, »Menachem-Mendel, du verdienst für diese Sache, daß man dich hier, mitten auf dem Markte von Jehupez, hinlegt und dir soviel hineinzimbelt, daß du die Großmutter Zeitel im Jenseits siehst! Bedenke doch selbst«, sage ich, »was du getan hast! Du hast«, sage ich, »eine Stube voller lebender Seelen, armer, unschuldiger Wesen, genommen und hast ihnen ohne Messer die Kehlen durchschnitten! Gewalt!« sage ich. »Womit werde ich jetzt nach Hause zu Weib und Kindern zurückkehren? Sage du es mir, du Schächter, du Räuber, du Mörder!« – »Ihr habt recht!« sagt er zu mir und lehnt sich an eine Mauer, »Ihr habt recht, Reb Tewje, so wahr mir Gott helfe! Besser als solch ein Leben«, sagt er, »besser als solch ein Leben, Reb Tewje …« Und er läßt den Kopf sinken. Ich betrachte mir diesen Pechvogel, wie er so mit gesenktem Kopfe dasteht. Er lehnt sich an die Mauer, seine Mütze ist auf die Seite gerutscht, und jeder seiner Seufzer reißt mir ein Stück aus meinem Herzen heraus. »Tja«, sage ich, »wenn man ordentlich nachdenkt, so muß man sich sagen, daß du an der Sache vielleicht unschuldig bist: denn wenn ich mir alles genau überlege, so verstehe ich ganz gut, daß es dumm wäre, zu glauben, daß du es aus Schlechtigkeit getan hast. Denn du warst an dem Geschäft ebenso beteiligt wie ich, zu gleichen Teilen: Ich habe mein Geld hineingesteckt und du deinen Verstand – ach und weh ist mir! Deine Absicht war doch sicher, wie man sagt, auf Leben und nicht auf Tod gerichtet. Warum hat aber die Sache ein so übles Ende genommen? Nun, es war uns wohl nicht beschert! Wie es auch in den Sprüchen heißt: *Rühme dich nicht des morgigen Tages.* Der Mensch trachtet, und Gott lacht. Was willst du mehr«, sage ich, »Närrchen? Schau zum Beispiel mein Geschäft an: es ist doch gewiß ein solides Geschäft! Und doch habe ich, nicht auf heute gedacht«, sage ich, »vorigen Herbst das Unglück gehabt, daß mir, nicht auf dich gedacht, eine Kuh einging – da war trefes Fleisch billig! Und gleich nach der Kuh ging ein rotes Kuhkalb ein, das ich auch für zwanzig Rubel nicht verkauft hätte! Nun, was hilft da alles Klügeln? Wenn man Pech hat«, sage ich, »so wird aus B und A – Mäh! Ich will dich gar nicht fragen«, sage ich, »wo mein Geld ist. Das kann ich mir auch selbst denken, wo mein mit Schweiß und Blut verdientes Geld hingekommen ist, ach und weh ist mir! Es liegt wohl an einer heiligen Stätte, in irgendeinem Jaknhas, im gestrigen Tag! Und wer hat schuld, wenn nicht ich selbst, der ich mir solchen Unsinn einreden ließ?! Geld«, sage ich, »will sauer erarbeitet werden, Bruder! Man muß sich abplagen und abrackern! Du verdienst Ohrfeigen, Tewje«, sage ich, »Ohrfeigen wie Holz! Was hilft mir aber jetzt das Geschrei? Wie es geschrieben steht: *Und das Mädchen schrie* – schrei, bis du zerspringst! Zwei Dinge: Vernunft und Reue – kommen immer zu spät. Es ist nicht beschert«, sage ich, »daß Tewje ein reicher Mann wird, oder wie der Goj sagt: ›Nikita hat niemals einen Groschen gehabt und wird auch niemals einen haben!‹ So hat es wohl«, sage ich, »*Gott bestimmt! Gott hat gegeben, Gott hat genommen*, oder wie Raschi sagt: Komm, Bruder, nehmen wir einen Schluck Branntwein!«

So ist allen meinen Träumen der Boden gerissen, Reb Scholem Alejchem! Ihr meint vielleicht, daß ich es mir sehr zu Herzen nehme, daß ich mein Geld verloren hatte? Soll ich nur so frei von allem Bösen sein? Wir wissen ja, was der Vers: *Mein ist das Silber und mein ist das Gold* bedeutet: Geld ist nichts. Wichtig ist nur der Mensch, das heißt, daß der Mensch ein Mensch ist. Was hat mich aber so gekränkt? Nun, daß der Traum verflogen ist! Ach, hatte ich Lust, ein reicher Mann zu sein, und wenn auch nur für eine Weile! Aber was hilft da alles Klügeln? Wie steht es noch in den Sprüchen der Väter: *Ob du willst oder nicht – du bist verpflichtet zu leben!* Du lebst mit Gewalt und zerreißt mit Gewalt deine Stiefel. »Du darfst, Tewje«, sagt Gott, »nur an Käse und Butter denken und nicht an solche Träume!« Und Hoffnung? Gottvertrauen? Das ist es eben: je mehr Pech der Mensch hat, um so mehr Gottvertrauen muß er haben, und je ärmer er ist, um so mehr muß er hoffen … Wollt Ihr einen Beweis? Mir scheint aber, ich habe mich ein wenig verplaudert. Es ist Zeit, weiterzufahren und an das Geschäft zu denken. Es steht ja geschrieben: *Jeder Mensch ist ein Lügner:* ein jeder hat seine Plage! Bleibt mir also gesund, und laßt es Euch wohl ergehen!

III. KINDER VON HEUTE

Ihr meint die Kinder von heute? *Kinder habe ich großgezogen und erhöhet,* wie der Prophet Jesaja sagt. Da soll man sie gebären, sich um ihretwegen abplagen und sich für sie aufopfern! Und wozu? Ein jeder erhofft für sie – je nach seinen Begriffen und seinem Vermögen – das Beste. Mit Brodski will ich mich selbstverständlich nicht vergleichen, aber ich bin auch nicht verpflichtet, ganz tief zu sinken. Denn ich bin ja nicht der erste beste, und wir stammen, wie mein Weib, sie soll leben, sagt, weder aus einer Schneider- noch aus einer Schusterfamilie. Also, glaube ich, daß ich mit meinen Töchtern Glück haben werde. Und warum? Erstens hat mich Gott mit schönen Töchtern gesegnet, und ein schönes Gesicht ist, wie man sagt, eine halbe Mitgift. Und zweitens bin ich heute mit Gottes Hilfe nicht mehr der Tewje von einst und darf also die beste Partie, selbst eine aus Jehupez, beanspruchen. Wie meint Ihr? Nun gibt es aber den großen Gott auf der Welt, einen barmherzigen und gnädigen Gott, der große Wunder vollbringt, der mir einen Sommer und einen Winter schickt und mich einmal emporhebt und einmal hinunterwirft. Und er spricht zu mir: »Tewje, bilde dir keine Dummheiten ein und laß die Welt ihren Gang gehen!« Hört nur, was auf dieser großen Welt alles passieren kann. Und wer muß jedes Glück auskosten? Natürlich Tewje, der Pechvogel.

Kurz und gut, was soll ich Euch lange aufhalten? Ihr erinnert Euch wohl noch an die Geschichte, nicht auf heute gesagt, die mir mit meinem Verwandten Menachem-Mendel, ausgelöscht sei sein Name und sein Gedächtnis, passiert ist: wie schön wir in Jehupez mit den Halben Imperialen und den Putilower Aktien gehandelt haben – mögen meine Feinde ein solches Jahr erleben! Ich war ja damals ganz außer mir und glaubte, daß es mein Ende sei, daß es aus sei mit Tewje und aus mit dem Milchhandel!

»Narr!« sagt mir einmal meine Alte: »Was grämst du dich noch immer? Du wirst damit nichts erreichen, denn der Gram verzehrt nur das Herz. Stelle dir lieber vor, daß uns Räuber überfallen und uns alles genommen haben. Mach doch einmal einen Spaziergang«, sagt sie, »nach Anatewke zu Lejser-Wolf, dem Fleischer: er will dich dringend sprechen.« – »Was ist denn los? Was braucht er mich so dringend? Wenn er unsere braune Kuh meint«, sage ich, »so soll er einen Stock nehmen und sich diesen Gedanken aus dem Kopfe schlagen.« – »Warum denn?« sagt sie zu mir: »Ist denn die Milch, die man von ihr hat, noch der Rede wert?« – »Es ist mir nicht um die Milch zu tun«, sage ich, »sondern um die Kuh: erstens ist es wirklich eine Sünde, so eine Kuh zum Schlachten zu geben: das wäre einfach ein Verbrechen gegen ein lebendes Wesen. In unserer heiligen Thora steht geschrieben ...« – »Laß schon gut sein, Tewje! Die ganze Welt«, sagt sie, »weiß, daß du in der Thora bewandert bist! Folge deinem Weib, und gehe einmal hinüber zu Lejser-Wolf. Jeden Donnerstag«, sagt sie, »wenn unsere Zeitel zu ihm in den Laden kommt, um Fleisch zu kaufen, läßt er ihr keine Ruhe: ›Sage dem Vater‹, sagt er, ›er möchte doch zu mir kommen, denn ich muß ihn dringend sprechen.‹«

Kurz und gut, zuweilen muß man ja, wie es heißt, auch seinem Weibe folgen. Ich überlegte es mir und begab mich eines Tages zu Lejser-Wolf nach Anatewke, drei Werst von unserem Dorfe. Natürlich treffe ich ihn nicht zu Hause. »Wo steckt er denn?« frage ich eine stutznasige Frau, die in seiner Wohnung herumsteht. »Er ist im Schlachthause«, sagt die Stutznasige, »man schlachtet dort seit heute früh einen Ochsen, aber er muß jeden Augenblick kommen.« Ich bleibe also allein in der Wohnung und sehe mir Lejser-Wolfs Hausstand an: auf alle meine Freunde sei es, unberufen, gesagt! Ein Schrank voller Kupfergeschirr, wie man es auch für hundertfünfzig Rubel nicht zu kaufen kriegt; ein Samowar und noch ein Samowar und ein Messingtablett und noch ein Warschauer Tablett und ein Paar silberner Leuchter und vergoldete Weinbecher und ganz kleine Becher, eine gegossene Chanukka-Lampe und noch allerlei schöne Dinge ohne Zahl. Schöpfer der Welt! denke ich mir: Wann erlebe ich einmal die Freude, solche Dinge bei meinen Kindern, sie sollen gesund sein, zu sehen?! Dieser Glückspilz von einem Fleischer! Es genügt wohl nicht, daß er

49

so reich ist, er muß auch noch bloß zwei Kinder haben, die beide verheiratet sind, und obendrein auch noch ein Witwer sein!

Kurz und gut, Gott hat sich meiner erbarmt; die Türe geht auf, und Lejser-Wolf tritt in die Stube. Er ist voller Zorn und wütend auf den Schächter, der ihn unglücklich gemacht hat: er hat den Ochsen, der so mächtig wie eine Eiche war, trejfe gemacht, obwohl die Verletzung an der Lunge kaum so groß wie ein Stecknadelkopf war. In die Erde möge er versinken.

»Grüß Gott, Reb Tewje«, sagt er zu mir: »Warum kommt Ihr nicht, wenn man Euch ruft? Wie geht es Euch?« – »Wie soll es gehen?« sage ich. »Es geht, und es geht«, sage ich, »und man kommt doch nicht vom Fleck, wie es geschrieben steht: *Weder von deinem Stachel noch von deinem Honig will ich was wissen* – man hat weder Geld noch Gesundheit, weder Leib noch Leben.« – »Ihr sündigt mit den Lippen, Reb Tewje«, sagt er zu mir: »Im Vergleich damit, wie es Euch, nicht auf heute gedacht, früher ging, seid Ihr heute doch, unberufen, ein reicher Mann!« – »Was mir dazu fehlt«, sage ich, »um so reich zu sein, wie Ihr es von mir glaubt, wünsche ich uns beiden zu verdienen. Aber es macht nichts, ich muß auch so Gott danken, wie es im Talmud steht: Askekurdo demaskanto dekrarnuso defarsamchto! Und dabei denke ich mir: Du sollst so gesund sein, Fleischer, wie es im Talmud eine solche Stelle gibt!« – »Ihr kommt«, sagt er zu mir, »immer mit dem Talmud! Ihr habt es gut, Reb Tewje, daß Ihr Euch in den kleinen Buchstaben auskennt! Was nützt uns aber alles Klügeln?« sagt er. »Wollen wir lieber vom Geschäft sprechen. Setzt Euch, Reb Tewje!« sagt er zu mir und schreit plötzlich: »Man bringe Tee!« Die stutznasige Frau erscheint wie aus dem Boden gestampft, packt den Samowar, wie der böse Geist einst den Melamed gepackt hat, und verschwindet mit ihm in der Küche.

»Jetzt«, sagt er zu mir, »wo wir allein und unter vier Augen geblieben sind, können wir vom Geschäft reden. Es handelt sich«, sagt er, »um folgendes: ich wollte schon längst mit Euch darüber sprechen, Reb Tewje, und habe Euch schon viele Mal durch Eure Tochter sagen lassen, daß Ihr Euch zu mir bemühen möchtet. Ich habe, nämlich, ein Auge geworfen …« – »Ich weiß«, sage ich, »daß Ihr ein Auge geworfen habt! Aber es ist vergebliche Mühe«, sage ich, »es wird nicht gehen, Reb Lejser-Wolf, es wird nicht gehen …« – »Warum soll es nicht gehen?« sagt er zu mir und sieht mich erschrocken an. – »Um Sabbat herum«, sage ich. »Ich werde nicht zugrunde gehen, wenn ich noch ein wenig warte: der Fluß brennt noch nicht!« – »Warum«, sagt er, »sollt Ihr warten, wenn Ihr die Sache gleich machen könnt?« – »Das war erstens«, sage ich, »und zweitens tut sie mir leid, es wäre ja ein Verbrechen gegen ein lebendes Wesen!« – »Seh ihn nur einer an«, sagt er, »was er für Umstände macht! Ich glaube aber, daß Ihr, unberufen, noch mehr von der Sorte habt, Reb Tewje!« – »Die möchte ich selbst behalten«, sage ich, »und wer sie mir nicht gönnt, der soll seinen Lebtag keine haben …« – »Wer sie Euch nicht gönnt? Wer spricht von gönnen? Im Gegenteil«, sagt er, »weil Ihr lauter Geratene habt, möchte ich eine von ihnen haben. Versteht Ihr mich jetzt? Vergeßt nur nicht, Reb Tewje, daß ich damit auch Euch eine Gefälligkeit tue!« – »Gewiß, gewiß«, sage ich, »von den Gefälligkeiten, die Ihr einem tut, kann der Kopf hart werden, und man braucht sie wie ein Stück Eis im Winter. Das weiß ich schon längst«, sage ich, »noch von früher her …« – »Ach!« sagt er zu mir mit zuckersüßer Stimme: »Was vergleicht Ihr das, was früher war, mit dem, was jetzt ist? Früher war es so, und heute ist es so! Heute treten wir doch in verwandtschaftliche Beziehungen zueinander, nicht wahr?« – »In was für verwandtschaftliche Beziehungen?« sage ich. – »Wir wollen uns doch verschwägern!« – »Wovon reden wir denn eigentlich«, sage ich, »Reb Lejser-Wolf?« – »Das will ich eben Euch fragen«, sagt er, »wovon wir reden, Reb Tewje!« – »Was heißt?« sage ich: »Wir reden doch von meiner braunen Kuh, die Ihr mir abkaufen wollt!« – Da fängt er plötzlich wie verrückt zu lachen an und sagt: »Eine nette Kuh, und auch noch eine braune dazu! Ha-ha-ha!« – »Was habt Ihr denn im Sinn, Reb Lejser-Wolf?« sage ich: »Sagt es mir, damit auch ich lachen kann!« – »Wir reden doch von Eurer Tochter«, sagt er zu mir, »von Eurer Zeitel! Ihr wißt doch, Reb Tewje, daß ich, nicht auf Euch gedacht, ein Witwer bin. Nun sage ich mir: was soll ich mein Glück in der Fremde suchen, was soll ich mit Schadchonim und allen bösen Geistern zu tun haben, wenn wir beide in der gleichen Gegend wohnen: Ihr kennt mich, ich kenne Euch, und das Mädel gefällt mir auch: sie ist gar nicht übel und scheint einen stillen Charakter zu haben. Und was mich betrifft, so bin ich, unberufen, nicht unvermögend: ich habe ein eigenes Haus, einige Läden und, wie Ihr seht, einen ganz netten Hausstand. Ich kann mich nicht beklagen: ich habe auch einen Vorrat Felle auf dem Dachboden liegen und etwas Bargeld im Koffer. Was brauchen wir, Reb Tewje, alle die Zigeunerkunststücke? Was sollen wir da viel klügeln? Wollen wir doch gleich handelseinig werden, eins, zwei, drei! Versteht Ihr mich oder nicht?«

Kurz und gut, als er diese Worte gesprochen hatte, war ich im ersten Augenblick stumm wie einer, dem man eine plötzliche Todesnachricht überbracht hat. Zuerst ging mir der Gedanke durch den Sinn: Lejser-Wolf ... Zeitel ... Er hat ja Kinder, die so alt sind wie sie. Aber bald darauf sagte ich mir: Gott, dieses Glück! Dieses Glück! Sie wird es doch gar gut haben! Und wenn er auch nicht sehr freigebig ist, so ist das heutzutage eher ein Vorzug: man sagt ja doch: *Der Mensch ist sich selbst am nächsten* – wenn man gegen die anderen gut ist, so ist man schlecht gegen sich selbst. Leider ist er nur etwas gar zu ungebildet ... Aber, mein Gott, ein jeder kann doch nicht Gelehrter sein! Gibt es denn wenig reiche und vornehme Leute in Anatewke, in Masepewke und selbst in Jehupez, die den Aleph nicht von einem Kreuz unterscheiden können? Und doch möchte ich soviel gute Jahre erleben, wieviel Ehre diese Leute in der Welt genießen! Wie es auch in den Sprüchen der Väter steht: *Wo kein Brot ist, da ist auch keine Thora*, das heißt: die Thora liegt im Kasten, und die Weisheit in der Tasche.

»Nun, Reb Tewje«, sagt er zu mir, »was schweigt Ihr?« – »Was soll ich schreien?« sage ich und stelle mich so, als ob ich noch unentschlossen wäre. »Das ist doch eine Sache, Reb Lejser-Wolf, die gut überlegt sein will! Es ist wirklich kein Spaß«, sage ich, »denn sie ist ja das erste Kind, das ich verheirate!« – »Im Gegenteil: weil sie Euer erstes Kind ist«, sagt er, »werdet Ihr, so Gott will, auch die zweite Tochter gut verheiraten, und später, mit der Zeit, auch die dritte! Versteht Ihr mich oder nicht?« – »Amen«, sage ich, »dasselbe wünsche ich auch Euch! Eine Tochter verheiraten ist ja kein Kunststück, möchte nur der Herr«, sage ich, »einem jeden den richtigen Ehegenossen zuschicken ...« – »Nein«, sagt er, »ich meine etwas ganz anderes, Reb Tewje: Ihr braucht Eurer Zeitel, Gott sei Dank, keinen Pfennig Mitgift zu geben, und die Hochzeitskosten, die Kleider und alles, was ein Mädel braucht, nehme ich auf mich. Auch Euch selbst«, sagt er, »wird davon etwas in den Beutel abfallen ...« – »Pfui!« sage ich: »Ihr redet, nehmt es mir nicht übel, wie in Eurem Fleischladen! Was heißt, es wird mir etwas in den Beutel abfallen? Pfui! Meine Zeitel ist doch, Gott behüte, keine Ware, die ich um Geld verkaufe! Pfui!« – »Wenn Ihr sagt pfui«, sagt er, »so soll es bleiben beim Pfui! Ich habe das Gegenteil gemeint. Wenn es Euch so lieb ist, so kann es mir recht sein. Die Hauptsache aber ist«, sagt er, »daß es schnell geht! Ich will sobald als möglich eine Hausfrau im Hause haben, versteht Ihr mich oder nicht?« – »Mir kann es recht sein«, sage ich, »ich will Euch keine Schwierigkeiten machen. Ich muß aber noch mit meiner Alten sprechen«, sage ich, »denn in solchen Dingen hat sie zu entscheiden. Es ist doch wirklich keine Kleinigkeit! Es steht geschrieben: *Und Rahel erbarmte sich ihrer Söhne*, – und Raschi übersetzt es: ›Eine Mutter ist wie ein Topfdeckel‹. Man sollte«, sage ich, »auch sie selbst, ich meine Zeitel, fragen. Ihr kennt doch die Geschichte: die ganze Sippschaft hat man zur Hochzeit geladen und die Braut vergessen ...« – »Unsinn!« sagt er. »Fragen muß man sie auch noch? Erzählen müßt Ihr es ihr, Reb Tewje: Ihr kommt nach Hause, erzählt ihr die ganze Geschichte und stellt die Chuppe.« – »Sagt das nicht, Reb Lejser-Wolf! Ein Mädel ist doch, Gott behüte, keine Witwe!« – »Natürlich«, sagt er, »ist ein Mädel – ein Mädel und keine Witwe. Darum soll man auch«, sagt er, »beizeiten davon sprechen, weil man die Aussteuer und tausend andere Dinge besorgen muß. Indessen«, sagt er, »wollen wir, Reb Tewje, einen Schluck Branntwein nehmen! Ja oder nein?« – »Von mir aus«, sage ich, »warum auch nicht? Was hat das eine mit dem anderen zu tun? Es heißt ja: Adam ist ein Mensch, und Branntwein ist Branntwein. Und im Talmud«, sage ich, »steht ...« Und ich haue ihm eine Talmudstelle an den Kopf und noch eine und eine dritte – natürlich lauter Unsinn, ein Gemisch aus dem Hohelied und dem »Chad-gadjo«.

Kurz und gut, wir nahmen einen ordentlichen Schluck, wie Gott es befohlen hat! Die Stutznasige brachte inzwischen den Samowar, und wir machten uns einen Punsch. Wir unterhielten uns dabei gar freundlich, sprachen von der Partie, von dem und jenem, und wieder von der Partie. »Wißt Ihr auch, Reb Lejser-Wolf«, sage ich, »was für ein Edelstein sie ist?« – »Ich weiß«, sagt er, »glaubt es mir, daß ich es weiß! Wenn ich es nicht wüßte«, sagt er, »hätte ich doch von ihr gar nicht gesprochen!« Und so reden wir miteinander. Ich schreie: »Ein Edelstein, ein Diamant! Ihr sollt sie nur zu schätzen wissen und möglichst wenig den Fleischer herauskehren.« … Und er darauf: »Habt keine Angst, Reb Tewje: was sie bei mir an Wochentagen zu essen bekommt, das hat sie bei Euch selbst an hohen Festtagen nicht gegessen.« – »Ach«, sage ich, »spielt denn Essen auch eine Rolle? Der Reiche«, sage ich, »ißt keine Dukaten und der Bettler keine Steine. Ihr seid ein einfacher Mensch«, sage ich, »und werdet ihre Tüchtigkeit gar nicht zu schätzen wissen«, sage ich, »wie sie die Challe bäckt, wie sie den Fisch bereitet, Reb Lejser-Wolf! Ach, wie sie den Fisch bereitet! Man muß dazu besonders begnadet sein.« Und er sagt wieder: »Reb Tewje, Ihr seid, nehmt es mir nicht übel, zu alt, Ihr habt keine Menschenkenntnis mehr, Reb Tewje, und Ihr kennt mich nicht!« Und ich sage darauf: »Auf die eine Waagschale soll man einen Haufen Gold aufschütten und auf die andere meine Zeitel hinstellen! Hört Ihr es, Reb Lejser-Wolf? Und selbst wenn Ihr zweimalhunderttausend Rubel besitzt, seid Ihr nicht ihre Ferse wert!« – Und er darauf: »Glaubt es mir, Reb Tewje, Ihr seid ein großer Narr, wenn Ihr auch älter seid als ich.«

Kurz und gut, wir unterhielten uns so wohl eine hübsche Weile und waren schließlich ziemlich bezecht. Denn als ich nach Hause kam, war es schon recht spät, und ich schwankte ordentlich auf den Beinen. Mein Weib, sie soll gesund sein, merkte sofort meinen Zustand und machte mir einen ordentlichen Krach, wie ich ihn auch wirklich verdiente. »Still«, sage ich, »rege dich nicht auf, Golde«, sage ich ihr gar fröhlich und habe Lust zu tanzen. »Schreie nicht so, meine teure Seele, uns gebührt ein Masel-tow!« – »Ein Masel-tow? Einen finstern Masel-tow wünsche ich dir!« sagt sie. »Du hast wohl schon die braune Kuh verschachert, hast sie dem Lejser-Wolf verkauft?« – »Noch viel ärger«, sage ich. – »Du hast sie«, sagt sie, »gegen eine andere vertauscht? Hast den Lejser-Wolf, nebbich, angeschwindelt?« – »Noch viel ärger«, sage ich. – »Rede also«, sagt sie »vernünftig! Wie wortkarg du plötzlich geworden bist!« – »Masel-tow, Golde«, sage ich wieder, »Masel-tow uns beiden, denn unsere Zeitel ist verlobt!« – »Ach so«, sagt sie, »dann bist du sicher betrunken! Du hast doch einen ordentlichen Schluck genommen?« – »Ich habe mit Lejser-Wolf wohl ein wenig getrunken«, sage ich, »und wir haben uns je ein Glas Punsch gemacht. Aber ich bin noch immer«, sage ich, »bei klarem Verstand. Wisse also, meine geliebte Golde, daß unsere Zeitel in einer guten und glücklichen Stunde Lejser-Wolfs Braut geworden ist!« Und ich erzähle ihr die ganze Geschichte vom Anfang bis zu Ende, wie und wann und warum, und was wir alles besprochen haben, ohne auch das Geringste auszulassen.

»Höre einmal, Tewje«, sagt zu mir mein Weib, »so wahr mir Gott helfe«, sagt sie, »habe ich es schon im voraus gewußt, daß Lejser-Wolf dich nicht umsonst gerufen hat. Aber ich wollte daran nicht einmal denken, denn ich fürchtete, daß aus der Sache vielleicht doch nichts wird! Ich danke dir, Gott«, sagt sie, »ich danke dir, herzliebster Himmelsvater! Mag es nur zu einer guten und glücklichen Stunde geschehen sein, mag sie an seiner Seite in Reichtum und Ehren alt werden! Denn seine selige Frume-Ssore – es sei zwischen Lebenden und Toten wohl unterschieden – hat es bei ihm gar nicht gut gehabt! Sie war ja auch – sie möchte es mir vergeben, und ich sollte es lieber bei Nacht gar nicht aussprechen! – eine böse und eigensinnige Frau und konnte sich mit keinem Menschen vertragen. Ganz anders war sie als unsere Zeitel – mögen die Jahre, die sie nicht erlebt hat, unserer Tochter zugute kommen! Ich danke dir, lieber Gott! Nun, Tewje«, sagt sie, »was habe ich dir gesagt, du Narr? Braucht noch der Mensch um etwas zu sorgen? Wenn es einem beschert ist«, sagt sie, »so kommt das Glück ganz von selbst ins Haus.« – »Das stimmt«, sage ich, es steht sogar ausdrücklich in der Schrift …« – »Was taugt mir die Schrift, wo man an die Hochzeit denken muß?! Von der Aussteuer«, sagt sie, »ist noch keine Spur da: sie hat noch nicht einen Faden Wäsche und nicht einmal ein Paar Strümpfe. Nun braucht sie«, sagt sie, »ein seidenes Kleid für die Trauung und ein wollenes für den Sommer und noch eines für den Winter und noch einige andere Kleider«, sagt sie. »Auch zwei Mäntel muß sie haben: den einen auf Katzenfell für die Wochentage und einen guten mit Schleifen für den Sabbat; dann braucht sie Schuhe und Quasten, ein Korsett, Handschuhe, Taschentücher, einen Sonnenschirm und die übrigen Sachen, die ein Mädel heutzutage haben muß …« – »Woher hast du«, sage ich,

»liebe Golde, alle diese Kenntnisse?« – »Warum soll ich keine haben?« sagt sie. »Komme ich denn nicht mit Menschen zusammen? Habe ich nicht hier bei uns in Masepewke gesehen, wie sich anständige Leute kleiden? Überlasse es nur mir«, sagt sie, »ich werde mit ihm alles besprechen. Lejser-Wolf«, sagt sie, »ist gar kein schlechter Mensch! Er ist ein reicher Mann, und er wird es wohl auch selbst nicht haben wollen, daß die ganze Stadt auf ihn mit den Fingern zeigt. Und wenn man schon Schweinefleisch ißt, so soll doch wenigstens das Fett über den Bart rinnen.«

Kurz und gut, wir sprachen so bis zum Morgen. Als es zu tagen anfing, sagte ich: »Packe mir das bißchen Butter und Käse zusammen, mein Weib, und ich werde nach Bojberik fahren. Es ist zwar alles schön und gut, aber sein Geschäft«, sage ich, »soll man auch nicht vernachlässigen! Die Welt ist ja noch immer die gleiche!« In aller Frühe, *wenn der Ochs auf die Weide geht*, spannte ich mein Pferd vor den Wagen und fuhr nach Bojberik. Wie ich auf den Markt von Bojberik komme, da merke ich es schon: ist es denn möglich, vor Juden etwas zu verheimlichen? Alle wissen es schon, und man ruft mir von allen Seiten »Masel-tow!« zu: »Masel-tow, Reb Tewje! Wann ist, so Gott will, die Hochzeit?« – »Danke, gleichfalls«, sage ich: »Da sieht man es wieder: der Vater ist noch nicht geboren, und der Sohn ist schon über das Dach gewachsen.« – »Unsinn!« sagen die Leute: »Es wird Euch nichts nützen, Reb Tewje, Ihr müßt uns schon ein Gläschen spendieren! So ein Glück, unberufen, eine wahre Schmalzgrube!« – »Das Schmalz wird ausrinnen«, sage ich, »und nur die Grube wird übrigbleiben! Aber trotzdem«, sage ich, »will ich kein Schwein sein und mit Euch gerne ein Gläschen trinken. Sobald ich mit allen meinen Jehupezer Kunden fertig bin«, sage ich, »spendiere ich Euch Branntwein und etwas zum Beißen! Man lebt ja nur einmal, das heißt: jubele und frohlocke, du Bettler!«

Kurz und gut, als ich so schnell wie immer meine Ware abgesetzt hatte, trank ich mit der Gesellschaft ein paar Gläschen, und wir wünschten uns gegenseitig Glück, so wie es sich gehört. Dann setzte ich mich in den Wagen und fuhr lustig und guter Dinge davon. Ich fahre so durch den Wald, es ist ein herrlicher Sommertag, die Sonne brennt, aber ich fahre im Schatten der Bäume, und die Fichten duften herzerfrischend. Ich liege wie ein

Graf in meinem Wägelchen, lasse die Zügel los und sage zu meinem Gefährten: »Sei so gut«, sage ich, »und laufe allein, den Weg sollst du ja schon kennen!« Und dann beginne ich laut zu singen. Es ist mir so festlich zumute, und darum singe ich Stücke aus den Gebeten für die hohen Feiertage und aus dem »Hallel«. Ich blicke zum Himmel hinauf, und meine Gedanken flattern über die Erde.

Die Himmel – die Himmel sind Himmel für den Ewigen, und die Erde – denke ich mir – hat Er den Menschenkindern gegeben, damit sie sich die Köpfe an der Wand einrennen, sich wie die Katzen um die Güter dieser Welt balgen und sich wegen eines Ehrenamtes, wegen eines »Schischi« oder eines »Maftir« zanken. Nicht die Toten rühmen Gott: keine Ahnung haben die Leute, wie man Gott für die Wohltaten loben muß, die er uns erweist! Aber wir, arme Leute, wenn wir auch einen einzigen guten Tag erleben, so loben wir Gott und sagen: Ich liebe Ihn, ich liebe Gott, weil er meine Stimme und mein Gebet erhört hat, weil er mir sein Ohr geliehen hat, als mich *die Bande des Todes umfingen,* als mich Armut und Unglück erdrückten: Heute geht mir am hellichten Tag eine Kuh ein, und morgen schickt mir der Teufel einen Verwandten, einen Pechvogel, einen Menachem-Mendel aus Jehupez, auf den Hals, der mir meinen letzten Pfennig nimmt. Und ich denke mir schon *in meiner Übereilung,* daß es mein Ende ist, daß die ganze Welt für mich zusammengestürzt ist. *Jeder Mensch ist ein Lügner,* es gibt keine Wahrheit auf der Welt! Was tut aber Gott? Er gibt Lejser-Wolf den Gedanken ein, daß er meine Zeitel, so wie sie steht und geht, nimmt; und darum sage ich zweimal: *Ich danke dir!* Ich will dich lobsingen, lieber Gott, weil du dich deines Tewjes erbarmt hast und ihm zu Hilfe gekommen bist! Nun werde ich Freude an meinem Kinde erleben! Wenn ich sie, so Gott will, besuche, werde ich sie als eine gut versorgte Hausfrau antreffen, deren Speisekammern angefüllt sind mit Schmalz und Eingemachtem für Pessach, und die Geflügelställe mit Hühnern, Gänsen und Enten.

Plötzlich beginnt mein Pferd den Berg hinunterzurennen, und ehe ich den Kopf heben und sehen kann, wo ich mich in der Welt befinde, liege ich schon auf der Erde mit allen meinen leeren Töpfen und Kannen, und der Wagen liegt auf mir! Ich erhebe mich mit großer Mühe, ganz zerschunden und zerschlagen vom Boden und lasse meinen ganzen Zorn an dem Pferdchen aus. »In die Erde sollst du versinken! Wer hat dich darum gebeten, du Elender, zu zeigen, wie tüchtig du bist, und daß du auch bergab laufen kannst? Du hast mich ja beinahe umgebracht«, sage ich, »du Asmodi!« Und ich gebe ihm soviel Peitschenschläge, wieviel es überhaupt fassen konnte. Der Kerl verstand wohl, daß er etwas Übles angestellt hatte, denn er stand mit gesenkter Schnauze da, so daß man ihn hätte melken können. »Daß dich der Teufel!« sage ich zu ihm. Dann bringe ich den Wagen in Ordnung, lese alle Töpfe und Pfannen auf und fahre weiter.

Es ist kein gutes Zeichen, sage ich zu mir. Ob bei mir zu Hause nicht irgendein Unglück geschehen ist? So fahre ich noch an die zwei Werst, und wie ich schon nicht weit vom Hause bin, sehe ich, daß mir auf der Landstraße ein weibliches Wesen entgegenkommt. Ich fahre näher heran, schaue schärfer hin – es ist Zeitel! Ich weiß selbst nicht warum – das Herz blieb mir plötzlich stehen, als ich sie sah. Ich springe vom Wagen und rufe: »Zeitel, bist du es? Was tust du hier?« Sie fällt mir um den Hals und fängt zu weinen an. »Gott sei mit dir«, sage ich, »meine Tochter! Was weinst du?« – »Ach«, sagt sie, »Vater, Vater!« Und sie schwimmt in Tränen. Es wurde mir finster vor den Augen, und mein Herz krampfte sich zusammen. »Was ist denn, Tochter? Was ist denn geschehen?« sage ich zu ihr. Ich umarme sie, streichle ihr das Haar und küsse sie. Sie aber schreit: »Vater, Vater, herzliebster, teurer Vater«, sagt sie und bringt jedes Wort mit Mühe heraus. »Habe Erbarmen«, sagt sie, »mit meinen jungen Jahren!« Und dann schwimmt sie wieder in Tränen und kann kein Wort mehr aussprechen.

Ach und weh ist mir! denke ich mir. Und nun geht mir ein Licht auf. Was brauchte ich auch nach Bojberik fahren? »Warum mußt du gleich weinen?« sage ich zu ihr und streichle ihr den Kopf. »Närrchen«, sage ich, »warum mußt du gleich weinen? In jedem Falle«, sage ich, »nein ist nein! Man wird dir doch nicht mit Gewalt eine Lunge und eine Leber an die Nase hängen! Wir wollten«, sage ich, »nur dein Bestes! Aber wenn du es nicht willst, so nicht! Was soll man tun? Es ist wohl«, sage ich, »nicht beschert …« – »Ich danke dir«, sagt sie, »liebster Vater, lange leben sollst du!« Und sie fällt mir wieder um den Hals, fängt mich zu küssen an und schwimmt wieder in Tränen. »Genug schon zu weinen!« sage ich ihr. »Alles ist eitel, auch Krapfen können einem verleidet werden! Steige in den Wagen«, sage ich, »und wollen wir beide nach Hause fahren! Mutter«, sage ich, »wird sich wohl Gott weiß was denken!«

Kurz und gut, wir stiegen beide in den Wagen, und ich versuchte sie mit Worten zu beruhigen. »Du mußt wissen«, sage ich, »daß wir uns dabei nichts Schlimmes dachten! Gott kennt die Wahrheit und weiß, daß wir nichts anderes im Sinne hatten, als unser Kind beizeiten zu versorgen. Wenn aber das Kind nicht will, so will es wohl auch Gott nicht haben! Es ist dir nicht beschert«, sage ich, »meine Tochter, versorgt zu sein und eine reiche Hausfrau zu werden; auch uns ist es nicht bestimmt«, sage ich, »auf unsere alten Tage eine Freude zu erleben als Lohn für alle unsere Mühe! Denn wir waren«, sage ich, »Tag und Nacht an den Karren gespannt, haben keinen glücklichen Augenblick erlebt und kannten nichts als Armut, Bedrängnis und Pech von allen Seiten!« – »Ach, Vater«, sagt sie zu mir und fängt wieder zu weinen an. »Ich will mir eine Stelle als Magd suchen, ich will Lehm tragen, Erde graben!« – »Was weinst du, dummes Mädel?« sage ich zu ihr. »Sage ich dir denn etwas, du Närrchen? Mache ich dir Vorwürfe? Es ist mir nur«, sage ich, »so bitter und finster zumute. Darum versuche ich, mir das Herz zu erleichtern, und setze mich mit ihm, mit dem Schöpfer der Welt auseinander, wie er mich behandelt. Er ist doch«, sage ich, »ein barmherziger Vater und hat Mitleid mit mir; und doch verfolgt er mich – er soll mich nur für diese Worte nicht strafen! – und rechnet mir alles an; ich soll aber dabei noch schreien: *Lebendiger und ewiger Gott!* Aber es muß wohl so sein«, sage ich, »denn Er ist oben, und wir sind hier unten, tief in der Erde. Und darum müssen wir sagen, daß Er gerecht ist und daß auch sein Urteil gerecht ist. Denn wenn ich es mir so überlege, so bin ich doch eigentlich ein Narr! Was schreie ich? Was lärme ich? Was heißt das«, sage ich, »daß ich kleiner Wurm, der ich auf der Erde herumkrieche und den der leiseste Windhauch, wenn Gott will, in einem Augenblick vernichten kann, mich mit meinem närrischen Verstand hinstelle und Ihn belehren will, wie Er seine Welt regieren soll? Wenn Er es so haben will, so muß es wohl auch so sein! Was helfen da alle Klagen? Vierzig Tage«, sage ich, »so steht es in unseren heiligen Büchern geschrieben – vierzig Tage vor der Erschaffung des Kindes im Mutterleibe kommt ein Engel vom Himmel und verkündet: ›Die Tochter von dem und dem ist als Frau für den und den bestimmt!‹ Soll Tewjes Tochter von mir aus Getzel, den Sohn des Sorach, heiraten, und der Fleischer Lejser-Wolf möchte sich bemühen, irgendwoanders eine Braut von seinesgleichen zu suchen! Die ihm bestimmte Braut wird ihm nicht entgehen, und dir«, sage ich, »meine Tochter, möchte Gott recht bald den dir zugedachten Ehegenossen schicken! Amen! Gottes Wille geschehe!« sage ich. »Daß die Mutter nur nicht schreit! Ich werde wohl von ihr einen ordentlichen Krach bekommen!«

Kurz und gut, wir kommen nach Hause, ich spanne mein Pferd aus, setze mich ins Gras vor das Haus und grüble nach, was für ein Märchen aus Tausendundeiner Nacht ich meiner Frau auftischen soll, um mich aus der Klemme zu retten. Der Tag geht zur Neige, die Sonne sinkt, die Kröten quaken in der Ferne, das Pferd ist angekoppelt und rupft Gras; die Kühe, die eben von der Weide heimgekommen sind, stehen bei den Eimern und warten, daß man sie melkt; das Gras duftet herzerquickend – es ist ein wahres Paradies! So sitze ich da, überlege mir die ganze Sache und denke mir zugleich, wie klug doch Gott seine Welt eingerichtet hat: ein jedes Geschöpf, vom Menschen bis zum Vieh – es sei zwischen ihnen wohl unterschieden! – muß sich sein Brot verdienen: umsonst gibt es nichts! Willst du fressen, Kuh? So lasse dich melken, gib Milch, ernähre einen Juden, sein Weib und seine Kinder! Willst du etwas kauen, Pferd? Laufe jeden Morgen mit den Milchkannen nach Bojberik! Und ebenso du, Mensch – es sei zwischen dir und dem Vieh wohl unterschieden! –, willst du ein Stück Brot, so rackere dich ab, melke die Kühe, schleppe die Milchkannen, schlage Butter, mache Käse, spanne dein Pferd ein und fahre jeden Morgen nach Bojberik zu den Sommerfrischlern, bücke dich vor den reichen Leuten aus Jehupez, schmeichle ihnen, krieche einem jeden von ihnen in die Seele hinein, gib dir Mühe, einen jeden zufriedenzustellen und niemand, Gott behüte, zu verletzten! Bleibt doch immer die Frage offen: Warum? Wo steht es geschrieben, daß Tewje sich um ihretwegen abplagen muß, daß er in aller Frühe, wenn sie noch schlafen, aufstehen muß, damit sie zu ihrem Morgenkaffee frische Butter und frischen Käse haben? Wo steht es geschrieben, daß ich mich abrackern muß, um mir die magere Suppe und etwas Graupen zu verdienen, während sie, die reichen Leute aus Jehupez, sich in der Sommerfrische ausruhen, den ganzen lieben Tag nichts tun und nichts als gebratene Enten, Pasteten und Pfannkuchen essen? Bin ich nicht ebenso Mensch wie sie alle? Wäre es nicht recht und billig, wenn sich auch Tewje in einer Sommerfrische ausruhen könnte? Wo wird man aber dann Käse und Butter hernehmen? Wer wird die Kühe melken? Natürlich werden sie es tun, die reichen Leute aus Jehupez! Und ich fange selbst über diesen verrückten Gedanken zu lachen an! Wie das Sprichwort sagt: Wenn Gott auf alle Narren hören wollte, so würde die Welt schön ausschauen.

»Guten Abend, Reb Tewje!« höre ich plötzlich jemand sagen. Ich wende mich um und sehe – es ist mein Bekannter, Motel Kamisol, ein Schneidergeselle aus Anatewke. »Gesegnet sei, der da kommt!« sage ich. »Willkommen! Möge auch Messias ebenso bald kommen! Setze dich, Motel, auf Gottes Erde«, sage ich. »Wie kommst du plötzlich her?« – »Wie ich herkomme? Mit den Beinen«, sagt er zu mir. Er setzt sich neben mich aufs Gras und schaut immer dorthin, wo sich meine Töchter mit den Kannen und Krügen zu schaffen machen. »Ich wollte Euch schon längst besuchen, Reb Tewje«, sagt er zu mir, »aber ich hatte immer keine Zeit; sobald ich mit der einen Arbeit fertig werde, muß ich gleich wieder eine andere beginnen; ich bin jetzt selbständiger Schneider geworden und habe, gottlob, genug zu tun. Alle Schneider sind jetzt mit Arbeit versehen, denn diesen Sommer gibt es jeden Tag eine Hochzeit: Berel Fonfatsch macht Hochzeit, und Jossel Schejgez macht Hochzeit, und Mendel Sajika macht Hochzeit, und Jankel Piskatsch macht Hochzeit, und Moische Gorgel macht Hochzeit, und Mejer Kropiwa macht Hochzeit, und Chajim Loschek macht Hochzeit, und sogar die Witwe Trigubicha macht Hochzeit!«

»Die ganze Welt«, sage ich, »macht Hochzeit, nur ich allein bin noch nicht so weit! Gott hält mich wohl für unwürdig ...« – »Nein«, sagt er mir und schaut immer zu den Mädeln hinüber.

»Ihr seid im Irrtum, Reb Tewje! Wenn Ihr nur wolltet, so könntet auch Ihr ein Kind verheiraten, denn es hängt nur von Euch allein ab.« – »Was willst du damit sagen?« sage ich. »Weißt du vielleicht eine Partie für meine Zeitel?« – »Ihr habt es erraten!« sagt er zu mir. »Ist es wenigstens etwas Passendes?« sage ich und denke mir, daß er Lejser-Wolf, den Fleischer, meint. »Wie angegossen!« sagt er mir in seiner Schneidersprache und schaut immer zu meinen Töchtern hinüber. »Wo ist denn die Partie, die du mir vorschlagen wirst?« frage ich ihn. »In welcher Gegend? Wenn sie nach einem Fleischladen riecht«, sage ich, »so will ich nichts von ihr hören!« – »Gott behüte!« sagt er, »sie hat mit einem Fleischerladen nichts zu tun! Ihr kennt den Betreffenden sehr gut, Reb Tewje!« – »Ist es wenigstens«, sage ich, »was Rechtes?« – »Und ob!« sagt er: »Es ist, wie man sagt, *ich werde jubeln und frohlokken* – wie zugeschnitten und angenäht!« – »Wer ist denn der junge Mann?« sage ich, »laß es mich hören!« – »Wer der junge Mann ist?« sagt er und schaut immer zu den Mädeln hinüber. »Der junge Mann, versteht Ihr mich, Reb Tewje, das bin ich selbst ...«

Als er diese Worte sprach, sprang ich auf, wie wenn ich mich verbrüht hätte. Auch er sprang auf, und so standen wir einander gegenüber wie zwei Hähne. »Bist du verrückt«, sage ich ihm, »oder bist du von Sinnen? Du bist selbst der Schadchen, bist selbst der Gegenschwäher und selbst der Bräutigam? Das heißt eine eigene Hochzeit mit eigenen Musikanten! Ich habe«, sage ich, »noch niemals gehört, daß ein Bursche sein eigener Schadchen ist!« – »Reb Tewje«, sagt er, »wenn Ihr meint, daß ich verrückt bin, so wünsche ich es allen unseren Feinden! Ich bin noch, Ihr könnt es mir glauben, bei gesundem Verstand. Und man braucht dazu gar nicht verrückt zu sein«, sagt er, »um Eure Zeitel heiraten zu wollen! Und wenn Ihr einen Beweis haben wollt, so erinnere ich Euch nur daran, daß Lejser-Wolf, der doch der reichste Mann in unserer Stadt ist, sie wie sie steht und geht nehmen will. Ihr meint, es sei ein Geheimnis? Die ganze Stadt weiß es schon! Und wenn Ihr mir sagt, daß man so etwas nicht ohne Schadchen machen darf«, sagt er, »so muß ich mich über Euch wundern, Reb Tewje! Ihr seid doch selbst ein Mann, dem man keinen Finger in den Mund stecken darf, denn Ihr würdet ihn abbeißen. Aber was taugen uns die langen Reden? Die Geschichte verhält sich so: ich und Eure Tochter Zeitel haben uns schon längst das Wort gegeben, daß wir uns heiraten werden.«

Wenn mir jemand ein Messer ins Herz gestoßen hätte, so wäre es mir viel lieber, als diese Worte zu hören: erstens, wie kommt er, Motel, der Schneider, dazu, Tewjes Schwiegersohn zu werden? Und zweitens, was sind das für Sachen: *sie haben sich das Wort gegeben, daß sie sich heiraten werden?* »Und wo bin ich?« sage ich zu ihm. »Ich habe doch auch ein Wort mitzureden, oder werde ich gar nicht gefragt?« – »Gott behüte«, sagt er, »zu diesem Zweck bin ich hergekommen, um mit Euch darüber zu sprechen, denn ich hörte, daß Lejser-Wolf sich um Eure Tochter bewirbt, die ich schon seit mehr als einem Jahre liebe …« – »Selbstverständlich«, sage ich, »wenn Tewje eine Tochter Zeitel hat, und du Motel Kamisol heißt und ein Schneider bist, was kannst du für einen Grund haben, sie zu hassen?« – »Nein«, sagt er, »nicht so meine ich es, ich meine es ganz anders: ich wollte Euch nur sagen, daß ich Eure Tochter liebe, daß Eure Tochter mich seit mehr als einem Jahre liebt und daß wir uns das Wort gegeben haben, uns zu heiraten. Ich wollte«, sagt er, »schon einigemal mit Euch darüber sprechen, habe es aber immer aufgeschoben, bis ich mir einige Rubel zusammengespart hätte, um mir eine Nähmaschine anzuschaffen und mich dann so, wie es sich gehört, auszustaffieren. Denn ein junger Mann, der etwas auf sich hält, braucht heutzutage zwei Anzüge und einige Westen …« – »In die Erde sollst du versinken«, sage ich ihm, »mit deinem Kinderverstand! Was wirst du nach der Hochzeit tun? Am Hungertuche nagen oder dein Weib mit deinen Westen ernähren?« – »Ach«, sagt er, »ich muß mich über Euch wundern, Reb Tewje, daß Ihr so etwas sagen könnt! Ich meine, daß auch Ihr noch kein eigenes Haus hattet, als Ihr heiratetet. Und es ist, wie Ihr seht, doch gegangen. So oder so, was mit ganz Israel geschehen wird, das wird auch mit Reb Israel geschehen. Außerdem bin ich ja auch Handwerker.«

Kurz und gut, was soll ich Euch lange erzählen? Er hatte mich überredet. Und warum? Wir wollen uns doch nicht betrügen: wie heiraten alle jüdischen Kinder? Wenn man auf solche Dinge schauen wollte, so würden Leute von unserem Stande niemals heiraten können. Aber eines hat mich geärgert, und ich konnte es unmöglich verstehen. Was heißt das: sie haben sich das Wort gegeben? Was ist das plötzlich für eine Welt? Ein Bursche begegnet einem Mädel und sagt: »Wollen wir uns das Wort geben, daß wir uns heiraten werden.« Das ist doch Unsinn! Als ich aber meinen Motel ansah, wie er mit gesenktem Kopfe wie ein Sünder dastand und es offenbar ganz ernst meinte und gar keine Hintergedanken hatte, überlegte ich mir die Sache: Wenn ich ordentlich nachdenke, was brauche ich mich so aufzuregen und solche Geschichten zu machen? Bin ich von einer so vornehmen Abstammung, oder gebe ich ihr eine so großartige Mitgift oder so wunderbare Kleider zur Aussteuer? Motel Kamisol ist zwar ein Schneider, aber ein braver Bursche, ein Arbeiter, der sein Weib ernähren kann, und ein ordentlicher Mensch. Was kann ich gegen ihn haben? Tewje, sage ich zu mir, mache keine faulen Geschichten und sage ja, wie es geschrieben steht: *Ich habe es dir vergeben, nach deinen Worten* – daß es nur glücklich abläuft!

Ja, was tue ich aber mit meiner Alten? Ich werde doch von ihr ein ordentliches Donnerwetter bekommen, wie man sagt, *mit Pferden und Kamelen* – volle Schüsseln und Teller! Wie bringe ich ihr die Sache so bei, daß sie zu allem ja sagt?

»Weißt du was, Motel?« sage ich zu meinem Bräutigam, »gehe nach Hause, und ich werde inzwischen alles Nötige erledigen, werde die Sache mit dem und jenem besprechen, wie es im Buche Esther heißt: *Und man schrieb niemand vor, was er trinken sollte* – jede Sache will ordentlich überlegt sein! Und morgen früh, so Gott will, wenn du es inzwischen nicht bereust, werden wir uns wiedersehen.« – »Bereuen?« sagt er zu mir: »Ich soll die Sache bereuen? Mag ich hier auf der Stelle sterben, sollen von mir«, sagt er, »nichts als Knochen übrigbleiben, wenn ich je mein Wort zurücknehme!« – »Was taugen alle deine Schwüre«, sage ich zu ihm, »wenn ich es dir auch so, ohne Schwüre glaube? Bleibe gesund«, sage ich, »schlafe wohl und habe lauter gute Träume.«

Wie er gegangen ist, lege ich mich zu Bett, kann aber keinen Schlaf finden. Der Kopf zerspringt mir beinahe vor lauter Nachdenken, bis ich schließlich den richtigen Plan gefunden habe. Und was ist das für ein Plan? Ihr werdet gleich hören, was für Einfälle Tewje haben kann!

Kurz und gut, gegen Mitternacht, als das ganze Haus in tiefem Schlafe lag, und der eine schnarchte, der andere pfiff, fing ich plötzlich mit wilder Stimme zu schreien an: »Gewalt! Gewalt! Gewalt!« Selbstverständlich erwachte das ganze Haus, und Golde natürlich zuallererst. »Gott sei mit dir, Tewje«, sagt sie zu mir und schüttelt mich: »Wach auf! Was ist dir geschehen, daß du so schreist?« Ich öffne die Augen, sehe mich nach allen Seiten um und sage mit zitternder Stimme: »Wo ist sie hin?« – »Wer? Wen suchst du?« – »Frume-Ssore«, sage ich, »Frume-Ssore Lejser-Wolfs war eben hier ...« – »Du redest wie im Fieber«, sagt mir mein Weib: »Gott seit mit dir, Tewje! Frume-Ssore Lejser-Wolfs – es sei zwischen den Lebenden und den Toten wohl unterschieden – ist ja schon längst auf der wahren Welt.« – »Ich weiß«, sage ich, »daß sie gestorben ist, und doch war sie soeben hier, sie stand vor meinem Bett, redete mit mir und packte mich plötzlich«, sage ich, »bei der Gurgel und wollte mich erwürgen!« – »Gott sei mit dir, Tewje! Was redest du für Unsinn?« sagt zu mir mein Weib. »Du hast es wohl geträumt! Spucke dreimal aus, damit sich der Traum zum Guten wendet.«

»Lange leben sollst du, Golde«, sage ich zu ihr, »ich danke dir, daß du mich aufgeweckt hast! Hättest du mich nicht geweckt, so wäre ich wohl auf der Stelle gestorben. Gib mir«, sage ich, »einen Schluck Wasser! Dann werde ich dir den Traum erzählen, den ich gehabt habe. Aber ich muß dich bitten, daß du nicht erschrickst und dir nicht Gott weiß was denkst, denn es steht in unseren heiligen Büchern geschrieben, daß nur der dritte Teil eines Traumes in Erfüllung gehen kann und alles übrige Unsinn ist, eitel Lüge. Vor allen Dingen«, sage ich, »träumte mir, daß bei uns im Hause irgendeine Feier sei; ich weiß nicht mehr, ob es ein Verlobungsmahl oder eine Hochzeit war. Viele Menschen waren versammelt, Männer und Weiber, der Row und der Schächter und Spielleute ... Und plötzlich geht die Türe auf, und Großmutter Zeitel, sie ruhe in Frieden, tritt ein.«

Als mein Weib das Wort Großmutter Zeitel hörte, wurde sie blaß wie die Wand und sagte zu mir: »Wie sah sie aus, und was hatte sie an?« – »Auf alle unsere Feinde sei es gesagt, wie sie aussah«, sage ich, »ihr Gesicht war gelb wie Wachs, und sie hatte natürlich ein weißes Gewand an, ein Totenhemd ... ›Masel-tow!‹

sagte zu mir Großmutter Zeitel: ›Es freut mich, daß ihr für eure Zeitel, die nach mir benannt ist, einen so feinen und anständigen Bräutigam gefunden habt! Er heißt Motel Kamisol nach meinem Onkel Mordchaj und ist zwar ein Schneider, aber ein sehr anständiger Mensch ...‹ – »Wie kommt in unsere Familie«, sagt mir Golde, »ein Schneider? In unserer Familie«, sagt sie, »gab es Lehrer, Vorbeter, Schuldiener, Angestellte der Beerdigungsbrüderschaft und sonstige arme Leute, aber Gott behüte, weder Schneider noch Schuster.« – »Unterbrich mich nicht, Golde!« sage ich zu ihr: »Deine Großmutter Zeitel wird es wohl besser wissen. Als ich von der Großmutter Zeitel einen solchen Masel-tow hörte, sagte ich ihr: ›Warum sagt Ihr, Großmutter, daß Zeitels Bräutigam Motel heißt und ein Schneider ist? Er heißt doch Lejser-Wolf und ist ein Fleischer!‹ – ›Nein‹, sagt sie, ›nein, Tewje, der Bräutigam deiner Zeitel heißt wirklich Motel und ist ein Schneider, und an seiner Seite wird sie, so Gott will, in Reichtum und in Ehren alt werden.‹ – ›Es ist recht, Großmutter‹, sage ich ihr wieder, ›was soll ich aber mit Lejser-Wolf machen? Ich habe ihm ja erst gestern das Wort gegeben!‹ Wie ich dies gesagt habe, sehe ich hin: Großmutter Zeitel ist verschwunden! An ihrer Stelle steht Frume-Ssore Lejser-Wolfs und sagt zu mir: ›Reb Tewje! Ich hielt Euch stets für einen anständigen Menschen, für einen Mann der Thora! Wie könnt Ihr es nun wünschen, daß Eure Tochter mich beerbt, daß sie in meiner Stube sitzt, meine Schlüssel in die Hand nimmt, meinen Mantel, meinen Schmuck und meine Perlen trägt!?‹ – ›Was kann ich dafür?‹ sage ich zu ihr: ›Euer Lejser-Wolf hat es so gewollt.‹ – ›Lejser-Wolf?‹ Sagt sie zu mir: ›Lejser-Wolf wird ein böses Ende haben, und Eure Zeitel – schade um sie, Reb Tewje! –, Eure Zeitel wird mit ihm nicht mehr als drei Wochen zusammenleben; wenn die drei Wochen ablaufen, werde ich zu ihr in der Nacht kommen und werde sie so bei der Gurgel pakken ...‹ Und mit diesen Worten«, sage ich, »packte mich Frume-Ssore bei der Gurgel und begann mich zu würgen. Und wenn du mich nicht geweckt hättest, so wäre ich jetzt nicht mehr auf dieser Welt!«

Mein Weib spuckte dreimal aus und sagte: »In den Fluß soll es fallen, in die Erde soll es versinken, auf die Dachböden soll es klettern, im Walde soll es ruhen, aber uns und unseren Kindern soll es nicht schaden! Das war ein böser, ein finsterer, ein wüster Traum, er möge dem Fleischer auf den Kopf fallen, auf seine Arme und Beine! Soll er für Motels kleinsten Fingernagel zugrunde gehen, und wenn Motel auch nur ein Schneider ist: wenn er nach meinem Großonkel Mordchaj benannt ist, so ist er wohl kein geborener Schneider, und wenn Großmutter Zeitel sich selbst aus jener Welt herbemüht, um uns Masel-tow zu sagen, so müssen wir sagen: Es geschehe in einer guten und glücklichen Stunde! Amen, sela!«

Kurz und gut, was soll ich Euch lange aufhalten? Ich hielt mich in jener Nacht unter meiner Bettdecke stärker als Eisen, um nicht vor Lachen zu zerspringen. *Gelobt sei der Ewige, daß er mich nicht als Weib erschaffen hat.* Ein Weib bleibt doch immer ein Weib. Selbstverständlich wurde am nächsten Tage die Verlobung gefeiert und bald darauf auch die Hochzeit, wie es im Talmud heißt: *Wie der Mann, so auch seine Ware.* Und das junge Paar lebt, gottlob, ganz zufrieden: er ist Schneider, geht in Bojberik von einer Sommerwohnung zur anderen und nimmt Bestellungen an; und sie ist Tag und Nacht im Joch: sie kocht und bäckt und wäscht und putzt und schleppt Wasser; und sie haben trotzdem kaum etwas zu essen. Wenn ich ihnen nicht ab und zu ein wenig Milchwaren oder ein paar Groschen bringen würde, so ginge es ihnen gar nicht gut. Wenn man aber mit ihr darüber spricht, so sagt sie, daß es ihr, unberufen, glänzend geht. Denn sie hat keinen anderen Wunsch, sagt sie, als daß ihr Motel immer gesund bleibt. Nun geh einer her und rede mit den Kindern von heute! Es ist so, wie ich es Euch am Anfang gesagt habe: *Kinder habe ich großgezogen und erhöhet* – plage dich für deine Kinder ab, renne mit dem Kopf die Wand ein, *und sie sind von mir abgefallen.* Sie sagen, daß sie es besser verstehen. Nein, Ihr könnt sagen, was Ihr wollt, die Kinder von heute sind zu klug! Ich glaube aber, daß ich Euch heute den Kopf noch mehr als sonst vollgeredet habe, nehmt es mir nicht übel! Bleibt gesund und laßt es Euch immer gut gehen!

IV. HODEL

Ihr wundert Euch wohl, Reb Scholem Alejchem, daß man Tewje letztens so selten sieht? Ihr sagt, daß er sich plötzlich verändert hat und mit einemmal grau geworden ist? Ach ja! Wenn Ihr nur wüßtet, wieviel Kummer und Plagen Tewje zu tragen hat! Wie heißt es noch in unseren heiligen Büchern: *Der Mensch kommt von Staub und endet in Staub* – das bezieht sich doch nur auf mich! Wo es nur irgendeine Plage oder ein Unglück gibt, muß ich unbedingt dabei sein. Und wißt Ihr, woher das kommt? Vielleicht daher, weil ich von Natur aus so leichtgläubig bin und jedem Menschen blind vertraue ... Unsere Weisen haben schon oft davor gewarnt, aber was soll ich machen, wenn meine Natur einmal so ist? Ihr wißt ja, mein Gottvertrauen ist stark, und ich erhebe niemals Klage gegen den, der ewig lebt. Was Er tut, ist gut. Und wenn Ihr sogar einmal versucht zu klagen, so wird es Euch auch nichts helfen. In den Sliches heißt es ja: *Die Seele gehört dem Herrn und auch der Leib gehört dem Herrn*; wie kann dann der Mensch überhaupt wissen, was der Schöpfer mit ihm tun will? Ich muß darüber immer mit meiner Alten streiten: »Golde«, sage ich, »du sündigst mit den Lippen; denn in einem Midrasch steht ...« – »Was geht mich der Midrasch an?« sagt sie. »Wir haben«, sagt sie, »eine Tochter, die man verheiraten muß; und nach dieser Tochter kommen, unberufen, zwei andere Töchter; und nach den zweien kommen noch drei, sie mögen stark und gesund sein!« – »Ach!« sage ich, »das ist wirklich nicht der Rede wert, Golde! Denn unsere Weisen haben auch das vorausgesehen, und in einem anderen Midrasch heißt es ...« Sie läßt mich aber nicht weiterreden und sagt: »Erwachsene Töchter sind der beste Midrasch ...« Nun rede einer mit einem Weibsbild!

Daraus könnt Ihr schon ersehen, daß ich von dieser Ware genug auf Lager habe, eine reiche Auswahl. Und es ist wirklich ausgesucht schöne Ware: die eine hübscher als die andere. Es ziemt sich zwar nicht, daß man seine eigenen Kinder lobt, doch alle Leute sagen, daß sie wirklich schöne Mädels sind. Und ganz besonders die zweite Tochter, Hodel, die nach Zeitel kommt, nach der ältesten, die sich, wenn Ihr Euch noch erinnert, in den Schneider verliebt hat; diese Hodel ist schön, wie es im heiligen Buche Esther heißt: *Eine schöne und feine Dirne!* Sie strahlt wie ein Stück Gold. Und zu meinem Unglück hat sie obendrein auch einen scharfen Verstand; sie schreibt und liest Jiddisch und Russisch und verschlingt Bücher wie Knödel. Werdet Ihr doch fragen: wie kommt Tewjes Tochter zu Büchern, wenn ihr Vater mit Butter und Käse handelt? Nun, diese selbe Frage lege ich ja auch den feinen jungen Leuten vor, die, mit Verlaub zu sagen, keine Hosen haben, aber doch unbedingt studieren wollen. Versucht sie nur zu fragen: »Was studieren? Wozu studieren?« Sollen Ziegenböcke ebensoviel von fremden Gärten wissen, wie die wissen, was darauf zu antworten. Vor allen Dingen läßt man sie doch zum Studium überhaupt nicht zu! Und doch hättet Ihr sehen sollen, mit welchem Fleiß, mit welcher Ausdauer sie lernen! Und wer sind sie? Kinder von Handwerkern, von Schneidern und Schustern, so wahr mir Gott helfe in allem, was ich beginne! Sie gehen nach Jehupez oder nach Odessa, wohnen auf Dachböden, haben zu Mittag Plagen und Unglück und zum Nachtisch die Kränke. Monatelang bekommen sie kein Stückchen Fleisch zu sehen. Und wenn es ein Fest gibt, so kaufen sich sechs Personen zusammen eine Semmel und einen Hering.

Einer von solchen jungen Leuten tauchte einmal auch in unserem Winkel auf; er stammte aus unserer Gegend, und ich habe sogar einmal seinen Vater gekannt: ein Zigarettenarbeiter ist er gewesen und ein großer Bettler dazu. Nun, daraus mache ich ihm ja keinen Vorwurf: denn wenn es der große Tannaite Rabbi Jojchenen nicht für unpassend hielt, Stiefel zu flicken, so ist es auch für den jungen Mann keine Schande, einen Zigarettendreher zum Vater zu haben. Aber eines habe ich gegen ihn doch einzuwenden: Wozu braucht so ein Bettler studieren? Allerdings hat er gute Fähigkeiten. Pertschik heißt der Unglückliche, auf jüdisch »Pfefferl«. Er sieht auch wirklich wie ein Pfefferl aus: klein, schwarz und unansehnlich; doch den Mund nimmt er gerne voll, und aus seinem Mund kommt nichts als Pech und Schwefel heraus.

Eines Tages fahre ich heim aus Bojberik, wo ich ein wenig von meinen Waren – Käse und Butter und Rahm an die Sommerfrischler verkauft habe; ich sitze in meinem Wägelchen und denke, wie es schon meine Gewohnheit ist, über himmlische Dinge nach und über die reichen Leute von Jehupez, denen es, unberufen, so gutgeht, und über den Pechvogel Tewje, dem es so schlechtgeht, und über mein Pferdchen und ähnliche Dinge. Es ist ein heißer Sommertag, die Sonne brennt, die Fliegen stechen, und die Welt um mich herum ist so erquickend groß und offen, daß man Lust bekommt, sich aufzuheben und davonzufliegen oder sich auszuziehen und davonzuschwimmen!

Da sehe ich, wie ein Bursche zu Fuß durch den Sand marschiert. Er hält sein Päckchen unter dem Arm und schwitzt; scheint todmüde zu sein. »Du«, sage ich zu ihm, »setze dich auf meinen Wagen, ich will dich eine Strecke fahren, denn mein Wägelchen ist leer. Auch steht es in der Schrift: *Wenn du deines Bruders Ochsen siehest irre gehen, so sollst du dich nicht von ihm entziehen, sondern sollst ihm helfen*; und um so mehr einem Menschen!« Der Bursche lacht, läßt sich aber nicht lange bitten und klettert in den Wagen. »Woher kommst du, mein Junge?« frage ich ihn unterwegs. »Aus Jehupez«, sagt er mir. »Was hat«, frage ich ihn, »so ein Bursche wie du in Jehupez zu suchen?« – »So ein Bursche wie ich«, sagt er, »macht jetzt seine Prüfungen.« – »Was will«, frage ich, »so ein Bursche wie du werden?« – »So ein Bursche wie ich«, sagt er, »weiß noch selbst nicht, was er werden will.« – »Wenn er es nicht weiß«, sage ich, »warum quält er sich dann mit dem Studieren?« – »Seid unbesorgt, Reb Tewje«, sagt er, »so ein Bursche wie ich, weiß ganz gut, was er zu tun hat.« – »Wenn du weißt, wer ich bin«, sage ich, »so wirst du mir vielleicht sagen, wer du bist?« – »Wer ich bin?« sagt er: »Ich bin ein Mensch!« – »Ich sehe«, sage ich, »daß du ein Mensch und kein Pferd bist; ich möchte nur wissen, wessen Kind du bist.« – »Wessen Kind soll ich sein?« sagt er. »Ich bin Gottes Kind.« – »Ich weiß«, sage ich, »daß du Gottes Geschöpf bist, denn es steht bei uns geschrieben: *Jedes Tier und jedes Vieh gehört Gott*. Ich frage«, sage ich, »woher du stammst: bist du aus unserer Gegend oder aus Litauen?« – »Was die Abstammung betrifft«, sagt er, »so stamme ich von Adam; ich bin übrigens von hier.« – »Sag mir dann«, sage ich, »wer ist dein Vater?« – »Mein Vater«, sagt er, »hieß Pertschik.« – »Daß dich der Teufel!« sage ich. »Was machst du dann so lange Geschichten? Du bist also des Zigarettendrehers Pertschik Sohn und studierst am Gymnasium?« – »Ja, und ich studiere am Gymnasium.« – »Mir kann es recht sein!« sage ich, »aber sag mir nur das eine: wovon lebst du?« – »Ich lebe«, sagt er, »von dem, was ich esse.« – »Aha!« sage ich, »ich verstehe! Aber was ißt du?« – »Alles«, sagt er, »was man mir gibt.« – »Auch das verstehe ich«, sage ich, »bist wohl nicht wählerisch: wenn man dir etwas gibt, so ißt du, und wenn man dir nichts gibt, so beißt du dich in die Lippe und gehst hungrig zu Bett. Aber es lohnt sich wohl zu hungern«, sage ich, »wenn man es nur den reichen jungen Leuten aus Jehupez gleichtun und am Gymnasium studieren kann, denn auch in der Schrift heißt es: *Alle sind auserwählt.*« So spreche ich zu ihm und führe Texte aus der Schrift und aus dem Midrasch an. Er unterbricht mich aber und sagt: »Sie werden es nicht erleben«, sagt er, »die Reichen von Jehupez, daß ich ihnen gleichtue! Krepieren«, sagt er, »sollen sie!« – »Du bist mir etwas zu scharf gegen die Reichen!« sage ich: »Ich fürchte, daß du mit ihnen Streitigkeiten hast wegen deines Vaters Erbschaft!« – »Was meint Ihr?« sagt er: »Ich kann Euch nur sagen, daß ich und Ihr und wir alle von ihnen noch manchen Rubel zu bekommen haben.« – »Weißt du, was?« sage ich, »laß lieber deine Feinde für dich reden. Ich sehe«, sage ich, »nur das eine: du bist kein verlorener Mensch, und die Zunge braucht man dir nicht zu wetzen. Wenn du Zeit hast«, sage ich, »so kannst du heute abend zu mir hereinschauen. Wir wollen ein wenig reden und bei dieser Gelegenheit kriegst du von mir auch ein Abendessen.«

Es versteht sich, daß der Bursche sich das nicht zweimal sagen ließ: er erschien am gleichen Abend, und zwar im richtigen Augenblick, als die Suppe auf dem Tische stand und die Butterkuchen im Ofen sich bräunten. »Geh«, sage ich, »wasch dir die Hände; und wenn du es nicht tun willst, so kannst du von mir aus auch mit ungewaschenen Händen essen: ich bin ja nicht

Gottes Anwalt«, sage ich, »und mich wird man auf jener Welt dafür nicht peitschen.« So sage ich zu ihm, und ich fühle, daß mir etwas an diesem Menschen gefällt; was es ist, weiß ich nicht, aber es zieht mich stark zu ihm hin. Ich liebe, versteht Ihr mich, einen Menschen, mit dem man reden kann, über einen Text aus der Schrift oder aus dem Midrasch, oder mit dem man so allgemeine Betrachtungen über himmlische Dinge anstellen kann. So ist eben Tewje beschaffen! Von jenem Abend an kam nun der Bursche fast jeden Tag zu Besuch. Wie er nur mit seinen Stunden fertig war, kam er gleich zu mir, um auszuruhen und sich zu zerstreuen. Ihr müßt wissen, daß das Stundengeben bei uns wirklich kein Vergnügen ist: unsere reichsten Leute zahlen so einem Lehrer nicht mehr als drei Rubel die Woche; und dafür muß er ihnen noch Telegramme aufsetzen, Adressen schreiben und manchmal auch einen Gang besorgen. Warum auch nicht? Wenn du bezahlt wirst, so mußt du auch wissen, wofür! Es war noch sein Glück, daß er bei mir zu essen bekam. Dafür hat er meine Töchter unterrichtet: *Auge für Auge!* Und so wurde er bei mir mit der Zeit wie ein Sohn des Hauses. Die Töchter traktierten ihn mit Milch, und meine Alte pflegte aufzupassen, daß er ein ganzes Hemd am Leibe und ein Paar ganze Socken an den Füßen hatte. Und wir nannten ihn von nun an »Pfefferl«, das heißt wir übersetzen seinen Namen »Pertschik« ins Jüdische. Und ich muß sagen, daß wir ihn alle gerne mochten, denn er war im Grunde genommen gar kein übler Mensch, ein einfacher, ehrlicher Bursche.

Aber eines wollte mir an ihm nicht gefallen: er hatte die Gewohnheit, manchmal ganz zu verschwinden. Oft stand er auf, ging weg, und man sah ihn tagelang nicht: *Der Knabe ist nicht da,* wie Ruben zu seinen Brüdern sagte – Pfefferl ist verschwunden. Und wenn er wieder erscheint, und ich ihn frage: »Wo bist du gewesen, mein Schatz?« schweigt er wie ein Fisch. Ich weiß nicht, ob Ihr das mögt, aber ich kann es nicht leiden, wenn ein Mensch Geheimnisse hat. Ich verlange von einem Menschen, daß er offen ist und alles sagt, was er auf dem Herzen hat. Er war also sehr verschlossen und doch, wenn er einmal ins Reden kam, war er gleich Feuer und Flamme. Aber ein Mundwerk hatte er – nicht gedacht soll seiner werden! Er räsonnierte über Gott und seinen Gesalbten und über Gottes Lehre – über die letztere am allermeisten! Und seine Gedanken waren immer so wild, krumm und verworren! So suchte er mir zum Beispiel zu beweisen, daß der reiche Mann nichts taugt und der Bettler ein gar wichtiger Mensch ist; und was den Arbeiter betrifft, so hielt er ihn für die vornehmste Person, die es gibt; denn das Wichtigste ist, sagt er, daß der Mensch von seiner Hände Arbeit lebt. »Ganz recht«, pflegte ich ihm darauf zu antworten, »aber bares Geld ist doch besser?« Wird er wütend und will mir beweisen, daß das Geld das größte Unglück für die Welt ist: »Vom Gelde«, sagt er, »kommt eben alle Lüge und jede Ungerechtigkeit, die es nur in der Welt gibt; denn alles, was auf der Welt geschieht, ist ungerecht.« Und er beweist es mir mit allerlei Beispielen und Gründen, die weder Sinn noch Zusammenhang haben. »Aus deiner verrückten Lehre folgt also«, sage ich ihm, »daß es auch ungerecht ist, wenn ich meine Kühe melke und mit meinem Pferde fahre?« Und ich gebe ihm noch ähnliche schwere Fragen auf und unterbreche ihn bei jedem Wort; wie es Tewje eben kann! Aber auch mein Pfefferl versteht sich aufs Disputieren! Er kann das sogar viel zu gut, und es wäre für ihn besser, wenn er es nicht so gut könnte! Und er nimmt auch kein Blatt vor den Mund.

Wie wir eines Abends auf den Stufen vor dem Hause sitzen und über solcherlei Fragen philosophieren, sagt er plötzlich, der Pfefferl, zu mir: »Wißt Ihr was, Reb Tewje? Ihr habt doch sehr geratene Töchter!« – »Wirklich?« sage ich, »ich danke für die Neuigkeit. Es kann auch nicht anders sein«, sage ich, »wenn sie mir nachgeraten sind.« – »Und Eure älteste Tochter«, sagt er zu mir weiter, »die ist besonders klug, ein wirklich wertvoller Mensch!« – »Das weiß ich auch selbst«, sage ich, »denn der Apfel fällt nicht weit vom Baum.« So sage ich zu ihm und freue mich dabei: denn welcher Vater hört es nicht gerne, daß man seine Kinder lobt? Wer konnte es damals ahnen, daß aus diesem Lob eine gar schreckliche Liebesgeschichte werden wird? Hört nur, was weiter kam.

Kurz und gut, ich fahre einmal wieder gegen Abend mit meinem Wägelchen durch Bojberik von einer Sommerwohnung zur anderen und verkaufe meine Milchwaren, als mich plötzlich jemand ruft. Ich sehe mich um: Es ist Efroïm, der Schadchen. Wie er mich in Bojberik sieht, hält er mich an und sagt:»Entschuldigt«, sagt er, »Reb Tewje, ich muß mit Euch etwas besprechen.« – »Ich habe nichts dagegen«, sage ich, »wenn es nur etwas Gutes ist.« Und ich laß mein Pferd halten. »Ihr habt«, sagt er, »Reb Tewje, eine Tochter.« – »Ich habe«, sage ich, »sieben Töchter, sie mögen alle stark und gesund sein.« – »Ich weiß«, sagt er, »daß Ihr sieben Töchter habt; auch ich habe sieben Töchter.« – »Also haben wir zusammen vierzehn«, sage ich. – »Scherz beiseite«, sagt er, »die Sache ist nämlich die: ich bin ja, wie Ihr wißt, ein Schadchen, also habe ich eine Partie für Eure Tochter. Es ist aber eine ganz außergewöhnliche Partie, wirklich prima!« – »Laßt mich hören«, sage ich, »was Ihr eine prima Partie nennt! Wenn es ein Schneider ist oder ein Schuster oder ein Melamed, so soll er nur dort bleiben, wo er ist. Denn meinesgleichen werde ich auch anderswo finden können. Wie es auch im Midrasch ganz richtig heißt …« – »Ach«, sagt er, »Reb Tewje, Ihr fangt schon wieder mit Eurem Midrasch an! Bevor man mit Euch redet«, sagt er, »muß man seinen Gürtel fester zusammenschnallen! Ihr überschüttet die ganze Welt mit Euren Texten. Hört doch besser, was für eine Partie Euch Efroïm, der Schadchen, vorzulegen imstande ist. Jetzt sollt Ihr«, sagt er, »hören und schweigen.« So sagt zu mir Efroïm, der Schadchen, und liest mir einen Zettel vor; was soll ich Euch sagen – die Sache klingt wirklich sonderbar. Erstens ist die Stadt, wo der junge Mann wohnt, eine sehr schöne Stadt. Und zweitens ist er auch von guter Familie, und darauf lege ich gerade großen Wert. Denn auch ich bin nicht der erste beste. In meiner Familie gibt es, wie unter den Schafen Labans, allerlei: *bunte, gefleckte und gesprenkelte;* es gibt ganz einfache Menschen, und es gibt Handwerker, und es gibt Hausbesitzer. Außerdem ist der junge Mann gebildet, kennt sich in den kleinen Buchstaben aus. Und das halte ich nicht für gering: denn einen ungebildeten Juden hasse ich wie Schweinefleisch! Ein Ungebildeter ist für mich viel ärger als ein Trunkenbold. Ihr könnt von mir aus ohne Hut herumlaufen oder gar auf dem Kopfe stehen; wenn Ihr Euch nur im Raschi-Kommentar auskennt, gehört Ihr schon zu meinen Leuten. So ein Mensch ist eben Tewje! Und dann ist der junge Mann, sagt Efroïm, sehr reich, fährt in eigener Equipage mit feurigen Rossen.

Mir kann es recht sein, denke ich mir, denn Reichtum gehört nicht zu den größten Fehlern, die ein Mensch haben kann. Wenn ich schon wählen soll, so ziehe ich immerhin einen Reichen einem Bettler vor. Es heißt zwar: *Armut steht dem Volke Israel wohl an*, doch Gott selbst mag keinen Bettler leiden: denn hätte Gott den Bettler lieb, so wäre der Bettler eben kein Bettler. »Und was könnt Ihr mir noch sagen?« frage ich ihn. »Ich kann Euch noch sagen«, sagt er, »daß der junge Mann diese Partie unbedingt machen will, daß er nach Eurer Tochter verschmachtet, denn er will nur eine Schöne.« – »So!« sage ich, »von mir aus. Aber wer ist er? Ein Witwer? Ein Geschiedener? Oder was?« – »Er ist«, sagt er, »Junggeselle, wenn auch schon etwas in den Jahren, aber doch Junggeselle.« – »Und wie ist«, frage ich, »sein heiliger Name?« Den Namen will er mir nicht sagen, ich könnte ihn in Stücke schneiden. »Bringt Eure Tochter einmal mit nach Bojberik«, sagt er, »so werde ich Euch seinen Namen sagen.« – »Was heißt«, sage ich, »daß ich sie bringen soll? Man bringt doch nur ein Pferd zum Jahrmarkt oder eine Kuh zum Verkauf.«

Aber Ihr wißt wohl selbst, daß ein Schadchen auch eine Wand überreden kann. Und so wurde beschlossen, daß ich sie, so Gott will, in der nächsten Woche nach Bojberik mitbringe. Und es kommen mir schon allerlei süße Gedanken in den Sinn. Ich stelle mir vor, wie meine Hodel in einer Equipage mit feurigen Rossen spazierenfährt, und wie die ganze Welt mich beneidet; weniger wegen der Equipage und der Rosse, als wegen der Wohltaten, die ich durch meine reiche Tochter der Welt erweise: Wie ich Armen mit Darlehen aushelfe, dem einen zwanzig, dem anderen fünfzig und dem dritten gar hundert Rubel gebe: denn der Arme ist ja auch ein Mensch. So denke ich mir, wie ich in der Dämmerung nach Hause fahre, und ich schlage mein Pferdchen und spreche mit ihm in der Pferdesprache: »Pferdchen«, sage ich zu ihm, »hui! Bewege doch etwas schneller deine Beine. Wenn du etwas schneller läufst«, sage ich, »so bekommst du deine Portion Hafer, denn es steht bei uns geschrieben: *Wer nicht arbeitet, soll auch nicht essen*, und wenn man nicht schmiert, so kann man nicht fahren.«

Und wie ich so mit meinem Pferdchen spreche, sehe ich, daß aus dem Walde zwei Menschen herauskommen, ein Männlein und ein Weiblein. Sie gehen hart nebeneinanderher und sind in ein Gespräch vertieft. Wer kann das sein? Frage ich mich und schaue durch die flammenden Sonnenstrahlen hin. Ich könnte schwören, daß der eine von den beiden Pfefferl ist! Doch mit wem geht der Bursche so spät? Ich halte mir die Hand vor die Augen, gegen die Sonnenstrahlen, und schaue ganz scharf hin. Wer ist das Weiblein, mit dem er geht? Herr Gott! Ist das nicht Hodel? Gewiß ist es Hodel! So! Darum haben sie mit solchem Eifer Grammatik gelernt und Bücher gelesen! Ach, Tewje, was für ein Narr du bist! So denke ich mir und lasse den Gaul halten und rufe die beiden zu mir heran: »Guten Abend!« sage ich. »Was hört man neues vom japanischen Krieg? Wo kommt ihr«, sage ich, »plötzlich her? Was sucht ihr hier? Den gestrigen Tag?« Wie die Leutchen diesen Willkommensgruß hören, bleiben sie stehen, wie man sagt, »zwischen Himmel und Erde«, etwas verlegen und mit roten Gesichtern. Sie stehen eine Minute schweigend da und blicken zu Boden, dann heben sie die Augen wieder auf und schauen mich an; ich schaue sie an, und dann schauen sie einander an.

»Nun?« sage ich. »Ihr seht mich so an, als ob ihr mich schon lange nicht mehr gesehen hättet. Ich bin, glaube ich, noch immer der alte Tewje«, sage ich, »der ich immer war, und habe mich gar nicht verändert.« So sage ich zu ihnen halb im Scherz und halb ärgerlich. Nun wendet sich zu mir meine Tochter, das heißt Hodel, und errötet noch mehr. »Vater«, sagt sie, »du kannst uns gratulieren!« – »Ich gratuliere«, sage ich, »und wünsche viel Glück! Aber was ist eigentlich los? Habt ihr«, frage ich, »einen Schatz im Walde gefunden? Oder seid ihr soeben einer großen Gefahr entronnen?«

»Nein«, sagt Pfefferl, »aber wir sind Bräutigam und Braut.« – »Was heißt«, sage ich, »ihr seid Bräutigam und Braut?« – »Ihr wißt nicht«, sagt er, »was Bräutigam und Braut heißt? Es heißt, daß ich ihr Bräutigam bin und sie meine Braut ist.« So sagt Pfefferl zu mir und blickt mir gerade in die Augen. Aber auch ich blicke ihm gerade in die Augen und sage: »Wann war bei euch die Verlobungsfeier? Und warum habt ihr mich nicht zu der Feier geladen? Ich bin doch, glaube ich, ein Verwandter.« So scherze ich, doch es ist mir dabei gar nicht so lustig zumute. Aber

Tewje ist kein Frauenzimmer, Tewje will eine Sache bis zum Ende hören. Und ich sage ihnen: »Ich verstehe nicht: eine Verlobung ohne einen Schadchen und ohne ein Verlobungsmahl?« – »Was brauchen wir«, sagt Pfefferl, »einen Schadchen? Wir sind ja schon längst Bräutigam und Braut.« – »So!« sage ich. »Das sind Gottes Wunder! Warum habt ihr bisher davon geschwiegen?« – »Warum sollten wir davon sprechen? Wir hätten es Euch auch jetzt nicht erzählt; da wir uns aber bald voneinander trennen, haben wir beschlossen, zuvor die Chuppe zu stellen.«

Das war mir schon zuviel. Daß sie sich verlobt hatten, das konnte ich schließlich noch ertragen: er liebt sie, sie liebt ihn – warum denn nicht. Aber gleich die Chuppe stellen – was hat das für einen Sinn? Der Bräutigam merkt wohl, daß ich etwas überrascht bin und sagt: »Versteht Ihr, Reb Tewje, die Sache ist nämlich die, daß ich bald von hier fortreise.« – »Wann gehst du fort?« – »Sehr bald.« – »Und wo willst du hin?« – »Das kann ich Euch«, sagt er, »nicht sagen, denn es ist«, sagt er, »ein Geheimnis.« Ihr hört? Es ist ein Geheimnis! Wie gefällt Euch das? Da kommt so ein kleines schwarzes Pfefferl daher, stellt sich als Bräutigam vor, will eine Chuppe stellen, ist im Begriff fortzureisen und sagt nicht, wohin! Soll da einem die Galle nicht heraus? »Gut«, sage ich zu ihm, »ein Geheimnis ist eben ein Geheimnis; bei dir ist alles Geheimnis ... Erkläre mir aber, mein Lieber, folgendes: Du bist doch ein Mensch, der viel von Gerechtigkeit hält und vom Kopf bis zu den Füßen mit Menschlichkeit gesalbt ist. Wie reimt sich damit zusammen«, sage ich, »daß du dem alten Tewje eine Tochter wegnimmst, um sie gleich darauf als verlassene Frau sitzenzulassen? Das heißt bei dir Gerechtigkeit? Menschlichkeit? Es ist noch ein Glück«, sage ich, »daß du mich nicht bestohlen und mein Haus nicht angezündet hast!«

»Vater!« sagt zu mir Hodel, »du weißt gar nicht, wie glücklich wir sind und wie wir uns beide freuen, daß wir dir unser Geheimnis erzählt haben. Es ist uns beiden«, sagt sie, »ein Stein vom Herzen gefallen. Komm her, laß dich umarmen!« Und ohne viel zu reden, fallen sie über mich her, er von der einen Seite, sie von der andern, und nun geht die Küsserei los: sie küssen mich und ich sie. Und sie machen das so stürmisch, daß sie, wohl aus Versehen, auch einander küssen! Es ist nicht zu beschreiben, das reinste Theater! »Ist es vielleicht schon genug?« sage ich. »Ich glaube, es ist Zeit, von ernsteren Dingen zu sprechen!« – »Von was für Dingen?« fragen sie mich. – »Nun«, sage ich, »von Mitgift, Aussteuer, Hochzeit …« – »Wir brauchen«, sagen sie, »gar nichts, und wir wollen weder Mitgift noch Aussteuer.« – »Was denn«, sage ich, »wollt ihr?« – »Wir wollen«, sagen sie, »nur die Chuppe und sonst nichts.« Wie gefällt Euch das?!

Kurz und gut, ich will Euch nicht lange aufhalten, es half mir nichts. Ich mußte ihnen die Chuppe stellen. Es war eine schöne Chuppe! Gar nicht nach Tewjes Geschmack. Eine stille Trauung. Und obendrein habe ich ja auch meine Alte, und die ist, wie man sagt, wie ein Geschwär auf meinen Wunden. Nun quält sie mich, daß ich ihr sage, warum die Sache so plötzlich und so eilig ist. Wie kann man so etwas einem Frauenzimmer erklären? Ich muß, um des lieben Friedens willen, eine gewaltige Lüge erfinden. Erzähle ihr eine Geschichte von einer Erbschaft und von einer reichen Tante in Jehupez, damit sie mich in Ruhe läßt. Und noch am gleichen Tag, das heißt einige Stunden nach der schönen Hochzeit, spanne ich mein Wägelchen ein, und wir fahren zu dritt, das heißt ich und er und sie nach Bojberik zum Bahnhof. Und wie ich mit ihnen fahre, schaue ich sie von der Seite an und denke mir: Was haben wir doch für einen großen Gott, und wie wunderlich ist seine Welt! Und was für merkwürdige Geschöpfe hat er erschaffen! Da sitzt ein junges Paar, frisch aus dem Backofen, und er fährt weg, Gott weiß wohin, und sie bleibt da, und keiner von den beiden läßt auch nur des Anstandes wegen eine Träne fallen! Aber Tewje ist kein Frauenzimmer, Tewje hat Zeit, er sieht zu und schweigt und wartet, was daraus werden soll.

Auf dem Bahnhof sehe ich einige junge Burschen in ausgetretenen Stiefeln: sie sind gekommen, um meinem Schwiegersohn das Geleit zu geben. Einer von ihnen sieht ganz wie ein Bauernbursche aus: das Hemd hängt ihm, mit Verlaub zu sagen, über den Hosen heraus. Er flüstert die ganze Zeit mit den Meinigen. Paß auf, Tewje, denke ich mir, ob du nicht in eine Gesellschaft von Pferdedieben oder Einbrechern oder Falschmünzern hineingeraten bist.

Wie ich mit meiner Hodel aus Bojberik nach Hause fahre, muß ich diese Befürchtung ganz offen aussprechen. Fängt sie zu lachen an und will mir einreden, daß es lauter feine Menschen sind, ehrliche, durchaus ehrliche junge Leute, die nur für ihre Mitmenschen leben und an ihr eigen Wohl überhaupt nicht denken. »Und der Bursche mit dem Hemd«, sagt sie, »der ist gar ein Sohn reicher Eltern. Er hat«, erzählt sie mir, »seine Eltern in Jehupez verlassen und will von ihnen keinen Pfennig nehmen.« – »So?« sage ich, »Gottes Wunder! Er scheint wirklich ein ganz feiner Bursche zu sein: zu seinen langen Haaren und zu dem Hemd, das über den Hosen hinaushängt, fehlt ihm nur noch eine Ziehharmonika in der Hand, und daß ihm ein Hund nachläuft: dann würde er ganz herrlich aussehen!«

So rechne ich mit ihr ab, eigentlich auch für ihn, und lasse meine ganze Erbitterung an ihr aus. Und sie? Es rührt sie nicht. *Und Esther sagte nichts.* Sie stellt sich einfältig. Ich sage ihr: »Dein Pfefferl!« Und sie spricht vom allgemeinen Wohl, Arbeitern und ähnlichem Unsinn ... »Was taugt mir«, sage ich, »euer allgemeines Wohl und eure ganze Arbeit, wenn alles so geheim zugeht? Es gibt«, sage ich, »ein Sprichwort: Wo ein Geheimnis ist, dort ist Diebstahl. Sag mir lieber gleich, wohin dein Pfefferl weggefahren ist und wozu?« – »Kannst mich um alles andere bitten«, sagt sie, »aber das kann ich dir nicht sagen, nur das nicht! Frage lieber nicht danach! Glaube mir«, sagt sie, »du wirst mit der Zeit selbst alles erfahren, wirst, so Gott will, recht bald viel Neues und Gutes hören!« – »Amen!« sage ich. »Deine Worte mögen gleich in Gottes Ohr kommen. Aber unsere Feinde«, sage ich, »sollen so wissen, was Gesundheit ist, wie ich weiß, was bei euch da vorgeht, und wie ich verstehe, was das ganze Spiel bedeutet.« – »Das ist eben das Unglück«, sagt sie, »daß du das gar nicht verstehen kannst.« – »Ist es denn so tief? Ich glaube«, sage ich, »daß ich mit Gottes Hilfe auch schwierigere Sachen verstehe!« – »So etwas«, sagt sie, »kann man mit der Vernunft allein nicht erfassen, das kann man nur mit dem Herzen fühlen.« So spricht zu mir Hodel, meine Tochter, und wie sie das sagt, ist ihr Gesicht rot wie Feuer und ihre Augen brennen. So sind einmal meine Töchter, nicht gedacht soll ihrer werden! Wenn sie sich an etwas hängen, dann schon mit Herz und Leben, mit Leib und Seele!

Kurz und gut – es vergeht eine Woche, es vergehen zwei Wochen, drei, vier und fünf und sechs und sieben Wochen –, es kommt von ihm weder ein Brief noch sonst eine Nachricht. Pfefferl ist verschwunden, denke ich mir. Und wie ich meine Hodel anschaue, sehe ich, daß sie keinen Tropfen Blut im Gesicht hat. Sie sucht sich immer die schwerste Arbeit im Hause aus, um ihren Kummer zu vergessen; und sie spricht kein Wort. Als ob es überhaupt kein Pfefferl in der Welt gegeben hätte!

Wie ich aber einmal nach Hause komme, sehe ich, daß Hodel geweint hat: ihre Augen sind rot und angeschwollen. Ich frage nach und höre, daß ein Bursche dagewesen ist mit langem Haar und daß er mit Hodel lange getuschelt hat. Aha! sage ich mir, das wird wohl jener Kerl sein, der seine reichen Eltern verlassen hat und das Hemd über den Hosen trägt! Und ohne es mir lange zu überlegen, rufe ich Hodel aus der Stube in den Hof heraus und nehme sie ins Gebet: »Sag mir, meine Tochter, hast du schon von ihm einen Gruß?« – »Ja.« – »Wo befindet sich jetzt dein Gemahl?« – »Sehr weit von hier«, sagt sie. »Was tut er dort?« – »Er sitzt.« – »Er sitzt?« – »Ja, er sitzt …« – »Wo sitzt er? Wofür sitzt er?« Sie gibt keine Antwort. Sie sieht mir in die Augen und schweigt. »Sage mir nur das eine«, sage ich, »soviel ich verstehe, hat er keinen Diebstahl begangen; und sobald er kein Dieb und kein Schwindler ist, wofür sitzt er dann, für was für gute Werke?« Sie schweigt: und Esther sagt nichts … Denke ich mir: Du willst nichts sagen, gut; ich bestehe nicht darauf: er ist doch dein Mann und nicht mein Mann! Doch tief im Herzen spüre ich einen Schmerz: ich bin ja immerhin der Vater, und wir sagen auch im Morgengebet: »Der Vater erbarmt sich seiner Kinder.« Ein Vater ist eben ein Vater …

Das war in der Zeit um Hojschano-Rabo. An den Feiertagen pflege ich mich auszuruhen, und auch mein Pferdchen ruht sich aus, wie es in der Schrift heißt: *Da sollst du kein Werk tun, noch dein Knecht, noch dein Vieh.* Außerdem gibt es in Bojberik um diese Jahreszeit nichts mehr zu tun: sobald der erste Posaunenstoß des Monats Elul erschallt, laufen alle Sommerfrischler davon, wie die Mäuse zur Hungerszeit, und Bojberik wird eine Wüste. In solchen Tagen liebe ich es, auf den Stufen vor meinem Häuschen zu sitzen. Es ist meine liebste Jahreszeit. Es sind gesegnete Tage: die Sonne brennt nicht mehr wie ein Kalkofen, sondern streichelt weich und mild die Seele. Der Wald ist noch immer grün, die Tannen duften noch immer nach Harz, und es scheint mir, daß der Wald Gottes Laubhütte ist. Hier im Walde, denke ich mir, feiert Gott Sukkoth; hier und nicht in der Stadt, wo solcher Lärm ist und die Menschen herumrennen, um ein Stückchen Brot zu erhaschen, und von nichts anderem als von Geld sprechen! Und die Abende, wie zum Beispiel der Vorabend von Hojschano-Rabo, sind wirklich wie im Paradiese: der Himmel ist blau, und die Sterne funkeln, strahlen, wechseln die Farben und zwinkern einem zu – es sei zwischen Himmlischem und Irdischem wohl unterschieden! – wie die Augen des Menschen. Und manchmal fliegt ein Sternchen wie ein Pfeil aus dem Bogen und läßt für einen kurzen Augenblick eine grünleuchtende Spur zurück – das ist eine Sternschnuppe, da ist jemandes Schicksalsstern herab-gefallen! Denn so viel Sterne, so viel Schicksale gibt es, jüdische Schicksale. Daß es nur nicht mein Stern ist! sage ich mir. Und ich muß plötzlich an Hodel denken. Seit einigen Tagen ist sie ganz verändert: ist lebhafter geworden und sieht viel besser aus; je-mand hat ihr einen Brief gebracht, wohl eine Nachricht von ihm. Ich möchte gar zu gerne wissen, was er ihr schreibt, doch ich will sie nicht fragen. Sie schweigt, also schweige ich auch: Tewje ist kein Frauenzimmer, Tewje kann warten.

Und wie ich so an sie denke, kommt sie plötzlich selbst heraus, setzt sich zu mir auf die Stufen, sieht sich um, ob niemand zuhört, und sagt ganz leise: »Weißt du was, Vater? Ich muß dir et-was sagen … Heute nehme ich Abschied von dir … für immer.«

Sie sagt das so leise, daß ich es kaum hören kann, und sieht mich dabei so sonderbar an. Niemals werde ich vergessen, wie sie mich ansah! Und es geht mir der Gedanke durch den Kopf: Sie will ins Wasser! Warum fällt mir gerade das ein? Nun, weil sich bei uns vor kurzem eine Geschichte zugetragen hat: ein Mädel verliebte sich in einen Burschen aus dem Dorfe und hat mit die-sem Burschen … Ihr könnt Euch selbst denken, was sie getan hat. Ihre Mutter wurde vor Kummer krank und starb, der Vater kam ganz herunter und wurde ein Bettler, und der Bursche über-legte sich die Sache und nahm eine andere. Da ging das Mädel zum Fluß und sprang hinein und ertrank.

»Du nimmst von mir für immer Abschied? Was heißt das?« So frage ich sie und schaue zu Boden, damit sie nicht sieht, wie blaß ich geworden bin. »Das heißt«, sagt sie, »daß ich fortgehe ... Schon morgen«, sagt sie, »in aller Frühe ... Wir werden uns niemals wiedersehen ... niemals!«

Wie ich diese Worte höre, spüre ich schon eine Erleichterung. Gelobt sei Gott, daß sie nichts anderes vorhat! Es hätte ja schlimmer sein können; und für »besser« – gibt es überhaupt keine Grenzen! »Darf ich wissen«, frage ich, »wohin du fortgehst?« – »Ich fahre«, sagt sie, »zu ihm.« – »Zu ihm?« sage ich. »Und wo ist er jetzt?« – »Vorläufig«, sagt sie, »sitzt er noch; doch bald schickt man ihn fort.« – Ich stelle mich einfältig und frage: »Du fährst also, um dich von ihm zu verabschieden?« – »Nein«, sagt sie, »ich will ihm dorthin folgen.« – »Dorthin?« frage ich. »Was bedeutet dorthin? Wie heißt der Ort?« – »Man weiß noch nicht genau, wohin er kommt«, sagt sie, »doch es ist sehr weit von hier, und es ist eine lange und gefahrvolle Reise.«

So sagt zu mir meine Tochter Hodel, und es scheint mir, daß sie das mit solchem Stolz sagt, als ob er etwas so Großes angestellt hätte, daß man ihn dafür mit einer zentnerschweren Medaille aus Eisen belohnen sollte! Was sollte ich ihr darauf sagen? Ein Vater schimpft in einem solchen Falle sein Kind ordentlich aus oder gibt ihm ein paar Ohrfeigen oder beutelt es so durch, daß ihm alle solche Einfälle aus dem Kopfe herausfliegen. Aber Tewje ist kein Frauenzimmer. Ich halte Zorn für Sünde. Und ich führe ihr, wie es meine Gewohnheit ist, einen passenden Text an. »Ich sehe«, sage ich, »meine Tochter, daß du nach den Worten der Schrift handelst: *Wie der Mann Vater und Mutter verläßt und sich an sein Weib hängt*«, sage ich, »so verläßt auch du Vater und Mutter und hängst dich an dein Pfefferl und fährst mit ihm an einen Ort, den niemand kennt, der irgendwo in weiten Wüsten liegt oder auf einem Eismeere, wohl in jenem Land«, sage ich, »wo sich Alexander von Mazedonien zwischen wilden Menschen verirrt hat, wie ich es neulich in einem Büchlein gelesen habe.«

So spreche ich zu ihr, halb im Scherz und halb im Zorn, doch mein Herz weint. Aber Tewje ist kein Frauenzimme, Tewje kann sich beherrschen. Und auch Hodel kommt nicht aus der Fassung, gibt mir auf jede Frage Antwort, ruhig, vernünftig, ohne Übereilung; Tewjes Töchter verstehen eben zu reden!

Und obwohl ich den Kopf gesenkt und die Augen geschlossen

halte, ist es mir, als ob ich sie sähe, als ob ich ihr Gesicht sähe, und es ist blaß und matt wie der Mond, und ihre Stimme klingt so merkwürdig dumpf und zitternd. Soll ich ihr um den Hals fallen, soll ich sie bitten, sie anflehen, daß sie nicht fahre? Ich weiß aber, daß es ganz umsonst wäre: meine Töchter, nicht gedacht soll ihrer werden, sind einmal so: wenn sie sich an etwas hängen, dann immer mit Leib und Seele, Herz und Leben.

Kurz und gut, so saßen wir beide auf den Stufen eine recht lange Zeit, wollen wir sagen – die ganze Nacht. Wir schwiegen mehr als wir redeten, und was wir redeten war auch wie nicht geredet. Es waren halbe Worte. Ich wollte von ihr nur das eine wissen: wo hat man das gehört und gesehen, daß ein Mädel einen Burschen heiratet, nur um mit ihm irgendwohin ans Ende der Welt zu allen Teufeln gehen zu können? Und sie antwortet darauf, daß sie gerne auch ans Ende der Welt und zu allen Teufeln gehen will, wenn er mitgeht. Ich versuche ihr mit Gründen der Vernunft zu beweisen, wie dumm das ist. Und sie erklärt mir mit ihren Gründen, daß ich das gar nicht verstehen kann. Nun erzähle ich ihr die Parabel von der Glucke, die Enteneier ausgebrütet hat: die Entchen gingen zum Wasser und schwammen davon, und die Glucke stand dabei und gluckte. »Was wirst du dazu sagen, Töchterchen?« – »Was kann ich«, sagt sie, »dazu sagen? Es ist natürlich ein großer Jammer mit der Glucke; aber deswegen, daß die Glucke gluckt, sollen die Entchen vielleicht nicht schwimmen?« Versteht Ihr das? Tewjes Töchter reden eben immer etwas sonderbar.

Doch die Zeit steht nicht, und der Tag beginnt schon zu dämmern. Meine Alte im Hause brummt: sie hat mir einigemal durch die Kinder sagen lassen, daß es Zeit sei, zu Bett zu gehen. Doch wie sie sieht, daß das nichts nützt, steckt sie selbst den Kopf zum Fenster hinaus und sagt: »Tewje! Was denkst du dir eigentlich?« – »Sei still, Golde!« sage ich ihr. »Du hast wohl vergessen, daß heute die Nacht auf Hojschano-Rabo ist? In dieser Nacht«, sage ich, »werden im Himmel unsere Schicksale für das kommende Jahr beschlossen. In dieser Nacht muß man aufbleiben. Folge mir, Golde«, sage ich, »und sei so gut, bereite den Samowar, damit wir Tee trinken können. Ich werde inzwischen den Wagen anspannen, denn ich muß mit Hodel zur Bahn fahren.« Und ich erzähle ihr eine nagelneue Lüge, daß Hodel nach Jehupez muß, und von dort noch weiter, immer in derselben Erbschaftssache, und daß es sogar möglich ist, daß sie den ganzen Winter wegbleibt. »Darum«, sage ich, »solltest du ihr etwas Wegzehrung mitgeben; auch ein wenig Wäsche zusammenpacken und ein Kleid, ein paar Kissen und Kissenüberzüge und ähnliche Kleinigkeiten.«

So kommandiere ich und sage an, daß niemand weinen soll: Es ist ja Hojschano-Rabo, und an diesem Tage, sage ich, darf man nicht weinen! Das ist im Gesetz ausdrücklich verboten! Aber man hört mich wie die Katz, und wie es zum Abschied kommt, fangen alle zu weinen an: die Mutter, die Kinder und auch sie selbst, Hodel … Und wie sie sich von ihrer älteren Schwester, von Zeitel, verabschiedet (Zeitel pflegt nämlich die Feiertage mit ihrem Manne, dem Schneider, bei mir zu verbringen), fallen sich beide Schwestern um den Hals, so daß man sie nur mit Mühe voneinander losreißen kann.

Nur ich allein hielt mich stark wie Stahl und Eisen; das heißt: es sah nur so aus wie Stahl und Eisen; denn in meinem Inneren kochte es wie in einem Samowar. Aber daß ich es den anderen zeige, das gibt's bei mir nicht! Tewje ist kein Frauenzimmer.

Den ganzen Weg bis Bojberik schwiegen wir. Und als wir schon nahe am Bahnhof waren, frage ich sie zum letzten Male: »Was hat dein Pfefferl eigentlich angestellt? Jede Sache«, sage ich, »muß doch einen Grund haben …« Gerät sie in Feuer und schwört mir mit allen Schwüren, die es nur in der Welt gibt, daß er unschuldig ist und rein wie Gold. »Er ist ein Mensch«, sagt sie, »der sich um sich selbst gar nicht kümmert. Sein ganzes Tun«, sagt sie, »ist nur auf das Wohl der anderen Menschen und der ganzen Welt gerichtet und in der Hauptsache auf das Wohl derjenigen, die von ihrer Hände Arbeit leben, das heißt, der Arbeiter.« Versteht Ihr vielleicht, was das bedeuten soll? »Er sorgt«, sage ich ihr, »für die Welt? Warum sorgt die Welt nicht für ihn, wenn er schon ein so vortrefflicher Mensch ist? Grüße ihn wenigstens von mir«, sage ich, »deinen Alexander von Mazedonien, und sage ihm«, sage ich, »daß ich mich auf seinen gerechten Sinn verlasse, denn er ist ja ein Mensch, der nur aus Gerechtigkeit besteht. Und ich erwarte von ihm, daß er meine Tochter nicht verführt und sie nicht davon abhält, ihrem alten Vater einmal einen Brief zu schreiben.«

Und wie ich ihr das sage, fällt sie mir plötzlich um den Hals, ohne eine einzige Träne in den Augen, und sagt: »Wollen wir nun Abschied nehmen, Vater!« sagt sie. »Bleibe gesund, Gott weiß, wann wir uns wiedersehen!« Das war zu viel, ich konnte mich nicht mehr halten ... Ich mußte, versteht Ihr mich, ich mußte an dieselbe Hodel denken, wie sie noch ein kleines Kind war ... und ich sie auf den Armen herumtrug ... auf meinen Armen ... Nehmt es mir nicht übel, Herr ... daß ich jetzt ... wie ein Frauenzimmer ... Wenn Ihr nur wüßtest, was das für eine Hodel ist! Ihr hättet nur die Briefe lesen sollen, die sie mir schreibt ... Sie ist bei mir da drin ... ganz tief, tief ... ich kann es gar nicht aussprechen ...

Wißt Ihr was, Reb Scholem Alejchem? Wollen wir doch besser von etwas Lustigerem reden: was hört man Neues vom Japankrieg?

V. CHAWE

Danket dem Herrn, denn er ist freundlich – heißt es im Psalm; was Gott tut, ist gut; das heißt, es muß gut sein; versucht nur einmal, Eure ganze Weisheit zusammenzunehmen, um es besser zu machen. So habe auch ich einmal den Klugen spielen wollen, hab den Psalmvers hin- und hergedreht; doch als ich sah, daß es nichts hilft, gab ich es auf und sagte mir: Bist ein Narr, Tewje! Kannst den Gang der Welt nicht ändern. Der Herr hat einmal bestimmt, daß wir unsere Kinder großziehen müssen, daß wir von ihnen Sorge und Kummer haben; also müssen wir auch das mit Liebe und Demut tragen. Da hat sich zum Beispiel meine älteste Tochter – Zeitel heißt sie – in Motel Kamisol, den Schneider, verliebt. Hab ich denn etwas gegen ihn? Er ist allerdings ein einfacher und unwissender Bursche, kennt sich schwer in den kleinen Buchstaben aus; aber was soll man tun? Alle können doch nicht gebildet sein! Dafür ist er ein anständiger Kerl und arbeitet im Schweiße seines Angesichts. Meine Tochter hat bereits – unberufen! – die Stube voller Kinder, und sie beide zehren sich auf in Arbeit und Elend. Und wenn Ihr mit ihr sprecht, so sagt sie Euch, daß sie es unberufen sehr gut hat und daß es ihr überhaupt gar nicht besser gehen kann. Es fehlt nur eine Kleinigkeit: nämlich Brot. Das ist Nummer eins. Und von meiner zweiten Tochter, von Hodel, brauche ich Euch nicht zu erzählen; Ihr kennt die Geschichte. Sie habe ich verspielt, auf ewig verloren. Wer weiß, ob meine Augen sie je wiedersehen werden. Höchstens auf der anderen Welt, nach hundertundzwanzig Jahren. Spreche ich von ihr, ich meine von Hodel, so kann ich auch heute noch nicht zur Besinnung kommen. Ihr sagt, ich soll sie vergessen? Wie kann man einen lebendigen Menschen vergessen? Und um so mehr so ein Kind wie Hodel? Ihr hättet nur die Briefe lesen sollen, die sie mir aus Sibirien schreibt: es schmilzt einem dabei wirklich das

Herz im Leibe! Es geht ihr dort, schreibt sie, sehr gut. Er sitzt, und sie arbeitet, wäscht Wäsche und liest Bücher und darf ihn jede Woche einmal im Gefängnis besuchen. Und sie hofft, schreibt sie, daß es hier bei uns so lange kochen wird, bis die Sonne aufgeht und der lichte Tag anbricht; dann wird man ihn und noch viele andere Leute von derselben Art befreien und heimschicken, und dann werden sie erst mit der richtigen Arbeit beginnen und die Welt auf den Kopf stellen. Wie gefällt Euch das? Was? Was tut aber der Herr? Er ist doch, wie Ihr sagt, ein barmherziger und gnädiger Gott. Also sagt er zu mir: »Wart noch ein wenig, Tewje: ich will es so machen, daß du diesen ganzen Kummer vergißt!« Und so geschah es auch. Hört nur, was ich Euch erzählen werde. Einem andern würde ich es gar nicht erzählen, denn der Schmerz ist groß und die Schande noch größer! Doch wie heißt es in unserer Heiligen Schrift: *Wie kann ich es vor Abraham verbergen?* Hab ich denn vor Euch Geheimnisse? Was ich auf dem Herzen habe, erzähle ich Euch. Also was denn noch? Um eines will ich Euch bitten: es soll unter uns bleiben. Denn ich sage es wieder: Der Schmerz ist groß, doch die Schande, die Schande ist noch größer!

Kurz und gut – wie steht es in den »Sprüchen der Väter«: *Der Herr, gelobt sei sein Name, wollte sein Volk Israel glücklich machen und gab ihm darum Lehren und Gebote!* Der Herr wollte Tewje einen Gefallen erweisen und segnete ihn darum mit sieben Kindern weiblichen Geschlechts, das heißt mit sieben Töchtern. Und alle sieben sind geraten, klug und schön, frisch und gesund – ich sage Euch –, wie die sieben Tannen! Ach wären sie doch lieber häßlich und mißgestaltet: das wäre vielleicht für sie besser und für mich gesünder. Denn was taugt ein gutes Pferd, wenn es im Stalle stehen muß? Was hat man von schönen Töchtern, wenn man in einer Einöde wohnt, wo man keinen Menschen zu Gesicht bekommt, außer dem christlichen Dorfschulzen Anton Poperilo, dem Dorfschreiber Chwedko Galagan, einem großen Kerl mit langen Locken und Schaftstiefeln, und dem Popen, ausgelöscht sei sein Name und sein Gedächtnis! Seinen Namen will ich nicht mehr hören! Nicht etwa weil ich Jude bin und er ein Pope ist: Wir sind sogar seit vielen Jahren gut miteinander bekannt; das heißt, zu Familienfesten besuchen wir einander nicht und zu den hohen

Feiertagen erst recht nicht. Wenn wir uns begegnen, sagt einer dem andern: Guten Tag! Wie geht's? Was hört man auf der Welt? Ich mag mich aber mit ihm nicht in lange Gespräche einlassen, denn gleich kommt er mir mit der alten Geschichte: Euer Gott, unser Gott usw. Ich gehe darauf nicht ein und unterbreche ihn gewöhnlich mit einem Scherzwort und will ihm irgendeinen Vers aus der Schrift anführen; nun unterbricht er mich und sagt, daß er die Schrift ebenso gut kennt wie ich und vielleicht noch besser, und fängt an, aus dem Kopfe die Bibelverse aufzusagen, doch mit einer Aussprache, wie sie nur ein Goj fertigbringt: »Beresith bara ...« Jedesmal, wirklich jedesmal dieselbe Geschichte! Nun unterbreche ich ihn und will eine Stelle aus einem Midrasch anführen. Er läßt mich aber nicht zu Worte kommen und sagt, daß der Midrasch schon zum Talmud gehört; den Talmud mag er aber nicht, denn der Talmud ist lauter Schwindel. Nun gerate ich selbstverständlich in Zorn und sage ihm alles, was mir gerade auf die Zunge kommt. Ihr meint, daß es auf ihn Eindruck macht? Nicht den geringsten! Er schaut mich an und lacht und glättet sich dabei seinen langen Bart. Es gibt wirklich nichts Ärgeres auf der Welt, als wenn Ihr einen Menschen beschimpft und er dabei schweigt! Euch fließt die Galle über, und er sitzt da und lächelt! Damals verstand ich es nicht, aber heute weiß ich, was jenes Lächeln zu bedeuten hatte.

Kurz und gut, wie ich eines Abends heimkomme, sehe ich, wie der Schreiber Chewdjko vor dem Hause mit meiner Chawe steht; mit meiner dritten Tochter, die gleich nach Hodel kommt. Wie der Bursche mich sieht, zieht er vor mir die Mütze, dreht sich um und geht fort. Nun nehme ich Chawe ins Gebet: »Was tut hier Chwedjko?« Sie sagt: »Gar nichts.« Frage ich: »Was heißt gar nichts?« Sagt sie: »Wir haben nur etwas geplaudert.« Sage ich: »Was ist Chwedjko für dich für eine Gesellschaft?« Sagt sie: »Wir kennen uns ja schon seit langem.« Sage ich: »Ich gratuliere zu dieser Bekanntschaft! Ein netter Bursche, dieser Chwedjko!« Sagt sie mir: »Kennst du ihn denn überhaupt? Weißt du, was er für ein Mensch ist?« Sage ich: »Was für ein Mensch er ist, weiß ich nicht, denn seinen Adelsbrief habe ich nicht gesehen; aber ich nehme an, daß er von der besten Abstammung ist: Sein Vater war wohl entweder Schweinehirt oder Nachtwächter oder sonst irgendein

Trunkenbold.« Nun antwortet sie, Chawe, mir darauf: »Wer sein Vater gewesen ist, weiß ich nicht und will es gar nicht wissen. Für mich sind alle Menschen gleich. Doch daß er selbst kein gewöhnlicher Mensch ist, das weiß ich ganz sicher.« Ich darauf: »Gut, laß mich hören: Was ist er also für ein Mensch?« Und sie sagt: »Ich würde es dir sagen, aber du wirst es nicht verstehen. Chwedjko«, sagt sie, »ist ein zweiter Gorki ...« Frage ich sie: »Und wer war der erste Gorki?« – »Gorki«, sagt sie mir, »ist heute beinahe der wichtigste Mensch in der Welt.« – »Wo wohnt er«, frag ich, »dieser große Mann, was ist sein Geschäft, und was für Weisheiten hat er verkündet?« – Antwortet sie: »Gorki ist ein berühmter Schreiber, ein Schriftsteller, ein Mensch, der Bücher macht, ein wertvoller, seltener, ehrlicher Mensch; er stammt aus dem einfachen Stande, hat nirgends studiert, hat alles ganz allein gelernt. Und hier ist sein Bild.« Und sie holt aus der Tasche ein Bild und zeigt es mir. »Das ist also«, sag ich, »dein Zaddik Reb Gorki.« Ich möchte schwören, daß ich ihn schon einmal gesehen hab: entweder bei der Bahn Säcke tragen oder im Walde – Baumstämme schleppen.« – »Ist es denn bei dir ein Fehler«, sagt sie, »wenn ein Mensch arbeitet? Arbeitest denn du selbst nicht? Arbeiten wir denn alle nicht?« – »Ja, ja«, sag ich, »du hast recht, und es heißt auch ausdrücklich in der Schrift: *Von deiner Hände Arbeit sollst du dich ernähren.* Doch ich verstehe nicht, was das alles mit dem Chwedjko zu tun hat. Es wäre mir viel lieber, wenn du ihn nur aus der Ferne kennen würdest. Du sollst nicht vergessen, wer du bist und wer er ist.« Sagt sie: »Gott hat alle Menschen gleich erschaffen.« – »Ja, ja«, sage ich, »Gott hat Adam nach seinem Ebenbilde erschaffen. Man darf aber nicht vergessen, daß jeder Mensch sich nur zu seinesgleichen gesellen muß, wie es auch in der Schrift heißt: *Ein jeder nach seinem Vermögen.*« – »Großartig!« sagt sie drauf: »Für jedes Ding weißt du eine Stelle aus der Schrift! Vielleicht gibt es auch eine Stelle«, sagt sie, »wo es erklärt wird, warum sich die Menschen selbst eingeteilt haben in Juden und Christen, Herren und Knechte, Reiche und Arme?.« – »Halt«, sag ich dir, »halt! Du gehst zu weit!« Und ich versuche ihr zu erklären, daß alles schon seit den sechs Tagen der Schöpfung so eingerichtet ist. Fragt sie mich: »Warum ist es so eingerichtet?« Sage ich ihr: »Weil Gott die Welt einmal so beschaffen hat.« Und sie: »Warum hat Gott die Welt so beschaffen?« Sag ich: »Hör auf! Wenn wir anfangen zu fragen, warum dies und warum das, so nimmt es doch überhaupt kein Ende.« Sagt sie mir: »Dazu gab uns ja Gott die Vernunft, damit wir fragen können.« – »Bei uns ist es Sitte«, sag ich, »daß, wenn ein Huhn zu krähen anfängt wie ein Hahn, man es sofort zum Schächter trägt, wie es auch im Morgengebet heißt: ›Der du dem Hahn Verstand gegeben hast‹ …« Da mischt sich mein Weib Golde ins Gespräch ein. »Ist es noch nicht genug zu reden?« ruft sie aus dem Fenster. »Die Suppe steht schon seit einer Stunde auf dem Tisch, und er predigt noch immer!« – »Jetzt kommt die auch noch dran!« sag ich. »Nicht umsonst sagen unsere Weisen, daß eine Frau neun Maß Beredsamkeit in sich hat. Wir sprechen hier von den höchsten Dingen, und sie kommt mit ihrer Suppe!« Antwortet mir Golde: »Die Suppe ist vielleicht ebenso wichtig wie alle deine höchsten Dinge.« – »Gott sei Dank!« sag ich: »Da haben wir einen neuen Philosophen! Es genügt wohl nicht, daß Tewjes Töchter aufgeklärte Köpfe sind, nun will auch sein Weib durch den Schornstein in den Himmel fliegen!« – »Da du schon gerade vom Himmel sprichst«, sagt sie, »so kannst du von mir aus in der Erde liegen!« Wie gefällt Euch so ein Willkommensgruß, wenn man mit hungrigem Magen nach Hause kommt?

Wollen wir jetzt aber, wie es in den Märchen heißt, den König lassen und zur Königstochter zurückkehren; ich meine zum Popen – ausgelöscht sei sein Name und Gedächtnis! Wie ich einmal gegen Abend mit den leeren Milchkannen nach Hause fahre und gerade ins Dorf einbiege, kommt er mir auf seinem eisenbeschlagenen Wägelchen entgegen; er treibt in eigener Person die Pferde an, und sein langer Bart flattert im Winde. Der fehlt mir noch gerade! denke ich mir, eine schöne Begegnung! »Guten Abend!« sagt er zu mir. »Erkennst du mich denn nicht?« sagt er, »oder was?« – »Es heißt ja«, antworte ich, »daß, wenn man einen nicht erkennt, er sehr bald reich werden wird!« Ich ziehe den Hut und will weiterfahren. – »Wart eine Weile, Tewje«, sagt er mir, »hast du denn keine Zeit? Ich habe dir etwas zu sagen!« – »Wenn es etwas Gutes ist«, sag ich, »so hab ich nichts dagegen; wenn es aber nichts Gutes ist, so wollen wir es doch lieber auf ein anderes Mal aufschieben.« – »Was heißt bei dir«, fragt er mich, »ein anderes Mal?« – »Ein anderes Mal«, sag ich, »heißt, wenn Messias kommt.« – »Messias«, antwortet er, »ist ja schon längst gekommen.« – »Das habe ich von dir schon mehr als einmal gehört«, sage ich, »sage mir doch lieber, ehrwürdiger Vater, etwas Neues!« – »Das will ich ja eben«, sagt er, »ich will dir etwas sagen, was dich selbst betrifft oder eigentlich deine Tochter …« Da steht mir das Herz still: was hat der mit meiner Tochter zu tun? Und ich sage ihm: »Meine Töchter sind, Gott sei Dank, nicht so beschaffen, daß wer anderer für sie reden muß; sie können«, sag ich, »ganz gut für sich selbst reden.« – »Das ist aber«, sagt er, »eine solche Sache, daß sie selbst davon nicht sprechen kann und ein anderer vermitteln muß; denn es ist«, sagt er, »eine sehr wichtige Sache: es handelt sich um ihr Glück …« – »Wen geht das Glück meiner Tochter etwas an?« sage ich. »Bin ich denn nicht der Vater meines Kindes? Ja oder nein?« – »Es ist wahr«, sagt er, »daß du ihr Vater bist; du bist aber blind und siehst nicht, daß deine Tochter sich hinaussehnt, daß sie nach einer anderen Welt verschmachtet; und du verstehst es nicht oder willst es nicht verstehen.« – »Ob ich sie nicht verstehe«, sage ich, »oder sie nicht verstehen will, das ist wieder eine andere Frage, und darüber kann man ja auch sprechen; aber was geht das alles dich an, ehrwürdiger Vater?« – »Es geht mich sogar sehr an«, antwortete er, »denn sie ist jetzt unter meiner Obhut …« »Was heißt«, frage ich, »unter deiner Obhut?« – »Das heißt«, sagt er, »unter meiner Aufsicht.« Dabei sieht er mir gerade in die Augen und streichelt seinen schönen Bart. Natürlich fahre ich auf. »Was?« schreie ich, »Mein Kind unter deiner Aufsicht? Mit welchem Recht?« Und ich fühle, wie ich in Zorn gerate. Da sagt er mir ganz kaltblütig mit einem Lächeln: »Nur nicht so hitzig, Tewje! Gemach, wir wollen uns die Sache überlegen. Du weißt«, sagt er, »daß ich dir, Gott behüte, nicht feind bin, obwohl du Jude bist. Du weißt, daß ich von Juden viel halte und daß mir das Herz weh tut, wenn ich sehe, wie eigensinnig und verblendet sie sind und nicht begreifen wollen, daß man ihnen nur Gutes will.« – »Von diesem Guten«, sage ich, »sollst du mit mir jetzt lieber nicht sprechen, denn jedes Wort, das du sagst, ist mir wie ein Tropfen Gift und wie ein Dolchstoß ins Herz. Und wenn du mir wirklich ein so guter Freund bist, wie du sagst, so bitte ich dich nur um den einen

Gefallen: Laß meine Tochter in Ruh!« – »Bist ein närrischer Mensch«, antwortet er mir. »Deiner Tochter wird nichts Böses geschehen. Ein großes Glück steht ihr bevor«, sagt er, »denn sie ist jetzt Braut, so wahr ich lebe!« – »Amen!« sage ich lächelnd, doch in meinem Herzen brennt eine Hölle. »Und wer ist«, frage ich, »ihr Bräutigam? Vielleicht darf ich danach fragen?« – »Du wirst ihn wohl kennen«, antwortete er. »Er ist ein sehr braver und anständiger Bursche, sehr gebildet; hat alles ganz allein gelernt; er liebt deine Tochter und will sie heiraten, kann es aber nicht, denn er ist kein Jude.« – Es ist Chwedjko! denke ich mir, und es wird mir ganz heiß im Kopf, und kalter Schweiß läuft mir den Rücken herunter. Es ist mir schwer, ruhig im Wagen sitzen zu bleiben. Doch ihm zeigen, wie erregt ich bin – nein, das erlebt er nicht! Also ziehe ich die Zügel an, gebe meinem Pferde eins mit der Peitsche und fahre ohne ein Abschiedswort nach Hause.

Ich komme nach Hause – da ist die Hölle los! Die Kinder drücken die Gesichter in die Kissen und weinen, Golde ist mehr tot als lebendig. Und wo ist Chawe? Chawe ist nicht da! Fragen, wo sie ist, will ich nicht. Ich brauche auch gar nicht zu fragen, denn es ist mir so weh ums Herz, ich leide alle Höllenqualen, und in mir brennt ein Zorn, ich weiß selbst nicht, gegen wen. Ich wäre imstande, mir selbst ein paar Ohrfeigen zu geben; ich schreie aber auf die Kinder ein und lasse meine Erbitterung an meinem Weibe aus. Ich kann mir keinen Platz finden und gehe in den Stall, dem Pferd sein Futter geben. Aber ich nehme einen Stock und fange das Pferd wütend zu schlagen an. »Verrecken sollst du, mein Unglück bist du! Sollst so leben, wie ich für dich auch nur ein Körnchen Hafer habe! Von meinem Unglück, wenn du willst, kann ich dir geben, von meiner Angst und meiner Pein, von meinem Pech und von meinen Wunden!«

So spreche ich zu meinem Pferd, besinne mich aber bald, daß es ja ganz unschuldig ist. Was will ich nur von ihm? Ich geb ihm ein wenig gehacktes Stroh und verspreche ihm, daß es am Sabbat, so Gott will, Heu bekommt. Und ich gehe wieder ins Haus und leg mich zu Bett. So liege ich in meinem Unglück da, und der Kopf, der Kopf will mir zerspringen, denn ich denke und grüble und studiere: was hat das zu bedeuten? *Was ist meine Sünde, und was ist mein Vergehen?* Womit habe ich, Tewje, mehr gesündigt als alle anderen Menschen, und warum werde ich härter als alle anderen Juden bestraft? Ach Gott im Himmel, barmherziger Gott! Was bedeute ich vor dir, daß du immer an mich denkst und mich nie vergißt, wenn es irgendwo eine Plage oder ein Unglück gibt?

Ich liege so wie auf heißen Kohlen und höre, wie mein Weib an meiner Seite seufzt, aus tiefstem Herzen stöhnt. »Golde«, frage ich, »du schläfst?« – »Nein«, sagt sie, »was willst du denn?« – »Nichts will ich«, sag ich. »Wir sitzen schön tief im Unglück. Vielleicht weißt du doch einen Rat, was man tun soll?« – »Du fragst mich um Rat«, sagt sie, »wo es mir selbst so weh ums Herz ist? Ein Kind steht morgens auf, ein gesundes, starkes Kind, kleidet sich an, fällt mir um den Hals, küßt und halst mich und sagt kein Wort, was los ist! Ich glaubte«, sagt sie, »sie sei von Sinnen! Frag ich sie: Was hast du, Tochter? Sie sagt darauf nichts, läuft in den Stall zu den Kühen, und seit dem Augenblick ist sie verschwunden. Ich warte eine Stunde, zwei Stunden, drei Stunden – wo ist Chawe? Chawe ist fort! Sage ich zu den Kindern: Springt einmal hinüber zum Popen.« – »Woher«, frage ich, »hast du gewußt, daß sie beim Popen ist?« – »Woher ich das gewußt habe?« sagt sie: »Hab ich denn keine Augen? Bin ich denn nicht ihre Mutter?« – »Wenn du Augen hast«, sage ich, »und ihre Mutter bist, warum hast du früher geschwiegen und mir nichts gesagt?« – »Dir sollte ich es sagen?« sagt sie. »Wann bist du denn zu Hause? Und wenn ich dir etwas sage, hörst du denn auf mich? Wenn man dir etwas sagt«, sagt sie, »antwortest du mit einem Bibelvers, machst mir mit deinen Texten den Kopf voll und wirst mich so los …«

So spricht zu mir Golde, mein Weib, und ich höre, wie sie im Finstern weint. Sie hat nicht so unrecht, denke ich mir, denn was versteht so eine Frau? Das Herz tut mir weh, und ich kann nicht hören, wie sie weint und stöhnt. Und ich sage ihr: »Siehst du, Golde«, sag ich, »du bist mir böse, daß ich für jedes Ding einen Bibeltext habe; ich muß dir auch darauf mit einem Vers antworten; es steht bei uns geschrieben: *Der Vater erbarmt sich seiner Kinder.* Warum steht nicht geschrieben: Die Mutter erbarmt sich ihrer Kinder? Weil die Mutter was anderes ist als der Vater! Ein Vater«, sage ich, »kann eben anders mit dem Kinde reden! So Gott will, wenn ich sie morgen sehe und mit ihr spreche …« – »Wenn das nur ginge«, sagt sie. »Wenn du sie nur sehen könntest und ihn auch. Denn er ist kein schlechter Mensch, wenn auch ein Pope ... Doch er hat«, sagt sie, »mit jedem Menschen Mitleid. Wenn du ihn bittest und ihm zu Füßen fällst, wird er vielleicht ein Einsehen haben.« – »Wen werde ich bitten?« sage ich. »Den Götzenpriester? Ausgelöscht sei sein Name! Ich soll mich vor dem Popen bücken? Bist du verrückt«, sag ich, »oder närrisch? Meine Feinde werden das nicht erleben! Denn es steht geschrieben ...« – »Aha!« sagt sie: »Da fängst du schon wieder an!« – »Was denn hast du geglaubt? Daß ich mich von einer Frau führen lasse?« sag ich. »Daß ich nach deinem Weiberverstand lebe?« In derlei Gesprächen verging bei uns die ganze Nacht. Beim ersten Hahnenschrei spring ich auf, bete das Morgengebet, nehme die Peitsche und gehe, versteht sich, zum Popen. Ihr werdet einwenden, daß ich mich doch der Frau gefügt habe? Wohin hätte ich aber denn sonst gehen sollen? Ins Grab?

Kurz und gut, wie ich zum Popen auf den Hof komme, empfangen mich seine Hunde mit einem schönen Guten Morgen. Sie wollen mir meinen Rock zurechtmachen und versuchen, ob die Waden meiner jüdischen Beine für ihre Hundezähne gut sind. Es war ein Glück, daß ich meine Peitsche bei mir hatte! Nun erklärte ich ihnen mit der Peitsche den Vers: *Bei allen Kindern Israel soll nicht ein Hund mucken.* Auf ihr Gebell und auf mein Peitschenknallen lief der Pope mit der Popenfrau heraus. Sie trieben mit Mühe die lustige Hundegesellschaft auseinander, luden mich ins Haus, empfingen mich wie einen Ehrengast und wollten sogar den Samowar bereiten. Sag ich dem Popen, daß ich auf den Samowar verzichte; ich will mit ihm unter vier Augen sprechen. Der Götzendiener hat wohl gleich verstanden, um was es sich handelt, und gab seiner Frau einen Wink, daß sie so freundlich sei und die Tür von außen zumache. Und ich beginne ganz ohne Vorrede und frage ihn, ob er an Gott glaubt. Und dann soll er mir sagen, ob er weiß, was es bedeutet, wenn man einem Vater sein Kind wegnimmt, das er lieb hat. Und dann soll er mir sagen, was nach seinem Verstand ein gutes Werk ist und was eine Sünde. Und dann möchte ich wissen, was er von einem Menschen hält, der sich zu einem andern ins Haus stiehlt und alles durcheinanderbringt, Bänke, Tische und Betten umkehrt und umstellt?!!!

Er ist, versteht sich, ganz verblüfft und sagt mir: »Du bist doch ein verständiger Mensch, Tewje«, sagt er mir, »und doch stellst du mir so viel Fragen auf einmal und willst, daß ich sie dir alle auf der Stelle beantworte. Laß mir Zeit, und ich werde dir eine nach der andern beantworten ...« – »Nein«, sag ich ihm, »du wirst mir keine einzige beantworten können, ehrwürdiger Vater! Weißt du, warum? Weil ich alle deine Gedanken im voraus kenne. Antworte mir lieber«, sag ich, »nur auf folgendes: Habe ich noch Hoffnung, meine Tochter wiederzusehen oder nicht?« – Er fährt auf: »Was heißt wiedersehen?« sagt er. »Deiner Tochter wird doch nichts Böses geschehen! Sogar im Gegenteil ...« – »Ich weiß«, sage ich, »ich weiß, Ihr wollt sie ja glücklich machen! Ich rede nicht davon«, sage ich, »ich will nur das eine wissen, wo meine Tochter jetzt ist und ob ich sie sehen kann?« – »Alles andere, nur nicht das ...« sagt er. »Das ist alles«, sage ich, »was ich wissen wollte. Kurz und bündig. Also leb wohl«, sage ich, »und möge es dir Gott hundertfältig vergelten!«

Ich komme nach Hause zurück und sehe, mein Weib Golde liegt wie ein schwarzer Knäuel auf dem Bett und weint nicht mehr. Ich sage ihr: »Steh auf, mein Weib«, sag ich, »zieh deine Schuhe aus, und wollen wir uns hinsetzen auf niedre Schemel, zum Zeichen der Trauer, wie es uns Gott geboten hat. *Der Herr hat gegeben, der Herr hat genommen ...* Wir sind nicht die ersten und nicht die letzten, denen so etwas geschieht. Denken wir uns«, sage ich, »daß wir überhaupt niemals eine Tochter Chawe gehabt haben oder daß wir sie wie Hodel, die von uns weg ist und jetzt irgendwo in den Bergen der ewigen Finsternis lebt, niemals wiedersehen. Der Herr«, sag ich, »ist ein gnädiger und barmherziger Gott, und er weiß, was er tut!«

Mit solchen Worten will ich mir das Herz erleichtern, doch ich fühle, wie die Tränen mich würgen, wie sie mir wie ein verschlucktes Bein in der Kehle stecken. Aber Tewje ist kein Weib, Tewje kann sich beherrschen! Das sind natürlich nur leere Worte; denn erstens – die Schande! Und zweitens – wie kann man sich beherrschen, wenn man ein lebendiges Kind verliert, und dazu noch eine solche Perle, die mir so tief im Herzen lag, und auch der Mutter im Herzen, die wir beinahe mehr als alle anderen Kinder liebten; ich weiß nicht, warum; vielleicht weil sie als Kind so oft krank gewesen ist und wir an ihrem Bettchen viele Nächte durchwacht haben, sie mehr als einmal mit unserem Schreien dem Tode entrissen, mit unserer Pflege und Sorge wie ein kleines, zertretenes Hühnchen zum Leben wiedererweckt haben; denn wenn Gott will, macht er Tote lebendig, wie es auch in den Psalmen heißt: *Ich werde nicht sterben, sondern leben!* – Wem der Tod nicht beschert ist, stirbt eben nicht! Und vielleicht auch darum, weil sie ein gutes Kind war, ein treues Kind und an uns beiden immer mit ihrer ganzen Seele hing. Kann man doch fragen: Wenn so, warum hat sie uns das angetan? Nun, es war uns eben so beschert; ich weiß nicht, ob Ihr daran glaubt, aber ich glaube sehr stark an die himmlische Vorausbestimmung. Und zweitens war hier eine böse Macht im Spiele, eine Art Zauberei! Ihr könnt über mich lachen, doch ich versichere Euch, ich bin gar nicht so dumm, daß ich an Teufel, Dämonen oder ähnlichen Unsinn glauben soll; doch an Zauberei, seht Ihr, glaube ich. Was ist es denn anderes gewesen als Zauberei? Wenn Ihr mich weiter anhört, werdet Ihr auch dasselbe sagen.

Kurz und gut – wenn es in den heiligen Büchern geschrieben steht: *Ob du willst oder nicht, du bist verpflichtet zu leben*, das heißt ein Mensch nimmt sich nicht selbst das Leben, so ist es nicht umsonst. Es gibt keine solche Wunde in der Welt, die mit der Zeit nicht verheilt; es gibt kein solches Unglück, das man nicht vergißt. Das heißt, man vergißt es eigentlich nicht, doch was soll man tun? In den Psalmen heißt es: *Der Mensch gleicht dem Vieh*. Der Mensch muß also arbeiten, sich abrackern und plagen wegen des Stückchens Brot. Also machen wir uns alle an die Arbeit: mein Weib und die Kinder – an die Milchkrüge, und ich – an das Pferd und das Wägelchen, und die Welt geht wieder ihren Lauf. Ich habe meinen Leuten erklärt, daß Chawes Namen überhaupt nicht mehr genannt werden darf – es gibt keine Chawe mehr! Ausgelöscht – und fertig! Und ich lade auf mein Wägelchen etwas Milch, Butter, Käse – lauter frische Ware – und fahre nach Bojberik zu meinen alten Kunden.

In Bojberik empfängt man mich mit großen Freuden: »Wie geht es, Tewje? Warum sieht man Euch nicht? Was macht Ihr?« – »Was soll ich machen?« antworte ich: »Im Klageliede Jeremias steht: *Verneue unsere Tage wie vor alters*, und ich bin derselbe

Pechvogel wie vor alters. Eine Kuh ist mir wieder eingegangen.« – »Wie kommt das«, sagen die Leute, »daß alle solche Wunder gerade Euch geschehen?« Und die Leute fragen mich aus, jeder einzelne kommt mit denselben Fragen: Welche Kuh ist bei mir eingegangen? Und wieviel hat sie gekostet? Und wieviel Kühe sind mir noch geblieben? Und man lacht und ist lustig; die reichen Leute lachen gerne über einen armen Teufel, wenn sie eben zu Mittag gegessen haben und gut aufgelegt sind und es draußen schön und grün ist und man etwas schläfrig wird ... Tewje ist aber kein Mensch, der mit sich Scherz treiben läßt. So leicht erfährt man nicht, was bei mir im Herzen vorgeht. Und wie ich mit allen Kunden fertig bin, fahre ich heim. Ich fahre durch den Wald und lasse mein Pferdchen langsam gehen und unterwegs etwas Gras rupfen, und ich selbst vertiefe mich in meine Gedanken und grüble über alles Mögliche: über Leben und Tod, über diese Welt und jene Welt und was die Welt eigentlich ist und wozu der Mensch lebt; und ich überlege mir tausend ähnliche Dinge, um meine Gedanken zu zerstreuen und an sie, an Chawe, nicht zu denken. Doch wie zum Trotz kommt sie mir immer wieder in den Sinn: ich denke nur an sie und sehe nur sie und ihre Gestalt, schlank und schön und frisch wie eine junge Tanne. Oder ich sehe sie gar als kleines Kind, als armseliges krankes Vögelchen, wie ich sie auf den Händen trage und sie ihr Köpfchen an meine Schulter lehnt: »Was willst du, Chawele? Willst du Milch? Soll ich dir was Süßes geben?« Und ich vergesse für eine Weile, was sie uns angetan hat, und mein Herz sehnt sich nach ihr und meine Seele schreit nach ihr. Doch erinnere ich mich wieder an alles, was geschehen, so kocht in mir wieder das Blut, und ein Zorn brennt mir im Herzen auf sie und auf ihn und auf die ganze Welt und auf mich selbst, weil ich sie für keinen Augenblick vergessen kann, weil ich sie nicht auslöschen, sie mir nicht aus dem Herzen reißen kann. Und wirklich: hat sie es denn nicht verdient? Dazu rackert sich Tewje sein ganzes Leben ab, dazu arbeitet er und plagt sich und zieht Kinder groß, damit sie sich von ihm gewaltsam losreißen, von ihm abfallen wie Tannenzapfen von der Tanne und sich vom Winde treiben lassen? Da wächst – sage ich mir – zum Beispiel ein Baum, eine Eiche im Walde. Und es kommt ein Mensch mit einer Axt und hackt einen Ast ab und noch einen Ast und noch einen Ast – was für einen Wert hat dann der Baum ohne Äste? Nimm schon lieber, du Mensch, deine Axt und fälle den ganzen Baum, damit es ein Ende hat. Denn was taugt noch der astlose, nackte Baum im Walde?

Und wie ich mir solches denke, merke ich plötzlich, daß mein Pferdchen stehengeblieben ist. Was ist los? Ich hebe meinen Kopf und sehe – Chawe! Es ist dieselbe Chawe wie früher, hat sich um kein Haar verändert, hat sogar noch dieselben Kleider an! Im ersten Augenblick will ich aus dem Wagen springen und sie umarmen und küssen … Doch gleich sage ich mir: Tewje! Bist doch kein Weib! Und ich treibe das Pferd an. Doch wie ich nach rechts will, steht sie auch schon rechts und winkt mit der Hand, als ob sie sagen wollte: Halt eine Weile, ich muß dir etwas sagen! Und es zuckt mir etwas im Herzen, und ich stecke schon einen Fuß aus dem Wagen: noch einen Augenblick, und ich springe heraus! Doch ich beherrsche mich, ziehe die Zügel an und will nach links. Und schon steht auch sie links, blickt mich so merkwürdig an, und ihr Gesicht ist leichenblaß. Was soll ich tun? frage ich mich. Soll ich halten, soll ich weiterfahren? Und ehe ich mich umsehe, hält sie schon das Pferd am Zaume fest und sagt mir: »Vater! Ich sterbe, wenn du dich von der Stelle rührst! Willst du, daß ich sterbe? Vater, höre mich an!« – So, sage ich mir, du willst mich mit Gewalt zwingen? Nein, meine Liebe, das gibt's nicht! Du kennst wohl deinen Vater schlecht. Und ich haue auf mein Pferd ein, was es Platz hat. Der Gaul gehorcht, zieht an, läuft im Galopp, wendet aber immer den Kopf zurück und bewegt die Ohren. »Hui!« sag ich ihm: »Schiele nicht, Freundchen, dorthin, wohin man nicht schauen darf!« Glaubt Ihr vielleicht, ich selbst hatte keine Lust, den Kopf zu wenden und einen Blick, nur einen einzigen Blick dorthin zu werfen, wo sie gestanden hatte?! Aber Tewje ist kein Weib, Tewje weiß, wie man mit dem Blendwerk des Teufels umgehen muß!

Kurz und gut – ich will Euch Eure Zeit nicht rauben. Wenn mir Strafen auf jener Welt bestimmt sind, so habe ich sie doch gewiß schon hier abgebüßt; und wenn Ihr etwas über die Hölle und ihre Schrecken wissen wollt, so fragt nur mich: ich kann Euch alles genau sagen. Und während der ganzen Fahrt bis nach Hause schien es mir, daß sie mir nachläuft und ruft: »Vater, hör mich an!« Und es geht mir durch den Kopf der Gedanke: Tewje! Du nimmst auf dich zu viel! Was wird es dir schaden, wenn du eine Weile hältst und sie anhörst? Vielleicht hat sie dir etwas zu sagen, was du wissen mußt? Vielleicht hat sie gar Reue und will zurückkehren? Vielleicht hat sie es bei ihm schlecht und will, daß du sie aus der Hölle rettest? ... Vielleicht und vielleicht, und noch viele solche Vielleicht gehen mir durch den Kopf, und ich sehe sie vor mir wieder als kleines Kind, und ich denke wieder an den Vers: *Der Vater erbarmt sich seiner Kinder;* für den Vater ist kein Kind zu schlecht; und ich quäle mich und sage mir, daß ich selbst keine Gnade verdiene, daß ich nicht wert bin, daß mich die Erde noch trägt. Was hast du nur? Was regst du dich so auf, du verrückter Starrkopf? Was wütest du? Wende um, du böser Mensch, den Wagen, fahre zurück und versöhne dich mit ihr! Denn sie ist ja dein Kind, und du bist ihr Vater! Und es kommen mir in den Kopf so wilde Gedanken und Fragen: Was bedeutet Jude und Nichtjude? Und warum hat Gott Juden und Nichtjuden erschaffen? Und wenn der gleiche Gott sie erschaffen hat, warum sondern sie sich voneinander ab und wollen einander nicht einmal anschauen, so, als ob Gott nur die einen, die anderen aber wer anderer erschaffen hätte? ... Und es verdrießt mich, daß ich mich nicht so gut wie andere Leute in den heiligen Büchern auskenne, um gleich alle Gründe, Einwände und Beweise zur Hand zu haben. Und um meine Gedanken zu zerstreuen, stimme ich laut den Psalm an: *Wohl denen, die in deinem Hause wohnen; die loben dich immerdar!* Ich spreche also das Nachmittagsgebet, laut und inbrünstig, wie Gott es geboten hat. Doch was kann aus solchem Beten herauskommen, wenn mir tief im Herzen ganz andere Worte klingen: Cha-we! Cha-we!? Und je lauter ich den Psalm aufsage, desto lauter klingt in meinem Innersten das eine Wort: Chawe! Und je mehr ich mir Mühe gebe, sie zu vergessen, desto deutlicher sehe ich sie, wie sie vor mir steht und mir zuruft: »Höre mich an, Vater ...« Und ich verstopfe mir die Ohren, um sie nicht zu hören, und schließe die Augen, um sie nicht zu sehen. Und ich spreche das Achtzehngebet und weiß nicht, was ich spreche; und ich sage das Bußgebet auf und schlage mich in die Brust und weiß nicht, wofür. Und mein Leben ist verwirrt, und auch ich selbst bin verwirrt, und ich sage keinem Menschen etwas von der Begegnung, und ich spreche mit niemandem über sie und erkundige mich niemals nach ihr; obwohl ich weiß, ganz genau weiß, wo sie ist und wo er ist und was sie treiben; doch das erfährt von mir niemand! Meine Feinde werden es nicht erleben, daß ich mich auch nur einmal beklage: so ein Mensch ist Tewje!

Ich möchte wirklich gerne wissen, ob alle Männer so sind oder ob ich allein so verrückt bin?! Denn es kommt zum Beispiel vor ... Ihr werdet wohl über mich lachen? Ich fürchte, daß Ihr schon lacht! – Es kommt vor, daß ich meinen Sabbatrock anziehe, zum Bahnhof gehe und schon bereit bin, hinzufahren: ich weiß ja ganz gut, wo sie sich aufhalten ... Und ich gehe zum Schalter und verlange eine Fahrkarte. Frägt mich der Beamte: »Wohin?« Sage ich: »Nach Jehupez!« Sagt er: »Eine solche Stadt gibt's bei mir nicht.« Sage ich: »Dafür kann ich nichts.« Und ich gehe wieder nach Hause, ziehe den Sabbatrock aus und gehe wieder an meine Arbeit, schaue nach der Milchwirtschaft und nach meinem Pferde. Wie es in der Schrift heißt: *Jedermann an seine Arbeit, und jeder Mensch an sein Werk*. Ihr lacht doch über mich? Habe ich es nicht vorher gesagt? Ich weiß sogar, was Ihr Euch denkt: Dieser Tewje ist doch wirklich ein Narr! Darum sage ich: Schluß! Genug für heute. Bleibt mir gesund und stark und laßt von Euch einmal was hören. Doch vergeßt um Gottes willen nicht, um was ich Euch gebeten habe: Ihr sollt schweigen, ich meine, daraus, was ich Euch erzählt habe, kein Buch machen; und wenn es sich schon mal treffen soll, daß Ihr ein Buch schreibt, so schreibt über wen anderen und nicht über mich. An mich sollt Ihr nicht mehr denken, wie es auch in der Schrift steht: *Ihr sollt ihn vergessen* – es ist aus mit Tewje, dem Milchmann!

VI. SPRINZE

Euch gebührt ein großes und breites »Friede sei mit Euch«, Reb Scholem Alejchem, Euch und Euren Kindern! Es ist schon wohl ein Schock Jahre her, daß wir uns nicht gesehen haben! Ach ja, wieviel Wasser ist seitdem ins Meer geflossen! Wieviel Ängste haben wir beide und ganz Israel in diesen Jahren überstanden: ein Kischinjow, eine »Kosnitution« mit allen Pogromen, mit allen Plagen und himmlischen Strafen. Ach, du lieber Gott! Ich wundere mich nur über Euch, nehmt's mir nicht übel, daß Ihr Euch, unberufen, gar nicht verändert habt, wirklich nicht um ein Haar! Schaut aber mich an: ich bin noch keine sechzig Jahre alt, und doch ist Tewje schon ganz grau geworden. Ach, wie wahr ist doch das Wort von dem Kummer, den man von seinen Kindern hat! Und wer hat von diesem Kummer so viel erfahren wie ich? Nun habe ich eine neue Plage mit meiner Tochter Sprinze erlebt, und diese Plage übertrifft alle Plagen, die ich bisher gehabt habe. Schaut mich aber an: ich lebe noch immer, wie es auch geschrieben steht: *Ob du willst oder nicht, du bist verpflichtet zu leben.* Und wenn du auch, auf alle Feinde Zions sei es gesagt, zerspringst und dabei das Liedchen singst:

> Was taugt mir mein Leben, was taugt mir meine Welt,
> Wenn ich habe kein Glück, wenn ich habe kein Geld?

Kurz und gut, wie heißt es noch in den »Sprüchen der Väter«: *Der Ewige, gepriesen sei er, wollte seinem Volke eine Gnade erweisen ...* Gott wollte seinen Juden einen Gefallen tun und schickte ihnen darum ein Unglück, eine Plage: eine Kosnitution! Nun kam eine Verwirrung über unsere Reichen, eine wilde Flucht aus Jehupez nach dem Auslande, angeblich in die Bäder, zu den Salzquellen. Und sobald die Leute aus Jehupez fortgezogen sind, ist Bojberik mit seiner Luft, mit seinem Wald, mit seinen Sommerwohnungen ganz ruiniert und ist tief in der Erde begraben, wie es auch im Gebete heißt: *Der Herr erbarmt sich der Erde.* Was geschieht aber? Es gibt doch den großen Gott auf der Welt, der acht darauf gibt, daß seine armen Menschen, nebbich, sich noch ein wenig auf dieser Welt abquälen; also hatten wir einen Sommer wie noch nie! Nach Bojberik kamen alle Leute aus Odessa und aus Rostow und aus Jekaterinoslaw und aus Mogiljow und auch Kischinjow. Es kamen ungezählte Tausende reicher, mächtiger und vornehmer Herren! In jenen Städten scheint die Kosnitution noch ärger gewütet zu haben als bei uns in Jehupez, denn die Leute kamen in Scharen her, und es wollte gar kein Ende nehmen. Wird man doch fragen: was laufen die Leute ausgerechnet zu uns? Kann man darauf antworten: was laufen die Unserigen zu ihnen? Es ist, Gott sei Dank, auf der Welt schon einmal so eingerichtet: sobald man von Pogromen zu reden anfängt, fangen die Juden an, aus der einen Stadt in die andere zu rennen, wie es in der Schrift heißt: *Und die ganze Gemeinde der Kinder Israel zog aus und lagerte sich ...* Sie lagerte sich und zog aus ... Das ist auf deutsch: Fahre du zu mir, so fahre ich zu dir. Inzwischen ist Bojberik, Ihr mögt es mir glauben oder nicht, eine Großstadt geworden, vollgepfropft mit Menschen, mit Weibern und Kindern. Und die Kinder möchten essen, und man braucht für sie Milch, Butter und Käse. Und wo findet man bessere Milchwaren als bei Tewje? Was soll ich Euch viel erzählen, Tewje kam in die Mode, und man hörte von allen Seiten nichts als Tewje und Tewje: »Reb Tewje, kommt her!« – »Reb Tewje, zu mir!« Wenn Gott es einem beschert, so gibt es nichts Unmögliches!

Und eines Tages, es war kurz vor Schwuos, kam ich mit meiner Milch und Butter zu einer meiner Kundinnen, einer reichen jungen Witwe aus Jekaterinoslaw, die nach Jehupez mit ihrem Söhnchen – Arontschik hieß der Bursche – gekommen war. Es versteht sich doch von selbst, daß ich der erste Mensch war, den sie in Bojberik kennenlernte. »Man hat mir Euch empfohlen«, sagt mir die Witwe, »und man hat mir gesagt, daß Ihr die besten Milchwaren habt.« – »Wie wäre es auch anders möglich«, sage ich zu ihr, das heißt zu der Witwe. »Nicht umsonst«, sage ich, »sagt König Salomo, daß ein guter Name wie eine Posaune durch die Welt schallt. Und wenn Ihr wollt«, sage ich, »will ich Euch erzählen, was dazu der Midrasch sagt.« Die Witwe unterbricht mich aber und sagt, daß sie eine Witwe sei und von diesen Sachen nichts verstünde; sie wisse damit nichts anzufangen. »Die Hauptsache«, sagt sie, »ist, daß die Butter frisch ist und daß der Käse gut schmeckt.« Da soll man noch viel mit einem Frauenzimmer reden!

Kurz und gut, ich kam von nun an zu der Witwe aus Jekaterinoslaw, Ihr mögt es mir glauben oder nicht, zweimal in der Woche ins Haus. Jeden Montag und Donnerstag, so pünktlich wie nach dem Kalender brachte ich ihr das bißchen Milch, Butter und Käse, ohne erst zu fragen, ob sie es brauchte oder nicht. Und so wurde ich bei ihr natürlich heimisch, begann ein wenig nach ihrem Haushalt zu sehen und meine Nase in ihre Küche zu stecken. Ich beanstandete auch einigemal Dinge, die zu beanstanden ich für nötig hielt. Das erste Mal hatte ich natürlich Unannehmlichkeiten mit der Dienstmagd, die mir sagte, ich solle mich in fremde Sachen nicht einmischen und in fremde Töpfe nicht hineingucken; das zweite Mal hörte sie schon auf meine Worte; und das dritte Mal fragte sie, das heißt die Witwe, mich um Rat, denn sie sah, was für ein Mensch Tewje ist. Und schließlich kam es so weit, daß sie mir ihre Herzenswunde, ihr größtes Unglück enthüllte, und das war – Arontschik! »Das ist doch unerhört«, sagt sie zu mir, »er ist schon einige und zwanzig Jahre alt und kümmert sich nur um Pferde, um sein Fahrrad, das Fischefangen und sonst um nichts in der Welt! Von Geschäften«, sagt sie, »will er nichts hören, obwohl ihm von seinem Vater«, sagt sie, »eine recht hübsche Erbschaft geblieben ist, beinahe eine Million. Wenn er doch nur«, sagt sie, »einmal seine Nase hineinstecken wollte! Er versteht nur Geld auszugeben«, sagt sie, »denn er hat eine offene Hand!« – »Wo steckt er«, sage ich, »der Bursche? Gebt ihn nur mir her«, sage ich, »ich will mit ihm ein wenig sprechen, ihm ins Gewissen reden«, sage ich, »auch einige Bibeltexte bringen und den Midrasch anführen!« Fängt sie zu lachen an und sagt: »Wißt Ihr was?« sagt sie: »Bringt ihm lieber ein Pferd und keinen Midrasch!«

Und wie wir so reden, kommt gerade der Bursche, das heißt Arontschik, gegangen. Ein Bursche, stark und groß wie eine Fichte, ein kräftiger Kerl, wie Milch und Blut. Er trägt einen breiten Gürtel, mit Verlaub zu sagen, über der Hose, und im Gürtel steckt seine Uhr, und seine Ärmel sind bis über die Ellenbogen aufgekrempelt. »Wo bist du gewesen?« fragt ihn die Mutter. »Ich bin Boot gefahren«, sagt er, »und habe Fische gefangen.« – »Eine nette Arbeit«, sage ich, »für einen Burschen wie Ihr! Bei Euch zu Hause wird man allen die Knochen kaputtschlagen«, sage ich, »und Ihr werdet hier Fische fangen!« Ich schaue die Witwe an und sehe, daß sie rot geworden ist wie ein Krebs; sie erwartete wohl, daß ihr Sohn mich mit starker Hand am Kragen packt und mir zwei Zeichen und Wunder zeigt, das heißt, daß er mir zwei Ohrfeigen gibt und mich *wie einen irdenen Topf* hinauswirft. Unsinn! Tewje hat vor solchen Dingen keine Angst! Wenn ich etwas auf dem Herzen habe, so sage ich es!

Als der Bursche von mir solche Worte hörte, trat er etwas zurück, verschränkte die Arme, betrachtete mich vom Kopf bis zu den Füßen, stieß einen merkwürdigen Pfiff aus und fing plötzlich so zu lachen an, daß wir beide fürchteten, daß er verrückt geworden sei. Was soll ich Euch sagen? Von nun an wurden wir die besten Freunde! Ich muß bemerken, daß der Bursche mir von Tag zu Tag immer besser gefiel, obwohl er ein Scharlatan und ein Verschwender war, eine etwas gar zu offene Hand hatte und noch dazu ein wenig närrisch war. Wenn er, zum Beispiel, einen armen Mann sah, steckte er die Hand in die Tasche und gab ihm, ohne zu zählen, was er gerade erwischte. Wer tut so etwas? Oder er zog seinen guten, neuen und ganzen Paletot aus und schenkte ihn dem Bettler. Ich sage ja, daß er närrisch war! Die Mutter tat mir natürlich sehr leid. Sie klagte mir oft: »Was soll ich mit ihm tun?« Und sie bat mich immer, ich möchte mit ihm ein wenig reden. Tat ich ihr den Gefallen. Warum sollte ich es ihr verweigern? Kostete es mich denn Geld? Und ich setzte mich hin und hielt ihm lange Reden, brockte Sprüche, schüttelte Bibeltexte und streute Stellen aus dem Midrasch hinein, wie es eben Tewje kann. Und er hörte mir gerne zu und fragte mich auch, wie ich lebe und was für ein Haus ich führe. »Ich hätte Lust«, sagt er einmal, »Euch zu besuchen, Reb Tewje!« Sage ich zu ihm: »Wenn man Lust hat, Tewje zu besuchen, so macht man sich«, sage ich, »auf und fährt zu ihm einmal hinaus nach seiner Meierei. Ihr habt doch«, sage ich, »genug Pferde und Fahrräder, und im Notfalle«, sage ich, »seid Ihr groß genug, um zu Fuß hinüberzugehen, denn es ist nicht weit«, sage ich, »man muß nur den Wald durchqueren.« – »Wann«, sagt er, »seid Ihr zu Hause?« – »Man kann mich«, sage ich, »nur am Sabbat oder am Feiertag zu Hause treffen. Wißt Ihr übrigens«, sage ich, »was? Wir haben ja, so Gott will, nächsten Freitag Schwuos. Wenn Ihr«, sage ich, »einen Spaziergang zu uns nach unserer Meierei machen wollt, so wird Euch mein Weib«, sage ich, »mit solchem Pfannkuchen traktieren, *wie sie unsere Väter in Ägypten niemals gegessen haben!*« Fragt er mich: »Was heißt das? Ihr wißt doch«, sagt er, »daß ich in der Bibel schwach bin.« – »Ich weiß«, sage ich, »daß Ihr schwach seid. Wenn Ihr«, sage ich, »wie ich in einem Cheder gelernt hättet, so hättet Ihr Euch besser ausgekannt.« Lacht er und sagt zu mir: »Also gut, Ihr werdet mich als Gast haben. Ich komme zu Euch«, sagt er, »Reb Tewje, am ersten Tage Schwuos mit einigen Freunden zu den Pfannkuchen. Ihr sollt aber schauen, daß sie auch ordentlich heiß sind!« – »*Wie die lodernde Flamme*«, sage ich, »von der Pfanne direkt in den Mund!«

Ich komme also nach Hause und sage zu meiner Alten: »Golde«, sage ich, »wir bekommen zu Schwuos Besuch!« Sagt sie: »Ich gratuliere, wer kommt denn her?« Sage ich: »Das wirst du später erfahren. Bereit nur Eier vor«, sage ich, »Käse und Butter haben wir genügend im Haus. Du wirst Pfannkuchen machen«, sage ich, »für drei Personen, doch für solche drei Personen«, sage ich, »die viel vom Essen halten und keine Ahnung davon haben, was Raschi dazu sagt.« – »Wahrscheinlich«, sagt sie, »hast du irgendeinen Unglücklichen aus dem Hungerlande aufgegabelt.« – »Bist ein Rindvieh«, sage ich, »Golde! Erstens«, sage ich, »wäre das auch kein Unglück, wenn wir am Schwuos einen armen Mann mit Pfannkuchen satt gemacht hätten. Und zweitens«, sage ich, »sollst du, meine teure Gemahlin, tugendsame und fromme Frau Golde (sie soll leben!), wissen, daß einer von unseren Schwuosgästen das Söhnchen der Witwe sein wird«, sage ich, »den man Arontschik nennt und von dem ich dir schon erzählt habe.« – »Wenn es sich so verhält«, sagt sie, »so ist die Sache anders.« Da seht Ihr wieder die Macht der Millionen! Selbst meine Golde wird ein ganz anderer Mensch, wenn sie Geld riecht. Die Welt ist schon einmal so geschaffen, was sollt Ihr

Euch darüber den Kopf zerbrechen? Wie heißt es noch in den Psalmen? *Silber und Gold sind das Werk von Menschenhänden* – Geld bringt den Menschen um.

Kurz und gut, der helle und grüne Tag von Schwuos rückte heran. Wie schön, wie grün, wie hell und warm es bei mir auf meiner Meierei zu Schwuos ist, brauche ich Euch gar nicht zu sagen! Der reichste Mann bei Euch kann sich wünschen, einen so blauen Himmel und einen so grünen Wald mit so wohlriechenden Fichten und so herrlichem Gras zu haben; mit dem Gras, von dem meine Kühe leben, die da stehen und wiederkäuen und Euch in die Augen schauen, als ob sie sagen wollten: Gebt uns nur immer von solchem Gras, und wir werden mit unserer Milch niemals geizen! … Ihr könnt sagen, was Ihr wollt, Ihr könnt mir das schönste Geschäft anbieten, damit ich zu Euch in die Stadt ziehe, aber ich werde mit Euch niemals tauschen. Wo findet Ihr in der Stadt einen solchen Himmel? Wie heißt es noch im Hallel-Gebet: *Der Himmel ist ein Himmel für Gott.* Es ist wirklich der Himmel Gottes! … Wenn Ihr in der Stadt den Kopf zurückwerft, was seht Ihr da? Eine Mauer, ein Dach, einen Kamin. Wo findet Ihr aber dort so einen Baum? Und wenn es bei Euch irgendwo ein Bäumchen gibt, so habt Ihr es mit einem Kaftan bekleidet!

Meine Gäste hörten gar nicht auf zu staunen, als sie zu mir am Schwuosfeste kamen. Alle vier Burschen kamen geritten, und auf lauter ausgezeichneten Pferden! Und das brauche ich wohl gar nicht zu sagen, daß Arontschik auf dem schönsten Pferde saß. Ich sage Euch, auf einem richtigen Wallach, wie man einen zweiten nicht so bald findet! Selbst um dreihundert Rubel werdet Ihr einen solchen nicht auftreiben! »Gesegnet sei, der da kommt, meine lieben Gäste!« sage ich zu ihnen. »Seid Ihr vielleicht dem Schwuosfeste zu Ehren hoch zu Roß gekommen? Es macht nichts«, sage ich, »Tewje gehört selbst nicht zu den Frömmsten, und wenn man Euch«, sage ich, »so Gott will, auf jener Welt dafür peitschen wird, so wird es mir nicht weh tun … He, Golde! Schau, daß die Pfannkuchen bald fertig werden, und laß«, sage ich, »den Tisch ins Freie heraustragen, denn ich habe«, sage ich, »in der Stube nichts den Gästen zu zeigen … He, Sprinze! Teibel! Bejlke! Wo steckt ihr? Rührt euch!« … So kommandiere ich meine Kinder, und sie bringen einen Tisch mit

Stühlen, ein Tischtuch, Teller, Löffel, Gabeln, Salz – und bald darauf kommt Golde mit den Pfannkuchen. Die sind heiß, siedend, herrlich und fett wie Manna! Und meine Gäste hören mit den Lobsprüchen auf meine Pfannkuchen gar nicht auf.

»Was stehst du da?« sage ich zu Golde: »Geh«, sage ich, »und wiederhole den Vers noch einmal. Heute ist doch«, sage ich, »Schwuos, also muß man«, sage ich, »den Vers ›Ojdcho‹ zweimal sagen!« Und meine Golde ist nicht faul und füllt die Schüssel noch einmal, und Sprinze bringt die Pfannkuchen zu Tisch. Plötzlich schaue ich meinen Arontschik an und sehe, daß er sich in meine Sprinze vergafft hat. Er wendet keinen Blick von ihr! Was hat er nur an ihr gefunden? »Eßt doch«, sage ich zu ihm, »warum eßt Ihr nicht?« Sagt er zu mir: »Was tue ich denn?« – »Ihr guckt«, sage ich, »auf meine Sprinze.« Fangen alle zu lachen an, und meine Sprinze lacht auch mit. Und allen ist es lustig zumute, alle freuen sich, es ist ein wahrer, guter Schwuostag! Nun soll einer ahnen, daß aus dieser Fröhlichkeit für mich ein Unglück, eine Plage, eine Strafe kommen wird! Wüst und finster wurde mir die Welt! Aber was! Der Mensch ist doch ein Narr! Ein gelehrter Mann darf es sich nicht so zu Herzen nehmen, er muß verstehen, daß alles so geschieht, wie es eben geschehen muß; denn wenn etwas anders hätte sein müssen, als es ist, so wäre es eben anders! Lesen wir doch in den Psalmen: *Verlaß dich auf den Herrn* – dann wird er es schon so einrichten, daß du tief in der Erde liegst, aus Lehm Beugel bäckst und dazu noch sagst: *Auch dieses ist zum Besten!* Hört nur, was auf dieser Welt alles passieren kann. Hört aber mit Verstand zu, denn die eigentliche Geschichte fängt erst jetzt an.

Es kam der Abend, und es kam der Morgen – wie ich eines Abends ganz gebraten von der Sonne des Tages und todmüde vom Herumlaufen von der einen Bojberiker Sommerwohnung zur anderen heimkomme, sehe ich draußen vor meinem Hause ein bekanntes Pferd angebunden. Ich könnte schwören, daß es Arontschiks Pferd ist, der Wallach, den ich damals auf dreihundert Rubel schätzte. Geh ich auf den Gaul zu, gebe ihm mit der einen Hand einen Klaps von hinten, kitzle ihn mit der anderen am Halse und streichle ihm die Mähne. »Lieber Freund«, sage ich zu ihm, »du schöner Bursche! Was tust du hier?« Wendet das

Pferd seinen schönen Kopf nach mir um und schaut mich mit seinen klugen Augen an, als ob es sagen wollte: Was fragt Ihr mich? Fragt meinen Herrn ...

Ich gehe in die Stube und frage mein Weib: »Sage mir nur, Golde, meine Krone, was hat Arontschik hier zu suchen?« Antwortet sie mir: »Woher soll ich das wissen? Er gehört doch zu deinen Leuten!« – »Wo steckt er aber jetzt?« – »Er ist«, sagt sie mir, »mit den Kindern in den Wald spazierengegangen ...« – »Was ist das plötzlich für ein Spazierengehen?« sage ich zu meinem Weib und lasse mir Essen geben. Und wie ich gegessen habe, sage ich zu mir: Tewje, warum bist du so aufgeregt? Wenn ein Mensch zu dir zu Gast kommt, mußt du da gleich böse werden? Im Gegenteil. Und wie ich mir das sage, kommen schon meine Töchter mit dem jungen Mann aus dem Walde zurück und halten Blumen in der Hand. Vorne gehen die beiden Jüngeren, Teibel und Bejlke, und dann folgen Sprinze und Arontschik.

»Guten Abend!« – »Gutes Jahr!« Mein Arontschik steht so sonderbar da, streichelt sein Pferd, hält einen Grashalm zwischen den Zähnen und sagt plötzlich zu mir: »Reb Tewje! Ich will mit Euch ein Geschäft machen: wollen wir unsere Pferde tauschen!« – »Wißt Ihr sonst niemand«, sage ich, »über den Ihr Euch lustig machen könnt?« Sagt er zu mir: »Nein, ich meine es ganz ernst.« – »So«, sage ich, »Ihr meint es ernst? Wieviel mag Euer Pferd kosten?« – »Wie teuer«, sagt er, »schätzt Ihr es ein?« – »Ich schätze es«, sage ich, »wenn ich nur nicht zu niedrig greife, auf dreihundert Rubel und vielleicht noch mehr!« Fängt er zu lachen an und sagt, daß es mehr als dreimal soviel kostet. Und dann sagt er wieder: »Nun? Wollen wir tauschen?« Mir gefielen diese Worte gar nicht: will er denn wirklich seinen Gaul gegen meine Schindmähre tauschen?! Sage ich zu ihm, er möchte dieses Geschäft auf ein anderes Mal verschieben, und frage ihn im Scherz, ob er nur deswegen gekommen sei. »Wenn ja«, sage ich, »so ist es schade um die Mühe.« Antwortet er mir ganz ernst: »Ich bin zu Euch eigentlich wegen einer anderen Sache gekommen. Wenn Ihr nichts dagegen habt, wollen wir ein wenig spazierengehen.« Was ist über ihn gekommen, daß er immer spazierengehen will? frage ich mich und gehe mit ihm zum Wald.

Die Sonne ist schon längst untergegangen, das grüne Wäldchen sieht bereits ganz dunkel aus, die Kröten im Sumpf quaken, und das Gras duftet herzerfrischend! Arontschik geht, und ich gehe auch. Er schweigt, und ich schweige auch. Plötzlich bleibt er stehen, hüstelt und sagt zu mir: »Reb Tewje! Was würdet Ihr sagen, wenn ich Euch sagen würde, daß ich Eure Sprinze liebe und mich mit ihr verloben möchte?« – »Was ich dazu sagen würde?« sage ich: »Ich würde sagen, daß man aus der Liste der Verrückten einen streichen und Euch hineinsetzen soll.« Gafft er mich an und sagt: »Was heißt das?« Sage ich: »Das heißt, was ich sage!« – Sagt er: »Ich verstehe Euch nicht!« – Sage ich: »Dies beweist, daß Ihr nicht allzu klug seid, wie es auch in der Schrift heißt: *Der Kluge hat seine Augen im Kopfe.* Das besagt, daß man einem Klugen etwas mit einem Wink weismachen kann, einem Dummen aber nur mit dem Stock.« Sagt er zu mir schon etwas beleidigt: »Ich rede zu Euch ganz einfach, und Ihr antwortet mir mit Witzen und Texten!« – Sage ich: »Jeder Chasen singt wie er kann, und jeder Prediger predigt von sich selbst. Wenn Ihr wissen wollt, was für ein Prediger Ihr seid, so redet zuerst mit Eurer Mutter. Sie wird Euch«, sage ich, »die Sache genau erklären.« – »Ihr haltet mich wohl für einen kleinen Jungen«, sagt er zu mir, »der erst seine Mutter fragen muß?« – »Gewiß«, sage ich, »müßt Ihr Eure Mutter fragen, und die Mutter wird Euch sagen, daß Ihr närrisch seid, und sie wird recht haben.« – »Und sie wird recht haben?« sagt er zu mir. – »Gewiß«, sage ich, »sie wird recht haben; denn was seid Ihr«, sage ich, »für eine Partie für meine Sprinze? Paßt denn meine Sprinze zu Euch? Und vor allen Dingen«, sage ich, »passe ich denn zu Eurer Mutter, um mich mit ihr zu verschwägern?« – »Wenn Ihr's so meint«, sagt er zu mir, »so seid Ihr, Reb Tewje, in einem großen Irrtum! Ich bin kein Junge von achtzehn Jahren, ich suche keine Partie für meine Mutter, und ich weiß sehr gut, wer Ihr seid und wer Eure Tochter ist, und sie gefällt mir, und so will ich es, und so wird es sein!« – »Nehmt es mir nicht übel«, sage ich, »daß ich Euch unterbreche, aber ich sehe schon«, sage ich, »daß Ihr mit der einen Partei im reinen seid. Seid Ihr aber schon«, sage ich, »auch mit der Gegenpartei im reinen?« Sagt er zu mir: »Ich weiß nicht, was Ihr meint …« – Sage ich: »Ich meine meine Tochter Sprinze. Habt Ihr mit ihr«, sage ich, »schon gesprochen, und was hat sie dazu gesagt?« Fühlt er sich beleidigt

109

und sagt zu mir mit einem Lächeln: »Was ist das für eine Frage? Gewiß habe ich«, sagt er, »mit ihr gesprochen, und nicht nur einmal, sondern mehrere Mal. Ich komme ja«, sagt er zu mir, »jeden Tag her.« Hört Ihr es? Er kommt alle Tage zu mir, und ich weiß nichts davon! Sage ich zu mir: Du Rindvieh in menschlicher Gestalt! Man sollte dir Stroh zum Kauen geben, Tewje! Wenn du dich so anführen läßt, so wird man dich kaufen und verkaufen, du Esel! So sage ich zu mir und gehe mit Arontschik zurück. Er verabschiedet sich von meinen Leuten, springt auf seinen Gaul und marsch nach Hause, nach Bojberik.

Nun wollen wir, wie es in Euren Geschichtenbüchern heißt, den Königssohn verlassen und uns zu der Königstochter wenden, das heißt zu Sprinze. »Sag mir, meine Tochter«, sage ich zu ihr, »erzähle mir nur«, sage ich, »was hat Arontschik mit dir von so einer Sache gesprochen«, sage ich, »ganz ohne mein Wissen?« Nun, antwortet ein Baum? Ebenso antwortet sie! Sie wird rot, schlägt die Augen nieder wie eine Braut und schweigt, als ob sie den Mund voll Wasser hätte. So! denke ich mir: Du willst jetzt nicht reden, also wirst du etwas später reden. Tewje ist kein Weib, Tewje hat Zeit! Ich warte also einige Tage. Und wie ich wieder einmal mit ihr allein bin, sage ich zu ihr: »Sprinze, sage mir nur das eine: kennst du ihn wenigstens, diesen Arontschik?« Sagt sie: »Gewiß kenne ich ihn …« – »Weißt du auch«, sage ich, »daß er ein Pfeifer ist?« Fragt sie mich: »Was heißt das, ein Pfeifer?« Sage ich ihr: »Eine hohle Nuß, auf der man pfeifen kann.« Sagt sie mir: »Du irrst, Arnold ist ein guter Mensch.« – »So«, sage ich, »er heißt bei dir plötzlich Arnold und nicht Arontschik, der Scharlatan?« Sagt sie: »Arnold ist kein Scharlatan. Arnold hat ein gutes Herz. Arnold«, sagt sie, »lebt in einer Umgebung von verdorbenen Menschen«, sagt sie, »die sich nur für Geld interessieren.« – »So«, sage ich, »gehörst du auch schon zu den Aufgeklärten, Sprinze, und magst kein Geld leiden?«

Kurz und gut, ich sehe aus diesem Gespräch, daß sie schon recht weit gegangen sind und daß es schon etwas zu spät ist, umzukehren. Denn ich kenne meine Leute. So sind Tewjes Töchter eben beschaffen, wie ich es schon einmal gesagt habe: wenn sie sich an einen Menschen hängen, so mit dem ganzen Herzen, mit dem ganzen Leben und mit der ganzen Seele! Und ich sage mir:

Narr! Warum willst du, Tewje, unbedingt klüger sein als die ganze
Welt? Vielleicht ist es eine Fügung Gottes? Vielleicht ist es dir beschert, daß dir gerade durch diese stille Sprinze geholfen wird und
du belohnt wirst für alle die Plagen und Schläge, die du bisher erlebt hast? Daß du ein gutes Alter erlebst und auch einmal etwas
vom Leben hast? Vielleicht ist es dir beschert, eine Millionärin
zur Tochter zu haben? Warum auch nicht? Paßt es dir etwa nicht?
Wo steht es geschrieben, daß Tewje ewig ein Bettler bleiben muß,
daß er sich ewig herumschleppen muß mit seinem Pferde, mit
Käse und Butter, damit die reichen Leute von Jehupez etwas zu
fressen haben? Wer weiß, vielleicht ist es im Himmel bestimmt,
daß ich in meinen alten Tagen auf dieser Welt etwas erfülle, daß
ich ein Wohltäter werde und Gastfreundschaft an armen Wande-
rern übe oder daß ich mich gar mit einigen gelehrten Juden hin-
setze und die Thora studiere? Und es kommen mir viele ähnliche
reiche, goldene Gedanken in den Sinn, wie es geschrieben steht:
Viele Gedanken wohnen im Menschenherzen. Oder wie ein Goj
– er sei von uns wohl unterschieden! – sagt: »Der Narr wird
durch seine Gedanken reich!«

Ich komme also in die Stube und nehme mir meine Alte vor.
»Was würdest du zum Beispiel sagen«, sage ich, »wenn unsere
Sprinze eine Millionärin werden würde?« Fragt sie mich: »Was
heißt das, eine Millionärin?« Sage ich: »Eine Millionärin heißt,
die Frau eines Millionärs.« Fragt sie: »Was heißt ein Millionär?«
Sage ich ihr: »Ein Millionär heißt ein Mann, der eine Million hat.«
Fragt sie mich: »Wieviel ist eine Million?« Sage ich: »Wenn du ein
solches Rindvieh bist und nicht einmal weißt, was eine Million
ist, was habe ich dann mit dir noch zu reden?« Sagt sie: »Wer bittet dich, mit mir zu reden?« Und sie hat ja auch wirklich recht.

Kurz und gut, es vergeht ein Tag, ich komme wieder nach
Hause und frage: »War Arontschik da?« – »Nein, er war nicht
da.« ... Es vergeht wieder ein Tag. »War der Bursche da?« – »Nein,
er war nicht da.« Unter irgendeinem Vorwande zur Witwe zu gehen paßt mir nicht. Ich will nicht, daß sie meint, daß Tewje sich
um die Partie bemüht. Auch habe ich das Gefühl, daß ich dort *wie
eine Blume unter Dornen* sein werde, das heißt, wie ein fünftes
Rad am Wagen, obwohl ich gar nicht einsehen kann, warum. Weil
ich keine Million habe? Dafür bin ich ja mit einer Millionärin

verschwägert! Und mit wem ist sie verschwägert? Mit einem armen Mann, einem Bettler, mit Tewje, dem Milchmann. Wer ist also vornehmer, ich oder sie? Ich will Euch die reine Wahrheit sagen: nun wollte ich auch schon selbst, daß die Partie zustande komme, eigentlich weniger wegen der Partie, als wegen der Siegesfreude. Der böse Geist mag in die Väter und die Mütter dieser reichen Leute von Jehupez fahren, sollen sie wissen, wer Tewje ist! Bisher hörte man nichts als Brodski und wieder Brodski, als ob die anderen gar keine Menschen wären!

Das denke ich mir, wie ich aus Bojberik heimfahre. Und wie ich nach Hause komme, empfängt mich meine Alte mit großem Stolz: »Soeben war hier ein Bote, ein Goj, von der Witwe und sagte, du solltest um Gottes willen sofort zu ihr kommen, und selbst wenn es Nacht wäre. Du sollst dein Pferd anspannen und hinfahren, denn man braucht dich dort dringend!« – »Warum«, sage ich, »so dringend? Haben sie denn dort«, sage ich, »keine Zeit?« Und ich werfe einen Blick auf meine Sprinze: sie schweigt, nur ihre Augen sprechen. Ach, wie sie sprechen! Niemand versteht doch ihr Herz so wie ich … Ich habe die ganze Zeit Angst, ich weiß selbst nicht warum, daß aus der Sache vielleicht nichts wird. Darum schimpfe ich immer auf Arontschik und sage, er sei dies und er sei jenes. Wie ich aber sehe, daß es von ihr abprallt wie Erbsen von der Wand und daß meine Sprinze schmilzt wie eine brennende Kerze, spanne ich mein Pferd wieder vor den Wagen und fahre schon recht spät am Abend zurück nach Bojberik.

Im Fahren denke ich mir: Warum lassen sie mich so dringend rufen? Um meine Einwilligung zu hören? Um wegen des Verlobungsmahles mit mir zu sprechen? Da hätte er doch zu mir kommen können, denn ich bin ja der Brautvater! Und ich fange selbst über diesen Gedanken zu lachen an: Wo hat man das schon je in der Welt gehört, daß der reiche Mann zum Bettler kommen soll? Höchstens, wenn die Welt untergeht, in Messias Zeiten, wie die jungen Leute, die dummen Jungen, mir einreden wollen, daß bald die Zeit kommt, wo der Reiche und der Arme ganz gleich sein werden: mein ist dein, und dein ist mein, und ähnlicher Unsinn! Wie kommen nur in diese kluge Welt solche Narren? Ach ja!

Mit solchen Gedanken komme ich nach Bojberik, fahre direkt zur Sommerwohnung der Witwe und lasse das Pferd halten.

Wo ist aber die Witwe? Keine Witwe da! Wo ist der Bursche? Kein Bursche da! Wer hat mich dann kommen lassen? »Ich habe Euch kommen lassen«, sagt zu mir ein kleiner rundlicher Mann mit einem ausgezupften Bärtchen und einer dicken goldenen Uhrkette auf dem Bauche. »Und wer«, sage ich, »seid Ihr?« Sagt er: »Ich bin der Bruder der Witwe und Arontschiks Onkel. Man hat mich«, sagt er, »telegraphisch aus Jekaterinoslaw berufen, und ich bin soeben angekommen.«

»Wenn's so ist«, sage ich, »so wünsche ich Euch Frieden!« Und mit diesen Worten setze ich mich. Wie er sieht, daß ich schon sitze, sagt er zu mir: »Setzt Euch!« Sage ich: »Danke, ich sitze schon. Wie geht es Euch?« sage ich: »Wie steht es bei Euch mit der Kosnitution?« Antwortet er mir darauf gar nichts. Er lehnt sich in seinen Schaukelstuhl zurück, steckt die Hände in die Hosentaschen, bläht den dicken Bauch mit der goldenen Uhrkette auf und spricht zu mir folgende Worte: »Ich glaube, Ihr heißt Tewje?« – »Ja«, sage ich, »wenn man mich zu der Thora aufruft, so sagt man: ›Es erscheine Reb Tewje, der Sohn des Reb Schnejur-Salman …‹« – »Hört nur«, sagt er zu mir, »Reb Tewje, was ich Euch sagen will. Was taugen uns lange Reden? Wollen wir lieber«, sagt er, »gleich von der Hauptsache sprechen, ich meine vom Geschäft.«

»Ich habe nichts dagegen«, sage ich. »König Salomo hat schon längst gesagt: *Ein jegliches hat seine Zeit.* Wenn man vom Geschäft reden soll, so redet man eben vom Geschäft. Ich bin«, sage ich, »ein Geschäftsmann.« – »Das sieht man«, sagt er, »daß Ihr ein Geschäftsmann seid. Darum will ich mit Euch kaufmännisch sprechen. Ich will, daß Ihr mir ganz offen sagt, wieviel die ganze Sache kosten soll? Aber ganz offen!«

»Wenn ich offen sprechen soll, so weiß ich gar nicht, was Ihr meint.«

»Reb Tewje!« sagt er zu mir wieder, behält aber die Hände noch immer in den Hosentaschen. »Ich frage Euch«, sagt er, »wieviel soll uns die ganze Hochzeit kosten?« – »Es kommt darauf an«, sage ich, »was für eine Hochzeit Ihr meint! Wenn Ihr eine großartige Hochzeit meint, wie sie Euch geziemt, so bin ich«, sage ich, »gar nicht imstande.« Starrt er mich an und sagt: »Entweder stellt Ihr Euch dumm oder Ihr seid wirklich dumm. Obwohl Ihr gar nicht so dumm zu sein scheint«, sagt er, »denn wenn Ihr dumm wäret, so hättet Ihr meinen Neffen nicht so beschwindelt: Ihr habt ihn zu Euch angeblich zu Pfannkuchen geladen, habt ihm ein schönes Mädel gezeigt – ob es wirklich Eure Tochter ist oder nicht, das weiß ich nicht«, sagt er, »und er hat sich in sie verliebt, das heißt, sie hat ihm gefallen. Und daß er ihr gefallen hat«, sagt er, »das versteht sich doch von selbst, davon rede ich gar nicht. Es ist ja auch möglich«, sagt er, »daß es ein braves Mädel ist und es ernst meint. So weit will ich aber gar nicht gehen. Ihr sollt nicht vergessen«, sagt er, »wer *Ihr* seid und wer *wir* sind! Ihr seid doch«, sagt er, »ein gelehrter Mann! Wie könnt Ihr«, sagt er, »auch nur zugeben, daß Tewje, der Milchhändler, der mit Käse und Butter hausiert, sich mit uns verschwägert? Werdet Ihr vielleicht sagen, daß sie einander das Wort gegeben haben? Nun, sie werden es eben zurücknehmen! Auch kein großes Unglück!« sagt er. »Und wenn es etwas kosten soll, daß sie ihm sein Wort zurückgibt, so haben wir nichts dagegen. Ein Mädel ist doch kein Bursche«, sagt er, »und ob sie Eure Tochter ist oder nicht«, sagt er, »das will ich gar nicht untersuchen.«

Schöpfer der Welt! denke ich mir: Was will der Jude von mir? Er aber hört nicht auf zu reden: ich solle mir nur nicht einbilden, sagt er, daß es mir gelingen wird, einen Skandal zu machen und überall auszutrompeten, daß sein Neffe, sagt er, sich mit Tewjes, des Milchhändlers, Tochter hat verloben wollen. Ich soll es mir aus dem Kopf schlagen, sagt er, daß seine Schwester ein Mensch sei, der von sich Geld erpressen lasse. Mit Gutem, sagt er, kann man von ihr ein paar Rubel bekommen; sozusagen als Almosen. Man ist doch, sagt er, nur ein Mensch, der einmal auch seinem Mitmenschen helfen muß.

Kurz und gut, Ihr wollt wissen, was ich ihm darauf geantwortet habe? Ich habe ihm, ach und weh ist mir, gar nichts geantwortet! Die Zunge klebte mir, wie man sagt, am Gaumen! Ich stand auf, wandte mich mit dem Gesicht zur Türe und war schon weg! Es war mir, als ob ich mich vor einer Feuersbrunst oder aus einem Gefängnis gerettet hätte. Es summte mir im Kopfe, es flimmerte mir vor den Augen, und in den Ohren klangen mir noch die Worte jenes Juden: »Aber ganz offen!«, »Ob es Eure Tochter ist oder nicht …«, »Eine Witwe, von der man Geld erpressen kann ...«, »Sozusagen als Almosen ...« Und ich ging hinaus zu meinem Pferd, drückte mein Gesicht an den Wagen und – Ihr werdet doch über mich nicht lachen? – und fing zu weinen an ... Und als ich mich ausgeweint hatte, stieg ich auf den Bock und gab meinem Pferdchen, nebbich, soviel Peitschenschläge, wieviel es überhaupt fassen konnte. Dann erst wandte ich mich an Gott mit der gleichen Frage, die schon einmal Hiob gestellt hatte: »Was für eine Missetat hast du, lieber Gott, am alten Hiob gesehen, daß du von ihm für keinen Augenblick abläßt? Gibt es denn wenig andere Juden auf der Welt?«

Wie ich nach Hause komme, ist meine Familie, unberufen, lustig und guter Dinge. Alle sitzen beim Abendbrot, aber Sprinze fehlt. »Wo ist Sprinze?« frage ich. – »Was gibt's?« sagen sie zu mir. »Was hat man dich kommen lassen?« – Sage ich noch einmal: »Wo ist Sprinze?« Antworten sie mir noch einmal: »Was gibt's?« Sage ich ihnen: »Gar nichts! Was soll es geben? Es ist, Gott sei Dank, ruhig, von Pogromen hört man nichts.« In diesem Augenblick kommt Sprinze, blickt mir in die Augen und setzt sich zu Tisch, als ob die Rede gar nicht von ihr wäre. An ihrem Gesicht ist nichts zu erkennen, sie ist nur ungewöhnlich, ganz unnatürlich still. Ihr Benehmen gefiel mir gar nicht: sie saß so zerstreut da und tat alles, was man ihr sagte. Sagte man ihr: »Setz dich!«, so setzte sie sich. Sagte man: »Iß!«, so aß sie. Sagte man: »Geh!«, so ging sie. Und wenn man sie rief, so fuhr sie zusammen. Wie ich sie ansah, krampfte sich mir das Herz zusammen, und ein Zorn brannte in mir, ich wußte selbst nicht auf wen. Ach, du lieber Gott, Schöpfer der Welt! Wofür strafst du mich, für wessen Sünde?!

Kurz und gut, Ihr wollt wohl das Ende wissen? Ein solches Ende möchte ich selbst meinem schlimmsten Feinde nicht wünschen, und man darf so etwas gar nicht wünschen, denn der Fluch auf die Kinder ist der ärgste Fluch von allen Flüchen der Schrift! Wer weiß, vielleicht hat mich jemand so verflucht? Ihr glaubt nicht an solche Dinge? Was ist es denn? Gut, ich will hören, wie Ihr das erklärt. Aber was soll man da viel klügeln? Hört doch nur das Ende, das ich Euch erzählen will. Eines Abends fahre ich aus Bojberik heim und bin in der besten Laune: stellt Euch nur vor den Verdruß und die Schande und auch noch das Mitleid mit meinem Kinde! Ihr werdet vielleicht nach der Witwe fragen? Oder nach ihrem Sohn? Was geht mich die Witwe an und was ihr Sohn? Weggefahren sind sie und haben nicht einmal Abschied genommen! Es ist eine Schande zu sagen, sie blieben mir sogar noch etwas Geld für Butter und Käse schuldig. Ich rede aber nicht von dem, sie haben es wahrscheinlich vergessen. Ich rede vom Abschiednehmen: sie sind weggefahren, ohne Abschied zu nehmen! Was mein Kind, nebbich, ausgestanden hat, das weiß keines Menschen Sohn außer mir: denn ich bin ja der Vater, und das Herz des Vaters fühlt ... Ihr meint vielleicht, daß sie mir auch nur ein halbes Wort gesagt hat? Daß sie sich beklagt hat? Oder daß sie geweint hat? Bewahre! Da kennt Ihr Tewjes Töchter schlecht! Sie ging ganz in sich und flackerte wie ein Licht! Ab und zu seufzte sie auf, es war aber ein Seufzen, das so große Stücke vom Herzen abreißt!

Ich fahre also mit meinem Pferdchen nach Hause und bin vertieft in meine traurigen Gedanken. Ich stelle Fragen an den Schöpfer der Welt und gebe mir selbst Antworten, und ich denke dabei weniger an Gott – mit Gott habe ich mich schon einigermaßen ausgesöhnt – als an die Menschen: Warum müssen die Menschen schlecht sein, wenn sie auch gut sein können? Warum müssen sie sich selbst und den anderen das Leben verbittern, wenn es in ihrer Macht ist, gut und glücklich zu leben? Ist es denn möglich, daß Gott den Menschen nur dazu erschaffen hat, damit er schon auf dieser Welt alle Strafen des Jenseits leidet? Wozu hätte es Gott nötig? Mit solchen Gedanken fahre ich heim nach meiner Meierei und sehe aus der Ferne, daß draußen am Flußdamm eine Menge Bauern zusammengelaufen ist, Bauern und Bäuerinnen und Bauernmädchen und kleine Bauernjungen ohne Zahl. Was ist das? Natürlich ist es keine Feuersbrunst; also ist es ein Ertrunkener: jemand hat wohl im Flusse gebadet und dabei den Tod gefunden. Niemand weiß, wo ihn der Todesengel erwartet, wie wir es auch am Neujahrsfeste im Gebet »Unessane Tojkef« sagen ... Plötzlich sehe ich: auch meine Golde läuft zum Fluß, ihr Kopftuch ist aufgegangen, sie hat die Hände vor sich ausgestreckt, und vor ihr laufen meine Kinder Teibel und Bejlke. Und alle drei schreien und jammern: »Tochter! Schwester! Sprinze!« Ich sprang vom Wagen, ich weiß selbst nicht, wieso ich dabei nicht in Stücke zersprang, und als ich zum Flusse kam, da war es schon zu spät ...

Was wollte ich Euch noch fragen? Ja! Habt Ihr einmal einen Ertrunkenen gesehen? Noch nie? Der Mensch stirbt gewöhnlich mit geschlossenen Augen. Bei einem Ertrunkenen stehen aber die Augen offen; wißt Ihr nicht, woher das kommt? Nehmt es mir nicht übel, daß ich Euch so lange aufgehalten habe; ich habe ja auch selbst wenig Zeit: ich muß nach meinem Pferdchen schauen und das bißchen Ware verkaufen. Die Welt ist ja noch immer eine Welt, also muß man auch an den Rubel denken und das Gewesene vergessen. Das, was die Erde zugedeckt hat, das soll man, heißt es, vergessen, und wenn man selbst ein lebendiger Mensch ist, so kann man seine Seele nicht ausspeien. Da helfen keine Weisheiten, und ich komme immer auf den alten Vers zurück: *Solange die Seele in dir ist*, setze deinen Weg fort, Tewje! Bleibt mir gesund, und wenn Ihr meiner gedenkt, so in gutem Sinne!

Willkommen! Wie geht es Euch, Reb Scholem Alejchem? Das ist doch eine unerwartete Begegnung! Wir haben es uns beide nicht träumen lassen! Friede sei mit Euch! Ich habe mich immer gefragt: warum sieht man Euch so lange nicht, weder in Bojberik noch in Jehupez? Es ist ja alles möglich, vielleicht habt Ihr schon Eure paar Gilden jemand vermacht und seid dorthin übersiedelt, wo man keinen Rettich mit Schmalz ißt? Und dann dachte ich mir wieder: ist es denn möglich, daß Ihr eine solche Dummheit macht? Ihr seid doch ein kluger und gelehrter Mann! Nun danke ich Gott, daß wir uns beim besten Wohlsein wiedersehen. Wie es geschrieben steht: *Der Berg kommt mit dem Berg nicht zusammen –*, aber der Mensch mit dem Menschen.

Ihr schaut mich an, Reb Scholem Alejchem, als ob Ihr mich nicht mehr erkennt? Das bin ich, Euer alter guter Freund Tewje! *Schaue nicht auf den Krug, sondern auf seinen Inhalt.* Macht Euch nichts daraus, daß ich einen neuen Rock anhabe, ich bin noch immer derselbe Pechvogel Tewje, der ich früher war, und habe mich nicht um ein Haar verändert. Wenn man seine Sabbatkleider anzieht, so sieht man eben mehr wie ein Mensch aus, wie ein reicher Mann: denn wenn man unter Menschen kommt, muß man sich anständig kleiden, besonders wenn man eine so weite Reise unternimmt. Ich fahre ja ins Heilige Land, und das ist keine Kleinigkeit! Ihr schaut mich an und denkt Euch wohl: Wie kommt ein so kleiner Mensch wie dieser Tewje, der seinen Lebtag mit Milchwaren gehandelt hat, zu dieser Gnade, die sich auf seine alten Tage höchstens noch ein Brodski leisten kann? Glaubt es mir, Reb Scholem Alejchem: *Alles ist ungewiß!* Ach, wie wahr sind doch diese Worte! Rückt, bitte, Euer Köfferchen ein wenig zur Seite, ich werde mich Euch gegenüber setzen und Euch eine Geschichte erzählen. Ihr werdet hören, was Gott alles kann.

Kurz und gut, ich muß Euch vor allen Dingen sagen, daß ich, nicht auf Euch gedacht, Witwer geworden bin: meine Golde, sie ruhe in Frieden, ist gestorben. Sie war eine einfache Frau, ohne Weisheit und ohne Hintergedanken, aber eine wahre Heilige. Mag sie dort oben eine Fürbitterin für ihre Kinder sein: sie hat von ihnen genug zu leiden gehabt und hat vielleicht nur darum die Welt verlassen, weil sie es nicht hatte ertragen können, daß die Kinder nach allen Ecken und Enden der Welt fortgezogen sind. »Was taugt mir noch die Welt«, pflegte sie zu sagen, »wenn ich kein Kind und kein Rind mehr habe? Selbst eine Kuh, sie sei von mir wohl unterschieden«, sagte sie, »sehnt sich nach ihrem Kalb, wenn man es ihr fortgenommen hat.« So spricht zu mir Golde und vergießt dabei bittere Tränen. Und wie ich sehe, daß sie von Tag zu Tag wie eine Kerze schmilzt, versuche ich sie natürlich zu trösten und sage zu ihr: »Ach«, sage ich, »liebe Golde, es steht geschrieben: *Richte uns entweder wie deine Kinder oder wie deine Knechte*: ob wir Kinder haben oder nicht«, sage ich, »jedenfalls haben wir einen großen, guten und starken Gott! Und doch«, sage ich, »möchte ich soviel Segen erleben, wie oft mir der Schöpfer der Welt solches angetan hat, was ich allen meinen Feinden wünsche!« Sie ist aber, sie verzeihe es mir, doch nur ein Weib, und sie sagt zu mir: »Du sündigst, Tewje, mit den Lippen! Man darf«, sagt sie, »nicht sündigen!« – »Was hast du nur?« sage ich: »Habe ich denn etwas Schlechtes gesagt? Lehne ich mich denn, Gott behüte«, sage ich, »gegen die Beschlüsse des Ewigen auf? Denn wenn er seine Welt so eingerichtet hat«, sage ich, »daß die Kinder keine Kinder mehr sind«, sage ich, »und die Eltern nichts mehr gelten«, sage ich, »so weiß er wohl selbst, was er zu tun hat.«

Sie versteht aber nicht, was ich sage, und antwortet mir ganz unpassend: »Wer wird dir, wenn ich sterbe«, sagt sie, »das Abendessen kochen?« So spricht sie zu mir ganz leise und sieht mich mit solchen Augen an, daß es auch einen Stein hätte rühren können. Tewje ist aber kein Frauenzimmer, und ich antworte ihr mit einem Scherz und mit einem Bibeltext und mit einer Stelle aus dem Midrasch und noch einer Stelle aus dem Midrasch. »Golde«, sage ich, »du warst mir so viele Jahre treu«, sage ich, »du wirst mich doch nicht auf meine alten Tage zu einem Narren machen?!« Und wie ich das sage, sehe ich sie wieder an: es steht schlimm um sie! »Was fehlt dir«, sage ich, »Golde?« – »Gar nichts«, sagt sie so leise, daß ich es kaum hören kann.

Ich sehe, daß das Spiel zum Teufel ist. Ich spanne mein Pferd an, fahre in die Stadt und hole einen Doktor, den besten Doktor, den ich finden kann. Wie ich zurückkomme, ist es schon aus! Meine Golde liegt auf dem Boden, mit einer Kerze zu Häupten, und sieht aus wie ein Häuflein Erde, das man zusammengescharrt und mit einem schwarzen Tuch bedeckt hat. Ich stehe da und sage mir: »Ist das alles, was vom Menschen übrigbleibt? Ach, du Schöpfer der Welt, was tust du deinem Tewje an? Was werde ich jetzt in meinen alten Tagen anfangen?« Und mit diesen Worten falle ich zu Boden ... Und da soll man noch schreien: *Lebendiger und ewiger Gott!* Wißt Ihr, was ich Euch sagen werde? Wenn man vor sich den Tod sieht, muß man jeden Gottesglauben verlieren. Man fängt zu grübeln an: *Was sind wir, und was ist unser Leben?* Was ist die Welt mit allen ihren Geschicken, die sich ewig wenden, mit ihren Eisenbahnen, die wie verrückt umherfahren, mit allem Denken und Trachten und selbst mit Brodski und seinen Millionen? Alles ist eitel, alles ist nichts!

Kurz und gut, ich mietete für Golde einen Kaddisch und bezahlte ihn für ein ganzes Jahr voraus. Ich konnte ja nichts anderes tun, denn Gott hatte mich gestraft und mir keine männlichen Nachkommen geschenkt, sondern lauter Töchter, wie ich es keinem guten Menschen wünsche. Ich weiß nicht, ob alle Juden sich mit ihren Töchtern so abplagen müssen oder ob nur ich allein solch ein Pechvogel bin, der mit ihnen kein Glück hat! Das heißt, meinen Töchtern kann ich nichts vorwerfen, und das Glück ruht in Gottes Hand. Es wäre gut, wenn auch nur die Hälfte davon in Erfüllung ginge, was meine Töchter mir wünschen! Sie hängen sogar zu sehr an mir, und alles, was »zu« ist, ist von Übel. Schaut Euch zum Beispiel meine Jüngste an, die man Bejlke nennt. Wißt Ihr, was das für ein Mädel ist? Ihr kennt mich doch, gottlob, wie man sagt, seit einem Jahr und einem Mittwoch, und Ihr wißt, daß ich nicht zu solchen Vätern gehöre, die ihre Kinder so ohne jeden Grund loben. Wenn aber schon die Rede von Bejlke ist, so muß ich von ihr zwei Worte sagen: Seit Gott mit Bejlkes handelt, hat er noch keine solche Bejlke wie diese erschaffen! Von Schönheit brauche ich gar nicht zu sprechen: Tewjes Töchter, das wißt Ihr doch selbst, sind in der ganzen Welt als Schönheiten bekannt. Aber sie, ich meine Bejlke, kann alle ihre Schwestern in den Sack stecken. Wenn ich von ihr spreche, muß ich an das Lob des tugendsamen Weibes in den Sprüchen denken: *Lieblich und schön sein ist nichts* – ich rede nicht von ihrer Schönheit, ich rede von ihrem Charakter: Gold, reines Gold, sage ich Euch! Ich war ihr immer so teuer wie das Oberste von der Milch; seit aber meine Golde, sie ruhe in Frieden – mögen die Jahre, die ihr nicht beschieden waren, Bejlke zugute kommen! –, verschieden ist, behandelte sie ihren Vater wie ihren Augapfel! Kein Stäubchen ließ sie auf mich fallen. Und ich sagte zu mir selbst: Der Schöpfer der Welt ist wirklich so, wie wir es im Jom Kippur-Gebet sagen: Er schickt die Arznei noch vor der Krankheit! Es ist aber manchmal schwer zu sagen, was schlimmer ist, die Arznei oder die Krankheit. Wer konnte es ahnen, daß Bejlke sich mir zuliebe für Geld verkaufen wird, daß sie ihren Vater auf seine alten Tage ins Heilige Land schicken wird? Ihr könnt es Euch wohl denken, daß ich das nur so sage, denn sie ist daran ebenso unschuldig wie Ihr. Die ganze Schuld trifft nur ihn, ihren Auserwählten, ich will ihm nicht fluchen, aber eine Kaserne möchte über ihm einstürzen! Und wenn wir die Sache ordentlich überlegen, so wird es sich vielleicht herausstellen, daß ich selbst an allem schuld bin, wie es auch ausdrücklich im Talmud steht: *Der Mensch hat die Schuld.* Aber das brauche ich Euch wohl wirklich nicht erzählen, was im Talmud steht!

Kurz und gut, ich will Euch nicht lange aufhalten. Es verging ein Jahr und noch ein Jahr, meine Bejlke wuchs heran zu einem Mädchen, das man, unberufen, fremden Leuten zeigen konnte; und Tewje tat noch immer seine alte Arbeit und brachte auf seinem Wagen die Milchwaren im Sommer nach Bojberik und im Winter nach Jehupez – eine Sintflut möchte doch diese Stadt vernichten wie einst Sodom! Ich kann diese Stadt gar nicht mehr anschauen, das heißt, weniger die Stadt als die Menschen, und ich meine auch nicht alle Menschen, sondern einen ganz bestimmten: nämlich Efroïm, den Schadchen, der böse Geist mag in seinen Vater fahren! Da werdet Ihr gleich hören, was ein Schadchen alles anstellen kann.

Eines Tages, es war so um die Mitte Elul, komme ich mit meinen Waren nach Jehupez und sehe – *Haman naht* – Efroïm, der Schadchen, kommt mir entgegen. Ich habe Euch schon einmal von ihm erzählt. Efroïm ist zwar ein ganz unausstehlicher Mensch, aber wenn man ihn sieht, muß man, ob man will oder nicht, stehenbleiben: so eine Gewalt hat dieser Mensch in sich! »Höre einmal, mein Kluger«, sage ich zu meinem Pferdchen, »halte eine Weile, und ich werde dir etwas zum Kauen geben.« Und dann spreche ich Efroïm, den Schadchen, an, wünsche ihm Frieden und beginne mit ihm ein Gespräch von ungefähr:

»Wie steht es mit Euren Geschäften?« frage ich ihn. Er seufzt tief auf und sagt: »Es ist bitter!« Sage ich: »Was heißt bitter?« Sagt er: »Ich habe nichts zu tun!« Sage ich: »Wirklich nichts?« Sagt er: »Wirklich nichts!« Sage ich: »Woher kommt das?« Sagt er: »Das kommt daher, daß die Leute heute nicht mehr zu Hause heiraten ...« Sage ich: »Wo heiraten sie denn?« Sagt er: »Irgendwo dort, im Auslande ...« Sage ich: »Was soll dann so ein Mensch wie ich tun, dessen Großmutter niemals im Auslande gewesen ist?« Bietet er mir eine Prise an und sagt: »Für Euch, Reb Tewje, habe ich Ware hier am Platze ...« Sage ich: »Das heißt?« Sagt er: »Eine Witwe ohne Kinder mit hundertfünfzig Rubeln; sie war früher einmal Köchin in den vornehmsten Häusern.« Schaue ich ihn an und sage ihm: »Reb Efroïm, wem wollt Ihr diese Partie vorschlagen?« Sagt er: »Wem ich sie vorschlagen will? Euch!« Sage ich: »Alle bösen und wüsten Träume mögen die Köpfe meiner Feinde treffen!« Ich ziehe meinem Pferdchen eins über und will weiterfahren. Da sagt Efroïm zu mir: »Nehmt es mir nicht übel, Reb Tewje, wenn ich Euch irgendwie verletzt habe! Wen habt Ihr denn gemeint?« Sage ich: »Wen soll ich wohl meinen, wenn nicht meine Jüngste?« Springt er in die Höhe, schlägt sich mit der Hand auf die Stirne und sagt: »Halt! Es ist gut, daß Ihr mich daran erinnert habt! Lange leben sollt Ihr, Reb Tewje!« Sage ich: »Amen, auch Euch wünsche ich, daß Ihr Messias' Ankunft erlebt. Aber was ist mit Euch los?« Sagt er: »Es ist gut, Reb Tewje, es ist ausgezeichnet, es kann gar nicht besser sein!« Sage ich: »Was ist so gut?« Sagt er: »Ich habe für Eure Jüngste etwas Passendes, ein Glück, einen Haupttreffer – einen reichen und mächtigen Mann, einen Millionär, einen Brodski, einen Bauunternehmer und

Heereslieferanten, und mit seinem Namen heißt er Pedozur!« – Sage ich: »Pedozur? Den Namen kenne ich aus der
Schrift.« – Sagt er: »Was taugt mir die Schrift? Er ist ein Bauunternehmer, dieser Pedozur, er baut Häuser, Mauern und Brücken,
er war während des Krieges in Japan, ist von dort mit einem Haufen Geld zurückgekehrt, fährt in vornehmen Equipagen mit feurigen Rossen, hat vor seiner Tür Lakaien stehen und ein Bad bei
sich in der Wohnung, hat Möbel aus Paris und einen Brillant-
ring am Finger. Ist noch nicht alt, unverheiratet, ein richtiger
Junggeselle – prima! Und er sucht ein schönes Mädel, auch
wenn sie nackt und barfuß ist, nur daß sie schön von Angesicht
ist!« – »Halt!« sage ich, »wenn Ihr so ohne Kompaß rennt, werden wir, Gott weiß wohin, kommen! Wenn ich nicht irre«, sage
ich, »habt Ihr mir schon einmal diese selbe Partie für meine älteste Tochter vorgeschlagen, für Hodel?«

Wie Efroïm von mir diese Worte hört, faßt er sich bei den Seiten und fängt so zu lachen an, daß ich schon fürchte, der Schlag
könnte ihn treffen. »Ach«, sagt er, »Ihr redet von einer Sache, die
sich zugetragen hat, als meine Großmutter mit ihrem ersten
Kinde niedergekommen war! Der Mann, von dem Ihr redet, hat
ja noch vor dem Kriege Bankerott gemacht und ist nach Amerika
durchgebrannt!« – »Das Andenken des Gerechten zum Segen!«
sage ich. »Wird vielleicht auch dieser dorthin durchbrennen?« Da
wird er, der Schadchen, wütend und sagt: »Was redet Ihr, Reb
Tewje? Jener war«, sagt er, »ein Pfeifer, ein Scharlatan, ein Verschwender, und dieser ist ein Bauunternehmer«, sagt er, »Kriegs-
lieferant, ein Mensch, der viele Geschäfte hat und ein Kontor und
Angestellte ... und ... und ...« Was soll ich Euch sagen? Der
Schadchen kam in solche Hitze, daß er mich vom Wagen herun-
terzog, mich am Rocke packte und so lange schüttelte, bis ein
Schutzmann kam und uns beide aufs Revier abführen wollte. Es
war noch ein Glück, daß mir der Vers: *An dem Fremden magst du
wuchern* einfiel: mit der Polizei muß man umzugehen wissen.

Kurz und gut, was soll ich Euch lange aufhalten: dieser Pedozur verlobte sich mit meiner Jüngsten, das heißt mit Bejlke, aber
es dauerte noch eine Weile, bis man die Chuppe stellte. Und
warum dauerte es? Weil sie, das heißt Bejlke, diese Partie ebenso
wollte, wie man sterben will. Je mehr sie dieser Pedozur mit

123

seinen Geschenken, mit goldenen Uhren und Brillantringen überschüttete, um so weniger mochte sie ihn leiden. Mir braucht man ja keinen Finger in den Mund zu stecken; ich merkte es sofort an ihrem Gesicht, ihren Augen und den Tränen, die sie heimlich vergoß. Einmal sage ich ihr so nebenbei: »Hörst du, Bejlke«, sage ich, »ich habe Angst, daß du deinen Pedozur«, sage ich, »ebenso liebst und schätzt wie mich.« Wird sie rot wie Feuer und sagt zu mir: »Wer hat dir das gesagt?« Sage ich: »Warum weinst du denn sonst ganze Nächte hindurch?« Sagt sie: »Weine ich denn?« Sage ich: »Nein, du weinst nicht, aber du schluchzt still in dich hinein. Du glaubst wohl«, sage ich, »daß, wenn du den Kopf in die Kissen vergräbst, ich deine Tränen nicht sehe? Du meinst wohl«, sage ich, »daß dein alter Vater ein kleiner Junge ist«, sage ich, »oder daß ihm sein Gehirn eingetrocknet ist, so daß er es nicht versteht«, sage ich, »daß du es nur ihm zuliebe tust? Daß du ihn auf seine alten Tage versorgen willst«, sage ich, »damit er einen Ort hat, wo sein Kopf ausruhen kann und damit er, Gott behüte, nicht betteln gehen muß? Wenn du es so meinst, so bist du«, sage ich, »dumm, denn wir haben«, sage ich, »einen großen Gott«, sage ich, »und Tewje gehört nicht zu den Nichtstuern, die sich mit Gnadenbrot begnügen. Geld«, sage ich, »ist nichts, wie es auch in der Schrift heißt. Und wenn du einen Beweis willst«, sage ich, »so schaue nur deine Schwester Hodel an: sie ist zwar eine Bettlerin, aber lies ihre Briefe«, sage ich, »die sie mir von Gott weiß wo«, sage ich, »vom Ende der Welt schreibt, und sieh, wie sie sich mit ihrem Pechvogel Pfefferl glücklich fühlt!« Zeigt nun Euren Scharfsinn und versucht zu raten, was mit Bejlke darauf geantwortet hat? »Mit Hodel«, sagt sie, »darfst du mich nicht vergleichen: Hodel gehört in eine Zeit«, sagt sie, »wo die ganze Welt zitterte und jeden Augenblick umzustürzen drohte; damals waren alle«, sagt sie, »so sehr um die Welt besorgt, daß sie an sich selbst gar nicht dachten. Aber jetzt«, sagt sie, »wo die Welt wieder eine Welt ist«, sagt sie, »sorgt ein jeder nur für sich selbst, und niemand denkt mehr an die Welt.« So antwortete mir Bejlke auf meine Worte. Da gehe einer her und rate, was sie damit meint!

Nun? Ihr versteht Euch ja auf Tewjes Töchter! Ihr hättet sie sehen sollen, wie sie unter der Chuppe stand: wie eine Prinzessin! Wie ich sie so stehen sah und mich in ihr sozusagen spiegelte, dachte ich mir: Ist das auch wirklich Bejlke, Tewjes Tochter? Wo hat sie gelernt, so zu stehen und so zu gehen und so den Kopf zu halten und sich so zu kleiden, daß alles wie angegossen sitzt? Ich hatte aber nicht Zeit, mich lange in ihr zu spiegeln, denn das junge Paar machte sich noch am selben Tage nach der Trauung so gegen halb sechs Uhr abends auf und reiste mit dem Schnellzug zu allen Teufeln, nach Italien, wie es heute bei den reichen Leuten Mode ist.

Sie kehrten erst um die Chanukka-Zeit zurück und schickten mir gleich Nachricht, ich möchte um Gottes willen und sofort zu ihnen nach Jehupez kommen. Da sagte ich mir: Wenn sie einfach den Wunsch hätten, daß ich zu ihnen komme, so würden sie mir sagen lassen, ich solle kommen und fertig. Was bedeutet aber das »um Gottes willen« und das »sofort«? Das muß doch irgendeinen Grund haben! Nun frage ich mich: Was ist das für ein Grund? Und es kommen mir allerlei Gedanken, wie gute so auch böse in den Sinn: vielleicht haben sie sich dort wie zwei Katzen gezankt und wollen sich jetzt scheiden lassen? Dann sagte ich mir wieder: Du bist ein Narr, Tewje! Warum mußt du gleich das Schlechteste denken? Woher kannst du wissen, warum sie dich sehen wollen? Vielleicht sehnen sie sich einfach nach dir? Oder vielleicht will Bejlke ihren Vater in ihrer Nähe haben? Oder Pedozur will dir eine Stelle geben, dich an seinen Geschäften beteiligen und dich zu einem Aufseher bei seinen Unternehmungen machen? So oder so, ich mußte hin.

Ich setze mich also in meinen Wagen und fahre nach Jehupez. Wie ich so fahre, geht mir meine Einbildungskraft durch, und ich stelle mir vor, daß ich mein Dorf verlassen und meine Kühe, Pferd und Wagen und alles verkauft habe! Und ich bin in die Stadt gezogen und bei meinem Pedozur zuerst ein Aufseher, dann ein Kassierer, dann der Direktor aller seiner Unternehmungen und zuletzt Kompagnon, der an seinen Geschäften gleich ihm beteiligt ist, geworden. Und ich fahre ebenso wie er mit zwei feurigen Rossen aus – das eine ist falb und das andere kastanienbraun –, und ich wundere mich über mich selbst, wie mir das geschehen ist und wie ein so bescheidenes Menschlein wie Tewje zu solchen großen Geschäften kommt. Was taugt mir die Hast und der Lärm Tag und Nacht, wie es in den Psalmen steht: *Daß er ihn setze neben die Fürsten* – was brauche ich die Freundschaft mit allen Millionären? Laßt mich los, ich will ein ruhiges Alter haben, ich will ab und zu ein Kapitel Talmud durchnehmen oder in den Psalmen lesen! Man muß doch einmal auch an die andere Welt denken! Ja oder nein? Wie sagt doch König Salomo: der Mensch ist wie das liebe Vieh und vergißt immer, daß er früher oder später sterben muß.

Mit solchen Gedanken komme ich glücklich nach Jehupez zu meinem Pedozur. Daß ich Euch von seinem Prunk und seinem Reichtum, von seiner Wohnung und seiner Lebensart erzähle, das übersteigt meine Kräfte. Ich hatte noch niemals die Gnade, bei Brodski im Hause zu sein, aber ich vermute auf Grund meines Verstandes, daß es auch bei Brodski gar nicht schöner sein kann! Wie schön er wohnt, könnt Ihr schon daraus schließen, daß der Aufseher, der seine Türe bewacht, ein Kerl mit silbernen Knöpfen, mich um nichts in der Welt in die Wohnung einlassen wollte. Was macht man da? Die Türe ist aus Glas, und ich sehe, wie dieser Kerl mit den silbernen Knöpfen – ausgelöscht sei sein Name und sein Gedächtnis! – innen im Vorzimmer steht und Kleider bürstet. Ich winke ihm zu und erkläre ihm in der Taubstummensprache, mit den Händen, daß er mich einlassen soll, weil die Hausfrau meine leibliche Tochter ist. Versteht er aber nicht, der gojische Kopf, was ich meine, und sagt mir, auch in der Taubstummensprache, das heißt mit den Händen, daß ich zum Teufel gehen soll. Dieses Pech! Daß man, um seine eigene Tochter zu besuchen, die frommen Verdienste seiner Väter anrufen muß! Ach und weh ist dir, sage ich mir, Tewje, und deinem grauen Kopf, daß du so etwas erleben mußt!

Wie ich mir das denke, schaue ich wieder durch die Glastüre und sehe ein Mädel, das innen herumsteht. Es wird wohl das Stubenmädchen sein, denke ich mir, denn sie hat die Augen einer Diebin. Alle Stubenmädchen haben Diebsaugen: ich bin schon in vielen reichen Häusern gewesen und kenne alle Stubenmädchen. Nun winke ich ihr: Mach mir auf, Kätzchen! Sie macht die Türe auf und sagt zu mir auf Jiddisch: »Wen sucht Ihr hier?« Sage ich: »Wohnt hier Pedozur?« Sagt sie schon etwas lauter: »Wen sucht Ihr hier?« Sage ich ihr noch lauter: »Wenn man dich fragt, so sollst du zuerst die Frage beantworten: wohnt hier Pedozur?«

Sagt sie: »Ja, hier!« – »In diesem Falle«, sage ich, »gehörst du zu meinen Leuten! Geh«, sage ich, »und melde deiner Madame Pedozur«, sage ich, »daß sie Besuch hat«, sage ich, »ihr eigener Vater, Tewje, sei da: er steht schon eine hübsche Weile vor der Tür«, sage ich, »wie ein Bettler, weil er keine Gnade in den Augen dieses Esaus mit den silbernen Knöpfen gefunden hat«, sage ich, »er möchte für deinen kleinsten Fingernagel zugrunde gehen!«

Als das Mädel diese Worte hörte, machte sie mir mit dem Lächeln einer Getauften die Türe vor der Nase zu, lief die Treppe hinauf, dann wieder herunter, ließ mich ein und führte mich in ein Gemach, wie es meine Väter nicht einmal im Traume gesehen haben. Seide und Samt, Gold und Kristall, und wenn Ihr geht, so hört Ihr Eure eigenen Schritte nicht, denn Ihr tretet mit Euren sündigen Füßen auf die teuersten Teppiche, die so weich sind wie Schnee. Und dann die vielen Uhren! An den Wänden hängen Uhren, auf den Tischen stehen Uhren, Uhren ohne Zahl! Schöpfer der Welt! Hast du noch mehr davon? Was braucht der Mensch so viele Uhren? So denke ich mir und gehe, die Hände im Rücken, ein wenig weiter und sehe plötzlich, wie mir einige Tewjes zugleich von verschiedenen Seiten entgegenkommen; der eine Tewje geht her, der andere Tewje hin, der eine zu mir, der andere von mir – es ist zum Verrücktwerden! An allen vier Seiten hängen Spiegel! Nur so ein Kerl wie dieser Bauunternehmer kann sich so viele Uhren und so viele Spiegel leisten!

Und ich muß an den dicken, rundlichen Pedozur mit der großen Glatze denken, der so laut spricht und trillernd lacht, wie er mit seinen feurigen Rossen zum ersten Male zu mir ins Dorf kam, wie er es sich in meiner Stube wie in seines Vaters Weingarten bequem machte, wie er meine Bejlke kennenlernte, mich dann auf die Seite nahm und mir ein Geheimnis ins Ohr flüsterte, doch so laut, daß man es auch jenseits von Jehupez hören konnte. Und was war das für ein Geheimnis? Das Geheimnis war, daß meine Tochter ihm gefallen hat und daß ich – eins, zwei, drei – die Chuppe stellen soll. Daß meine Tochter ihm gefallen hat, das kann ich noch verstehen; aber daß ich auf der Stelle eine Chuppe stellen soll, diese Worte drangen mir ins Herz *wie ein zweischneidiges Schwert* – wie ein stumpfes Messer. Was heißt das »eins, zwei, drei«? Und wo bin ich? Wo ist Bejlke? Ach, wie gerne hätte ich ihm einige Texte aus der Bibel und aus dem Midrasch an den Kopf geschmissen, so daß er lange an mich denken würde! Aber dann sagte ich mir wieder: Was sollst du dich in die Angelegenheiten deiner Kinder einmischen, Tewjc? Hast du denn bei deinen älteren Töchtern viel damit erreicht, daß du ihnen bei ihrer Verheiratung dreinredetest? Du hast wie eine Pauke geredet, hast deine ganze Thora ausgeschüttet, und wer blieb der Narr? Natürlich Tewje!«

Kurz und gut, wollen wir, wie es in Euren Büchern heißt, den Königssohn verlassen und uns zu der Königstochter wenden. Ich tue ihnen also den Gefallen und komme nach Jehupez. Und nun geht der Tanz los: Friede sei mit Euch! Friede sei mit Euch! Wie geht es? Wie steht es? Setzt Euch! Danke, es geht! Und so weiter. Daß ich als erster auf die Sache komme und sie frage: »*Wodurch unterscheidet sich dieser Tag von allen Tagen?* Warum habt ihr mich kommen lassen?« Das paßt mir nicht. Tewje ist kein Frauenzimmer, er kann warten. Inzwischen kommt ein Kerl mit weißen Handschuhen und meldet, daß das Frühstück auf dem Tische steht. Wir erheben uns also alle drei und kommen in ein Zimmer, das ganz aus gelber Eiche besteht: der Tisch ist aus Eiche, die Stühle aus Eiche, die Wände aus Eiche, die Decke aus Eiche, und alles ist geschnitzt, bemalt und verziert. Und auf dem Tische sind *königliche Gewänder*: Tee und Kaffee und Schokolade und Buttergebäck und guter Kognak und die feinsten Delikatessen und noch andere Speisen und Früchte; es ist eine Schande zu sagen, aber ich fürchte, daß meine Bejlke am Tische ihres Vaters solche Gerichte nicht einmal gesehen hat! Und man schenkt mir einen Becher ein und dann noch einen Becher, und ich trinke auf ihr Wohl, und ich schaue Bejlke an und denke mir: Da hast du es erlebt, Tewjes Tochter, wie wir es im Hallel sagen: *Er richtet den Geringen auf aus dem Staube* – wenn Gott dem Bettler hilft, *so erhöhet er den Armen aus dem Kot* –, so daß man ihn gar nicht wiedererkennt. Es ist Bejlke und doch nicht Bejlke!

Und ich denke an die Bejlke von einst und vergleiche sie mit der Bejlke, die ich jetzt vor mir sehe, und das Herz krampft sich in mir zusammen, wie wenn ich ein schlechtes Geschäft gemacht hätte, das nicht mehr rückgängig gemacht werden kann, zum Beispiel, wie wenn ich mein gutes Pferd für ein Füllen hergegeben hätte, von dem man noch nicht weiß, was daraus einmal wird: ein Pferd oder ein Klotz? Ach, Bejlke, Bejlke! denke ich mir, was ist aus dir geworden! Erinnerst du dich noch, wie du einst mit deiner Näharbeit vor einer qualmenden Lampe saßest und ein Liedchen sangst? Oder wie du in einem Nu die beiden Kühe melktest? Oder wie du dir die Ärmel aufkrempeltest und mir eine einfache Rübensuppe kochtest oder eine Mehlspeise mit Bohnen oder Krapfen mit Käse oder Mohnkuchen bukst und mir sagtest: »Vater, geh, wasche dir die Hände!« Und diese Worte waren für mich wie die schönste Musik!

Jetzt sitzt sie hier wie eine Königstochter mit ihrem Pedozur, zwei Diener bringen die Speisen und klappern mit den Tellern. Und sie? Sie spricht keine Silbe! Dafür spricht er, ich meine Pedozur, für zwei: keinen Augenblick steht sein Mundwerk still! Seit ich lebe, habe ich noch keinen Menschen gesehen, der soviel plaudern und schwatzen konnte, der Teufel weiß wovon! Und die ganze Zeit lacht er mit hoher Stimme, wie man bei uns sagt: Er macht selbst einen Witz und lacht selbst dazu. Außer uns dreien saß am Tische noch ein Mensch mit roten Backen; ich weiß nicht, wer und was er war, aber er schien ein guter Esser zu sein: während Pedozur redete und lachte, aß er, wie es in den Sprüchen der Väter heißt: *Drei Menschen aßen* – er aß für drei … Der eine hat gegessen und der andere geredet, und immer von solchen dummen Dingen, die mir gar nicht in den Kopf gehen wollten: Lieferungen, Gouvernementsverwaltung, Domänenverwaltung, Rentamt, Japan … Von allen diesen Dingen interessierte mich nur Japan allein, denn zu Japan hatte ich doch gewisse Beziehungen: während des Japankrieges standen, wie Ihr wißt, die Pferde in hohem Ansehen, und man suchte sie überall zu kaufen. Also kam auch mein Pferdchen zur Musterung: man maß es mit einer Elle, trieb es einmal hin und einmal her und erklärte es schließlich für untauglich. Da habe ich ihnen gesagt: »Ich wußte es schon vorher, daß Eure ganze Mühe vergebens ist, wie es auch in der Schrift heißt: *Der Gerechte kennt die Seele seines Viehes:* Tewjes Pferd wird doch nicht in den Krieg ziehen!« Nehmt es mir nicht übel, Reb Scholem Alejchem, daß ich alles durcheinanderbringe und vom Wege abschweife. Wollen wir also zu unserer Geschichte zurückkehren.

Kurz und gut, wir aßen und tranken so gut, wie es Gott befohlen hat. Und wie wir vom Tische aufstehen, nimmt mich Pedozur am Arm und führt mich in sein Arbeitszimmer, das mit königlichem Prunk ausgestattet ist: Spieße und Gewehre an den Wänden und Kanonen auf dem Tische. Er setzt mich in ein Sofa, das so weich wie Butter ist, holt aus einer goldenen Dose zwei große, dicke, duftende Zigarren, steckt die eine sich und die andere mir an, setzt sich mir gegenüber, streckt die Füße aus und sagt zu mir: »Wißt Ihr, warum ich Euch rufen ließ?« Aha! denke ich mir, nun will er wohl von der Hauptsache sprechen! Ich stelle mich aber dumm und sage zu ihm: »*Bin ich denn der Hüter meines Bruders?* Woher soll ich das wissen?« Sagt er zu mir: »Ich wollte mit Euch wegen Euch selbst sprechen!« Es ist also doch wegen einer Stelle! denke ich mir und sage zu ihm: »Wenn es nur etwas Gutes ist, will ich gerne hören.« Nun nimmt er, das heißt Pedozur, die Zigarre aus dem Munde und hält eine ganze Predigt: »Ihr seid«, sagt er, »kein dummer Mensch und werdet es mir nicht übel nehmen, wenn ich mit Euch ganz offen rede. Ihr müßt wissen«, sagt er, »daß ich große Geschäfte habe und daß, wenn man ein so großes Geschäft hat wie ich …« Ja, denke ich mir, er will mir eine Stelle anbieten! Und ich unterbreche ihn und sage: »Es ist, wie es im Talmud steht: *Je mehr Geschäfte, um so mehr Sorgen!* Wißt Ihr«, sage ich, »was diese Stelle bedeutet?« Antwortet er mir ganz aufrichtig: »Ich muß Euch«, sagt er, »die reine Wahrheit sagen: ich habe«, sagt er, »niemals den Talmud gelernt und weiß sogar nicht, wie er ausschaut!« So spricht er, Pedozur, zu mir und beginnt wieder mit seiner hohen Stimme zu lachen. Könnt Ihr das verstehen? Ich meine: wenn Gott dich gestraft hat und du ein unwissender Mensch bist, so schweige wenigstens darüber: was brauchst du damit noch zu prahlen? Das denke ich mir und sage zu ihm: »Das habe ich mir auch gedacht«, sage ich, »daß Ihr von diesen Dingen nichts versteht. Aber wollen wir hören, was Ihr mir weiter sagen wollt!« Sagt er zu mir: »Weiter wollte ich Euch noch sagen«, sagt er, »daß es mir bei meinen Geschäften und meinem Namen und meiner Position nicht paßt«, sagt er, »daß man Euch, Tewje, den Milchmann, nennt. Denn Ihr müßt wissen«, sagt er, »daß ich mit dem Gouverneur persönlich bekannt bin«, sagt er, »und daß zu mir ins Haus einmal Brodski oder auch Poljakow kommen kann und vielleicht gar Rothschild – alles ist möglich!« So sagt zu mir Pedozur. Ich schaue aber auf seine glänzende Glatze und denke mir: Es ist wohl möglich, daß du mit dem Gouverneur persönlich bekannt bist und daß zu dir einmal Rothschild ins Haus kommen kann, aber du redest wie ein Hund unter Hunden. Und ich sage zu ihm etwas gereizt: »Was kann ich dagegen machen«, sage ich, »wenn zu Euch einmal wirklich Rothschild kommt?« Meint Ihr vielleicht, daß er den Stich merkte? *Weder den Wald noch den Bären* – nichts merkte er!

»Ich möchte gern«, sagte er, »daß Ihr Euern Milchhandel aufgebt«, sagt er, »und irgend etwas anderes treibt.« – »Zum Beispiel was?« – »Was Ihr wollt!« sagt er: »Gibt es denn wenig Geschäfte auf der Welt? Ich will Euch«, sagt er, »mit Geld helfen«, sagt er, »damit Tewje, der Milchmann, einmal ein Ende nimmt. Oder wißt Ihr was?« sagt er: »Vielleicht wollt Ihr gar nach Amerika hinüberfahren? Wie?« So sagt er zu mir, steckt sich die Zigarre wieder in den Mund und schaut mir gerade in die Augen; und seine Glatze glänzt. Nun? Was antwortet man so einem rohen Kerl? Zuerst sagte ich mir: Was sitzt du noch da, Tewje, wie ein Lehmgötze? Stehe auf, küsse die Mesuse und schlage die Türe, ohne Abschied zu nehmen, hinter dir zu! So sehr packten mich seine Worte an der Leber! Diese Frechheit von einem Bauunternehmer! Was heißt das, daß du mir befiehlst, meinen ehrlichen Beruf aufzugeben und nach Amerika zu fahren? Weil zu dir einmal Rothschild kommen kann, muß Tewje, der Milchmann, ans Ende der Welt fliehen?! Das Herz siedet in mir wie ein Kessel, und einen Zorn habe ich noch von früher her. Denn ich ärgerte mich über Bejlke: Was sitzt sie dort wie eine Königstochter zwischen den hundert Uhren und tausend Spiegeln, während man ihren Vater auf glühenden Kohlen Spießruten laufen läßt? Ich möchte so viel Segen erleben, denke ich mir, wie deine Schwester Hodel besser gehandelt hat als du! Sie hat zwar keine so prunkvolle Wohnung wie du. Dafür hat sie aber den Pfefferl zum Mann, der an sich selbst gar nicht denkt und für die anderen sorgt. Und dieser Pfefferl hat auf seinen Schultern einen Kopf sitzen und keinen Nudeltopf mit einer glänzenden Glatze! Und ein Mundwerk hat er – reines Gold! Wenn ich ihm mit einem

Text komme, gibt er mir drei zurück! Warte nur, mein lieber Pedozur, da werde ich dir gleich einen Text hinschmeißen, daß es dir finster vor den Augen wird!

So denke ich mir und spreche zu ihm diese Worte: »Mein Gott!« sage ich, »daß der Talmud für Euch ein Buch mit sieben Siegeln ist, das will ich Euch gerne verzeihen: wenn ein Jude in Jehupez wohnt und Pedozur heißt und ein Bauunternehmer ist, so kann«, sage ich, »der Talmud auf dem Dachboden liegen. Aber einen ganz gewöhnlichen Vers aus der Schrift«, sage ich, »kann ja auch ein Goj verstehen. Ihr wißt doch«, sage ich, »wie es im Targum Onkelos von Laban dem Aramäer heißt: Meschwanzosso deschweinosso nitmachanto streimelosso.« Schaut er mich an wie ein Hahn das Gebet »Bnej-Odom« und sagt zu mir: »Was heißt das?« – »Das heißt«, sage ich, »daß man aus einem Schweineschwanz kein Streimel machen kann!« – »Worauf bezieht sich das?« sagt er. »Das bezieht sich darauf«, sage ich, »daß Ihr von mir verlangt, daß ich nach Amerika gehe.« Lacht er mit seiner hohen Stimme und sagt: »Wenn Euch Amerika nicht paßt, so wollt Ihr vielleicht nach Palästina? Alle alten Juden fahren nach Palästina.«

Wie er mir das sagt, setzt sich dieser Gedanke in meinem Gehirn sofort wie ein eiserner Nagel fest: Halt! Vielleicht ist es gar nicht so dumm, wie du meinst, Tewje? Vielleicht ist es eine gute Idee? Vielleicht ist es sogar besser, ins Heilige Land zu fahren als von seinen Kindern so viel Freude zu haben, wie du sie hast? Rindvieh! Was riskierst du dabei, und wen läßt du hier zurück? Deine Golde, sie ruhe in Frieden, liegt doch sowieso schon im Grabe; und liegst du denn auch nicht selbst – ich sollte es lieber gar nicht aussprechen! – neun Ellen tief in der Erde? Wie lange willst du noch auf dieser Welt herumstampfen? Nun müßt Ihr wissen, Reb Scholem Alejchem, daß es mich auch schon früher nach dem Heiligen Lande hinzog: ich habe große Lust, die Klagemauer zu sehen und die Zwiefache Höhle und Mutter Rahels Grab; mit meinen eigenen Augen den Jordan zu sehen, den Berg Sinai, das Schilfmeer und wie die Städte Pison und Ramses ausschauen und ähnliche Dinge. Und meine Gedanken führen mich ins Gelobte Land Kanaan, wo Milch und Honig fließt.

Pedozur unterbricht mich aber mitten in meinen Gedanken

und sagt zu mir: »Nun? Was überlegt Ihr es Euch noch so lange? Eins – zwei – drei …« – »Bei Euch«, sage ich, »geht alles, gottlob, eins – zwei – drei; für mich ist es aber ein schwieriges Talmudkapitel, denn um aufzubrechen«, sage ich, »und ins Heilige Land zu fahren, braucht man Geld.« Lacht er wieder mit seiner hohen Stimme, steht auf, geht zum Tisch, macht eine Schublade auf, holt eine Brieftasche heraus und zählt mir eine recht hübsche Summe vor. Ich bin natürlich nicht faul, scharre das Häuflein Banknoten zusammen – da sieht man wieder die Macht des Geldes! – und stecke sie tief in die Tasche. Ich will ihm noch einige Texte aus dem Midrasch anführen, die ihm alles erklären würden, hört er aber auf mich wie auf einen Kater und sagt zu mir: »Dieses Geld«, sagt er, »wird Euch für die Reise mehr als genügen. Und wenn Ihr schon an Ort und Stelle seid«, sagt er, »und noch Geld braucht, so schreibt nur«, sagt er, »einen Brief, und man wird Euch sofort – eins, zwei, drei – noch mehr Geld schicken. Euch noch einmal daran erinnern«, sagt er, »daß Ihr auch wirklich hinfahren sollt, brauche ich wohl nicht, denn Ihr seid«, sagt er, »ein Mensch, der Ehre und Gewissen im Leibe hat.« So spricht zu mir Pedozur und beginnt wieder mit seiner hohen Stimme zu lachen, so daß sich mir der Magen umdreht. Und es kommt mir der Gedanke in den Sinn: Soll ich ihm vielleicht das Geld an den Kopf schmeißen und ihm sagen, daß man Tewje nicht kaufen kann und daß man mit ihm nicht von Ehre und Gewissen sprechen darf? Doch ehe ich noch den Mund aufmache, klingelt er und läßt Bejlke rufen. Wie sie hereinkommt, sagt er zu ihr: »Weißt du was, Schätzchen? Dein Vater will uns verlassen; er will seine ganze Habe verkaufen und, eins – zwei – drei, ins Heilige Land fahren …« *Ich hatte einen Traum und weiß nicht, was er bedeutet*, denke ich mir und schaue meine Bejlke an. Glaubt Ihr vielleicht, daß sie auch nur mit einer Wimper zuckte? Sie steht wie ein Baum da, hat keinen Tropfen Blut im Gesicht, sieht bald auf mich und bald auf ihn und sagt keine Silbe! Auch ich schaue sie an und spreche kein Wort, und so schweigen wir alle beide, wie es in den Psalmen steht: *Meine Zunge klebe an meinem Gaumen.* Meine Zunge ist wie gelähmt, es schwindelt mir im Kopf, und es hämmert mir in den Schläfen. Woher mag das kommen? frage ich mich, wohl von der schönen Zigarre, die er mir gab. Da raucht er aber auch selbst, ich meine

Pedozur, die gleiche Zigarre, und sie scheint ihm nichts zu machen, denn er redet dabei unaufhörlich, und sein Mundwerk steht keinen Augenblick still, obwohl ihm die Augenlider zufallen und er offenbar große Lust hat, ein wenig zu schlafen.

»Ihr müßt«, sagt er, »von hier mit dem Schnellzug nach Odessa fahren und von Odessa zu Schiff nach Jaffa. Für die Seereise«, sagt er, »ist gerade jetzt die beste Zeit«, sagt er, »denn später beginnen die Stürme und Schneefälle und Winde.« So spricht er zu mir mit lallender Zunge, wie einer, der schlafen will. Aber er hört noch immer nicht auf und redet weiter: »Und wenn Ihr reisefertig seid«, sagt er, »so sollt Ihr es uns zu wissen geben«, sagt er, »und wir werden beide zum Bahnhof kommen, um uns von Euch zu verabschieden, denn wer weiß, wann wir uns je wiedersehen.« Hier reißt er, mit Verlaub zu sagen, das Maul auf, gähnt, steht auf und sagt zu Bejlke: »Schätzchen, bleib ein wenig mit dem Vater«, sagt er, »denn ich will mich kurze Zeit hinlegen.« Das ist das Vernünftigste, was du bisher gesagt hast! denke ich mir. Jetzt werde ich wenigstens mein bitteres Herz etwas erleichtern können! So denke ich mir und bin schon im Begriff, mir meine Bejlke vorzunehmen und ihr alles zu sagen, was sich an diesem Tage in meinem Herzen angesammelt hat, als sie mir plötzlich um den Hals fällt und zu weinen beginnt. Aber was heißt weinen? Meine Töchter, nicht gedacht soll ihrer werden, haben alle die gleiche Eigenschaft: anfangs sind sie fest und tapfer, wenn es aber zur Entscheidung kommt, so fließen sie über in Tränen wie die Beresina. So zum Beispiel meine älteste Tochter Hodel: hat sie im letzten Augenblick, als sie mit ihrem Pfefferl in die Verbannung nach den kalten Ländern ziehen mußte, wenig Geschichten gemacht? Aber man darf die beiden gar nicht vergleichen! Hodel kann bei Bejlke die Öfen heizen!

Ich will Euch die reine Wahrheit sagen: Wie Ihr mich kennt, bin ich kein Mensch von Tränen. Ordentlich geweint habe ich nur das eine Mal, als meine Golde, sie ruhe in Frieden, auf der Erde lag. Und noch einmal habe ich ordentlich geweint, als Hodel mit ihrem Pfefferl wegfuhr und ich wie ein großer Narr allein mit meinem Pferdchen auf dem Bahnhof zurückblieb. Vielleicht habe ich noch ein paarmal geweint, doch im allgemeinen kann man nicht sagen, daß ich die Gewohnheit habe zu weinen. Als ich aber Bejlke so herzerweichend weinen sah, konnte ich mich nicht länger halten und hatte nicht mehr den Mut, ihr auch nur den leisesten Vorwurf zu machen. Mit mir braucht man gar nicht viel Worte zu machen. Ich heiße ja Tewje und habe sofort verstanden, was ihre Tränen bedeuteten: das waren keine gewöhnlichen Tränen, es waren die Tränen des Sündenbekenntnisses: *Und vergibt mir die Sünde, die ich begangen habe,* durch Ungehorsam gegen den Vater. Und statt ihr so einzuheizen, wie sie es verdiente, und meinen Zorn auf ihren Pedozur zu ergießen, begann ich ihr alles, was ich auf dem Herzen hatte, zu erzählen, mit allerlei Texten und Sprüchen untermengt.

Bejlke hörte mich an und sagt zu mir: »Nein, Vater, nicht darum weine ich«, sagt sie. »Ich habe niemand etwas vorzuwerfen! Nur das eine«, sagt sie, »daß du um meinetwillen wegfährst und ich nichts dagegen machen kann«, sagt sie, »brennt mir auf der Seele.« – »Höre schon auf, höre auf«, sage ich, »du redest wie ein Kind! Du hast wohl vergessen«, sage ich, »daß wir einen großen Gott auf der Welt haben und daß dein Vater«, sage ich, »noch bei klarem Verstande ist. Deinem Vater«, sage ich, »macht es wirklich nicht viel aus, nach dem Heiligen Lande hinüberzufahren und dann wieder zurückzukommen, wie es in der Schrift steht: *Und sie zogen aus und lagerten sich.*« So rede ich mit ihr und denke mir dabei: Tewje, du lügst! Wenn du einmal nach dem Heiligen Lande abgereist bist, so ist es mit Tewje, er ruhe in Frieden, aus! Wie wenn sie meinen Gedanken erraten hätte, sagt sie zu mir: »Nein«, sagt sie, »nein, Vater, so tröstet man nur ein kleines Kind! Man gibt ihm«, sagt sie, »eine Puppe oder ein anderes Spielzeug und erzählt ihm«, sagt sie, »eine hübsche Geschichte vom weißen Zicklein ... Wenn man schon Geschichten erzählen soll«, sagt sie, »so werde ich dir eine erzählen und nicht du mir. Aber die Geschichte, die ich dir erzählen will, ist weniger schön als traurig, Vater!«

So spricht zu mir Bejlke. Tewjes Töchter reden niemals einfach! Und sie erzählt mir eine lange Geschichte, ein Märchen aus Tausendundeiner Nacht. Wie ihr Pedozur sich aus dem niedrigsten Stande emporgearbeitet hat und mit eigener Kraft und eigenem Verstand die höchste Stufe erreicht hat und es jetzt noch so weit bringen will, daß Brodski zu ihm ins Haus kommt; darum gibt er Riesensummen für wohltätige Zwecke aus und wirft mit Tausenden um sich. Da aber Geld allein dazu nicht genügt und man auch noch eine vornehme Abstammung haben muß, gibt er, das heißt Pedozur, sich die größte Mühe, nachzuweisen, daß er nicht der erste beste sei, daß er von den großen Pedozurs abstamme und daß auch sein Vater ein berühmter Bauunternehmer gewesen sei. »Obwohl er ganz gut weiß«, sagt sie, »daß ich weiß, daß sein Vater nur ein Spielmann gewesen ist. Er erzählt auch allen«, sagt sie, »daß sein Schwiegervater ein Millionär sei …« – »Wen meint er damit?« sage ich. »Mich? Wenn es mir vielleicht«, sage ich, »einmal wirklich beschieden war, Millionen zu haben«, sage ich, »so habe ich es schon überstanden.« – »Vater, du kannst es dir gar nicht vorstellen«, sagt sie, »wie mir das Gesicht brennt, wenn er mich seinen Bekannten vorstellt und mit meinem Vater und meinen Onkeln und meiner ganzen Familie prahlt und das Blaue vom Himmel herunterlügt. Und ich muß das alles hören«, sagt sie, »und dazu schweigen, denn er hat«, sagt sie, »in solchen Dingen seine Launen.« – »Du nennst es«, sage ich, »Launen? Wir nennen es einfach Frechheit und Gewalttätigkeit.« – »Nein«, sagt sie, »du kennst ihn nicht, Vater: er ist kein so schlechter Mensch, wie du glaubst. Er ist nur ein Mensch, der jetzt so und in einem Augenblick wieder anders ist. Er hat«, sagt sie, »ein gutes Herz und eine offene Hand. Wenn man ihn nur traurig anschaut«, sagt sie, »und er gerade in der richtigen Laune ist, so ist er imstande, sein Leben hinzugeben. Und wer spricht davon«, sagt sie, »was er für mich alles tut! Meinst du vielleicht«, sagt sie, »daß ich über ihn gar keine Gewalt habe? Erst vor kurzem habe ich es bei ihm durchgesetzt, daß er mir versprach, für Hodel und ihren Mann die Begnadigung zu erwirken. Er hat mir«, sagt sie, »geschworen, daß er es sich viele Tausende kosten lassen wird, doch nur mit der Bedingung, daß sie von dort, wo sie jetzt sind, nach Japan gehen …« – »Warum gerade nach Japan?« frage ich, »und warum nicht nach Indien oder nach Mesopotamien zu der Königin von Saba?« – »Weil er in Japan«, sagt sie, »seine Geschäfte hat. In der ganzen Welt«, sagt sie, »hat er Geschäfte. Was ihm täglich die Telegramme allein kosten«, sagt sie, »hätte uns allen genügt, um ein halbes Jahr davon zu leben. Was habe ich aber davon«, sagt sie, »wenn ich nicht mehr ich bin?« – »Es ist«, sage ich, »wie wir es in den Sprüchen der Väter lesen: *Wenn ich nicht für mich bin, wer ist dann für mich?* Ich bin nicht mehr ich, und du bist nicht mehr du ...« So spreche ich zu ihr mit Scherzworten und Texten, obwohl mein Herz in Stücke zerreißt, da ich sehe, wie meine Tochter hier in Reichtum und Ehren zugrunde geht. »Deine Schwester Hodel«, sage ich, »hätte ganz anders gehandelt ...« Unterbricht sie mich aber und sagt zu mir: »Ich habe dir doch schon einmal gesagt«, sagt sie, »daß du mich mit Hodel nicht vergleichen darfst, Vater: Hodel«, sagt sie, »lebte in Hodels Zeiten, und Bejlke lebt in Bejlkes Zeiten. Und Hodels Zeiten sind von Bejlkes Zeit ebenso weit entfernt wie Jehupez von Japan.« Versteht Ihr den Sinn dieser aramäischen Worte?

Ich sehe aber, daß Ihr keine Zeit habt, Reb Scholem Alejchem! Nur noch zwei Minuten, und alle meine Geschichten sind zu Ende. Als ich mich am Unglück und Kummer meiner glücklichen Jüngsten gesättigt hatte, verließ ich das Haus, wie es von Mordechaj heißt, *traurig und mit verhülltem Kopf* – ganz zerbrochen und vernichtet. Ich schleuderte die Zigarre, von der mir der Kopf schwindelte, zu Boden und sagte zu ihr, das heißt zu der Zigarre: »Geh zum Teufel, der böse Geist fahre in deinen Vater!« – »Wen meint Ihr damit, Reb Tewje?« sagt plötzlich jemand hinter meinem Rücken. Ich wende mich um und sehe: es ist Efroïm, der Schadchen, daß ihn der Teufel hole! »Gesegnet sei, der da kommt!« sage ich. »Was macht Ihr hier?« – »Und was«, sagt er, »macht Ihr hier?« – »Ich habe«, sage ich, »meine Kinder besucht.« – »Wie geht es ihnen?« – »Wie soll es ihnen gehen?« sage ich: »Uns beiden soll es so gehen, wenn sie nur davon keinen Schaden haben!« – »Wie ich sehe«, sagt er, »seid Ihr mit meiner Ware recht zufrieden?« – »Und ob ich zufrieden bin!« sage ich: »Gott möchte es Euch hundertfach vergelten!« – »Danke«, sagt er, »für den Segen! Vielleicht werdet Ihr mir aber zu dem Segen auch noch etwas in bar zulegen?« – »Habt Ihr denn«, sage ich, »wenig an der Sache verdient?« – »So viel wünsche ich Eurem Pedozur zu verdienen!« – »Was ist denn los«, sage ich, »hat er Euch wenig gezahlt?« – »Es war nicht wenig«, sagt er, »aber er gab es mir nicht mit gutem Herzen!« – »Das heißt?« – »Das heißt, daß von dem Gelde«, sagt er, »nichts mehr übriggeblieben ist.« – »Wo ist es denn«, sage ich, »hingekommen?« – »Ich habe«, sagt er, »eine Tochter verheiratet.« – »Masel-tow!« sage ich: »Gebe Gott, daß die Ehe glücklich wird und daß Ihr viel Freude erlebt ...« – »Ich habe schon viel Freude erlebt«, sagt er. »Ich habe einen Scharlatan zum Schwiegersohn erwischt; er hat«, sagt er, »meine Tochter halbtot geprügelt, hat ihr die paar Rubel weggenommen und ist«, sagt er, »nach Amerika durchgebrannt.« – »Warum«, sage ich, »habt Ihr ihn so weit reisen lassen?« – »Was hätte ich«, sagt er, »dagegen tun können?« – »Ihr hättet ihm Salz auf den Schwanz streuen sollen ...« – »Es ist Euch«, sagt er, »wohl recht froh zumute, Reb Tewje?« – »Auf Euch sei es gesagt«, sage ich, »wenn Gott Euch auch nur die Hälfte meiner Freude geben wollte!« – »So stehen die Sachen? Und ich habe geglaubt«, sagt er, »daß Ihr jetzt ein reicher Mann seid! Wenn es sich aber so verhält«, sagt er, »so nehmt Euch eine Prise.«

Ich nahm vom Schadchen die Prise, fuhr nach Hause und begann meinen ganzen Hausstand, den ich in so vielen Jahren zusammengespart hatte, zu verkaufen. Glaubt nur nicht, daß es so schnell ging, wie ich es Euch erzähle! Jeder Topf und jede Kleinigkeit kosteten mich ein Stück Gesundheit. Der eine Gegenstand erinnerte mich an Golde, sie ruhe in Frieden, der andere – an meine Kinder, sie mögen um so länger leben. Aber den größten Kummer machte mir mein Pferdchen. Vor meinem Pferdchen fühlte ich mich schuldig. Du lieber Gott, wir haben uns so viele Jahre gemeinsam abgeplagt, haben zusammen soviel Kummer erfahren, und da soll ich es plötzlich verkaufen! Ich verkaufte es einem Wasserführer, denn von den Fuhrleuten kann man nur Schande erleben. Wie ich ihnen mein Pferdchen zum Kauf anbiete, sagen sie zu mir: »Was fällt Euch ein, Reb Tewje? Ist es denn ein Pferd?« – »Was ist es denn«, sage ich, »vielleicht ein Hängeleuchter?« – »Es ist«, sagen sie, »kein Hängeleuchter, sondern einer der Sechsunddreißig Gerechten.« – »Was heißt das«, sage ich, »einer der Sechsunddreißig Gerechten?« – »Das heißt«, sagen sie, »ein Greis von sechsunddreißig Jahren, ohne Zähne, mit grauem Bart, dem die Hüften zittern wie einer alten Frau an einem kalten Freitagabend!« Wie gefällt Euch diese Fuhrmannssprache? Ich möchte einen Eid leisten, daß mein Pferdchen, nebbich, jedes Wort verstand, das wir redeten, wie es auch in der Schrift heißt: *Der Ochs kennt seinen Herrn*: das Tier fühlt, wenn man es verkaufen will. Denn als ich mit dem Wasserführer handelseinig war und ihm sagte: »Nehmt es! Segen und Glück auf den Weg ...«, wendete mein Pferd seinen schönen Kopf nach mir um und sah mich mit stummen Augen an, als ob es mir sagen wollte: Ist das der Dank für meine Dienste? Ich warf noch einen letzten Blick auf mein Pferdchen, das der Wasserführer in Behandlung nahm, und blieb allein zurück. Und ich dachte mir: Schöpfer der Welt! Wie vernünftig regierst du doch deine Welt! Da hast du den Tewje erschaffen und hast auch das Pferdchen erschaffen – es sei zwischen ihnen wohl unterschieden! –, und beide haben auf dieser Welt das gleiche Schicksal. Der einzige Unterschied ist, daß der Mensch einen Mund hat und alles sagen kann, und das Pferd, nebbich, stumm ist, wie wir es auch in den Psalmen lesen: *Was ist des Menschen Vorzug vor dem Vieh? Nichts! Alles ist eitel.*«

Ihr schaut mich an, Reb Scholem Alejchem, Ihr seht, daß mir die Tränen in die Augen getreten sind, und Ihr denkt Euch wohl: Diesem Tewje tut wohl sein Pferd leid? Warum nur das Pferd? Alles tut mir leid und nach allem werde ich mich sehnen. Ich werde mich nach meinem Pferdchen sehnen und nach dem Dorf, nach dem Dorfschulzen und dem Dorfpolizisten, nach den Boj-beriker Sommerfrischlern und den Jehupezer Reichen und selbst nach Efroïm, dem Schadchen – daß ihn die Cholera! Denn wenn ich es mir so überlege, ist er doch nur ein armer Jude, der, nebbich, einige Kopeken zu verdienen sucht. Wenn Gott mich in Frieden dorthin bringt, wo ich hinfahre, so weiß ich selbst noch nicht, was ich dort tun werde; aber eines ist mir klar wie der Tag: vor allen Dingen werde ich mich zu Mutter Rahels Grab begeben und dort für meine Kinder beten, die ich wohl niemals wiedersehen werde. Und ich werde dabei auch ihn, Efroïm, den Schadchen, in Sinnen haben, und Euch und das ganze Volk Israel. Da habt Ihr meine Hand darauf! Bleibt gesund, glückliche Reise, und grüßt von mir jeden einzelnen gar freundlich.

VIII. ZIEH FORT!

Geschrieben 1914

Ein schönes, ein gutes und inniges »Friede sei mit Euch«, Reb Scholem Alejchem! Euch und Euren Kindern! Ich halte schon lange nach Euch Ausschau, bei mir hat sich allerhand Ware für Euch angesammelt. Ich erkundige mich ständig: *Wo bist du* – warum sieht man Euch nicht? Man erzählt mir, daß Ihr durch die ganze Welt fahrt, ferne Länder bereist, so wie es in der Megille heißt: *Hundertundsiebenundzwanzig Länder*. Doch Ihr schaut, wie mir scheint, etwas seltsam auf mich. Offenbar zaudert Ihr und denkt Euch im stillen: Ist er es oder ist er es nicht? Er ist es, Reb Scholem Alejchem, er ist es! Euer alter Freund Tewje, höchstselbst, Tewje, der Milchmann. Der gleiche Tewje, nur daß er kein Milchhändler mehr ist, sondern ein einfacher Mann, ein Alltagsjude, alt und grau wie Ihr seht, obgleich noch gar nicht so alt an Jahren, wie es in der Haggada heißt: *Ich sehe aus, als ob ich siebzig wäre ...* – dabei bin ich noch weit von den Siebzig entfernt! Warum mein Haar so weiß ist? Nicht vor Vergnügen, glaubt mir, lieber Freund. Ein bißchen eigener Kummer, ich will mich nicht versündigen, und ein bißchen Kummer wegen des ganzen jüdischen Volkes. Eine schlechte Zeit! Eine bittere Zeit für Juden! Doch ich weiß, was Euch drückt. Ihr erinnert Euch sicher, daß wir seinerzeit Abschied nahmen, ehe ich mich ins Heilige Land aufmachte. So glaubt Ihr gewiß, daß Ihr nun schon den heimgekehrten Tewje seht, aus dem Lande Israel, meine ich, und seid schon begierig etwas Neues zu hören, einen Gruß von Mutter Rahels Grab, von der Zwiefachen Höhle und dergleichen? Nun, ich kann Euch zufriedenstellen. Wenn Ihr Zeit habt und Neuigkeiten hören wollt, aber mit Verstand zuhören wollt, wie es in der Bibel heißt: *Hör mich an* – dann werdet Ihr schon selbst zu dem Schluß kommen, daß der Mensch ein Rindvieh ist und wir einen starken Gott haben, der die Welt lenkt.

Kurz und gut, welchen Wochenabschnitt liest man jetzt bei Euch? »Und er rief«? Bei mir ist es ein anderer, der Abschnitt: Zieh fort. »Zieh fort«, so hat man mir gesagt – schere dich fort, Tewje –, *aus deinem Land*, dem Dorf, wo du geboren warst und all die Jahre deines Lebens verbracht hast, *in das Land, das ich dir zeigen werde* – wohin dich deine Augen führen! Und wann verfällt man darauf, Tewje diesen Abschnitt zu lehren? Als er schon alt, schwach und einsam ist, wie wir zu Rosch-Haschanah in den Gebeten sagen: *Verwirf mich nicht im Alter!* Doch ich greife vor und habe dabei vergessen, daß wir noch ganz am Anfang stehen und ich Euch noch nicht erzählt habe, was es im Heiligen Lande Neues gibt. Was soll es dort Neues geben, lieber Freund? Möge es uns beiden so gut gehen! Es ist *ein Land, wo Milch und Honig fließen* – wie schon in der Thora geschrieben steht. Der einzige Nachteil ist, daß dieses Israel in Israel liegt, und ich bin, wie ihr ja selbst seht, nicht da ... Für Tewje gilt offenbar der Megille-Vers: *Und wenn ich verloren bin, werde ich verloren sein.* Ich war schon immer ein Pechvogel, und als Pechvogel werde ich sterben.

Ich stand schon fast mit einem Fuß auf jener Seite, im Heiligen Land also, ich hätte nur noch ein Billet zu lösen und aufs Schiff gehen brauchen und – fort! Was aber tut Gott? Gleich bekommt Ihr etwas Schönes zu hören. Mein ältester Schwiegersohn, Motel Kamisol, der Flickschneider aus Anatewke, niemandem sei es gewünscht, auf keinen Juden sei es gedacht, legt sich kräftig und gesund hin – und stirbt! Das heißt, ein großer Held war er eigentlich nie. Als Handwerker saß er Tag und Nacht *über der Thora und beim Gottesdienst*, bei Nadel und Faden also, und flickte – verzeiht mir – Unterhosen. So lange, bis er die Schwindsucht bekam und zu hüsteln begann. Er hustete und hustete, bis er sein letztes bißchen Lunge ausspie – da half auch schon kein Doktor, kein Tatar, keine Ziegenmilch und keine heiße Schokolade mit Honig mehr. Ein braver Bursche war er gewesen, zwar ein schlichtes Gemüt, kein Thorakundiger, aber ehrlich und ohne Hintergedanken. Meine Tochter hat er geliebt wie das Leben! Für die Kinder hätte er sich totschlagen lassen, und für mich wäre er glatt bereit gewesen sich aufzuopfern!

Kurz und gut, um den Vers *Und Moses starb* zu beenden: Motel starb und hinterließ mir eine richtige Bombe. Wie konnte ich damals an Israel auch nur denken? Ich hatte schon ein rechtes Land Israel bei mir daheim! Wie kann man, frage ich Euch, eine Witwe mit kleinen Kindern, Waisen, ohne einen Bissen Brot zurücklassen? Doch wenn man es richtig überlegt, was vermag ich löchriger Sack ihr schon zu helfen? Ich kann doch ihren Mann nicht wieder lebendig machen oder den Kindern ihren Vater von jener Welt zurückbringen. Und selbst ist man doch auch nur ein sündiger Mensch: im Alter will man seinen Knochen ein wenig Ruhe gönnen, spüren, daß man ein Mensch ist und kein Holzklotz. Genug der Rennerei! Genug der irdischen Plagen! Man sollte auch schon ans Ende denken, es ist an der Zeit! Vor allem, da ich mein bißchen Hausrat aufgelöst, dem Pferd, wie Ihr wißt, schon den Laufpaß gegeben und alle Kühe bis auf die letzte verkauft hatte, geblieben sind mir nur ein paar Böckchen, aus denen, bei guter Pflege, mal etwas Rechtes werden kann. Und plötzlich: geh und werde auf deine alten Jahre ein Hüter von Waisen, ein Vater von Kleinkindern! Ihr denkt, das wäre schon alles? Nur keine Eile! Das dicke Ende kommt erst noch, denn wenn so ein Schicksalsschlag Tewje ereilt, zieht er, wie Ihr schon wißt, einen zweiten nach sich. Wenn zum Beispiel einmal das Unglück geschieht und eine Kuh krepiert, legt sich – nicht auf Euch sei es gedacht! –, gleich danach die nächste zum Sterben. So hat Gott seine Welt so geschaffen, und so wird es auch bleiben – da läßt sich nichts machen!

Um die Geschichte abzukürzen, mit meiner jüngsten Tochter, mit meiner Bejlke, meine ich: Ihr erinnert Euch doch noch, wie sie das große Los zog und einen Hecht erwischte, jenen Pedozur, einen Tausendsassa und Kriegslieferanten, der volle Säcke nach Jehupez brachte und sich in meine Tochter verschoß. Er wollte eine Schönheit, schickte Efroïm, den Schadchen, zu mir – ausgelöscht sei sein Name! –, brachte schier Berge ins Rollen, mühte sich bis zum Umfallen, kriegte sie schließlich, wie sie geht und steht, und überhäufte sie von Kopf bis Fuß mit Geschenken, Schmuck und Brillanten. So ein Glück, sollte man meinen, nicht wahr? Nun, das ganze Glück ist zerronnen! Und wie es zerronnen ist! Zu einem Morast, vor dem uns der Höchste bewahren möge! Denn wenn Gott dem Rad befiehlt, sich zurückzudrehen, fällt das Brot mit der Butter nach unten, wie wir in den

Lobgesängen sagen. Gerade meinte man noch, *er richtet den Geringen auf aus dem Staube,* und ehe man sich versieht – krach! In die Erde mit all dem Segen ... Gott spielt gern mit dem Menschen. Und wie gern er mit ihm spielt! Wie oft schon hat er mit Tewje *die herauf- und herabstiegen* gespielt – immer hoch und runter! Und so war es auch mit meinem Heereslieferanten, mit Pedozur. Ihr erinnert Euch doch gewiß, wie er sich mit seinem Haus großgetan hat, mit den dreizehn Dienstmädchen, mit den Spiegeln und den Uhren? Und all dem Kram in Jehupez? Bah! Erinnert Ihr Euch, ich habe Euch, glaube ich, einmal davon erzählt, wie ich meiner Bejlke damals zuredete und sie angefleht habe, sie möge zusehen, daß er ihr das Häuschen kaufe, und, um Gottes willen, auf ihren Namen? Nun, man hat natürlich auf mich gehört wie Haman auf die Rassel – was versteht schon ein Vater davon? Ein Vater versteht gar nichts! Wie, meint Ihr wohl, sah das Ende aus? Das Ende war – mögen es Eure Feinde erleben! – nicht nur, daß alles über ihm zusammenkrachte und er alle Spiegel und Uhren samt dem Schmuck und den Brillanten seines Weibes verkaufen mußte, er hatte auch noch so um sein Leben zu bangen, daß er – auf keinen Juden sei es gedacht! – fliehen mußte, durchbrannte und dorthin fuhr, wohin auch der liebe Heilige Sabbat verschwindet – nach Amerika, meine ich. Dorthin fahren alle kummervollen Herzen, und so sind auch sie dorthin gefahren und haben die erste Zeit in bitterem Elend gelebt, das wenige Bargeld, was sie noch hatten, war bald aufgebraucht, und als nichts mehr zu beißen da war, mußte man sich, nebbich, ans Werk machen und allerlei schwere Arbeiten verrichten, wie die Juden in Ägypten, beide, sowohl er als auch sie! Jetzt schreibt sie, daß es ihnen, Gott sei Dank, so einigermaßen geht: Sie stricken Socken auf einer Maschine und schlagen sich durch. So sagt man dort in Amerika. Bei uns würde es heißen: Man klaubt sein Stückchen Brot.

Ein Glück noch, daß sie nur zu zweit sind, schreibt sie, ohne Kind, ohne Rind – auch das gereicht ihnen zum Guten! Nun frage ich Euch, soll nicht der Teufel den Oheim seiner Tante holen? Efroïm, den Schadchen, meine ich, für die schöne Partie, die er mir vermittelt und für den Sumpf, in den er mich hineingezogen hat! Wäret Ihr so bitter gewesen, wenn sie, zum Beispiel, einen Handwerker geheiratet hätte wie Zeitel, oder einen Lehrer wie Hodel?

Und haben die beiden etwa mehr Glück gehabt? Die eine ist eine junge Witwe und die andere in ihren besten Jahren in die Verbannung geschickt worden. Das aber ist Gottes Fügung – was kann ein Mensch dagegen tun? Hört Ihr, meine Frau Golde war klug und weise, Gott hab sie selig, schon allein deswegen, weil sie beizeiten Abschied nahm von der närrischen Welt und in die Ewigkeit eingegangen ist. Denn, sagt selbst, ehe man solche Sohnessorgen von Töchtern hat wie Tewje, ist es da nicht tausendmal besser, in der Erde zu liegen und Kringel zu backen? Doch was steht in den Sprüchen der Väter: *Ob du willst oder nicht, du bist verpflichtet zu leben* – ein Mensch kann sein Schicksal nicht in die Hand nehmen, und wenn er es versucht, kriegt er eins auf die Finger, wie Ihr sagt. Derweil sind wir vom Weg abgekommen, also kehren wir zum ersten Thema zurück – verlassen wir, wie es in Euren Büchern heißt, den Königssohn und wenden wir uns der Königstochter zu. Wo waren wir also? Beim Abschnitt »Zieh fort«. Doch ehe wir zum Abschnitt »Zieh fort« kommen, bitte ich Euch mit mir für ein Weilchen beim Abschnitt »Verwüstung« zu verweilen. Zwar ist es seit Erschaffung der Welt Brauch, daß man zuerst »Zieh fort« und danach »Verwüstung« behandelt. Mich aber hat man zuerst »Verwüstung« und dann »Zieh fort« gelehrt. Und gelehrt hat man mich dieses »Verwüstung« so schön, daß es sich lohnt zuzuhören. Es kann Euch einmal nützlich sein.

Kurz und gut, das war schon lange her, gleich nach dem Krieg, in der größten Hitze der Kons- … der Kosnitutionen, als man den Juden *Hilfe und Tröstung* erwies, zunächst in den großen Städten, dann in den kleinen Städten. Doch zu mir drang das nicht vor und konnte auch gar nicht zu mir vordringen. Warum? Ganz einfach! Wenn man so lange unter Gojim, wahren Esaus lebt, ist man mit allen Dorfbewohnern verbunden. *Ihr Herzensfreund und erbarmungsvoller Vater* – kurz, Gevatter Tewje, gilt ihnen als Höchstes. Was liegt an? Ein Rat? Geh Tewje fragen! Ein Mittelchen gegen Fieber? Geh zu Tewje! Ein Darlehen? Auch zu Tewje. Nun, hätte ich mir da Gedanken machen brauchen um solche Dinge wie Pogrome? Unsinn! Die Gojim selbst haben mir oft genug gesagt, daß ich keine Angst zu haben brauchte: Sie würden es nicht zulassen! Und so war es auch – Ihr werdet etwas Schönes zu hören bekommen.

Kurz und gut, eines Tages fuhr ich von Bojberik nach Hause – ich war damals noch in Amt und Würden, obenauf, wie Ihr sagt, handelte noch mit Milchwaren, Käse, Butter und sonstigem Quark, spannte das Pferdchen aus, setzte ihm Heu und Hafer vor, hatte noch nicht einmal Zeit gehabt, mir vor dem Essen die Hände zu waschen, da sehe ich – der ganze Hof steht voller Gojim, die ganze Dorfgemeinde, die vornehmsten Herrschaften, vom Dorfältesten Iwan Poperilje bis zum letzten Goj, Trochim, dem Hirten, und alle sahen sie irgendwie seltsam aus, feierlich! Anfangs gab mir das einen Stich ins Herz: Was gibt es denn plötzlich aus heiterem Himmel zu feiern? Ist man am Ende gekommen, mich »Verwüstung« zu lehren? Dann aber dachte ich wieder: Pfui, Tewje! Schäm dich! Seit Jahr und Tag lebst du als einziger Jude – es sei zwischen uns wohl unterschieden – unter so vielen Gojim in Ruhe und Frieden, und man hat dir nichts zuleide getan, Ihr würdet sagen, man hat dir kein Haar gekrümmt! Ich gehe also zu ihnen hinaus und begrüße sie: »Friede sei mit euch, seid mir willkommen«, sage ich zu ihnen, »was tut ihr hier, meine Lieben? Und was habt ihr Gutes mitzuteilen? Was gibt es für Neuigkeiten?« Da tritt der Dorfälteste, Iwan Poperilje, hervor und sagt mir ganz offiziell und ohne lange Vorrede: »Wir sind zu dir, Tewje, gekommen, um dich zu verprügeln«. Was sagt Ihr zu dieser Ausdrucksweise? Bei uns nennt man so etwas höfliche Umschreibung, verborgene Rede... Nun, wie es mir ums Herz wurde, könnt Ihr Euch ausmalen, aber es nach außen hin zeigen – nein! Ganz im Gegenteil! Tewje ist schließlich kein grüner Junge mehr. Also wende ich mich ganz aufgeräumt an sie: »Meinen Glückwunsch«, sage ich, »aber warum, Kinder, habt ihr euch erst so spät dazu entschlossen? Andernorts hat man es ja schon fast wieder vergessen!« Da meint Iwan Poperilje, der Älteste, diesmal schon ganz ernst: »Versteh mich, Tewje«, sagt er, »wir haben hin und her überlegt, ob wir dich nun verprügeln sollen oder nicht. In allen Dörfern ringsum schlägt man euch. Wieso«, sagt er, »sollen wir dich verschonen? Also hat die Gemeinde beschlossen, daß man dich schlagen soll. Nur wissen wir im Grunde selbst nicht, was wir mit dir tun sollen, Tewje. Ob wir dir nur die Scheiben einschlagen«, sagt er, »und das Bettzeug mit den Kissen auftrennen und die Federn herausschütteln oder ob wir dir die Hütte und den Stall samt deinem ganzen Hausrat verbrennen?«

Da wurde mir nun doch recht mulmig zumute, und ich sehe mir meine Leute an, wie sie sich auf ihre langen Stecken stützen und leise miteinander flüstern. Sie waren offenbar nicht zu Scherzen aufgelegt. Wenn es so steht, denke ich mir, wie wir in den Psalmen sagen, *das Wasser geht bis an den Mund* – dann, Tewje, steckst du echt in der Klemme! Zwar heißt es: *Du sollst dem Satan keine Leiter stellen*, aber was ist bei ihnen nicht alles möglich? Ach, Tewje, denke ich, mit dem Todesengel darf man nicht spaßen, man muß ihnen etwas entgegnen! Und was soll ich lange herumreden, lieber Freund, da geschah ein Wunder: der Oberste gab mir einen Gedanken ein, auf daß ich nicht von ihm abfallen möge, und ich fasse mir ein Herz und wende mich an sie, an die Gojim, heißt es, in scheinbar allerbester Laune: »Hört zu, meine Herren«, sage ich, »meine teuren Herrschaften. Wenn die Dorfgemeinde zu diesem Schluß gelangt ist, so hat das doch letztlich nicht viel zu besagen«, meine ich. »Ihr wißt sicher bestens«, sage ich, »womit Tewje es verdient hat, daß ihr ihm seinen Hausrat und seinen ganzen Besitz verwüsten wollt ... Aber wißt ihr auch«, sage ich, »daß es noch etwas Höheres gibt als eure Gemeinde? Ihr wißt doch«, sage ich, »daß es einen Gott auf der Welt gibt? Ich meine nicht meinen Gott oder euren Gott – ich rede von jenem einen Gott«, sage ich, »von unser aller Gott, der da oben thront und alle Gemeinheiten sieht«, sage ich, »die hier unten geschehen. Es kann sein«, sage ich, »daß er selbst mich dazu bestimmt hat, daß ich für nichts und wieder nichts durch euch gestraft werden soll, durch meine besten guten Freunde, und es kann auch sein«, sage ich, »daß es sich genau umgekehrt verhält, daß er auf gar keinen Fall will, daß man Tewje etwas Schlechtes antun soll. Wer«, sage ich, »kann schon wissen, was Gott will? Aber vielleicht«, sage ich, »findet sich jemand unter euch, der das zu entscheiden vermag?«

Kurz und gut, sie haben offenbar selbst gesehen, daß sie mit Tewje nicht zu Rande kommen würden, und so wendet sich der Dorfälteste, Iwan Poperilje, mit folgenden Worten an mich:

»Die Sache«, sagt er, »ist doch die. Gegen dich, Tewje, haben wir eigentlich nichts. Du bist«, sagt er, »obzwar ein Jude, so doch kein schlechter Mensch, aber das eine«, sagt er, »hat mit dem anderen nichts zu tun, verprügeln muß man dich: die Gemeinde hat es so entschieden – da ist nichts zu machen! Wir wollen dir«, sagt er, »trotzdem noch die Fenster einschlagen. Das müssen wir einfach tun, sonst«, sagt er, »fährt hier gar noch jemand Fremdes vorbei, dann laß ihn sehen«, sagt er«, daß man dich nicht ausgespart hat, sonst«, sagt er, »wird man uns noch bestrafen.« Und das mit ebendiesen Worten und in ebendiesem Ton, wie ich es Euch erzähle, so wahr mir Gott helfe! Nun, jetzt frage ich Euch, Reb Scholem Alejchem, Ihr seid doch jemand, der die Welt kennt – hat Tewje da nicht recht, wenn er sagt, daß wir einen starken Gott haben?

Damit habe ich Euch, wie ich meine, den Abschnitt »Verwüstung« ausgelegt. Kehren wir zurück zum Abschnitt »Zieh fort«. Diesen Abschnitt hat man mich erst kürzlich hier gelehrt und zwar auf deutliche Weise. Da halfen, versteht mich recht, schon keine Predigten und kein Moralisieren mehr – so wie sich die Geschichte zutrug, so hat sie sich zugetragen, laßt es mich Euch in allen Einzelheiten schildern, so wie Ihr es liebt.

Es war in den Tagen Mendel Beijlis – zu jener Zeit, als Mendel Bejlis, unser Kapore-Hahn, das Fegefeuer durchlitt, seine Seele fremder Sünden wegen geläutert ward, und die Welt sich im Veitstanz drehte – da sitze ich einmal auf der Veranda vor meinem Haus und hänge meinen Gedanken nach. Es ist Hochsommer. Die Sonne brennt, und der Kopf wird einem schwer: *Was soll das heißen, wie geht das an? Was für Zeiten! So eine kluge Welt, so großartige Menschen! Und wo ist Gott? Der alte jüdische Gott? Warum schweigt er? Wieso läßt er es zu? Was soll das heißen, was, was und nochmals was?!*

Und wie ich so über Gott nachsinne, versenke ich mich auch in himmlische Dinge und gerate ins Philosophieren: Was ist die Welt? Und was ist das Jenseits? Und warum kommt der Messias nicht? Oj, denke ich bei mir, würde er nicht wie ein Weiser handeln, der Messias, meine ich, wenn er sich aufmachte und auf seinem weißen Pferdchen zu uns käme? Das wäre doch eine feine Sache! Wohl noch nie zuvor hatten ihn unsere Glaubensbrüder, die Kinder Israels, so nötig wie heute! Ich weiß nicht, wie die Wohlhabenden darüber denken, die Brodskis in Jehupez, zum Beispiel, oder die Rothschilds in Paris. Mag sein, daß er ihnen ebenso in den Sinn kommt wie ihre linke Schläfenlocke, doch wir, die armen Juden aus Kasrilewke und Masepewke und aus Slodejewke und selbst aus Jehupez, ja sogar aus Odessa halten immerfort Ausschau nach ihm, oj, und wie wir nach ihm Ausschau halten! Die Augen treten uns schier aus den Höhlen! Unsere ganze Hoffnung heutigentags ist doch nur, daß Gott vielleicht ein Wunder tut und der Messias kommt!

Und wie ich so dasitze und meinen Gedanken nachhänge, blicke ich auf und sehe ein weißes Pferd und jemanden, der darauf reitet, direkt zum Tor meines Hauses! »Brrr!« rief er, hielt an, stieg ab, band das Pferd an den Torpfosten und ging schnurstracks auf mich zu. »Guten Tag, Tewje!«

»Guten Tag, guten Tag, Euer Wohlgeboren«, antworte ich ihm möglichst freundlich und denke dabei im Herzen: *Haman naht* – oder wie Raschi es auslegt: Schaut man nach dem Messias aus, kommt der Milizionär.

Und ich erhebe mich für ihn, für den Milizionär, meine ich. »Ein Willkommen dem Gast«, sage ich, »was gibt es Neues in der großen weiten Welt, und was hast du«, sage ich, »mir Gutes mitzuteilen, vornehmer Herr?« Und das Herz sinkt mir fast in die Hose – wollte ich wirklich wissen, was und wann? Er, der Milizionär, läßt sich jedoch Zeit. Er zündet ganz geruhsam seine Zigarette an, bläst den Rauch fort, spuckt aus und wendet sich an mich: »Wie lange brauchst du zum Beispiel, Tewje, sagt er, um deine Hütte zu verkaufen mit all deinem Sack und Pack?«

Ich schaue ihn groß an. »Wozu«, sage ich, »soll ich meine Hütte verkaufen? Wem steht sie denn«, sage ich, »im Wege?« – »Im Weg«, sagt er, »steht sie keinem, doch ich bin gekommen«, sagt er, »um dich fortzuschicken«, sagt er, »aus dem Dorf.« – »Das ist alles«, sage ich, »mehr nicht? Für welche guten Taten? Womit habe ich solche Ehrung von dir verdient?« – »Nicht ich bin es, der dich fortschickt,« sagt er, »das Gouvernement schickt dich fort.« – »Das Gouvernement?« sage ich, »was hat es denn so Außergewöhnliches an mir entdeckt?« – »Nicht nur dich allein«, sagt er, »und nicht nur von hier, sondern aus allen Dörfern im

Umkreis, aus Slodejewke«, sagt er, »und aus Rabilewke und aus Kostolomewke und selbst«, sagt er, »Anatewke, das bislang ein Städtchen war, wird jetzt auch schon«, sagt er, »ein Dorf, und aus dem Dorfe wird man alle vertreiben – alle von euch.« – »Auch Lejser-Wolf, den Fleischer?« frage ich. »Und Naftali Gerschon, den Lahmen, auch? Und den dortigen Schächter? Und den Rabbiner?« – »Alle! Alle!« sagt er und fährt dabei mit der Hand durch die Luft, als würde er etwas mit dem Messer abschneiden. Da wurde mir fast wieder ein wenig leichter, wie sagt Ihr: geteiltes Leid ist halbes Leid. Aber verdrossen hat es mich dennoch, und es kocht in mir, und ich wende mich nach kurzem Überlegen an ihn, an den Milizionär: »Sag mir«, sage ich, »du weißt doch, Euer Wohlgeboren, daß ich schon viel länger hier im Dorfe lebe als du? Weißt du«, sage ich, »daß genau hier, in diesem Winkel, einst mein Vater, er ruhe in Frieden, wohnte und vor ihm«, sage ich, »mein Großvater, er ruhe in Frieden, und meine Großmutter, sie ruhe in Frieden?« Und ich, nicht faul, zähle ihm meine ganze Verwandtschaft mit Namen auf, wer wo gewohnt hat und wer wo gestorben ist. Er hört mich an, der Milizionär, meine ich, und als ich geendet habe, sagt er zu mir: »Du bist ein merkwürdiger Jude, Tewje, und reden kannst du wie ein Wasserfall. Doch was nützen mir«, sagt er, »die Geschichten von deinen Großeltern? Möge ihnen ein lichtes Paradies beschert sein! Und du, Tewje«, sagt er, »pack deine Siebensachen und mach dich auf nach Berditschew!« Das hat mich nur noch mehr verdrossen: Genügt es nicht, daß du Esau mir solch eine gute Botschaft überbringst, mußt du auch noch deinen Spott mit mir treiben? Fahr nach Berditschew ... Und ich lasse ihn erst ein wenig ausreden und wende mich dann an ihn. »Euer Wohlgeboren!« sage ich. »So lange bist du hier schon der hohe Herr, hast du jemals gehört, daß sich einer von den Nachbarn über mich beklagt hätte, Tewje habe ihn bestohlen oder beraubt oder betrogen oder ihm etwas weggenommen? Erkundige dich doch einmal bei den Einwohnern«, sage ich, »ob ich mit ihnen nicht um einiges besser ausgekommen bin«, sage ich, »als der beste unter ihnen? Habe ich dich«, sage ich, »vornehmer Herr, nicht selbst so viele Male aufgesucht, um Fürbitte für die Gojim zu halten, du mögest sie nicht so hart bestrafen?« Das hat ihm nun ganz offensichtlich nicht geschmeckt. Er steht auf, der Milizionär, drückt seine Zigarette aus, wirft sie fort und meint zu mir: »Ich habe«, sagt er, »keine Zeit, mit dir unnütz herumzureden. Ich habe«, sagt er, »ein Papier bekommen – und weiter geht mich die Sache nichts an! Komm her«, sagt er, »du wirst mir jetzt das Papier unterschreiben. Man gibt dir drei Tage Zeit, damit du«, sagt er, »alles verkaufen und dich auf die Reise vorbereiten kannst.« Ich sehe, daß die Dinge schlecht stehen, und sage zu ihm: »Du gibst mir«, sage ich, »drei Tage? Drei Jahre sollst du«, sage ich, »dafür in Ehren und Wohlstand leben. Doppelt und dreifach möge sie dir Gott vergelten«, sage ich, »die gute Nachricht, die du mir ins Haus gebracht hast.« Ich habe es ihm so richtig gegeben, wie nur Tewje es kann! Wennschon – dennschon, dachte ich mir. Wenn man ohnehin schon der aussätzige Jude ist – was habe ich groß zu verlieren? Wäre ich um zwanzig Jahre jünger gewesen und hätte meine Golde, sie ruhe in Frieden, noch gelebt, und wäre ich zudem noch der Tewje von einst, der Milchmann, aus den früheren Jahren – ja dann! Dann hätte ich mich nicht so leicht geschlagen gegeben! Ich hätte mich gestritten bis aufs Blut! Aber so? *Was sind wir, was unser Leben* – was bin ich heute, und wer bin ich? Ein halber Körper, ein zerbrochenes Gefäß! Ach, Herr der Welten, mein Gott! denke ich bei mir, warum hast du dich gerade auf Tewje versteift? Warum treibst du nicht einmal dein Spielchen mit einem Angesehenen, mit einem Brodski zum Beispiel oder mit einem Rothschild? Warum lehrt man sie nicht den Abschnitt »Zieh fort«? Stünde es ihnen denn nicht besser an? Erstens würden sie wirklich schmecken, was es heißt, ein Jude zu sein. Und zweitens, sollten sie auch einmal sehen, was für einen starken Gott wir haben.

Kurz und gut, das waren natürlich nur leere Worte. Mit Gott diskutiert man nicht, und einen Rat, wie er die Welt zu führen hat, gibt man ihm auch nicht. Wenn er sagt: *Mein ist der Himmel und die Erde* – so heißt das, daß er Herr im Haus ist, und wir haben seine Weisungen zu befolgen. Was er sagt, ist Gesetz!

Ich trete also ins Haus und sage zu meiner Tochter, der Witwe: »Zeitel«, sage ich, »wir ziehen irgendwohin in die Stadt. Lange genug haben wir auf dem Dorfe gelebt«, sage ich. »Neue Orte, neues Glück ... Sieh zu«, sage ich, »daß du rechzeitig fertig wirst mit dem Bettzeug, dem Samowar und dem sonstigen Kram. Ich will«, sage ich, »losziehen, um die Hütte zu verkaufen. Es ist«, sage ich, »ein Papier angekommen, daß wir den Ort zu verlassen haben, und in drei Tagen soll keine Spur mehr von uns bleiben!« Als sie von mir solche Botschaft vernimmt, bricht sie in Tränen aus, meine Witwe, und ihre Kinderchen schauen zu ihr auf und weinen gleich mit, und es wurde, was soll ich Euch sagen, Tischebow bei mir zu Hause! Ich gerate in Zorn und schütte meine ganze Bitterkeit, nebbich, auf meine Tochter aus. »Was«, sage ich, »wollt ihr nur alle von mir? Was habt ihr«, sage ich, »plötzlich hier zu jammern wie ein alter Kantor bei den Sliches? Bin ich der einzige Sohn Gottes? Sein liebster? Gibt es denn sonst keine Juden«, sage ich, »die jetzt aus ihren Dörfern vertrieben werden? Hör nur«, sage ich, »was mir der Milizionär verkündet hat! Selbst dein Anatewke, das bislang ein Städtchen war, wird nun, mit Gottes Hilfe«, sage ich, »auch zu einem Dorfe werden, weil man alle Anatewker Juden«, sage ich, »ohne Ausnahme von dort vertreibt. Wenn es schon soweit gekommen ist«, sage ich, »worin bin ich schlechter als alle anderen Juden?« So suche ich sie zu beruhigen, meine Tochter. Doch sie ist halt eine Jüdin. Sie fragt mich: »Wohin sollen wir uns«, sagt sie, »denn nun wenden? Wo werden wir«, sagt sie, »eine Stadt für uns finden?« – »Dummchen!« sage ich, »als Gott unseren Ururgroßvater, unserem Erzvater Abraham erschien und ihm sagte«, sage ich, *Zieh fort aus deinem Land* – hat ihn da Abraham«, sage ich, »auch nur mit einem Worte gefragt: Wohin? Gott sagte ihm«, sage ich, *in das Land, das ich dir zeigen werde* – das heißt – in alle vier Himmelsrichtungen. Wir werden gehen«, sage ich, »wohin uns die Augen führen, dorthin, wohin alle Juden gehen! Was mit ganz Israel geschieht, wird mit jedem vom Stamme Israel geschehen. Und weshalb«, sage ich, »solltest du etwas Besseres sein als deine Schwester Bejlke, die Neureiche? Wenn es ihr mit ihrem Pedozur zukommt, jetzt in Amerika zu weilen und sich dort durchzuschlagen, so kommt es dir«, sage ich, »gleichfalls zu. Danken wir dem Herrn, er sei gelobt«, sage ich, »daß wir noch etwas haben, um neu anzufangen. Ein bißchen«, sage ich, »ist noch von früher da und ein bißchen von dem Hausrat, den wir verkauft haben, und ein bißchen wird die Hütte bringen. Ein bißchen hier und ein bißchen da«, sage ich, »füllt schon die Schüssel – und es wendet sich zum Guten! Und selbst wenn wir«, sage ich, »Gott behüte, gar nichts hätten, geht es uns«, sage ich, »doch immer noch besser als Mendel Beijlis!«

Kurz und gut, ich habe immerhin erreicht, daß sie sich nicht mehr so sträubte. Ich machte ihr mit Verstand klar, daß ich – wenn der Milizionär kommt und ein Papier mitbringt, daß mich auffordert zu verschwinden – kein Schwein sein darf und zu gehen habe. Und dann bin ich selbst ins Dorf gezogen, um wegen der Hütte zu verhandeln, und ging gleich zu Iwan Poperilje, zum Dorfältesten. Er ist ein dicker Goj und verreckt fast nach meiner Wohnung! Als ich zu Iwan kam, erzählte ich ihm weder die Deutung noch den Traum – ein Jude ist klüger als ein Goj – und sage ihm nur: »Hiermit tue ich dir, Iwan Poperilje, kund, daß ich euch verlasse.« Er fragt: »Wieso das?« Sage ich: »Ich fahre«, sage ich, »in die Stadt. Ich will«, sage ich, »unter Juden sein. Ich bin schon kein junger Bursche mehr«, sage ich, »am Ende, Gott bewahre, sterbe ich vielleicht noch.« Darauf erwidert mir Iwan: »Warum sollst du denn nicht hier sterben? Wer läßt dich nicht?« Ich bedanke mich herzlich und sage: »Hier sterben«, sage ich, »solltest schon besser du. Dir steht es weit eher zu. Ich aber werde besser gehen und unter den Meinen sterben. Kaufe mir, Iwan«, sage ich ihm, »meine Hütte samt dem Garten ab. Einem anderen will ich sie nicht verkaufen«, sage ich, »dir schon.« – »Wieviel«, fragt er, »willst du für deine Hütte haben?« – »Wieviel«, sage ich, »gibst du mir?« So geht es hin und her. Er zu mir: »Wieviel willst du?« Ich zu ihm: »Wieviel gibst du?« Man begann zu feilschen, schlug sich in die Hände, feilschte und schlug so lange, einen Rubel hoch, einen Rubel runter, bis man sich schließlich auf den Preis geeinigt hatte. Und natürlich habe ich gleich eine gute Anzahlung von ihm genommen, damit er, Gott bewahre, nicht vom Handel zurücktritt – ein Jude ist halt klüger als ein Goj. Auf diese Weise habe ich an einem Tag den ganzen festen Besitz zu Geld gemacht, halb umsonst wie gewöhnlich, und zog fort, um ein Fuhrwerk zu mieten, das die restlichen Habseligkeiten mitnehmen konnte. Jetzt werdet Ihr noch etwas Schönes hören, was Tewje heimsuchen kann! Hört nur aufmerksam zu, ich werde Euch nicht lange in Anspruch nehmen, sondern es Euch, wie man so sagt, in drei Worten mitteilen – oder in zwei.

Kurz und gut, vor der Abfahrt komme ich heim und finde schon kein Haus mehr vor, sondern eine Verwüstung. Die kahlen Wände weinten! Auf der Erde – Bündel über Bündel! Auf dem Kamin sitzt die Katze, nebbich, traurig wie eine Waise – es schnürte mir die Kehle zu, und Tränen traten mir in die Augen. Hätte ich mich nicht so vor meiner Tochter geschämt, hätte ich mich gründlich ausgeweint, wie sagt Ihr, um Vaters Erbteil. Hier ist man aufgewachsen, hat sich das ganze Leben abgeplagt, und plötzlich, wie aus heiterem Himmel – *Zieh fort!* Sagt, was Ihr wollt, das ist schon eine dumme Sache! Aber Tewje, du bist doch kein Weibsbild, sage ich mir, und tue fröhlich und rufe meiner Tochter, der Witwe, zu: »Komm nur her, Zeitel. Wo bist du denn?« Da tritt sie heraus, aus dem Nachbarzimmer heraus, Zeitel, meine ich, mit roten Augen und verquollener Nase. Aha, denke ich mir, meine Tochter hat wieder einmal gejammert, wie eine Jüdin beim Sündenbekenntnis. Diese Weiber, hört Ihr, verstehen auch keinen Spaß – sobald es etwas gibt, wird geweint! Immer fließen bei ihnen Tränen! »Dummerchen«, sag ich ihr. »Was weinst du schon wieder? Du bist doch kein Narr?« sage ich. »Bedenke nur den Unterschied zwischen dir und Mendel Beijlis …« Doch sie will nicht hören und meint zu mir: »Vater«, sagt sie, »du weißt nicht, warum ich weine …« Darauf ich: »Ich weiß es ganz gut. Wie sollte ich es nicht wissen? Du weinst«, sage ich, »weil es dir um dein Zuhause leid tut. Du bist doch hier«, sage ich, »geboren und aufgewachsen – und das bereitet dir Kummer! Glaube mir«, sage ich, »wäre ich nicht Tewje, sondern ein anderer«, sage ich, »würde ich selbst die kahlen Wände mit den leeren Regalen küssen … und ich würde«, sage ich, »hier auf den Erdboden niedersinken! Mir tut es um jedes Staubkorn leid«, sage ich, »genau wie dir, Närrchen! Sieh nur die Katze«, sage ich, »wie sie dort verwaist auf dem Kamin sitzt? Ein stummes Geschöpf«, sage ich, »es ist zum Erbarmen. Sie bleibt allein zurück, ohne Herrschaft, eine Tierquälerei.« – »Stell dir vor«, sagt sie, »es gibt noch größeres Erbarmen.« – »Zum Beispiel?« – »Zum Beispiel, daß wir wegfahren«, sagt sie, »und einen Menschen hier zurücklassen – einsam wie ein Stein.« Ich verstehe nicht, was sie meint, und sage zu ihr: »Was plapperst du da?«, sage ich. »Was soll das? Was für einen Menschen? Was für einen Stein?« Meint sie zu mir: »Vater, ich rede nicht wirr, ich rede«, »sagt sie, »von unserer Chawe ...« Und wie sie diesen Namen ausspricht, ich schwöre Euch, war mir, als hätte man mich mit siedendem Wasser übergossen oder mir einen Holzscheit auf den Kopf geschlagen! Und ich stürze mich auf meine Tochter und mache ihr eine wüste Szene: »Was hat hier plötzlich und aus heiterem Himmel Chawe zu suchen, sage ich? Ich habe doch, wer weiß, wie oft, verkündet«, sage ich, »daß an Chawe weder erinnert noch gedacht werden soll!« Glaubt Ihr, daß sie das erschreckt hätte? Von wegen! Tewjes Töchter haben Kraft in sich! »Vater«, meint sie zu mir, »rege dich nicht so auf, und erinnere dich besser, was du selbst«, sagt sie, »so oft gesagt hast: Es steht geschrieben, *daß ein Mensch Mitleid haben muß mit einem Menschen, wie ein Vater mit seinem Ki*nd.« Hört Ihr diese Worte! Ich gerate nur noch stärker in Hitze und versetze ihr eins, wie sie es verdient: »Von Mitleid«, sage ich, »willst du mir reden? Wo war denn«, sage ich, »ihr Mitleid, als ich wie ein Hund vor dem Popen lag, ausgelöscht sei sein Name, und ihm die Füße geküßt habe, und sie war womöglich«, sage ich, »im Nachbarzimmer und hat jedes Wort mit angehört? Oder wo war«, sage ich, »ihr Mitleid, als die Mutter, sie ruhe in Frieden, nicht auf dich sei es gedacht, hier schwarz verhüllt auf dem Boden lag? Wo war sie denn damals? Und all die Nächte, in denen ich«, sage ich, »nicht geschlafen habe? Und die Kränkung, die mich«, sage ich, »die ganze Zeit über schmerzt bis zum heutigen Tag, wenn ich mich daran erinnere«, sage ich, »was sie mir angetan und gegen wen sie uns eingetauscht hat. Wo bleibt«, sage ich, »das Mitleid mit mir?« Und es drückt mir das Herz ab, und ich kann nicht mehr weiterreden. Meint Ihr etwa, daß Tewjes Tochter keine Worte fand, mir darauf zu antworten? »Du selbst, Vater«, meint sie, »hast doch gesagt, daß dem reuigen Menschen sogar Gott verzeiht.« – »Reue?« sage ich. »Zu spät! Der Zweig«, sage ich, »der sich einmal vom Baum losgerissen hat, muß verdorren! Das Blatt«, sage ich, »das abgefallen ist, muß verfaulen, und mehr«, sage ich, »sollst du mir nicht davon reden – *bis hierher und nicht weiter!*«

Kurz und gut, als sie sah, daß sie mit Worten nichts bei mir ausrichten würde – Tewje ist nicht der Mensch, den man überredet – fällt sie mit einem Mal vor mir nieder, beginnt mir die Hände zu küssen und meint: »Vater«, sagt sie, »möge ich alles Schlechte erleben, möge ich auf der Stelle tot umfallen, wenn du sie jetzt zurückstößt, wie du sie einst im Walde verstoßen hast, als sie«, sagt sie, »vor dir niederfiel und du das Pferd gewendet hast und geflohen bist!« – »Was ist nur für ein Unheil über mich verhängt? Was für eine Heimsuchung?! Was hast du dich«, sage ich, »auf mein Leben verlegt?!« Sie aber läßt mich nicht los, hält mich bei den Armen und verlangt: »Möge ich Schlechtes erleiden«, sagt sie, »möge ich sterben, wenn du ihr nicht verzeihst«, sagt sie. »Sie ist doch deine Tochter«, sagt sie, »genau wie ich!« – »Was willst du von mir?« sage ich. »Was habe ich dir getan? Sie ist nicht mehr meine Tochter! Sie ist schon lange gestorben!« – »Nein«, sagt sie, »sie ist nicht gestorben, und sie ist wieder deine Tochter, wie sie es war, denn von der ersten Minute an, als sie erfuhr, daß man uns vertreibt, sagte sie sich, daß man sie mit uns vertreibt. Dort, wo wir sind – so hat es mir Chawe selbst gesagt –, dort ist auch sie. Unsere Verbannung ist auch ihre Verbannung. Da hast du den Beweis, Vater«, sagt sie, »dort liegt ihr Bündel«. Das sagt mir meine Tochter, Zeitel also, in einem Atemzug wie die zehn Söhne Hamans in der Megille, läßt mich nicht einmal ein Wort entgegnen und weist mit dem Finger auf ein in ein rotes Kopftuch gewickeltes Bündel, und gleich darauf öffnet sie die Tür zum Nachbarzimmer und ruft: »Chawe!« So wahr ich hier als Jude vor Euch stehe … Und was soll ich Euch sagen, lieber Freund? Genauso, wie es bei Euch in den Büchern beschrieben wird, tritt sie, Chawe, meine ich, aus dem Zimmer – gesund, glatt und schön wie immer, um kein Haar verändert, nur ihr Gesicht ist ein wenig sorgenvoll, die Augen sind ein wenig schmaler, doch den Kopf trägt sie stolz, sie bleibt ein Weilchen stehen und schaut mich an. Ich – sie. Dann streckt sie mir beide Arme entgegen und flüstert nur ein Wort, ein einziges leises Wort: »Vater.«

Nehmt es mir nicht übel, wenn mir beim Erinnern Tränen in die Augen treten. Aber denkt deswegen nicht, daß Tewje, Gott behüte, damals auch nur eine Träne vergossen hätte oder sich etwas, wie sagt Ihr doch, aus bedrängtem Herzen anmerken ließ – Unsinn! Das heißt, das, was ich da im Herzen fühlte – ist ganz etwas anderes. Ihr seid doch selbst ein Vater und habt Kinder. Ihr kennt doch wie ich die Bedeutung des Verses *Wie sich ein Vater der Kinder erbarmt!* und wißt, wie es ist, wenn Euch ein Kind – es mag gesündigt haben, wie es will – geradewegs in die Seele blickt und »Vater!« zu Euch sagt. Dann bringt es einmal fertig und jagt es davon! Und andererseits arbeitet auch das Hirn, und ich denke zurück an den bösen Streich, den sie mir gespielt hat. Mit Chwedko Galagan, in der Erde versinken soll er ... und dem Popen, ausgelöscht sei sein Name ... Und ich denk an meine Tränen ... und an Goldes Tod, sie ruhe in Frieden ... Nein! Sagt selbst, wie kann man das vergessen, wie kann man das je vergessen? Und dennoch – was heißt das schon! Ein Kind bleibt doch ein Kind, und ein Vater erbarmt sich der Kinder ... Wie darf ein Mensch grausam sein, wenn Gott selbst von sich sagt, er sei ein Gott des Langmuts! Und überhaupt, sie bereut doch und will umkehren zu ihrem Vater und zu ihrem Gott! Was meint Ihr, Reb Scholem Alejchem? Ihr seid doch ein Mann, der Bücher verfaßt und aller Welt Ratschläge gibt – sagt selbst, was hätte Tewje tun sollen? Sie umarmen wie sein eigen Fleisch und Blut, sie herzen und küssen und zu ihr sagen, wie wir am Jom Kippur im Kol Nidre sagen: Ich habe dir vergeben, wie deine Worte es erbaten ... – komm zu mir, du bist mein Kind? Oder die Deichsel wenden wie damals und ihr sagen: *Zieh fort!*, leb wohl und kehr dorthin zurück, woher du gekommen bist? Nein, stellt Euch einmal vor, Ihr seid an Tewjes Stelle, und antwortet mir freiheraus wie einem wirklichen Freund. Wie hättet Ihr es gehalten?... Und wenn Ihr es mir nicht sogleich sagen könnt, gebe ich Euch gern Zeit, darüber nachzudenken. Inzwischen aber muß ich gehen, die Enkel warten schon auf mich, sie halten Ausschau nach dem Großvater. Ihr müßt wissen, daß Enkel einem noch tausendmal teurer sind und einem mehr ans Herz wachsen als Kinder. Kinder und Kindeskinder – ist das etwa eine Kleinigkeit? Bleibt gesund und nehmt es mir nicht übel, daß ich Euch den Kopf so vollgeschwatzt habe – Ihr werdet schon etwas davon zu Papier bringen können. Und wenn Gott es befiehlt, werden wir uns gewiß noch einmal wiedersehen. Einen guten Tag!

IX. WACHALAK'LAKOTH – UND
SCHMEICHELREDEN

Eine verspätete Geschichte von Tewje, dem Milchmann, noch vor
dem Kriege erzählt, die wegen der Vertreibung und Kriegswirren bislang nicht ans Licht der Öffentlichkeit gelangen konnte.

Geschrieben 1914-16

Ihr entsinnt Euch doch gewiß, Reb Scholem Alejchem, wie ich
Euch einstmals den Abschnitt »Zieh fort« mit all seinen 32 Kapi-
teln ausgelegt habe, wie Esau mit seinem Bruder Jakob gründlich
abrechnete und ihn teuer bezahlen lassen hat für sein Erstge-
burtsrecht, wie ich mit Mann und Maus aus dem Dorf vertrieben
wurde samt Kindern und Kindeskindern, mit Sack und Pack,
schön wie es sich gehört – wie man mir den ganzen Hausrat in
alle vier Winde verstreut hat, die armselige Habe und – es sei zwischen uns wohl unterschieden – das Pferdchen, noch heute kommen mir die Tränen, wenn ich von ihm rede, wie wir am Tischebow in den Klageliedern sagen: *Um dieses trauere ich* – es hat es
verdient, daß man ihm eine Träne nachweint ...

Ach laßt, ich will Euch damit verschonen, denn recht überlegt,
ist es doch immer wieder dieselbe Geschichte: Wieso sollte ich
als einziger dem Herrn der Welt mehr bedeuten als all die anderen seiner Söhne Israel, die man Hals über Kopf aus den gehei-
ligten Dörfern vertreibt und hernach alles entfernt, wegräumt,
fortkehrt und mit Stumpf und Stiel ausreißt, was auch nur im
mindesten an einen Juden erinnert, geradeso wie wir am Versöhnungstag im »Emporsteigen möge ...« ausrufen: *Vernichtet und
zerstört* – keine Spur mehr soll bleiben ...

Warum sollte ausgerechnet ich mehr von Gott erhoffen dürfen
als all die anderen vertriebenen Dorfjuden, welche jetzt mit Weib
und Kind kreuz und quer durchs Land ziehen wie verirrte Schafe,
nicht wissen, wo sie die Nacht verbringen sollen, nichts haben,
worauf sie ihr müdes Haupt betten können und jede Minute
zittern, daß in der Ferne der Uniformknopf eines Landjägers auftaucht oder einfach nur so ein Antisemit, über den wir im Wochenabschnitt lesen: *Der Fremde über dir ...?*

Ja, was denn? Tewje ist schließlich kein unwissender Tropf wie

157

andere Dorfjuden, er versteht sich auf ein Kapitel Psalmen, kennt sich aus im Midrasch und kann, mit Gottes Hilfe, einen Abschnitt aus dem Pentateuch samt Raschi-Kommentaren anbringen. Ist es nicht so? Aber denkt Ihr, daß ein Esau das angemessen zu würdigen weiß oder einem solchen Juden gar Achtung entgegenbringt? Obwohl man sich seiner im großen und ganzen nicht zu schämen braucht. Und ein Fehler ist es doch gewiß nicht – ich meine, daß man, Gott sei's gedankt, mit Leuten auf einer Stufe steht, die nicht blind sind für die kleinen Buchstaben; daß man so einen Bibelvers von Herzen liebgewonnen hat und weiß, wie der Hase läuft, oder wie es im Talmud geschrieben steht: *Wohl dem, der weiß ...*

Ihr meint vielleicht, Reb Scholem Alejchem, ich sage das einfach so daher? Oder ich will mich vor Euch herausstreichen, will auftrumpfen mit meinen Kenntnissen und meiner Gelehrsamkeit? Nehmt es mir nicht übel, aber so etwas kann nur einer denken, der Tewje nicht kennt. Tewje redet nicht einfach so ins Blaue hinein, und ein Prahlhans, das wißt Ihr, ist er auch nie gewesen. Tewje erzählt nur gern ein wenig von dem, was er selber erlebt, was er am eigenen Leibe durchgemacht hat. Setzt Euch auf ein Weilchen zu mir, dann werdet Ihr eine schöne Geschichte darüber hören, wie es einem Menschen zunutze kommen kann, daß er kein ungehobelter Klotz ist, sich ein wenig auskennt in den höheren Dingen und weiß, wann, wo und wie man solch einen Bibelvers anbringen muß – zumindest einen unserer alten Psalmen.

Kurz und gut, das war, wenn ich mich recht entsinne, schon lange, sehr lange her, ich glaube am Ende gar in der größten Hitze der russischen Revolutionen und Kosnitutionen, die über jüdische Städte und Städtchen hereinbrachen, sich wohlgemut und mit weit aufgerissenen Armen über jüdisches Hab und Gut hermachten und allerlei Wunder hinterließen, gerade so, wie es im Siddur geschrieben steht: *Drunter und drüber* – eingeschlagene Fenster und zerrissene Bettücher ...

Ich glaube, ich habe Euch schon einmal gesagt, daß ich an solchen Sachen keinen rechten Gefallen finden kann, allerdings erschreckt es mich auch nicht sonderlich. Warum auch? Es ist Bestimmung, ein himmlischer Ratschluß, soll ich da eine Ausnahme unter meinen Glaubensbrüdern sein? Wie wir im Talmud sagen: *Abgespalten von ganz Israel?* Wie ginge das an? Es ist eine Seuche, ein Verhängnis, ein »Gott-behüte-uns!«, ein Stumwind, der vorüberbraust – aber doch kein Grund zum Verzweifeln! Der Sturmwind wird sich legen, der Himmel wieder aufklaren, und alles wird sein wie früher. Wie sagt doch – es sei zwischen uns wohl unterschieden – der Goj: »Für Nikita gab es nie etwas Gutes und wird es auch nie etwas Gutes geben!«

Und so war es auch diesmal, als sich die Dorfgemeinde zu mir aufmachte, wie ich es Euch, denke ich, schon einmal erzählt habe, und mir die gute Botschaft überbrachte, man sei gekommen, um mit mir das zu tun, was man derzeit mit allen vom Stamme Israel tue. Sie hätten da ein Gebot zu erfüllen: »Schlagt den Juden!« Natürlich habe ich zunächst auf ihre Köpfe alle bösen Träume gewünscht, Erklärungen verlangt und Fragen gestellt, darauf versteht sich Tewje ja, was das Ganze soll und wozu und für wen, und überhaupt: »Was ist das für eine Art, einen Menschen«, sage ich, »am hellerlichten Tag zu überfallen und ihm die Federn aus den Kissen zu schütteln?«

Schön und gut, Wehklagen hin und Wehklagen her, ich sehe, all meine Reden stoßen auf taube Ohren. Man blieb stur. Sie müßten, sagen sie, die Anweisung der Obrigkeit erfüllen. Sie hätten Angst davor, daß irgend so ein Uniformierter hier auftauche, so ein Antisemit – und dann laß ihn sehen, sagen sie, daß sie so leutselig gewesen wären und einen Juden ungeschoren haben davonkommen lassen, einfach so, ohne die leiseste Spur von Pogrom. »Wie«, sagen sie, »würden wir dann vor der Obrigkeit dastehen?« Daher habe die Gemeinde entschieden, daß man irgend etwas mit mir anstellen müsse!

Da ist mir buchstäblich in letzter Minute der rettende Gedanke gekommen. »Wißt ihr was«, sage ich zu ihnen, »auch wenn es die Gemeinde befiehlt, hat das doch letztlich nicht viel zu sagen. Was gibt es Höheres, was gibt es Bedeutsameres als die Dorfgemeinde? Aber wißt ihr auch, daß es in der Tat etwas Höheres und Bedeutsameres gibt als die Gemeinde?« Gleich fragen sie: »Was heißt das? Was soll das sein?« Darauf ich: »Gott. Ich meine nicht Elohejnu, unseren Gott, und ich meine auch nicht wasch Bog, euren Gott, ich meine«, sage ich, »Elohejnu

159

wealchai alothejnu ... unser aller Gott, jenen«, sage ich, »der mich geschaffen hat und euch und – es soll zwischen uns wohl unterschieden sein – auch eure ganze Dorfgemeinde. Den meine ich. Es liegt allein bei ihm, ob ihr mich schlagen müßt und mir Böses tut. Nun kann es sein, daß er genau das befiehlt, und es kann andererseits sein, er wünscht es auf gar keinen Fall. Ja, wie können wir das erfahren? Wir wollen das Los entscheiden lassen. Dort liegt ein Buch mit den Tehillim von Gott. Ihr wißt doch, was Tehillim bedeutet? Bei uns heißen sie Tehillim, bei euch Psalmen. Dieser heilige Psalter soll unser Richter sein, der weltliche Richter. Er«, sage ich, »wird entscheiden, ob ihr mich schlagen sollt oder nicht.«

Sie blicken einander erstaunt an, und Iwan Poperilje, der Dorfälteste, tritt aus der Menge heraus und wendet sich an mich: »Wie kann denn der heilige Psalter entscheiden?« Ich erwidere: »Wenn du mir, Iwan, dein Ehrenwort und die Hand darauf gibst, daß die Dorfgemeinde die Entscheidung der Psalmen akzeptiert, werde ich es dir zeigen.« Iwan tritt auf mich zu, streckt mir die Hand hin und brummt: »Versprochen ist versprochen.« – »So«, sage ich, »also schön. Ich schlage jetzt im Psalmenbuch aufs Geratewohl eine Seite auf und sage euch das erste Wort, daß mir dabei ins Auge fällt, und ihr«, sage ich, »werdet so gut und fromm sein und es mir nachsprechen. Und wenn es jeder von euch, wie ihr hier vor mir steht, richtig wiederholen kann, ist das ein Zeichen«, sage ich, »daß Gott von euch verlangt, ihr sollt mit Tewje tun und lassen, was ihr wollt, und wenn nicht«, sage ich, »so ist das ein Zeichen, daß Gott es nicht will. Seid ihr einverstanden?« Iwan, der Dorfälteste, und die anderen Herren sahen sich an, dann meinte Iwan zu mir: »Meinetwegen.« – »Wenn es so ist ...«, sage ich und schlage das Psalmenbüchlein vor ihnen in der Mitte auf. »Da habt ihr es: Wachalak'lakoth – und Schmeichelreden. Könnt ihr mir«, sage ich, »das Wort ›wachalak'lakoth‹ nachsprechen?« Sie schauen einer auf den anderen und alle zusammen auf mich und fordern mich schließlich auf, das Wort noch einmal zu wiederholen. »Ich kann es euch auch dreimal vorsprechen, wenn ihr wollt: »Wachalak'lakoth! Wachalak'lakoth! Wachalak'lakoth!« Meinen sie: »Nein, Tewje, sag nicht immer nur chal-chal-chal! Du mußt es mit Betonung sprechen und schön langsam und ordentlich!« Sag ich: »Auch recht! Ich will es mit Betonung und schön langsam und ordentlich sprechen: Wa-cha-lak-la-koth! Zufrieden?«

Jeder aus der Versammlung hat ein Weilchen überlegt und sich dann an die Arbeit gemacht, ein jeglicher auf seine Weise. Der eine hat gesagt »Heidamaki«, ein anderer »Lomaki«, beim dritten kam gar heraus »Heikalja«. Wie kam er bloß auf »Heikalja«, den Sohn von Naftali Gerschon, dem Buckligen, aus Anatewke? Ich merke, das wird eine endlose Geschichte, und sage zu ihnen: »Wißt ihr was, Kinder? Ich sehe schon, daß euch die Arbeit sauer wird. Dieses ›Wachalak'lakoth‹ ist offenbar nichts für eure Köpfe. Laßt mich euch ein anderes Wort nennen, daß auch in unseren Psalmen steht: ›Mima'amakim kera'aticha – *aus der Tiefe rufe ich zu Dir!*‹«

Natürlich hat die ganze Hochzeit wieder von vorne angefangen. Bei einem kam heraus »Lochanka Kerosina«, beim nächsten »Kriwliake Busina«, der dritte hat einfach nur ausgespien und gegrollt: »Pfui, Tewje, ach scher dich doch zur Hölle!«

Kurz und gut, sie haben offenbar selbst eingesehen, daß sie mit Tewje nicht zu Rande kommen würden, und so wandte sich der Dorfälteste, Iwan Poperilje, mit folgenden Worten an mich: »Die Sache«, sagte er, »ist doch die, Tewje. Wir haben im Grunde gar nichts gegen dich. Du bist, obzwar ein Jude, doch kein schlechter Mensch, aber das eine hat mit dem anderen nichts zu tun: verprügeln muß man dich. Die Dorfgemeinde hat es nun einmal so beschlossen. Wir wollen dir«, sagt er, »wenigstens ein paar Fensterscheiben einschlagen und zur Not«, sagt er, »könntest du sie dir auch selbst einschlagen, um ihnen das Maul zu stopfen, der Teufel soll sie holen! Vielleicht fährt die Obrigkeit hier vorbei, dann soll sie sehen, daß man dich nicht ausgespart hat. Wenn wir es nicht tun, wird man uns noch deinetwegen bestrafen.«

»Und nun, Tewje«, meinte er darauf, »heiz den Samowar, schenk uns ein Gläschen Tee ein und stell noch einen halben Eimer Branntwein für die Dorfgemeinde bereit. Wir wollen anstoßen und auf deine Gesundheit trinken, denn«, so sagte er, »du bist ein kluger Jude unter Gottes Menschen.« Und das mit ebendiesen Worten und in ebendiesem Ton, wie ich es Euch berichte, bei Gott, so und nicht anders!

Nun, jetzt frage ich Euch, Reb Scholem Alejchem, Ihr seid doch ein gelehrter Kopf, ein Mann, der schreibt, hat Tewje da nicht recht, wenn er sagt, daß wir einen großen und starken Gott haben und daß ein Mensch sich daher nie aufgeben darf, insbesondere wenn er Jude ist und noch dazu einer, dem die kleinen Buchstaben nicht fremd sind? Denn all dies bestätigt doch nur, was wir tagtäglich beim Gebet sagen: Ich weiß – wie wohl und wie gut ist dem, der sich auskennt! Und wie sollten wir also nicht zu dem Schluß kommen, daß wir Juden (wir müssen es eingestehen), das beste und klügste Volk unter allen Völkern sind, ganz so, wie der Prophet sagt: Israel hier und da der Fremde – wie kann ein Goj einem Juden gleichen? Ein Goj ist ein Goj, und ein Jude ist eben ein Jude, oder wie Ihr es in Euren Erzählbänden schreibt, zum Juden muß man geboren sein ... Ach, wie wohl ist mir, daß ich als Jude geboren bin! So kenne ich den Geschmack der Vertreibung, weiß, was es heißt, in der Fremde herumzuirren und nicht dort zu nächtigen, wo man den Tag verbringt, denn seit man mich den Abschnitt »Zieh fort!« gelehrt hat – entsinnt Ihr Euch noch? Ich habe Euch einmal ausführlich davon erzählt –, seit jener Zeit also bin ich ständig auf Wanderschaft und weiß noch keinen Flecken Erde, kein Plätzchen, wo ich mir sagen könnte: »So, Tewje, hier bleibst du.« Tewje stellt nicht groß Fragen. Man hat ihm gesagt, er soll gehen, also geht er ... So sind wir uns heute, Reb Scholem Alejchem, auf der Bahn begegnet. Morgen werden wir womöglich in Jehupez sein, und übers Jahr kann es uns nach Odessa verschlagen haben, nach Warschau oder gar nach Amerika. Es sei denn, der Höchste besinnt sich und sagt: »Wißt ihr was, Kinderchen? Ich werde euch den Messias schicken!« Ach, daß er es doch endlich täte, der alte Herr dieser Welt! Bleibt mir derweil gesund, fahrt wohl, grüßt mir unsere Juden daheim und sagt ihnen, sie mögen sich nicht sorgen: »*Unser alter Gott lebt!*«

DER FORTSCHRITT IN KASRILEWKE
UND ANDERE ALTE GESCHICHTEN
AUS NEUERER ZEIT

DIE STADT DER KLEINEN MENSCHLEIN

Die Stadt der *kleinen Menschlein*, in die ich dich führe, lieber Leser, befindet sich genau in der Mitte jenes vielgepriesenen »Ansiedlungsgebiets«, in den man die Juden dicht an dicht zusammengesteckt hat wie Heringe in ein Fäßchen und ihnen sagte: *Seid fruchtbar und mehret euch!* – und der Name dieser berühmten Stadt ist *Kasrilewke*.

Wo kommt der Name Kasrilewke eigentlich her? Nun, das verhält sich folgendermaßen:

Wie jeder weiß, gibt es bei uns für einen armen Mann Namen im Überfluß: Da gibt es den Mann aus einfachen Verhältnissen und den Armen und den nebbich Armen, den Besitzlosen und den Notleidenden, den Bettelarmen und den Habenichts, den Hungerleider, den entsetzlich armen Schlucker und den Ärmsten der Armen. Ein jeder dieser Namen hat seinen unverwechselbaren Klang. Und dann gibt es da noch eine Bezeichnung: *Kasriel* oder *Kasrilik*. Die wird mit ganz besonderem Tonfall ausgesprochen, beispielsweise: »Oj, bin ich, kein böser Blick soll mich treffen, ein Kasrilik!« ... Kasrilik, das ist kein Bettler schlechthin, kein Schlemihl, das ist, versteht mich recht, ein solch armer Teufel, der, Gott sei Dank, schon nicht mehr fürchten braucht, daß die Armut seinem Ruf zum Schaden gereicht. Im Gegenteil, sie wird sogar mit Stolz und Würde zur Schau getragen! Wie sagt man doch: »Arm, aber fröhlich ...«

Versteckt in einem Winkel, in der tiefsten Einöde, weit abgeschieden von der ganzen umgebenden Welt, liegt die Stadt da wie verwaist, verträumt, verzaubert und dämmert selbstvergessen vor sich hin, gleichsam als würde sie das ganze Tohuwabohu, das wilde Durcheinander, das Gerenne, Gejage, Gehetze, das Bestreben, sich gegenseitig aufzufressen, und all die übrigen schönen Dinge nichts angehen, die sich die Menschen mit so viel Mühe auf den Hals geladen haben und nun mit den verschiedensten Umschreibungen wie »Kultur«, »Fortschritt«, »Zivilisation« und ähnlichen stolzen Wörtern versehen, vor denen jeder anständige Bürger mit größter Hochachtung seinen Hut zieht. Kleine, kleine Menschlein! ... Nicht nur von Automobilen, Aeroplanen oder Luftschiffahrt – selbst von unserer guten alten Eisenbahn haben sie lange Zeit über nichts hören mögen, ja noch nicht einmal glauben wollen, daß es so etwas wie eine Bahn überhaupt gibt! »Wissen wir, wissen wir«, haben sie abgewinkt, »Phantastereien, leeres Gerede, aber natürlich: Im Himmel ist Jahrmarkt, die Kuh ist übers Haus geflogen.« – Und was dergleichen spitze Bemerkungen mehr sind. Bis es sich eines Tages traf, daß ein angesehener Bürger aus Kasrilewke, ein Hausbesitzer, nach Moskau reisen mußte. Er fuhr also hin, kam wieder zurück und schwor tausend Eide, daß er selbst, in eigener Person, mit der Bahn nach Moskau gefahren sei, eine dreiviertel Stunde ... Selbstverständlich ging man sofort daran, es ihm auszureden: »Wie kann ein Jude und ein Hausbesitzer dazu nur auf so eine faustdicke Lüge schwören?« Es stellte sich heraus, man hat ihn nicht richtig verstanden: Er ist tatsächlich nicht länger als eine dreiviertel Stunde mit der Bahn gefahren; den Rest ist er gelaufen. Aber der Fakt an sich, der Fakt mit der Bahn, blieb bestehen, dagegen ließ sich schlecht etwas sagen: Wenn ein Jude und ein Hausbesitzer dazu bereit ist, alle heiligen Eide darauf zu schwören, dann wird er es sich schon nicht aus den Fingern saugen. Um so mehr, als er ihnen noch ausführlich erklärte, was so eine Eisenbahn sei und wie sie aussehe, und auf einem Blatt Papier aufzeichnete, wie sich die Räder drehen, wie der Schornstein pfeift, wie der Waggon dahinfliegt und Menschen nach Moskau fahren ... Die kleinen Menschlein haben ihn angehört, mit den Köpfen genickt und dabei tief im Herzen gelacht und sich gesagt: »Was kommt schon dabei heraus? – Die Räder drehen sich, der Schornstein pfeift, der Waggon fliegt dahin, Menschen fahren nach Moskau und – kommen wieder zurück.«

Wie Ihr unschwer erkennen könnt, sind die kleinen Menschlein alle keine düsteren Melancholiker, keine sorgenvollen Gesellen. Im Gegenteil, sie gelten in der Welt als schlagfertig und einfallsreich, als lebhafte und fröhliche Seelen. Arm, aber fröhlich.

Schwer zu sagen, warum sie eigentlich so unbeschwert sind. »Ach was, wir leben halt und basta! ...« Leben? Fragt Ihr sie jetzt zum Beispiel: »Wovon lebt ihr?«, werden sie Euch antworten: »Wovon wir leben? Das seht Ihr doch, ha-ha, man lebt eben ...« Und merkwürdig! Wo Ihr ihnen auch begegnet, laufen sie herum wie die vergifteten Mäuse, der hierhin, der dorthin, und haben niemals Zeit. »Wohin lauft ihr?« – »Wohin wir laufen? Das seht Ihr doch, ha-ha, man läuft halt herum. Irgendwo wird sich schon etwas finden, ein kleiner Verdienst, um Schabbes zu feiern ...«

Schabbes feiern – das ist ihr Ideal. Eine ganze Woche sind sie bereit zu schuften, im Schweiße ihres Angesichts zu schindern, sich abzuplacken bis aufs Blut, bis zum Umfallen, Erde zu fressen und alle Entbehrungen auf sich zu nehmen einzig und allein für Schabbes. Und in der Tat – wenn der liebe, der heilige Schabbes kommt, dann ist Jehupez vergessen, vergessen ist Odessa, ja vergessen ist sogar Paris! Man sagt – und das ist wohl eine Tatsache –, daß es, seit die Stadt Kasrilewke steht, dort noch nie vorgekommen wäre, daß ein Jude, Gott behüte!, am Schabbes gehungert hätte. Wo gäbe es auch so etwas, daß ein Jude auf Schabbes keinen Fisch zu Hause hat? Wenn kein Fisch da ist, dann hat er Fleisch, und wenn kein Fleisch, dann eben einen Hering, und wenn keinen Hering, dann Eierzopf, und gibt es keinen Eierzopf, dann hat er Schwarzbrot mit Zwiebeln, und hat er auch kein Brot mit Zwiebel, dann borgt er beim Nachbarn; Schabbes in acht Tagen wird der Nachbar zu ihm borgen kommen. »Die Welt ist ein Rädchen, und das dreht sich ...«, zitiert er ein altes Sprichwort und zeigt Euch mit der Hand, wie sich das Rädchen dreht ... Und wenn es bei den kleinen Menschlein erst einmal so weit gekommen ist, daß Gleichnisse herangezogen werden, dann finden sie sobald des Redens kein Ende. Für einen treffenden Ausspruch wären sie, wie man so sagt, bereit, Vater und Mutter hinzugeben. So kursieren von ihnen allerhand Geschichten, die auf den ersten Blick wie befremdliche Schnurren ausschauen, man darf indes gewiß sein, daß es sich dabei um die reine Wahrheit handelt.

So erzählt man sich, daß ein Kasrilewker es eines Tages überdrüssig war, beständig Hunger zu leiden, und in die weite Welt aufbrach, um sein Glück zu machen. Er wanderte also aus, wurde ein Emigrant, und schließlich verschlug es ihn gar bis nach Paris.

Natürlich wollte er für sein Leben gern Rothschild besuchen. Wie ginge das an, ein Jude in Paris und trifft sich nicht mit Rothschild? Das Vertrackte ist nur – man läßt ihn nicht. »Was soll das? Was ist der Grund?« – »Der zerrissene Mantel.« – »Ihr seid mir vielleicht ein Schlauberger, wenn ich einen heilen Mantel hätte, warum um alles in der Welt sollte ich dann wohl nach Paris fahren?!« Kurz und gut, es geht nicht. Aber ein Kasrilewker Jude gibt nicht so leicht klein bei, er weiß sich Rat. Unser Mann strengt also seinen Geist an und wendet sich an den Türhüter: »Geh und sag dem Baron, daß jemand zu ihm gekommen ist, kein Schnorrer, Gott bewahre!, sondern ein jüdischer Kaufmann, ein Händler, der ihm einen Artikel anbieten möchte, den man in Paris nicht um alle Schätze der Welt zu kaufen bekommt.«

Als Rothschild solche Worte vernahm, wurde er neugierig und befahl, man möge jenen Händler hereinführen. »Scholem Alejchem!« – »Alejchem Scholem!« – »Nehmt doch Platz. Von woher kommt Ihr?« – »Aus Kasrilewke.« – »Was habt Ihr Gutes mitzuteilen?« – »Was soll ich Euch sagen, Pani Rothschild? Die Sache ist folgende: Von Euch erzählt man sich bei uns, daß Ihr, kein böser Blick soll Euch treffen, ein ganz nettes Vermögen besitzt, mir selbst würde wahrscheinlich schon die Hälfte, ja sogar ein Drittel davon reichen. Nun, und auf weltliche Ehren seid Ihr auch nicht erpicht, denn wer viel Geld hat, heißt es, der hat in der Welt auch das Sagen. Was also fehlt Euch? Nur eine einzige Sache: *das ewige Leben.* Und so bin ich hergekommen, um es Euch zu verkaufen.«

Als Rothschild »das ewige Leben« hörte, fragte er ihn: »Majoker – was soll es kosten?« – »Kosten wird es Euch nicht mehr und nicht weniger« (hier dachte unser Kasrilewker kurz nach), »nicht mehr und nicht weniger als drei Hunderter.« – »Wollen wir nicht ein wenig handeln?« – »Nein, Pani Rothschild, das wird nicht gehen. Ich hätte ja auch auf den Einfall kommen können, mehr zu verlangen als dreihundert. Ich hab es nicht getan – und jetzt ist es zu spät.« So meinte der Jude zu ihm, und Rothschild ging an den Schrank und zählte ihm drei funkelnagelneue Hunderter auf den Tisch, einen nach dem anderen. Unser Jude steckte zunächst einmal das Geld in die Tasche, wandte sich dann an Rothschild und sprach: »Wenn Ihr ewig leben wollt, dann rate ich Euch, das lärmende Paris aufzugeben und nach Kasrilewke zu ziehen. Bei uns seid Ihr vor dem Tode sicher. Seit Kasrilewke steht, ist es noch niemals vorgekommen, daß dort ein Reicher gestorben wäre ...«

Und noch eine Geschichte hat sich zugetragen. Einen Juden hat es gar bis nach Amerika verschlagen ... Nur, wenn ich versuchte, hier alle Geschichten, Späße und Streiche der kleinen Menschlein wiederzugeben, würde ich drei Tage und Nächte mit Euch sitzen und erzählen, erzählen und noch einmal erzählen. Gehen wir also besser zur Beschreibung der Stadt selbst über.

Ihr wollt sicher wissen, wie Kasrilewke aussieht? Schön. Schön wie Gold. Und von weitem erst! Von weitem bietet es den Anblick ... Ach, wie soll ich es nur beschreiben? Den Anblick einer dicht mit Kernen bespickten Sonnenblume oder eines Nudelbretts, das überhäuft ist von Teigflocken. Wie auf einem Teller liegt die Stadt vor Euch, und Ihr könnt sie schon von einer Meile im Umkreis mit all ihren Reizen bewundern. Das kommt daher, daß die Stadt selbst, versteht mich recht, auf einem Berg liegt, das heißt, neben der Stadt erhebt sich ein Berg, und an dessen Fuß schachteln sich zahlreiche kleine Häuschen, eins über dem anderen, wie Gräber auf einem alten Friedhof, wie vom Alter geschwärzte, eingesunkene Grabsteine. Zu den Straßen läßt sich schlecht etwas sagen, denn die Häuser wurden gebaut, wie es gerade kam, sie sind nicht säuberlich abgemessen, nicht mit der Schnur ausgerichtet, und Platz zwischen ihnen gibt es eigentlich kaum; was soll man auch für nichts und wieder nichts ein Stück Platz verschenken, wenn man noch bequem ein Häuschen darauf stellen kann? Wie heißt es doch: »Lascheweth jiwrah« – das bedeutet: Die Welt wurde geschaffen, daß man sich auf ihr niederlasse. Zum Wohnen also! Und nicht zum Anschauen. Wozu auch zum Anschauen? ... Aber habt nur keine Sorge, es gibt schon noch große und kleine Straßen, schmale Seitengäßchen und Fußpfade. Zugegeben, besonders gerade sind sie nicht, sie winden sich bergauf und bergab – und plötzlich findet sich mitten auf dem Weg ein Haus, ein Keller oder eine Grube. Ihr tut also gut daran, nachts nicht ohne Laterne aus dem Haus zu gehen! Um die kleinen Menschlein braucht Ihr Euch nicht zu sorgen: Ein Kasrilewker in Kasrilewke unter Kasrilewkern wird sich nie und nimmer verirren; ein jeder findet den Weg nach Haus zu

Weib und Kindern so sicher wie ein Vöglein den Seinen ins eigene Nest.

Des weiteren gibt es inmitten der Stadt einen großen halbrunden oder auch viereckigen Platz, wo Kaufmannsläden und die Holzbuden der kleinen Händler stehen und die Fleischer, Tischler und Stellmacher ihre Geschäfte haben. Wochentags, früh am Morgen, findet hier der Markt statt. Dazu kommen eine Menge Bauern und Bäuerinnen aus der Umgebung angefahren und bringen allerlei Handelsgüter und Eßwaren mit – Fisch oder Zwiebeln, Meerrettich, Petersilie und sonstiges Gemüse. Man verkauft sein bißchen Grünzeug und besorgt sich bei den Juden, was man gerade so braucht. Und daran verdienen die Juden ihren Teil, beileibe nicht viel, aber immerhin, sie verdienen etwas, besser als gar nichts … Und auf demselben Platz liegen tagsüber alle Ziegen des Städtchens und wärmen sich in der Sonne, und dort stehen auch, streng unterschieden sollen sie sein, die Gebetshäuser, die Synagogen, und die Chederstuben der Stadt, wo jüdische Kinder die Thora lernen, beten, lesen und schreiben, während der Rebbe und seine Talmudschüler aus Leibeskräften singen und schreien – man kann taub davon werden! Dann ist da noch das Badehaus, wo die Weiber ihre Waschungen vorzunehmen pflegen, das Altenheim, wo der Mensch stirbt, und all die übrigen schönen Stätten, die schon von weitem auf sich aufmerksam machen … Denn Kasrilewke kennt noch keine »Kanalisation«, keine Wasserleitungen, keine Elektrizität und ähnliche Luxusdinge, aber was macht das? »Man stirbt, hört ihr, überall den gleichen Tod, und man bettet einen dann, hört ihr, überall in die gleiche Erde und klopft sie danach, hört ihr, überall mit dem gleichen Spaten glatt!« – so pflegte mein Lehrer Reb Israel Melach an den Feiertagen zu philosophieren, immer dann, wenn er nach ein paar Gläschen schon in blendender Stimmung war und sich mit hochgeschürztem Kaftan anschickte, eine Polka oder einen Kasatschok zu tanzen.

Womit Kasrilewke sich brüsten kann, das sind seine Friedhöfe. Diese begnadete Stadt besitzt gleich zwei davon, und noch dazu große: Einen *alten* Friedhof und einen *neuen* Friedhof, das heißt, der neue Friedhof ist, müßt ihr wissen, im Grunde auch schon recht alt und hat viele Gräber. Es wird bald kein Platz mehr zum

Liegen sein, wenn es, Gott behüte, zu einem Pogrom, einer Cholera oder irgendeinem ähnlichen Unglück unter den heutigen Unglücken kommt.

Vor allem auf ihren alten Friedhof sind die Kasrilewker kleinen Menschlein stolz. Und obwohl er schon ganz mit Gras und Bäumchen überwachsen ist und fast keine heile Grabstelle mehr besitzt, halten sie ihn doch nichtsdestoweniger für eine Zierde, ein Schmuckstück, einen Reichtum und hüten ihn wie ihren Augapfel. Denn neben dem Umstand, daß dort ihre Vorväter und Urahnen liegen – Rabbiner, Zaddikim, Talmudisten, große Schriftgelehrte, berühmte Leute –, glaubt man, daß dort auch zahlreiche Märtyrer der Kosakenunruhen begraben sind, noch aus Chmelnizkis Zeiten ... Dieser »heilige Ort« – das ist das einzige auf der Welt, das ganz und gar ihnen gehört, ihr einziges Fleckchen Erde, ihr einziges Stückchen Land, wo ein Grashalm sprießt und ein Bäumchen wächst, wo die Luft rein ist und man frei und unbeschwert atmen kann.

Ihr müßtet einmal sehen, was sich dort tut, wenn es auf Sommerende zugeht, wenn mit dem Neumond des Monats Elul die »Tage der Klage« beginnen, oj-oj-oj, Männer und Weiber – vor allem Weiber – strömen herbei, es herrscht ein Auf und Ab, ein Gewimmel und Getümmel, mit einem Wort: Man wallfahrtet zu den Ahnen! Von überallher kommt man zusammen, um sich hier ein bißchen auszuweinen und an den heiligen Gräbern sein Herz zu erleichtern. Ihr versteht, was ich meine? Nirgendwo weint es sich so gut und so innig wie auf dem Kasrilewker Gottesacker. Das heißt, in den Synagogen, dort weint es sich natürlich auch nicht schlecht. Aber läßt sich das denn mit dem Weinen am Grab der Väter vergleichen? Diese »Gräber der Väter« sind ein Stück Lebensunterhalt für die Kasrilewker Steinmetzen, Gastwirte, die Vorbeter und die Gemeindediener, und in den Tagen des Monats Elul halten die dortigen armen Männer, Weiber und Krüppel reiche Ernte.

»Wart Ihr schon einmal bei uns auf dem Gottesacker?« wird Euch ein Kasrilewker mit soviel Stolz fragen, als würde er Euch fragen, ob ihr schon in seines Vaters Weingarten gewesen seid. Solltet Ihr ihn noch nicht kennen, so tut ihm den Gefallen und macht einen Abstecher zu jenem Friedhof mit den halb eingesunkenen Grabsteinen. In ihnen findet Ihr ein Stück von der Geschichte eines großen Volkes ... Und wenn Ihr ein Mensch seid, der noch staunen und sich begeistern kann, werdet Ihr die ärmliche Stadt mit ihren reichen Friedhöfen betrachten, und wie von selbst wird Euch dabei der alte Bibelvers über die Lippen kommen: Mah-towuh – *Wie lieblich sind deine Zelte, Jakob! deine Ruhestätten, Israel!*

DAS NEUE KASRILEWKE

Vorrede

In der letzten Zeit wurden in der Welt allerlei Städte-, Länder-
und Reisebeschreibungen veröffentlicht und was dergleichen
nützliche Bücher mehr sind. Nun, habe ich bei mir gedacht, in
allem tun wir es den anderen nach: Bei ihnen gibt es Zeitungen – bei uns gibt es Zeitungen, bei ihnen gibt es ein Fest zum
Jahreswechsel – bei uns gibt es ein Fest zum Jahreswechsel, bei
ihnen gibt es eine Neujahrstanne – bei uns gibt es eine Neujahrstanne, bei ihnen gibt es Bücher wie »Ganz Moskau«, »Ganz Petersburg«, »Ganz Berlin«, »Ganz Paris« – warum soll es also bei
uns nicht auch ein Buch »Ganz Kasrilewke« geben?

Und ich, Scholem Alejchem, der ich ja selbst von da stamme
und erst unlängst wieder dort gewesen bin, um das Grab meiner
Väter aufzusuchen, habe mir im stillen gesagt: Womit könnte ich
meinen Kasrilewker Brüdern und Schwestern ihre Gastfreundschaft besser vergelten als dadurch, daß ich ihnen in der Welt
einen Namen mache? Dabei hatte ich freilich mehr an das Wohl
der Allgemeinheit als an mein eigenes gedacht: Ich wollte den
Fremdlingen mitteilen, wo sie, wenn sie nach Kasrilewke kämen,
absteigen könnten, wie man fahren müßte, wo man gut zu Mittag
speisen und ein Gläschen Wein trinken kann, wo man sich im
Theater amüsiert und was dergleichen Zerstreuungen mehr sind,
die es dort in Hülle und Fülle gibt. Denn das heutige Kasrilewke
läßt sich nicht mehr mit dem vergleichen, was es einstmals gewesen ist. Der Fortschritt der großen weiten Welt hat auch hier seinen Einzug gehalten und die Stadt völlig auf den Kopf gestellt.
Deshalb habe ich meiner Schilderung auch den Titel »Das neue
Kasrilewke« gegeben.

1. Kasrilewker Trambahn

In Kasrilewke angekommen bin ich mit dem Zug – es führt Gott sei Dank schon eine Bahnlinie dorthin! Es war an einem Herbsttage, früh am Morgen, noch vor dem Gebet. Draußen ging ein feiner Nieselregen nieder, der die Wege in eine Schlammlandschaft verwandelt hatte. Ich war noch auf dem Bahnhof, als schon ein ganzer Trupp von Hoteldienern auf mich losstürzte. Sie trugen gelbe Bärte, gelbe Umhänge und gelbe Schildchen an den gelben abgeschabten Schirmmützen.

Gevatter! »Grand Hotel«!

»Hotel Francia«, Gevatter!

Gevatter! »Portugalia!«

Gevatter! »Türkalia«!

Kaum hatte ich mich mit Gottes Hilfe durch diesen Trupp von Hoteldienern durchgekämpft, fiel ich auch schon der nächsten Gesellschaft in die Hände, einer Schar von Droschkenkutschern mit hohen Stulpenstiefeln und langen Peitschen. Jene hätten mich in der Tat um ein Haar in Stücke gerissen. Einer von ihnen, so ein junger hochgewachsener Kerl, riß mir gewaltsam mein Köfferchen aus den Händen. Ich begann natürlich aus Leibeskräften zu schreien: »Meine Manuskripte! Meine Papiere!« – woraufhin sich gleich zwei weitere Kutscher, die in mir wohl ihren künftigen Fahrgast sahen, für mich einsetzten, so daß es bald zu einer wüsten Schlägerei unter ihnen kam. Ich machte mir das zunutze, bekam meinen Koffer zu fassen, entschlüpfte ihren Händen und eilte zur Trambahn.

»Hierher, Leute, hierher! Einen Fünfer die Fahrt! Einen Fünfer pro Person! Von hier bis zur Ecke Belefiler Straße, alles in allem nur einen Fünfer! Fünf Kopeken pro Person!«

Der dies ausrief, war der Schaffner selbst, ein junger Bursche mit blondem Schnurrbart und gurgelnder Stimme, mit einer um den Hals gehängten Ledertasche und einem Knopf an der Schildmütze. Neben ihm stand ein Mann mit zerrissenem Mantel und einer Peitsche. Beide deuteten sie mit ausgestrecktem Arm auf eine Art Hüttchen aus Metall, das zerbrochene Scheiben hatte und ein wenig zur Seite geneigt dastand – den sogenannten »Waggon«. Ein klappriger Schimmel war an einer langen Deichsel davorgespannt, er hielt den Kopf gesenkt und machte ein Schläfchen.

»Gebt nur acht«, sagte der Schaffner zu mir, »daß Ihr Euch da drinnen nicht den Hals brecht, es fehlt ein Brett im Fußboden. Die Trambahn wird gerade repariert …«

Ich steige also vorsichtig in den Waggon, setze mich hin, lege das Köfferchen neben mich und warte. Es ist etwas kühl. Ich schlage die Füße aneinander.

»Schaffner«, wende ich mich an den jungen Mann, »fahren wir nun oder nicht?«

»So Gott will …«, entgegnet mir der Schaffner.

»Du, Jossel, reich doch mal ein bißchen Tabak rüber!« bittet ihn der Kutscher, jener Mann mit der Peitsche und dem zerrissenen Mantel.

»Ihr seid doch schon so an Euer Wurzelgemüse gewöhnt, Reb Kasriel«, gibt der Schaffner zurück, »Von richtig gutem Tabak könntet Ihr, Gott behüte, noch Kopfschmerzen kriegen!«

»Spiel dich nicht so auf, du Rotznase, und gib mir lieber den Tabak!« brummt Kasriel, der Kutscher.

Und Schaffner und Kutscher beginnen, sich Papirossy zu drehen.

»Wann fahren wir denn los?« wende ich mich nochmals an den Schaffner.

»Heute«, antwortet mir jener ganz kaltblütig und gibt dem Kutscher Feuer.

Ich warte und warte. Allmählich steigen noch andere Fahrgäste zu. Als erster kommt ein Mann in einem zerschlissenen Pelz, schwer zu sagen, welches Tier für dieses Rauchwerk sein Fell lassen mußte: Ein Fuchs vielleicht? Nein, dazu ist es zu weiß. Oder eine Katze? Aber dafür ist es wiederum zu rot. Nach dem Mann mit dem zerschlissenen Pelz steigt einer ohne Pelz ein, der, nebbich, schon ganz schön verfroren aussieht. Er blickt sich nach allen Seiten um, sucht einen Platz, seufzt und kauert sich schließlich in die Ecke hinter der Tür. Nach dem Verfrorenen kommt ein Korb mit Äpfeln und unmittelbar nach dem Korb eine Frau, eingemummt in drei Schultertücher, alle drei sind aufgegangen, und man merkt, daß es, nebbich, auch ihr recht kalt ist.

»Vorwärts, Reb Kasriel!« ruft Jossel der Schaffner Kasriel dem

Kutscher zu, stößt einen Pfiff aus und – die Trambahn setzt sich in Bewegung. Sie fährt ein paar Schritte, dann bleibt sie erneut stehen. Die Tür zum Waggon geht auf, und jemand steckt seinen Kopf herein.

»Ist Moische nicht da?«

»Was für ein Moische?« fragt Jossel, der Schaffner.

»So ein junger Bursche mit einer Schirmmütze«, antwortet der Kopf.

»Arbeitet er in einem Eisengeschäft?«

»In einem Eisengeschäft«, bestätigt der Kopf.

»Den kenn ich!« sagt Jossel, der Schaffner, und pfeift. »Vorwärts, Reb Kasriel!«

Und wir fahren weiter.

»Einen Fahrschein!« wendet sich der Schaffner an mich. »Ich kann mich nicht entsinnen, Euch schon mal gesehen zu haben. Ihr seid wohl nicht von hier? Wollt Ihr für länger bleiben? Dann kann ich Euch zu einem Gasthof bringen, zwar kein Hotel, aber sauber, ohne Wanzen … Und dann zeige ich Euch noch, wo Ihr gut und billig essen könnt …«

Ich bedanke mich bei ihm und sage, daß ich hier Bekannte hätte. Gleich will er wissen, wer sie sind und was sie machen. Ich nenne ihm irgendeinen Namen, der mir grade in den Sinn kommt. Er läßt mich in Frieden, geht weiter zu dem Mann im Pelz und fordert ihn auf, einen Fahrschein zu lösen. Der zuckt bloß mit den Achseln.

»Leicht gesagt! Ich habe nicht eine Kopeke bei mir, so wahr ich lebe!«

»Schon das drittemal in dieser Woche, daß Ihr ohne Fahrschein fahrt!« murrt Jossel Schaffner verdrossen.

»Na und! Soll ich zu Fuß laufen? Oder soll ich deinetwegen etwa irgendwo stehlen gehen?« gibt ihm der Mann im Pelz ebenso verdrossen zur Antwort.

Jossel Schaffner winkt nur müde ab und geht weiter zu dem verfrorenen Mann ohne Pelz. Jener stellt sich schlafend.

»He, Ihr da! Seid so gut, einen Fahrschein bitte!«

Der Angesprochene tut so, als ob er eben erst aufgewacht wäre, und reibt sich die klammen Hände.

»Einen Fahrschein!« sagt Jossel Schaffner noch einmal.

»Ich hab's gehört!« antwortet ihm der Mann und haucht in seine Fäuste.

»Was heißt hier: Ich hab's gehört?« erwidert Jossel Schaffner nun schon in schärferem Tone. »Holt fünf Kopeken heraus, seid so gut, und löst einen Fahrschein!«

»Nicht so laut!« entgegnet ihm der Verfrorene. »Warum denn gleich so hitzig? Was denkst du denn, wer du bist?«

»Macht keine langen Geschichten«, sagt Jossel Schaffner, »und gebt endlich Euren Fünfer her!«

»Na, na, na«, meint der Verfrorene zu ihm. »Du wirst mir doch hoffentlich etwas ablassen von dem Fünfer.«

»Von meinen Sorgen werd ich Euch ablassen!« ruft Jossel Schaffner aufgebracht.

»Behalt sie nur selber! Gesund solln sie sein!« antwortet ihm der Verfrorene. »Ich hab schon genug an meinen eigenen.«

»Verzeiht, aber dann muß ich Euch schon bitten auszusteigen! Reb Kasriel, anhalten!«

Kasriel, der Kutscher, gehorcht von Herzen gern, und das Pferdchen sicherlich nicht minder. Die Trambahn hält an.

»Kommt, bemüht Euch hinaus, mit dem rechten Fuß zuerst!« sagt Jossel, der Schaffner, zu dem Verfrorenen. Der sitzt da, trampelt ein bißchen mit den Füßen, um sich zu erwärmen, reibt die Hände aneinander und rührt sich nicht vom Fleck.

»Wollt Ihr noch eine Extraeinladung?« meint Jossel Schaffner zu ihm. »Oder soll ich Euch erst am Kragen packen und hinauswerfen? Wartet nur, wenn Welwel der Kontrolleur kommt, er ist gerade zur Beschneidungsfeier bei unserem Kassierer, dann könnt Ihr Euer blaues Wunder erleben!« Und zum Kutscher gewandt: »Vorwärts, Reb Kasriel!« – und die Trambahn fährt weiter.

»Es gibt wahrlich keine Gerechtigkeit auf der Welt!« läßt sich da die Frau mit den Äpfeln vernehmen. »Ist denn der eine Mann schlechter als der andere? Der kann ohne Fahrschein fahren, und jener darf es nicht? Nur weil dieser einen Pelz trägt und jener nicht! Deine Bank wird er dir schon nicht abnutzen, oder meinst du, daß man dir ein Denkmal setzen wird für deine Heldentat?«

»Wer hat Euch denn gebeten, hier als Fürsprecher aufzutreten?« gibt Jossel Schaffner zurück. »Wie kommt Ihr überhaupt dazu, die beiden miteinander zu vergleichen? Jenen kenn ich: Er ist aus gutem Hause, nur, nebbich, verarmt. Und der da« – er zeigt auf den Verfrorenen –, »woher soll ich wissen, wer er ist? Sicher ein Habenichts, irgend so ein Herumtreiber!«

»Nun, und wenn er ein Habenichts ist, was tut das zur Sache?« braust die Frau mit den Äpfeln auf. »Muß man ihn deswegen gleich hinauswerfen? Warum nur um alles in der Welt? Was hat er denn verbrochen? Das Pferdchen läuft doch so und so zur Stadt – sitzt halt noch einer im Waggon! Stell dir einfach vor, du hättest einen Fünfer mehr eingenommen, nun? Davon wird der Kohl schließlich auch nicht fett!«

»Hat Euch jemand um Rat gefragt?« fährt Jossel Schaffner sie an. »Gebt lieber Euren Fünfer her und löst einen Fahrschein!«

»Oj weh, Leute!« Die Frau schnauft und schlägt sich mit der flachen Hand auf die Röcke. »Ich wußte, daß er am Ende auch noch auf mich losgehen würde! Möcht ich doch soviel Gutes erleben, wie ich das gewußt hab!«

»Was dachtet Ihr denn«, meint Jossel Schaffner, »daß ich Euch umsonst fahre?«

»Was heißt hier, daß du mich fährst?« entgegnet die Frau. »Der Waggon fährt mich, nicht du! Hat sich so einen Messingknopf angesteckt und kommandiert hier herum! Ich kannte dich schon, als du ein Junge warst und Lejser Hersch zur Hand gegangen bist. Du hast die Kinder auf den Schultern in den Cheder getragen und ihre Essenstöpfchen dazu. Und jetzt kommst du an und erzählst solche Geschichten: Fahrschein – Sparschwein!«

»Na, was sagt Ihr zu meinen Fahrgästen?« meint Jossel, der Schaffner, seufzt und setzt sich zu mir. »Und so, wie Ihr sie hier vor Euch seht, sind sie im Grunde alle. Wer Geld hat und bezahlen kann – der geht zu Fuß, und wer keines hat und nicht bezahlen kann – der fährt mit der Trambahn, und davon soll unsereins nun leben und noch eine alte Mutter und eine verwitwete Schwester versorgen … Schaut nur meine Stiefel an«, – er zeigt sie mir –, »wie sie das Maul aufreißen …«

Plötzlich hört man ein ohrenbetäubendes Krachen, das Aufeinanderprallen zweier Deichseln, das Keuchen und Schnaufen zweier Pferde. Zwei Waggons, die auf dem gleichen Gleis, nur eben aus unterschiedlichen Richtungen kamen, sind zusammengestoßen. Unmittelbar darauf vernimmt man ein wüstes Fluchen und Schelten.

»Die Pest über dich! Oh, daß dich der Schlag treffe! Der Teufel soll alle deine Vorfahren bis zurück auf Adam holen!«

»Ersticken sollst du an deiner Deichsel! Das Maul soll dir auf die Seite rutschen! Der Teufel soll den Vater deines Vaters holen! Und dich zuallererst!«

»Wo hast du nur deine Augen, du Bastard! Siehst doch, daß ich rechts fahre – da fährt man doch links!«

»Wo steht denn geschrieben, du Grindkopf, daß du rechts zu fahren hast und ich links? Vielleicht wird gerade andersrum ein Schuh daraus: ich links und du rechts?!«

»Du Rindvieh! Dafür sind die beiden Gleise doch da – ich hin und du her!«

»Und du bist nicht besser als dein Pferd! Wo steht denn geschrieben: du hin und ich her?«

»Weißt du, was? Soll sie doch der Teufel holen mit ihren Gleisen und mit ihrer ganzen Trambahn! Reich mal ein bißchen Machorka rüber, Kasriel, mein Lieber. Du hast doch sicherlich was da? Laß sie doch mit ihrer verdammten Trambahn in der Hölle schmoren! Was macht denn deine Alte? Ist sie ein bißchen ruhiger geworden?«

»Wo denkst du hin, man kann es ihr einfach nicht ausprügeln. Still ist sie eigentlich nur, wenn sie schläft. Und was gibt es Neues bei dir?«

»Was soll schon los sein? Meine muß ich hart an die Kandare nehmen. Hab Angst, daß ich sie noch totschlagen werde ...«

»Weißt du nicht, was man da tut, du Schafskopf! Du mußt die Zügel locker lassen. Setz dich auf den Kutschbock, so wie ich es mach – dann laufen sie flink wie die Wiesel!«

»Ach, die Krätze solln sie kriegen und den Schüttelfrost dazu! ... Was treibt denn dein Falbe? Nimmst du ihn schon ins Gespann? Oder noch nicht?«

»Soll er ruhig noch ein wenig über Gottes weite Erde spazieren. Er hat Angst vor der Peitsche, zeigt mir die Hufe ... Hast du ein Streichholz? Gib mal Feuer!«

Und so beginnen die beiden Kutscher einen endlosen Plausch im Kutscherjargon und unterhalten sich wie zwei

Brüder. Auch zwischen den beiden Schaffnern entspinnt sich ein freundschaftliches Gespräch, bis schließlich Welwel, der Kontrolleur, auftaucht. Er kommt von der Beschneidungsfeier zurück, ist schon ein wenig angeheitert und erhebt gleich mächtiges Geschrei:

»Der Teufel soll euch von vorn und hinten kreuzweise! Haltet ihr schon wieder lange Predigten? Ihr könnt von Glück reden, daß ich bei so guter Laune bin – wegen der Beschneidungsfeier, die unser Kassierer Motl gegeben hat … Hört ihr, Kinder! Eine Beschneidungsfeier ist das gewesen – der Teufel soll seinen Vater holen! Nicht umsonst sitzt er bei der Kasse … Ich würde gern mit ihm tauschen! Auf alle Fälle besser als Kontrolleur sein und ständig den Waggons hinterherzulaufen wie ein Hund … Na, Leute, was ist hier passiert? Wieder eine Katastrophe? Wieder ein Zusammenstoß? Wo habt ihr nur eure Augen? Die Passagiere – hol sie doch der Leibhaftige! Bloß gut, daß die Waggons heil geblieben sind! Kurz und gut, Kinder, ihr müßt weiterfahren … Also, Reb Kasriel, mein Lieber, geht bitte, seid so gut, nehmt Eure Deichsel, spannt das Pferdchen auf der anderen Seite an und fahrt zurück zum Bahnhof. Und Reb Asriel wird Euch hinterherfahren …«

»Warum ausgerechnet ich?« gibt Reb Kasriel zurück. »Soll doch Asriel sein Pferdchen umspannen und wieder zurück zur Stadt fahren! Und ich fahre hinterher!«

»Reb Asriel!« ruft der Kontrolleur, »geht bitte, seid so gut, schirrt das Pferdchen um und fahrt zurück zur Stadt.«

»Darauf könnt Ihr lange warten!« meint Asriel. »Ich kann ebensogut verlangen, daß Kasriel sein Pferd umspannt und zurück zur Bahn fährt! Er ist schließlich nicht krank!«

»Lieber will ich auf der Stelle tot umfallen«, meint Kasriel, »als daß ich zurückfahre!«

»Und mich soll der Schlag treffen«, sagt Asriel, »wenn ich mich auch nur eine Handbreit von hier fortrühre!«

»Was sind das nur für Zeiten!« schimpft die Frau, greift nach ihrem Korb mit den Äpfeln und steigt aus. »Eine schöne Fahrerei! Und dafür soll man auch noch fünf Kopeken zahlen! Zu Fuß wär ich schon sechsmal in der Stadt gewesen! Eine schöne ›Trampelbahn‹ haben sie sich da für Kasrilewke ausgedacht – pfui!«

Nun, denke ich bei mir, es sieht ganz so aus, als ob man sich zu Fuß in die Stadt begeben müßte ...

Ich nehme also mein Köfferchen zur Hand, um mich, ich bitte um Vergebung, zu Fuß auf den Weg zu machen, da kommt von hinten eine johlende und pfeifende Gesellschaft von Fuhrleuten angerollt, die sich schier vor Lachen ausschütten und ihre Kommentare abgeben:

»Aha? Der Herr wollte keine Flecken mit Bohnen essen, wollte nicht mit einfachen Fuhrleuten fahren? Nein, die feine ›Trampelbahn‹ mußte es sein! Ihr könnt noch von Glück reden, daß Ihr da heil herausgekommen seid, daß man aus Euch nicht Kleinholz gemacht hat ... Also kommt schon, Gevatter, nehmt Euer Köfferchen und steigt ruhig auf, sucht Euch einen Wagen aus. Bei uns ist alles gemeinsam, wir halten zusammen wie Pech und Schwefel. Was Gott gibt, das wird gerecht verteilt ... Hü, Kinderchen, hü, hü!«

Ich krieche also auf einen leeren Heuwagen, mache es mir bequem und ziehe mit Pomp und Gloria in Kasrilewke ein.

2. Kasrilewker Hotels

»Wenn Ihr etwas Billiges und trotzdem Feines sucht, will ich Euch zu einem geeigneten Gasthof bringen!« sagt mein Fuhrmann zu mir und führt mich zu einem zweistöckigen Gebäude, von dessen Wänden schon der Putz abbröckelt. An der Fassade prangt in großen Lettern – »Hotel Türkalia«. Mein Fuhrmann schlägt mit der Peitsche gegen die Tür und brüllt, daß es alle im Hause hören können:

»Noach! Noach! Wo bleibst du denn in drei Teufels Namen! Ich habe dir einen dicken Fisch an Land gezogen! ...«

Auf das Geschrei hin öffnet sich die Tür, und auf der Schwelle erscheint Noach, ein kleines Männlein, der Portier des Hotels. Er greift nach meinem Köfferchen und trägt es, ohne viel Worte zu verlieren, die Treppe hinauf – gleich hoch in den zweiten Stock. Dann fragt er mich:

»Was für ein Zimmer wollt Ihr haben? Mit Gesang oder ohne?«

181

»Was für ein Gesang?« frage ich verblüfft.

»Na, der von den Künstlern. Bei uns wohnen nämlich, müßt Ihr wissen, Schauspieler vom Jiddischen Theater. Und außerdem ist da noch ein Chasen aus Litauen mit zwölf Chorknaben. Er ist zum Schabbesgottesdienst hergekommen. Nach dem zu urteilen, was die Leute so reden, scheint er gar kein schlechter Chasen zu sein. Sogar ein Prachtstück von einem Chasen!«

»Mag sein«, sage ich, »daß er ein Prachtstück von einem Chasen ist, aber, seid so freundlich, gebt mir besser ein Zimmer ohne Gesang.«

»Wie Ihr wollt«, meint Noach der Portier zu mir. »Ich kann Euch auch ein anderes Zimmer anbieten, die Wahl liegt ganz bei Euch. Nur, wenn es Euch letztendlich nicht so zusagt, gebt bitte nicht mir die Schuld.«

»Was heißt das: nicht so zusagt?«

»Nun«, erwidert er, »man wird Euch zum Beispiel beißen.«

»Wer«, frage ich, »wird mich beißen?«

»Wer Euch beißen wird?« meint er. »Na, ich bestimmt nicht! Aber es finden sich gewiß welche, die Euch beißen werden. Man hat erst kürzlich, vor Pessach, dort saubergemacht. Aber da hilft nichts. Auch kein Kerosin …«

»Wenn es so ist«, sage ich, »dann schon lieber mit Gesang …« Und Noach der Portier führt mich in ein dunkles Zimmer, in dem es nach einer sonderbaren Mischung aus frisch gegerbtem Leder, faulen Gurken und Machorka riecht. Noch eh ich recht gewahr werde, wohin es mich da eigentlich verschlagen hat, fällt Noach über irgend etwas her und fängt an, darauf herumzuklopfen wie auf einem Federkissen. Und während er so schlägt, klopft und schüttelt, führt er Selbstgespräche und verflucht jemanden nach allen Regeln der Kunst:

»Du Holzklotz! Du Seekater! Du Hornochse! Ich verpaß dir eins auf deine Kuchenluke, daß dir alle Zähne ausfallen! Alle Welt kommt von der Bahn, und er legt sich mit den Stiefeln ins Bett, packt sich hin wie in des Vaters Weingarten und läßt den lieben Gott einen guten Mann sein! Ein schöner Diener ist das! Wohl noch keine Zeit gehabt, die Läden zu öffnen, den Samowar auf-zustellen, den Schauspielern die Stiefel zu putzen und beim Cha-sen und seinen Chorjungen sauberzumachen, wie? Los, beweg dich, Moische-Mordechai, beweg dich, du Faulpelz! Ach, begraben sollst du sein!«

Erst jetzt bemerke ich einen baumlangen Kerl mit großen, gutgewichsten Stiefeln und begreife auch, von wo der merkwürdige Geruch ausgeht ... Die Ohrfeigen des Portiers steckt er still und gelassen ein und wischt sich über die Lippen, als ob ihn das alles nichts anginge. Schließlich sperrt er die Fensterläden auf, starrt mich an und beginnt zu lachen.

»Seht ihn Euch nur an!« wendet sich der Portier an mich. »Könnt Ihr mir nicht erklären, was in ihm vorgeht? Man walkt ihn durch – und er? Als ob er einfach nicht genug kriegen könnte! Es scheint ihm sogar Spaß zu machen ... Los, Moische-Mordechai, du Faulpelz! Ach, verrecken sollst du! Du Schmutzfink! Du Kartoffelfresser! Du Nudelschlinger! Du Brezelmarder!«

Und Noach der Portier versetzt ihm noch einen ordentlichen Klaps in den Nacken und befördert ihn aus dem Zimmer.

»Ein ganz anständiger Bursche!« sagt er anschließend zu mir. »Nur ein wenig faul, er hat, wie man so sagt, einen gesunden Schlaf. Ohne Schläge kriegt man ihn nicht wach. Aber schuften kann er, nebbich, wie ein Esel! Was er verdient, liefert er bei seiner Schwester ab. Kaum hat man ihn dazu bringen können, daß er sich ein Paar Stiefel kauft ... Was möchtet Ihr übrigens zum Tee haben? Frisches Gebäck, Eierzopf, Mohnkringel oder einfache Kasrilewker Semmeln?«

Und ehe ich noch etwas erwidern kann, macht Noach der Portier auf dem Absatz kehrt und ist im nächsten Augenblick verschwunden.

»Gevatter! Habt Ihr schon gebetet?« fragt jemand und steckt seinen Kopf zur Tür herein.

»Was geht Euch das an?« gebe ich zurück.

»Ich habe nur eine Bitte an Euch«, sagt er.

»Wer seid Ihr eigentlich?« frage ich.

»Ein Jude«, entgegnet er mir, »ein Fremder, keiner von hier. Ich wollte Euch nur für eine Minute um Euren Gebetsmantel und die Riemen bitten, meine hat man mir gestern hier im Hotel gestohlen.«

Die Tür öffnet sich erneut, ein anderer barhäuptiger Kopf wird hereingesteckt und beginnt gleich in mehreren Sprachen auf

einmal zu reden: »Rasnich towarow, pani! Gute Socken! Renkowitschki simni, beste Ware und dabei spottbillig! Halb geschenkt, jak boga kochas! ... Kauft Socken! Wenigstens ein
halbes Dutzend! ... Dankeschön, Gott möge Euch gesund erhalten! ... Ich habe nicht gewußt, wer Ihr seid. Manchmal trifft
man halt auf einen vornehmen Gutsherren, und man redet ihn
fein und, wie es sich gehört, in unserer schönen jiddischen Sprache an, gleich gibt's eins auf die Mütze! Hab ich mir also gedacht,
ich werd es erst mal auf polnisch, auf russisch und auf deutsch
probieren, Gott sei Dank, beherrsche ich ein paar Sprachen ...
Wollt Ihr nicht ein Paar gute warme Handschuhe? Ich war,
wie Ihr mich hier seht, einmal ein bedeutender Kaufmann, bin zu
den größten Märkten gefahren: nach Jarmelnitza, nach Prosku-
row und Poltawa ... Mehr wollt Ihr also nicht? Ein Stückchen
Seife etwa? Einen schönen Kamm, Ihr werdet weit und breit keinen besseren finden. Nein? Dank Euch für das Geld. Meine Kinder werden sich freuen ... Vielleicht möchtet Ihr auch eine gute
Bürste kaufen? Oder einen eleganten Schlips? Oder noch ein
halbes Dutzend Socken? Ich würde sie Euch auch noch billiger
ablassen? Nein? Ihr wollt nicht? Nun, dann wünsch ich alles
Gute!« Der Mann greift zu seinem Hut und geht.

Gleich darauf tritt der nächste ein, diesmal gleich mit Hut.

»Kauft Socken, Gevatter! Sie sind gut und gar nicht teuer!«

»Ich brauche keine Socken«, sag ich, »vielen Dank auch.«

»Was heißt das«, erwidert er, »ich brauch keine Socken? Ihr
habt doch gerade erst ein halbes Dutzend bei meinem Vorgänger
gekauft! Ich bin auch ein armer Mann und habe einen Haufen
Kinder. Die beiden ältesten studieren schon, einer ist bei einem
Handwerker in der Lehre, und die kleinen gehen noch in den
Cheder ... Dank auch vielmals. Gesund sollt Ihr sein, Gott wird
Euch segnen!«

Kaum ist jener draußen, kommt ein hochgewachsener, dürrer
Mann mit einem ängstlichen Gesicht herein.

»Wenn Ihr ein gutes Werk tun wollt, damit Euch das Fasten am
Tischebow erspart bleibt, kauft mir einen Restposten zum selben
Preis ab. Die paar Dutzend Socken sind noch übrig.«

»Ich brauche keine Socken!« sage ich sehr bestimmt. »Ich habe
schon genug Socken!«

»Ich verkaufe sie Euch auch unter dem Handelspreis«, meint er. »Ich will ja gar nicht mit Euch feilschen ... Soviel, wie Ihr gebt, soviel Gesundheit und glückliche Jahre mag Euch Gott bescheren! ... Ich hab einen Sohn am Gymnasium, dieses Jahr wird er abschließen, will studieren, Doktor werden. ›Dann, Vater‹, sagt er zu mir, ›wirst du schon nicht mehr so zu schindern brauchen. Dann werde *ich* mich abplacken, und du wirst dir endlich‹, so sagt er, ›ein bißchen Ruhe gönnen dürfen‹ ... Genau das hat mein Sohn zu mir gesagt. Nur, bis dahin muß man ihn noch hier und da mit einem Dreier unterstützen, obwohl er ja selbst, kein böser Blick soll ihn treffen, schon ganze zehn Rubel im Monat verdient ... Bleibt gesund, und möge Euch viel Glück beschieden sein!«

Nach dem Mann kommt ein Weib mit einem türkischen Schal und redet mit singender Stimme auf mich ein: »Seid Ihr nicht dieser Gast aus Jehupez?«

»Ja, was gibt es denn?«

»Ich habe gehört, daß Ihr nach Kasrilewke gekommen seid, um Socken einzukaufen, und da habe ich Euch gleich ein paar Dutzend als Muster mitgebracht. Ich habe nämlich eine Sockenfabrik, müßt Ihr wissen, ich arbeite schon seit zehn Jahren in diesem Gewerbe«

»Wer hat Euch gesagt, daß ich Socken kaufe?« erwidere ich und werde langsam wütend. »Ich bin nicht wegen Socken hierhergekommen, ich brauche keine Socken!«

Doch die Frau läßt sich von meinen Worten überhaupt nicht beeindrucken. Sie fährt fort, und ihr Mundwerk geht so flink und emsig wie ein Mühlrad.

»Meine Socken sind berühmt in ganz Kasrilewke! Schaut Euch diesen Socken hier nur einmal richtig an! Na, was sagt Ihr dazu?«

»Aber um Gottes willen!« schreie ich. »Ich kaufe keine Socken! Ich brauche keine Socken!«

»Ja, und was liegt da bei Euch auf dem Tisch?« bohrt sie triumphierend. »Na, was wohl? Socken!!!«

»Diese Socken habe ich selbst mitgebracht, um sie hier zu verkaufen«, sage ich rasch, geleite die Frau hinaus und versperre die Tür – wer weiß, ob nicht am Ende noch jemand kommt, um mir Socken zu verkaufen? »Wer klopft da?«

»Ich!« antwortet man mir von draußen.

»Wer ist ›ich‹?« frage ich zurück und habe Angst, die Tür aufzumachen. Gewiß bringt man mir wieder Socken. »Also, wer klopft da?«

»David«, lautet die Antwort.

»Was für ein David?«

»David Flink.«

»Was für ein David Flink?«

»David Flink, der Kommissionshändler.«

»Was wollt Ihr?« frage ich ihn. »Bringt Ihr Socken?«

»Was?« sagt er erfreut. »Ihr braucht Socken? Ich laufe nur flink ins Geschäft hinunter und hol Euch welche!«

»Nein!« brülle ich. »Nein! Ich brauche keine Socken!« Ich öffne die Tür und laufe Noach, dem Portier, in die Arme. Er ist über und über beladen mit Eierzöpfen und Mohnhörnchen, Kuchen, Plätzchen, Brezeln und Brötchen.

»Wer um alles in der Welt soll denn das aufessen?« frage ich ihn.

»Macht Euch darum nur keine Sorgen«, meint Noach. »Den Hunden wird man es gewiß nicht vorwerfen. Es gibt schon, kein böser Blick soll sie treffen, genug Leute, die das aufessen werden. Ich habe schon allein sechs hungrige Mäuler zu stopfen und noch dazu, nebbich, zwei fremde Waisenkinder … Sagt mir lieber, was seid Ihr nur für ein merkwürdiger Mensch? Wenn Ihr Socken benötigt, konntet Ihr das nicht mir sagen? Mußtet Ihr Davidel Flink damit beauftragen?«

»Wer hat ihn beauftragt?«

»Ich weiß nicht, wer es war«, sagt Noach, »ich war es bestimmt nicht. Ihr werdet staunen, was Euch Davidel Langfinger für Socken bringen wird. Kasrilewker Socken!«

Bei diesen Worten geht die Tür auf und hereinkommt ein dickes, rotbäckiges Männchen mit verschwitztem Gesicht und einer Tabakspfeife zwischen den Zähnen. Ich lasse mich gar nicht erst auf lange Diskussionen ein, nehme es bei der Hand und weise ihm die Tür.

»Seid gesund und schert Euch mit Euren Socken dorthin, wo der Pfeffer wächst!«

»Möge Gott Euch beistehen!« ruft Noach, der Portier, aus.

»Was tut Ihr da? Das ist doch unser Brotherr, der Besitzer des Hotels! ...«

»Ach so? Nehmt es mir nicht übel«, sag ich, reiche ihm die Hand und biete ihm einen Stuhl an. »Ich habe geglaubt, daß Ihr jener Mann seid, der fortgerannt ist, um mir Socken zu bringen! Was für ein Unglück! Man hat mich mit Socken überschüttet! Mit einer wahren Sintflut von Socken! Nehmt doch Platz, ich bitt Euch.«

»Danke. Ich kann stehen«, sagt der Hotelwirt zu mir, setzt sich und schmaucht an seiner Pfeife.

»Von wo kommt Ihr? Aus Jehupez? Ich habe dort in Jehupez einen Bekannten. Das heißt, er wohnt nicht mehr in Jehupez, er ist schon lange von dort weggezogen. So an die achtzehn Jahre werden es her sein, wenn nicht gar neunzehn ... Nach Odessa ist er gegangen, sagt man. Er hat Verwandte dort – sie führen ein Weizengeschäft. Im Grunde zwei, eines in Odessa und das andere in Nikolajew. Das Odessaer Geschäft floriert ja so einigermaßen, das in Nikolajew macht sich da nicht so gut. Weil Nikolajew jetzt etwas heruntergekommen ist, ganz schön heruntergekommen sogar. Daran ist Feodossja schuld, so sagt man, genauer gesagt, der Hafen, den sie dort gebaut haben. Ja, Feodossja ist eine richtige Stadt geworden. Ich habe dort auch Bekannte, in Feodossja, mein ich. Wirklich, eine feine Stadt dieses Feodossja!«

Ich merke, daß das noch endlos so weitergehen kann, falle ihm also ins Wort und stelle ihm aufs Geratewohl eine Frage: »Was wollte ich Euch doch gleich fragen? Ach ja, richtig. Warum habt Ihr Eure Herberge eigentlich ›Hotel Türkalia‹ genannt?«

»Ich kannte Feodossja noch«, antwortet er mir, »als es ein ganz kleines Städtchen war, ich stamme, versteht Ihr, selbst aus dieser Gegend. Ein Bessarabier bin ich, aus Bessarabien, aus einem kleinen Städtchen – Dubossare. Das heißt, geboren bin ich in Belz. Seid Ihr schon einmal in Belz gewesen? Eine feine Stadt, dieses Belz. Aber läßt es sich mit Kischinjow vergleichen?«

»Verzeiht, Gevatter – er hat Knoten im Gehör!« mischt sich Noach, der Portier, der alles aufmerksam verfolgt hat, von der Tür her in unser seltsames Gespräch. »Ihr müßt mit dem Wirt ein wenig lauter reden, seine Ohren sind schon etwas schlecht, er hört nicht mehr viel.«

Ich trete also dicht an den Hotelbesitzer heran und brülle ihm, so laut ich kann, ins Ohr:

»Ich habe Euch gefragt, warum Euer Hotel einen so seltsamen Namen trägt!«

»Weshalb schreit Ihr so?« lautet die Antwort, »Ich bin doch nicht taub! Ein seltsamer Name meint Ihr? Findet Ihr ›Italia‹ gut? Oder ›Portugalia‹? Ist ›Türkalia‹ etwa schlechter? Alle anderen Namen hatte man mir vorher schon weggeschnappt, habe ich mein Hotel eben nach den Türken genannt ... Ja, wo war ich stehengeblieben? Kischinjow! Und die Menschen? Bei uns in Bessarabien, hört Ihr, sind die Menschen ganz anders! Bei uns in Bessarabien ißt man auch ganz anders ... Bei uns in Bessarabien trägt man, wenn man sich zu Tisch setzt, zuallererst die schönen Fische, hört Ihr, aus dem schönen Fluß auf. Danach gibt es Kade, ja, ein gutes fettes Stück Kade. Anschließend serviert man auf einem großen Teller den schönen, leckeren Maiskuchen, den man mit einem Faden der Länge nach durchschneidet. Dann folgen frische, heiße Pampuschki, und dazu trinkt man puren, echten bessarabischen Wein ... und ißt richtige Nahut ... so eine Art Erbsen ...«

Und während mir der Hotelwirt dies alles erzählt, sich die Lippen leckt und auch mir das Wasser im Munde zusammenläuft, kurzum, während er mir alle Gaumenfreuden der bessarabischen Küche aufzählt, vernimmt man plötzlich von der Seite her den Gesang eines litauischen Chasen, der vor sich hin meckert, schreit und sonderbare Jaultöne von sich gibt:

»Freuen mögen sich Deines
Reiches diejenigen, die den
Sabbat heiligen und ihn
Eine Lust nennen.«

Der Chor teilt sich in zwei Gruppen, die eine Hälfte singt:

»Turaril! Turaril!
Turaril! Turaril!«

Und die andere Hälfte des Chores fällt ein:

»Pim – pom!
Pim – pom!
Pim – pom!«

Von der gegenüberliegenden Seite hört man die Schauspieler singen:

»Fü-ße-lein!
Fü-ße-lein!
Und noch flinker!
Fü-ße-lein!
Daß ich das erlebe!«

Und der Diener, der draußen vor der Tür die Stiefel putzt, spuckt eifrig auf seine Bürste und trällert gleichfalls ein Liedchen:

»Hab ich eine Schwiegermutter,
Hat sie einen Schwie-Schwie-Schwiegersohn!
Schlag ich ihre Tochter, komm ich
Nicht mit heiler Hau-Hau-Haut davon!«

Und noch ein Gesang läßt sich vernehmen – die Stimme einer Frau, die ihren Mann ausschilt. Da sucht die Hotelwirtin den Hotelwirt, läuft durch alle Zimmer und schimpft und zetert. Und sonderbarerweise flucht auch sie meistenteils in Reimen:

»Ein Schlag! Eine Plage! Das End meiner Tage!
Die Pest soll dich holen! Ach bleib mir gestohlen!
Ein Feuer! Ein Brand! Nicht Sinn noch Verstand!«

»Wollt Ihr zusammen mit den Wirtsleuten essen?« fragt mich Noach, der Portier, an der Tür. »Oder wollt Ihr in ein Restaurant gehen?«

»In ein Restaurant!« sage ich rasch. »In ein Restaurant!«

3. Kasrilewker Restaurants

»Koschere Küche! Hier ißt man gut und billig! Sarah Indik.« Kaum hatte ich diese Aufschrift gelesen, erklomm ich auch schon die glitschige Stiege, die zum zweiten Stock des solcherart bezeichneten roten Backsteingebäudes führte, obwohl die Gerüche, die mir bereits auf der Treppe in die Nase drangen, keineswegs angenehm zu nennen waren. Aber ein hungriger Magen fragt bekanntlich nicht danach.

»Wo ist hier Sarah Indik?« wende ich mich an einen alten Mann mit gelbem Gesicht, der auf dem Boden hockt und eine alte Matratze ausbessert.

»Weit!« erwidert der Alte und schlägt auf die Matratze. Ein grünliches Wölkchen steigt auf.

»Ist sie weggefahren?« frag ich ihn.

»Weggefahren!« gibt er zurück und nickt mit dem Kopf, »weggefahren für immer!«

»Gestorben also? Friede ihrer Seele!« sage ich und will mich wieder zurückziehen.

»Ja«, meint der Alte, »gestorben. Pessach vor sechs Jahren war es, daß sie gestorben ist, und glaubt mir, seitdem ist keine Minute vergangen, in der ich nicht an sie gedacht habe! Wie könnte man so etwas auch vergessen? Wie sie kochte, wie sie buk, wie sie sich mit den Leuten verstand, wie sie mit einem sprach, wie sie meine Launen erriet. Nur, ich versteh nicht, wozu ich Euch das erzähle? Ihr habt sie doch gewiß selber gekannt?«

»Woher sollte ich sie wohl kennen? Ich bin zum erstenmal in meinem Leben in Kasrilewke.«

»Sieh mal einer an«, erwidert er. »Aber wieso fragt Ihr dann nach Sarah?«

»Ich frage ja gar nicht nach Sarah«, gebe ich zurück, »ich frage bloß, ob es hier zum Restaurant ›Sarah Indik‹ geht, wie es dort auf der Wand angeschrieben steht. Ich will etwas essen.«

»Etwas essen?« meint er verwundert. »Ja, warum sagt Ihr das nicht gleich? Rachel! Rachel!«

Und es erscheint ein dunkelhäutiges, anmutiges Mädchen mit schwarzen, lachenden Äuglein. Sie hat die Ärmel hochgekrempelt und ist an Händen, Schürze und Gesicht mit Mehl bestäubt.

»Was ist denn nun schon wieder?« ruft sie aus und wischt sich die Nase mit dem Ärmel ab.

»Man kommt einfach nicht dazu, das Mehl zu sieben! Immerfort heißt es: Rachel! Rachel!«

»Hier will jemand etwas essen«, sagt der Alte zu ihr und schlägt wieder und wieder auf die Matratze.

»Etwas essen?« ruft das Mädchen in seltsamem Singsang aus, gleichsam als würde sie den wöchentlichen Thora-Abschnitt vortragen, klopft sich die Schürze ab und stäubt mir dabei Mehl in die Augen. »Was soll es denn sein?«

»Was habt Ihr denn da?« gebe ich ebenso melodisch zurück.

»Was wollt Ihr denn essen?« fragt sie noch einmal mit ihrem eigenen Singsang.

»Was ich essen will? Hmm … Habt Ihr gefüllte Fische da?«

»Nach dem Markt Fisch?« sagt sie. »Ihr macht mir vielleicht Späße!«

»Nun«, meine ich, »wenn kein Fisch da ist, dann halt Borschtsch.«

»Wo habt Ihr jemals gesehen«, sagt sie, »daß man am hellichten Tage Borschtsch serviert? Ein richtiger Borschtsch muß kochen. Das wißt Ihr doch, oder nicht?«

»Alles muß kochen.«

»Gut«, sagt sie. »Schön, daß Ihr es wißt.«

»Nun«, ich versuche es noch einmal, »habt Ihr dann vielleicht ein Stück Braten da?«

»Woher um alles in der Welt soll ich Braten nehmen? Wenn irgendwo noch ein Restchen übrig war, so ist es längst aufgegessen.«

»Dann eben eine Brühe.«

»Was soll es denn für eine Brühe sein?« fragt sie. »Mit Mannegraupen, Mazzebällchen oder Mondeln?« (Anstelle des »a« spricht sie ein »o«.)

»Mag sie sein, woraus Ihr wollt, Hauptsache, es ist eine Brühe!«

»Bis wann«, sagt sie, »wollt Ihr die Brühe haben?«

»Was heißt hier: bis wann?« frage ich. »Ich will sie gleich!«

»Was heißt hier: gleich?« entgegnet sie mir. »Ihr wollt doch gewiß eine kräftige Brühe, eine Hühnerbrühe. Sagt selbst, was ist das schon für eine Brühe – ohne Huhn? Und ein Huhn muß man zunächst einmal einfangen, zum Schächter bringen, rupfen, zurechtmachen, einsalzen, würzen, ins Wasser tun und auf den Herd stellen. Das kann, so Gott will, bis in die Nacht hinein dauern.«

»Dann gebt mir irgend etwas, was Ihr gerade da habt; ein Stück Fleisch, ein bißchen Suppe, eine große Portion Rührei oder etwas Gesalzenes. Das habt Ihr doch sicherlich?«

»Fürwahr, ein seltsamer Mensch!« ruft sie, an den Alten gewandt, aus. »Will gleich alles auf einmal … Wenn Ihr wollt, kann ich Euch einen Hering machen.«

»Von mir aus auch einen Hering!« sage ich. »Wenn es nur schnell geht!«

»Wie wollt Ihr ihn angerichtet haben?« sagt sie. »Mit Zwiebel?«

»Mit Zwiebel.«

»Und mit Essig auch?« fragt sie und hebt die Stimme.

»Mit Essig auch.«

»Und Öl?«

»Und Öl.«

Sie klopft sich nochmals die Schürze ab, krempelt die Ärmel herunter und geht fort, um den Hering zu holen. Kurz darauf ist sie wieder zurück.

»Was für einen Hering hättet Ihr denn gern? Mit Milch oder mit Rogen?«

»Mag er sein, wie er will – wenn er nur schon da wäre!«

»Eßt Ihr auch geräucherten Fisch?«

»Warum nicht«, sage ich.

»Auch Meeräschen aus Odessa?«

»Mit Vergnügen!« gebe ich zur Antwort.

»Ich weiß aber nicht«, sagt sie, »ob schon welche angekommen sind. Ich glaube nicht … Allerdings wäre es durchaus möglich … Nein, es ist noch zu früh! Na, ich werde nachschauen gehn, am Ende sind doch schon welche da.«

Rachel schickt sich an fortzugehn und kehrt auf halbem Wege wieder um.

»Auf jüdische Wurst habt Ihr wohl keinen Appetit?«

»Ach! Im Gegenteil« sage ich. »Kauft nur, kauft Wurst, ich liebe Wurst!«

»Ihr meint doch gewiß Warschauer Würste?«

»Nun ja«, sage ich, »gewöhnliche Warschauer!«

»Ja, wenn es so ist«, erwidert sie, »dann werdet Ihr Euch schon nach Warschau bemühen müssen. Dort könnt Ihr auch Warschauer Wurst essen. Bei uns verkauft man nur Kasrilewker Würste. Aus unserer eigenen Kasrilewker Fabrik. Man braucht Zähne aus Eisen, um sie zu zerkauen. Sie mit einem Messer zu schneiden ist schier unmöglich, man muß sie mit einem Beil zerhacken – weiß der Teufel, was sie hineinstopfen, daß sie so hart sind. Erst kürzlich hat man eine Wurst zerhackt und einen Hufnagel darin gefunden. Offenbar packen sie jetzt schon Nägel in die Würste, damit sie schwerer werden …«

»Hast du nicht langsam genug geredet?« mischt sich der Alte ein. »Geh, schaff etwas herbei, und die ganze Sache hat ein Ende!«

»Das sagt sich so einfach: Geh, und schaff etwas herbei! Man muß schließlich wissen, was man herbeischaffen soll! Jeder hat doch seinen eigenen Geschmack! Du, zum Beispiel, magst geschmorte Fische, andere mögen sie nicht geschmort, sondern nur gebacken … Da gibt es Gäste, die verlangen gekochtes Kalbshirn und essen es kleingehackt mit einer Zwiebel und Schmalz …, andere wiederum würden einem für gefüllte Därme und Suppenflecken glatt ihre Seele verschreiben …, und dann gibt es Schlemmer, die man mit Gold überschütten muß, bevor sie ein Stück Essigfleisch in den Mund nehmen!«

»Ich bitt Euch!« sage ich. »Bringt mir, was Ihr wollt. Ich sterbe vor Hunger.«

Rachel geht fort, und der Alte nickt mir zu:

»Das, was sie zusammenredet, reicht für zehn!«

»Eure Tochter?« frage ich.

»Was heißt hier Tochter?« entgegnet er. »Sie ist mein Weib, genauer gesagt, mein zweites Weib, ach ja! Natürlich ist sie nicht so wie die erste … Jene, sie ruhe in Frieden, war eine Frau, wie Ihr sie kein zweites Mal findet … Das heißt, gegen diese habe ich im Grunde auch nichts. Sie plackt sich redlich ab, hat's weiß Gott nicht leicht … Dies Stück Matratze, das Ihr hier seht, ist unser einziges Lager … Und dazu bin ich selbst auch noch krank und launisch! Um es mit mir auf Dauer auszuhalten, muß man schon aus Eisen sein! Das heißt, im allgemeinen bin ich ein verträglicher Mensch, nur wenn man mich reizt, wenn ich wütend werde, dann ist man sich seines Lebens nicht mehr sicher. Was mir gerade unter die Finger kommt, werfe ich dem anderen an den Kopf! … So jähzornig bin ich! … Ihr meint vielleicht, ich hätte ihr vor unserer Hochzeit nichts davon erzählt? Ich habe ihr schon gesagt, daß es bei mir kein Honigschlecken sein wird, daß sie zufrieden sein kann, wenn wir ein Stückchen Brot im Hause haben. Von Fleisch und Milch gar nicht erst zu reden. Und schuften, auch das habe ich ihr vorher gesagt, schuften muß sie für drei!«

»Weshalb hat sie Euch eigentlich genommen?« frage ich ihn.

»Was heißt: weshalb?« gibt er verwundert zurück. »Und die Stube? Meint Ihr denn, das wäre gar nichts?«

»Was für eine Stube?« sage ich. »Heißt das, dieses Haus hier gehört Euch?«

»Aber nicht doch!« erwidert er lachend. »Ich meine die

Gaststube, das Restaurant. Ich führe das Geschäft jetzt schon seit etlichen Jahren. Und wenn es auch kein Auskommen mehr abwirft, deshalb bleibt es doch trotzdem ein Geschäft! Schaut nur mein Rachele an, wenn sie sich herausgeputzt hat und spazierengeht, Ihr würdet meinen, da geht eine Gräfin! Sie ist, kein böser Blick soll sie treffen, eine richtige Schönheit! Jetzt wirkt sie vielleicht schon ein wenig verbraucht, Ihr hättet sie mal vor ein paar Jahren erleben sollen!«

»Wie viele Kinder habt Ihr?« frage ich.

»Tja-tja-tja!« seufzt er. »Das ist ja gerade mein ganzes Unglück, daß ich keine Kinder habe! ... Wollt Ihr nicht ein bißchen Branntwein trinken? Ich könnte Euch ein Schlückchen Selbstgebrannten geben.«

»Ach ja«, sage ich, »mit Vergnügen!«

»Es wird wohl besser sein, wenn ich es hier im Halbdunkel tue ...«, meint der Alte zu mir, holt ein Fläschchen und ein kleines glasiertes Täßchen aus der Seitentasche und gießt mir ein wenig Selbstgebrannten ein. Von dem Schlückchen Schnaps wird mein Hunger nur noch größer, und ich fühle, wie es langsam mit mir zu Ende geht. Da taucht Rachel mit dem Hering auf und schlägt sich mit der Hand aufs Kleid: »Oj, weh ist mir! Ich hatte ganz vergessen, daß wir ja keinen Bissen Brot mehr im Hause haben. Was ist Euch lieber: jüdischer Eierzopf, Semmeln oder Roggenbrot?«

»Kauft das, was Euch als erstes unterkommt!« entgegne ich. »Ich bitt Euch, fragt mich nicht mehr, was ich lieber mag. Ich mag alles!!!«

»Ein anstrengender Gast!« sagt Rachel. »Noch launischer als mein Mann! ... Mein Mann würde am liebsten jeden Tag frisches Brot essen. Altbackenes nimmt er nicht in den Mund ... Wo gibt's denn so was, alle Tage frisches Backwerk? Das kann sich höchstens Kobilianski leisten ...«

»Nun geh schon, geh!« sagt der Alte zu ihr. »Du siehst doch, daß er vor Hunger gleich umfällt!«

Rachel geht fort, um Brot zu holen. Dafür kommt eine große einäugige Frau herein, eine Hand hält sie vor die Brust, mit der anderen kratzt sie sich am Ohr.

»Was soll ich nur tun, Reb Moische-Jenkel? Könnt Ihr mir

nicht einen Rat geben?« wendet sich die Frau an den Alten. »Bei meinem Schmelke ist schon wieder das Ohr vereitert ...«

Rachel kommt mit dem Brot zurück, macht mir den Hering zurecht, und die große Frau schildert ohne Unterlaß und in den glühendsten Farben, wie es aus dem Öhrchen von ihrem Schmelke rinnt und läuft ... Sie fürchtet, daß sie wieder zum Arzt gehen muß – sie weiß nur nicht, zu welchem sie gehen soll. Ganz gleich, an wen sie sich auch wenden würde, es wäre, das wisse sie jetzt schon, herausgeworfenes Geld, denn die Kasrilewker Ärzte, der Teufel soll sie holen, seien allesamt Blutsauger!

»Wenn Ihr einem Kasrilewker Doktor, Gott bewahre, weniger als einen Zehner gebt, wirft er Euch das Geld glattweg ins Gesicht! Zu wenig für den Herrn Professor!«

»Gebt einem Kranken eine milde Gabe!« läßt sich ein Mann mit blau angelaufenem Gesicht vernehmen und streckt seine kleine ausgemergelte Hand aus, die für das Betteln von Almosen wie geschaffen zu sein scheint.

»Eine milde Gabe für einen unglücklichen Krüppel!« ruft ein anderer, der sich auf den Händen vorwärts zieht; beide Beine sind verwachsen und werden untergeschlagen mitgeschleift.

»Eine milde Gabe für einen Fallsüchtigen!«

Ich lasse den schon halb verzehrten Hering Hering sein, zahle für das Essen und fliehe aus dem Restaurant – so weit mich meine Beine tragen!

4. Kasrilewker Wein und Kasrilewker Betrunkene

Nach solch einem Mittagessen wäre ein Gläschen Wein nicht übel, so denke ich bei mir und bemerke ein Ladenschild: »Hier schenkt man Wein, Bier und Met aus! Niedrige Preise!«

Ich steige in ein finsteres Kellerloch hinab, finde mich plötzlich inmitten von Fässern und Fäßchen, Kübeln und Flaschen wieder und sehe an einer Wand einen hübschen jungen Burschen sitzen. Er trägt einen Verband um sein geschwollenes Gesicht, hat neben sich eine Teigmulde liegen und hackt Rosinen.

»Wo ist der Gastwirt?« frage ich ihn.

»Der Gastwirt?« fragt der Bursche zurück, steckt sich eine

Handvoll Rosinen in den Mund, wischt sich über die Lippen und knirscht genießerisch mit den Zähnen. »Der Gastwirt ist in die Kammer gegangen, er bereitet Wimorosig.«

»Was heißt das«, sage ich, »er bereitet Wimorosig?«

»Ihr wollt wissen«, gibt mir der Bursche zur Antwort, »wie man bei uns in Kasrilewke Wimorosig macht? Man nimmt Rosinen und hackt sie und hackt und hackt und schüttet sie schließlich in ein großes Faß, füllt es mit Wasser aus der Fauliatke auf, mischt noch Hopfen darunter und läßt das Ganze gären. Und wenn es so richtig gärt, verbreitet sich ein Gestank, daß es einem glatt den Atem verschlägt. Dann gießt man noch ein paar Eimer Sprit hinzu, in die man vorher so ein Pülverchen – zu fünfzehn Kopeken das Pud – gerührt hat. Schließlich seiht man den fertigen Wein durch ein Bauernhemd und schreibt mit Kreide auf das Faß: ›Wimorosig Ackermann‹. Und wenn Ihr den Wein rot kriegen wollt, nehmt Ihr denselben Wimorosig, versetzt ihn mit Färbertinte und schreibt mit Kreide auf das Faß: ›Feodossjaer Romanze‹ oder ›Ungarischer Malaga‹ … Und die Kasrilewker Weinkenner schütten dieses Gebräu nur so in sich hinein und lecken sich noch alle Finger. Psst, da kommt der Wirt, daß ihn der Schlag treffe!«

Kaum hatte er den Gastwirt bemerkt, begann er wieder, aus Leibeskräften Rosinen zu hacken.

»Was wollt Ihr?« fragt mich der Gastwirt, ein kleiner, rothaariger Mann mit heiserer Stimme, und kneift dabei ein Auge zu. Das andere blickt mich dafür an, als ob er es selbst beim Schlafen offenhalten würde.

»Ein Gläschen Wein«, gebe ich zur Antwort.

»Ein einziges Gläschen Wein?« fragt er ungläubig, stochert in seinem Ohr herum und schaut bedeutungsvoll an die Decke.

»Ein einziges Gläschen Wein«, bestätige ich.

»Aber wieso seid Ihr dann in den Keller hinuntergestiegen? Warum seid Ihr nicht nach oben gegangen? Geht bitte wieder hoch, seid so gut, und wendet Euch nach rechts.«

Ich steige also wieder hinauf, halte mich rechts und gelange in einen dunklen, rauchgeschwängerten Raum, der vor Schmutz starrt. Auf mehreren kippelnden Stühlen, die durchweg aussehen, als müßten sie jeden Augenblick zusammenbrechen, sitzen Männer, rauchen Papirossy und trinken Wimorosig. Sie singen nicht, schreien nicht, schlagen nicht mit der Faust auf den Tisch und zeigen keine Taschenspielertricks. Was also tun sie? Sie sitzen da, saufen ein Glas Wimorosig nach dem anderen, rauchen ihre Papirossy, seufzen, ächzen und unterhalten sich leise. Dort sitzen zwei Männer an einem Tischchen, beiden ist das Kinn auf die Brust gesackt. Man sieht deutlich, daß ihnen schon die Worte ausgegangen sind. Schließlich rafft sich einer von ihnen auf:

»Na, Schimen-David, was sagst du zu diesem Wimorosig?«

»Was soll ich zu dem Wimorosig groß sagen?« lallt der andere, wie aus dem Schlaf geschreckt. »Er ist einfach … göttlich! Ein Wimorosig, wie er im Buche steht!«

»Man sollte den Wirt fragen, ob er, mit Gottes Hilfe, noch etwas davon zu Pessach dahaben wird.«

»Du sorgst dich schon um Pessach? Scheinst ja rundum bestens versorgt zu sein. Wimorosig zu Pessach, pah, wenn das das einzige ist, was dir fehlt!«

»Was soll das, ich bitte dich? Ach und weh ist mir!«

»Ach und weh ist dir? Freilich, wenn du dich den ganzen Tag hier herumdrücken mußt, damit dein Weib dich nicht nach dem Geld für Schabbes fragen kann.«

»Ach, erinnere mich bloß nicht an mein Weib – stoß mir lieber ein Messer ins Herz! Was kann ich ihr schon bieten? Nichts als Kummer und Sorgen … Ach und weh ist mir!«

»Meinst du vielleicht, mir geht es besser? Ach und weh ist mir auch!«

»Ich weiß, daß du auch nicht besser dran bist. Ach und weh ist uns beiden! Prost! Auf unser Wohl …«

An einem anderen Tisch sitzen zwei weitere Männer; der Mantel des einen ist ganz, der des anderen zerrissen. Der mit dem heilen Mantel redet in einem fort, der mit dem zerrissenen Mantel hört ihm aufmerksam zu und nickt von Zeit zu Zeit mit dem Kopf.

»Verstehst du jetzt, wie Lewi-Jitzchak so etwas dreht? Lewi-Jitzchak macht sich daran, solch eine Sache zu drehen, und dreht und dreht, bis sowohl er als auch der andere ganz verdreht sind – und schließlich: Punkt! Schluß! Ausgedreht! Deshalb prüfe ich, bevor ich mich auf so ein Geschäft einlasse, erst einmal, wie es riecht – schön bedächtig, in aller Ruhe, keinesfalls überstürzt … Und wenn ich genug geschnuppert habe und es mir zusagt, schaue ich mir die ganze Sache noch einmal richtig aus der Nähe an, ob so oder so, irgend etwas wird schon den Ausschlag geben ... Ja, vielleicht kann mir jener nicht in die Augen sehen, und ich merke, daß er Sorgen hat oder ein schlechtes Gewissen. Dann nehme ich sofort Abstand, trete zurück und – aus! Soll er sein Geschäft machen, mit wem er will, aber ohne mich! ... Wenn es wirklich vorherbestimmt sein sollte, entgeht es mir auch nicht, und wenn man noch ein paar Erkundigungen einholen muß, nun, dann tut man es eben ... Es gibt ja schließlich noch ein Petersburg! Ja, unsereiner weiß schon, wo man eine offene Tür findet, wir verstehen uns darauf ... Wir kennen die Leute, die man kennen muß ... Und wenn es nötig ist, irgendwohin zu schreiben, dann findet sich auch jemand, der schreibt. Das allerwichtigste jedoch ist Verschwiegenheit – Psst!« (Er beißt sich auf die Faust und verstummt.)

Etliche Männer mit bunt zusammengewürfelten Mänteln und Kopfbedeckungen sitzen an einem Tisch und reden, alle zugleich, so daß ihre Worte zu einem einzigen großen Palaver verschmelzen. Heraus kommt ein Mischmasch von Geschäften, Politik und Wimorosig, von verflossenen Jahren und heutigen Kindern, von Doktoren, Trambahnen, Gemeindesteuern und den Vornehmen-Leuten-in-Kasrilewke-verflucht-solln-sie-sein! Es fiele wahrlich schwer, all das zu Papier zu bringen, worüber da gesprochen wird. Und dicht dabei stehen wildfremde Leute, die keinen Wimorosig trinken. Sie sind einfach nur vorbeigekommen, um zu hören, was man so redet, und um sich ein wenig aufzuwärmen.

Und noch eine Schar Männer sitzt um einen Tisch herum. Sie trinken Wimorosig und singen ein Liedchen, noch dazu halb auf russisch, aber hübsch gesittet, ohne großen Lärm zu machen. Sie singen mit klagender, tränenerstickter Stimme, so wie man Psalmen oder Bußgebete vorträgt:

>»Abraham, ach Abraham!
> Unser Vater du, warum
> Bittest du den Herrgott nicht,
> Uns zu erlösen,
> Uns heimzuführen,
> Nach unserem Lande,
> Nach unserem Land?!«

Dabei betonen sie das »erlösen«; sie singen es mit Inbrunst, mit Trotz und Festigkeit, wenn sie jedoch zum »heimführen« kommen, werden ihre Stimmen mit einem Male weich, sie senken die Köpfe und heben beschwörend die Hände, so wie es, streng unterschieden soll es sein, ein frommer Chasen tut, wenn er zu den Hohen Feiertagen auf dem Podest der Synagoge steht. Und bei »nach unserem Lande, nach unserem Land?!« steigen ihnen Tränen in die Augen, und sie weinen wie die kleinen Kinder ...

»Aj-aj-aj!« läßt sich einer aus der Schar vernehmen, dem die Mütze schon über die Ohren gerutscht ist, dem die Augen zuzufallen drohen und die Zunge schwer an die Zähne stößt: »Was wäre zum Beispiel, nur einmal angenommen, man überließe es uns wirklich – Israel meine ich? Na, Jankel, was denkst du? Du bist doch ein heller Kopf!«

»Israel?« sagt Jankel, macht einen langen Hals und kratzt sich hinten am Kragen. »Israel? Tja! Das wäre schon mal gar nicht so übel ... Na ja, ein wenig tun sie ja schon dafür, die, wie heißen sie doch gleich, die ... die ... die ...«

»Die Zionisten?« hilft ihm ein anderer aus. »Unsinn, bei denen kommt doch auch nichts heraus!«

»Wieso? Wie kommst du darauf?«

»Ich weiß, was ich sage. Ich rede nicht einfach so daher. Du weißt doch, wenn ich sage, so ist es, dann ist es auch so!«

»Ihr seid Rindviecher, alle miteinander!« ruft ein kleiner Mann mit krebsrotem Gesicht und seidig glänzendem Kaftan aus, der so langsam redet, als würde er seine Worte beim Sprechen mitzählen. Er legt den Zeigefinger an die Nase, zieht den Mund schief, lächelt wissend in sich hinein, und seine Bäckchen glühen dabei wie Feuer. »Ihr seid Pferde! So wahr ich ein Jude bin, jawohl, Pferde seid ihr! Ich sitze hier schon geraume Zeit, halte den Mund und höre mir an, was ihr so redet: Zionisten, Schmionisten – Quark mit Soße! Man merkt, daß ihr keinen blassen Dunst davon habt! Wenn ihr wollt, werde ich euch sagen, wie es wirklich aussieht! Die ganze Sache ist nämlich folgende ... Nur, ihr müßt auch richtig zuhören, mit Verstand!«

Er steckt den Zipfel seines Bartes in den Mund, schließt die

Augen, sinnt lange, lange nach, fährt aus dem Schlaf, winkt dem
Wirt zu, schnippt mit den Fingern und sagt:

»He, Ihr da! Seid so gut und laßt noch ein Fläschchen Wimorosig bringen!«

5. Kasrilewker Theater

Wie ich den Weinkeller wieder verlasse, wird mein Blick von
einem Plakat gefesselt, auf dem in jiddisch und mit großen Lettern folgende Worte stehen:

>»Das erstemal in Kasrilewke!
Das Jiddische Theater!
Der einzigartige Adler aus Amerika!
Der größte Komiker der Welt!
Ihr werdet platzen vor Lachen!
So eine Babe Jachne hat man noch nicht gesehen,
seit die Welt steht!
So einen Hozmach wie bei uns hat es noch nie zuvor gegeben!
Heute mit der brandneuen Oper:
!KOLDUNJA!
Leute! Versetzt alles, was Ihr habt!
Leute! Geht ins Theater!
Leute! Ihr werdet Euch köstlich amüsieren!
Leute! Lauft!
Leute! Kauft!
Eilt geschwind!
Wie der Wind!«

Darunter prangen die Unterschriften von Regisseur, Dirigent
und Bühnenunternehmer – letzterer ist Adler höchstselbst, jener
einzigartige Adler aus Amerika, »der größte Komiker der Welt«.

»Wißt Ihr nicht, wo hier das Jiddische Theater spielt?« wende
ich mich an einen Einheimischen, der gerade mit einem Waren-
bündel unter dem Arm an mir vorbeigehen will.

»Das jiddische was?« gibt der Mann mit dem Bündel zurück,
bleibt stehen und mustert mich von oben bis unten.

»Das Jiddische Theater«, sage ich.

»Was für ein Theater?« sagt er.

»Das Theater, das hier spielt.«

»Wer spielt hier?« fragt er mich.

»Adler«, sage ich, »spielt hier.«

»Was für ein Adler?« meint er verwundert.

»Der einzigartige Adler«, antworte ich.

»Wo kommt er denn her?«

»Aus Amerika«, sage ich. »Aus Amerika.«

»Aus Amerika?!« ruft er aus. »Was tut er dann hier?«

»Er spielt hier«, erkläre ich ihm. »Im Jiddischen Theater.«

»Was spielt er denn?« erkundigt sich mein Gesprächspartner weiter.

»Er spielt«, sage ich geduldig, » ›Koldunja‹.«

»Was heißt das: ›Goldunja‹?« fragt er.

Ich will weitergehen, aber er läßt mich nicht; er will, daß ich noch erzähle, was das ist, so ein »Trejater«, was das heißt, »Goldunja«, und wer denn dieser Adler wäre, der da aus Amerika gekommen sei. Ich erzähle es und mache ihm soweit wie möglich klar, was es mit solch einem Theater auf sich hat, was »Koldunja« und wer Adler ist. Mein Gegenüber hört sich alles aufmerksam an, wendet sich dann zur Seite, spuckt aus und geht fort, ohne mir Lebewohl zu sagen.

»Chane-Baile! Wohin rennst du nur so?« schreit eine Frau durch die ganze Straße einer anderen nach und keucht ihr hinterher. Kaum, daß sie noch einen Schnaufer herausbringen kann.

»Hin zum Theotech!« antwortet ihr die andere, spricht dabei ein »o« anstelle des »a« und keucht ebenfalls. »Na und du? Willst du nicht mitkommen ins Theotech?«

»Ach, meine Gnädige, der Schlag soll sie treffen!« schimpft das erste Weib. »Was sagst du bloß zu so einer Kasrilewker Neureichen? Ausgerechnet heute verlangt sie von mir, daß ich ihr die Gänse brate, in der Hölle soll sie schmoren! Und Schmalz darf ich auslassen, soll man sie doch selbst auskochen, Herr im Himmel! Alle Welt geht ins Theotech, und ich bin an die Küche gefesselt; Hände und Füße müßte man ihr binden, daß sie merkt, wie so etwas ist, gütiger Gott!«

»Warum hörst du auch auf sie?« meint die zweite. »Für dein eigenes Geld kannst du schließlich gehen, wohin du willst!«

»Ich höre auf sie nicht mehr als auf eine Hamanrassel ...«, entgegnet die erste. »Ich laufe jetzt nach Hause, zieh mich rasch um und geh ins Theotech – und wenn sie vor Wut platzt!«

Die beiden Frauen trennen sich, und ich habe jemanden gefunden, an den ich mich halten kann. Die Frau, die ins Theater will, guckt sich alle paar Schritte um, sieht, daß ich ihr nachlaufe, bleibt ein Weilchen stehn und geht nach rechts – ich gehe gleichfalls nach rechts. Sie wendet sich nach links – ich wende mich auch nach links. Sie verlangsamt den Schritt – ich ebenso. Plötzlich beginnt sie zu laufen und rennt, was das Zeug hält, als wäre ein Feuer ausgebrochen.

»Was ist los?« fragt man sie. »Warum rennst du so? Was ist mit dir?«

»Ach, irgend so ein Plagegeist!« ruft das Weib aus und zeigt auf mich. »Der Mann verfolgt mich schon seit über einer Stunde, und ich weiß nicht, wer er ist!«

Im Nu sind wir beide von einem Menschenauflauf umringt, Männer, Frauen und Kinder. Die Leute beginnen schon mit den Fingern auf mich zu zeigen ... Da kommt glücklicherweise ein Pferdefuhrwerk vorbei. Ich springe rasch auf den Wagen und sage dem Kutscher, daß er mich zum Theater bringen soll.

Beim Theater angekommen, treffe ich auf ein dichtes Gewimmel von Mädchen und Burschen, die draußen herumstehen, sich unterhalten, lachen und scherzen.

»Laßt doch mal den vornehmen Herrn durch!« ruft einer dem anderen zu.

»Nicht so ungestüm, ihr könntet ihm noch, Gott bewahre, seinen Hut zerdrücken!« schreit ein weiterer.

Mit Müh und Not kämpfe ich mich durch die Menge hindurch zu so einem kleinen Fensterchen, der Kasse. Dort angekommen, frage ich, ob ich eine Eintrittskarte bekommen kann, und die Menschenmenge schiebt mich von hinten und drückt und quetscht von allen Seiten.

»Was für eine Eintrittskarte wollt Ihr haben?« fragt mich der Kassierer, so ein dürrer Bursche mit einem langen Hals.

»Was für welche habt Ihr denn da?« frage ich zurück.

»Es gibt«, sagt der Kassierer, »Eintrittskarten zu fünfzehn, dreißig und fünfundvierzig Kopeken.«

»Und teurere habt Ihr nicht?« frag ich ihn, und die Menge hört nicht auf zu toben.

Als der Kassierer von mir derartige Worte vernimmt, fährt er von seinem Stuhl hoch, steckt den Kopf durchs Fenster und brüllt zur Menge – und mir mitten ins Gesicht:

»Der Teufel soll die Väter eurer Väter holen! Wollt ihr endlich auseinandergehen? Sonst rufe ich Reb Loser, den Stadtgendarmen, heraus! Der wird's euch schon geben – mit dem Wasserschlauch!«

»Kommt«, sagt er an mich gewandt, »kommt zum Tor herein.«

Man tritt ein wenig zur Seite, und ich zwänge mich durch das Tor in den Hof. Im Hof steht eine größere Bretterbude oder vielmehr ein Viehschuppen, durch dessen Ritzen schwacher Lichtschein dringt. Man vernimmt Lärmen und Geschrei. Ein Türflügel der Hütte steht offen, und zwei kräftige Kerle passen auf, daß sich niemand ohne Karte in das Theater hineinschmuggelt.

»Der Reihe nach, Leute! Der Reihe nach!« schreit ein Mann mit zerzaustem Bart und einem Säbel an der Seite – offenbar Reb Loser, der Stadtgendarm. Doch die Menge schenkt ihm keinerlei Beachtung. Man will nicht nacheinander gehen, jeder möchte der erste sein, und alle drängen sich gleichzeitig durch die Tür.

»Laß mich schon durch, du Degenchrist! Siehst wohl nicht, wen du vor dir hast?« so schreit einer, verschafft sich gewaltsam Einlaß und flucht auf die Schauspieler: »Ihr Pfeifenköpfe! Hallodriane! Ihr grünen Jungs! Ihr Nichtsnutze!«

Ich blicke mich um, der Tonfall ist mir vertraut. Wahrhaftig, ein alter Bekannter – es ist Noach, der Portier, aus meinem Hotel »Türkalia«, und hinter ihm kommt ein ganzer Rattenschwanz von Frauen, Burschen und Mädchen.

»Wer ist diese Frau?« fragt einer von den Schauspielern.

»Das ist meine Frau«, eifert sich Noach. »Du kennst meine Sarah-Perel nicht? Und das sind meine Kinder.«

»Und wer ist das?«

»Das ist meine Schwiegermutter.«

»Und die da?«

»Das ist ein Schwesterchen meiner Frau.«

»Und wer ist der junge Mann neben ihr?«

»Ihr Bräutigam.«

»Und dieses Mädchen?«

»Eine Schwester des Bräutigams.«

»Und wer ist der Bursche da?«

»Das ist der Mann von der Schwester des Bräutigams.«

»Und dieses Mädchen dort?«

»Das ist seine Schwester. Das heißt: die Schwester des Mannes von der Schwester des Bräutigams.«

»Ihr habt eine ganz hübsche Familie, Reb Noach!«

»Ach, Salz in deine Augen! Steine in dein Herz!« gibt Noach lautstark zurück. »Sag sofort: Kein böser Blick soll sie treffen! Du mieser kleiner Schauspieler du, du Schmierenkomödiant! Du Bärenführer! Du Halsabschneider! Du Brötchenschlinger!«

Gleich hinter Noach, dem Portier, kommt der Hoteldiener mit den großen Stiefeln. Einer von den beiden Schauspielern, die an der Tür stehen, versetzt ihm von hinten einen Rippenstoß und befördert ihn ins Theater. Nach ihm drängen noch verschiedene andere Personen hinein, meistenteils ohne Karte. Unter ihnen erkenne ich auch den Wirt meines Hotels »Türkalia« mit einer sehr dicken Frau, die wie auf Rädern läuft und dabei mit den Hüften schaukelt wie eine Ente.

»Ach, Ihr seid auch hier?« sage ich zu dem Hotelbesitzer und vergesse dabei völlig, daß er ja taub ist wie ein Holzklotz.

»Aber ganz im Gegenteil!« antwortet er und schreit mich dabei an, als ob ich der Taube wäre. »Sie singen wirklich nicht schlecht!«

»Seid Ihr zum erstenmal hier?« frage ich ihn.

»Das ist Reb Lippes Stall«, entgegnet er mir. »Das ganze Jahr über hält man hier Rinder und Pferde.«

»Komm schon, komm!« ruft ihm die Dicke zu und zieht ihn am Rockschoß hinter sich her. Sie gehen hinein und setzen sich gleich vorn in die erste Reihe.

»He, ihr Schauspieler! Wo seid ihr nur?« läßt sich eine Dame mit Hut vernehmen, die sich mit einer weißen Feder und Brillanten geschmückt hat. Neben ihr steht ein Kavalier mit steifem Hut und gestutztem Bärtchen.

Gleich springt einer von den Schauspielern hinzu, ein Bursche mit kurzer Jacke, verdrecktem Hemd und hungrig aussehendem Gesicht.

»Was wollt Ihr, Madam?«

»Was heißt hier, was ich will!« erwidert ihm die Dame. »Wir haben doch Eintrittskarten gekauft. Warum zeigt man uns nicht unsere Plätze?«

Der lange Schauspieler mit dem hungrig aussehenden Gesicht nimmt ihr die Karten aus der Hand, führt beide ganz nach vorn und will ihnen ihre Plätze zeigen – doch alle Bänke sind schon besetzt.

»Verzeiht, aber Ihr sitzt nicht auf Euren Plätzen!« wendet sich der Schauspieler an einen Burschen mit seinem Mädchen, die friedlich dasitzen und Nüsse aus einer Tüte knacken.

»Wer hat Euch gesagt, daß wir nicht auf unseren Plätzen sitzen?« erwidert der Bursche und fährt in seiner Beschäftigung fort.

»Zeigt mal Eure Eintrittskarten!« sagt der Schauspieler zu ihnen, schaut ihre Karten an und deutet auf die Plätze, die ihnen zustehen – ein ganzes Stück weiter hinten.

»Was heißt das?« meint der Bursche. »Ihr wollt uns doch nicht Vorschriften machen, wo wir uns hinzusetzen haben? Was ist das hier, streng zu unterscheiden, eine heilige Stätte, eine Synagoge, oder was?«

Der Schauspieler führt mit ihnen eine lange Auseinandersetzung. Der Bursche und sein Mädchen rühren sich nicht vom Fleck und knacken weiter ihre Nüsse. Der lange Schauspieler mit dem hungrigen Gesicht versucht es bei den anderen Theaterbesuchern, das Publikum jedoch sitzt fest auf den Bänken, niemand will seinen Platz räumen, und nun komme mal einer und führe ein ganzes Theater mit Gewalt hinaus.

Die Dame mit der weißen Feder und den Brillanten beginnt zu zetern: »Was sind das nur für Zustände im Kasrilewker Trejater?« Sie schreit, man solle ihr das Geld zurückerstatten; wo bleibe nur Loser der Stadtgendarm?! …

Schließlich schafft man extra für sie und ihren Begleiter zwei Stühle herbei, und es wird ein wenig ruhiger.

Allmählich werden die Lämpchen angezündet. Sie qualmen und verbreiten einen scharfen Gasgeruch. Nacheinander treten die Musiker vor die mit einem Bettlaken abgetrennte Bühne. Zuallererst kommt der Bassist, ein großer Mann mit dichten

Schläfenlocken und den böse funkelnden Augen eines Räubers. Ihm folgt der Kesselpauker, ein buckliger Bursche mit stark gelichtetem Haar. Danach kommt der Posaunist, ein kleines Männlein mit Wulstlippen, der Flötist, der ein ausgezehrtes Gesichtchen hat, ein Trompeter mit Diebesäuglein, die ständig hin- und herrollen, und schließlich drei junge Leute mit Fiedeln. Und ganz zum Schluß der erste Geiger, der älteste von allen Musikern und zugleich der Dirigent, ein rothaariger Bursche mit weißem Papieroberhemd, einem kurzen Frack, stark pomadisiertem Haar und einer großen blauen Krawatte. Er stellt sich mit dem Gesicht zum Publikum, verschränkt die Hände, knackt mit allen Fingern und lächelt von weitem einem Mädchen mit weißen Handschuhen zu. Die ganze Kapelle nimmt Platz, und man beginnt die Instrumente zu stimmen. Zuerst streicht der Dirigent mit dem Bogen über die Geige, der Posaunist mit den Wulstlippen bläst einen Ton, alle übrigen Instrumente greifen ihn auf und beginnen sich, jedes in seiner Sprache, zu unterhalten: Das Fiedele schluchzt und weint, die Posaune macht »Holdir! Holdir!« wie ein Truthahn, den man stark gereizt hat, der Baß brummt vor sich hin wie ein Bär, und die Flöte pfeift sie allesamt an. Zusammengenommen ähnelt das dem Gekreisch von mehreren hundert Marktweibern und dem schnatternden Lärmen einer ganzen Herde Enten und Gänse.

Da taucht ein junger Mann mit einem grünen Mantel auf, der in der einen Hand ein Bündel Papiere und in der anderen Hand eine halbe Semmel und einen Hering trägt. Er setzt sich ganz nach vorn auf ein kleines Stühlchen und beginnt zu kauen.

»Wer ist das?« höre ich die Dame mit der weißen Feder ihren Kavalier fragen.

»Der Souffleur«, gibt jener zurück.

»Was heißt das: Souffleur?« fragt ihn die Dame noch einmal.

»Nun, das heißt, daß er ihnen vorsagt«, antwortet der Kavalier.

Hinter dem Laken hört man die Schauspieler reden:

»Wo zum Teufel ist nur Fradel, unsere Primadonna?«

»Sie ist zum Schuster gegangen, sagte, sie könne so nicht auf die Bühne hinaus. Ein Absatz hat sich verabschiedet.«

»Am Tage konnte sie wohl nicht gehen?!« Eine schöne Primadonna!«

»Awreml, zieh die Hosen aus!«

»Was gehen dich meine Hosen an?«

»Eine schöne Babe Jachne – in Hosen!«

»Ich hab doch einen Rock drüber! Wen kümmert das?«

»Ich weiß, daß du einen Rock trägst, aber was wird sein, wenn man dich ins Feuer wirft? Dann fällst du mit dem Kopf nach unten, strampelst mit den Füßen und – alle sehen deine Hosen!«

»Gib mir lieber einen Zug von deiner Papirossa, du Grindkopf!«

»Hozmach! Wo ist dein Bart? Warum hast du noch immer nicht deinen Bart angeklebt? ... Rebekka, reib dir das Gesicht mit Kreide ein! ... Menaschke! Schnall dir einen Buckel auf den Rücken, damit du mehr nach einem Juden aussiehst! ... Wo sind nur wieder die Füße hin?«

»Was für Füße?«

»Wer hat die Füße vom Fleischer geholt? Tausendmal habe ich es euch gesagt: Um ›Koldunja‹ zu spielen, braucht man einen Fuß! Der Teufel soll euch holen! Welwel! Und du willst ein Regisseur sein? Eine Schlafmütze bist du!«

Plötzlich geht im Theater ein Getrampel los, daß man taub werden könnte. Irgend jemand rennt mit einem Glöckchen durch die Reihen und läutet. Nach ein paar Minuten beginnt das Publikum von neuem zu schreien und zu trampeln. Jener läuft wieder mit dem Glöckchen durch, und so geht das noch ein paarmal. Bis der rothaarige Fiedler aufsteht, mehrmals den Kopf auf und nieder bewegt, den Kragen mit dem blauen Schlips zurechtrückt, mit dem Stöckchen klopft und die Musiker ein »kleines Stück« spielen. Das Publikum fängt wieder an zu johlen und zu stampfen, also spielen die Musiker noch etwas. Es wird erst still, als sich endlich das Laken hebt und die Vorstellung beginnt.

Als erstes erscheint ein Mädchen im Unterrock und mit wirren Haaren, das so aussieht, als hätte es soeben ein paar Backpfeifen versetzt bekommen. Es singt ein trauriges Liedchen von einem Waisenkind auf die Melodie von »Es steht ein Berg in Sturm und Wind ...«: »Ich bin ein armes Waisenkind! Ich bin ein armes Waisenkind!« Und das ganze Publikum stimmt begeistert mit ein: »Ich bin ein armes Waisenkind! Ich bin ein armes Waisenkind!« – zuerst leise, dann lauter und immer lauter, bis man das Mädchen selbst gar nicht mehr singen hört, nur noch das Publikum. Da springt einer von den Schauspielern auf die Bühne und fordert die Zuschauer auf, still zu sein. Die Zuschauer beruhigen sich, jedoch nicht für lange. Kaum fängt das Mädchen erneut an zu singen, fallen sie geschlossen mit ein: »Ich bin ein armes Waisenkind! Ich bin ein armes Waisenkind!«

Derselbe Schauspieler springt noch einmal auf die Bühne, und er tut es noch ein drittes Mal. Bis ihm schließlich die Geduld reißt und er sich in energischem Ton an das Publikum wendet:

»Ihr wollt wohl nicht Ruhe geben? Gleich rufe ich Reb Loser, den Stadtgendarmen, mit dem Wasserschlauch! Dann wird euch das Lärmen schon vergehen!«

Das Publikum hört auf zu singen – dafür entspinnt sich jetzt ein reger Gedankenaustausch, und jeder trägt, so gut er kann, sein Scherflein dazu bei. Der eine sagt, daß die Sängerin eine Stimme wie ein Reibeisen habe, und ein anderer meint, daß jeder, der ihr ein Brötchen in den Mund schieben würde, ein gutes Werk täte … Von den hinteren Plätzen schreit man: »Ruhe!« Doch es hilft nichts. Bis Hozmach auf die Bühne gestoßen wird, ein Jude mit merkwürdig aussehender Schabbesmütze, einem halben Bart, Schläfenlocken, die ihm fast bis zum Gürtel reichen, mit Schuhen und Socken an den Füßen, mit verdrehten Augen und einem Buckel.

Hozmach trägt ein Körbchen mit verschiedenen Waren vor dem Bauch, rast auf der Bühne herum wie ein Verrückter und zählt laut auf, was er alles zu verkaufen hat: »Garn, Nadeln, Zündhölzer, Messerchen! Papiersocken! Gestärkte Röcke! Kauft nur, kauft, ihr Frauen!« … Dabei faßt er jedesmal an seine Schläfenlocken, hüpft herum und schreit: »Hozmach! Der Teufel soll mich holen!«

Das Publikum ist derart hingerissen von Hozmach, daß es ein Auftritt von einer geschlagenen halben Stunde wird. Man klatscht Beifall, man schreit: »Bravo, Hozmach!«, man trommelt mit den Stöcken auf die Bänke und will gar nicht mehr aufhören. Hozmach versucht, das Publikum zu beruhigen, doch sobald er zurücktritt und beschwichtigend seine Hände hebt, schreit man nur noch lauter: »Hozmach! Noch ein Tänzchen, Hozmach! Hozmach!« Und plötzlich …

Plötzlich hört man heftiges Flügelschlagen und sieht, wie etwas von oben herabsaust, genau auf den weißen Federhut der Dame mit den Brillanten. Die Dame fällt vor Schreck in Ohnmacht, und im Theater entsteht ein Tumult, eine Panik, ein Geschrei: »Hilfe, Juden, rettet euch, rettet euch! ...« Eine Stimme ruft: »Es brennt!« – Und mehr wollte man gar nicht wissen. Man springt über die Köpfe der Sitzenden hinweg, eilt dem Ausgang zu und schreit wild durcheinander: »Chosi, wo bist du?« ... »Jankele, hierher!« ... »Rebekka, halt dich fest!« ... »Motele, ich sterbe!« ... »Broche, schrei nicht!« ... »Beni, wo ist Jentele?« ... »Mutter, hier bin ich, Mutter!«

Eine Minute später, und von uns allen wären nur noch Fetzen übriggeblieben. Zum Glück ist Noach, der Portier meines Hotels, auf einen Einfall gekommen, der uns alle vor dem sicheren Tode bewahrt hat. Er sprang auf einen Stuhl und brüllte so laut er konnte ins Publikum: »Dummköpfe! Narren! Holzklötze! Hornochsen! Zickenbärte! Ihr ausgemachten Trottel! Ihr Weiberseelen! Was macht ihr denn so einen Lärm? Was schreit ihr? Wohin rennt ihr? Ihr trampelt noch alles kurz und klein! Ihr Einfaltspinsel! Und vor wem lauft ihr davon? Vor einem närrischen Huhn! Seht ihr nicht, daß ein Huhn von der Stange gefallen ist?! Reb Loser, worauf wartet Ihr noch? Stellt den Schlauch an! ... Musiker! Der Teufel soll eure Väter holen! Spielt einen Tanz, etwas Fröhliches: Toderideri! Raderide-rade-ride ...«

Die Musiker spielten etwas Fröhliches, und die Zuschauer nahmen allmählich wieder ihre Plätze ein ... Ich nutzte die Gelegenheit und stahl mich leise aus dem Theater. Draußen hielt ich ein vorüberkommendes Pferdefuhrwerk an und sagte, daß ich zu meinem Gasthof zurück wolle, zum Hotel »Türkalia«. Das Wägelchen holperte mit mir über Stock und Stein, blieb stehen und holperte weiter.

»Warum haltet Ihr in einem fort an?« frage ich den Kutscher.

»Ach«, antwortet er mir, »der Teufel treibt sie, hüh! ... Sie mußten ja unseren Kasrilewker Straßenschmutz beleuchten, und da haben sie sich diese ›Laternen‹ einfallen lassen, an denen man einfach nicht vorbeikommt, die Pferde scheuen vor ihnen. Sie sind es von zu Hause her nicht gewöhnt, daß man sie beleuchtet. Hüh!

Jeden Tag denken sie sich neuen Kummer aus: Erst eine Trampelbahn – in der Erde versinken soll sie! Hüh! Danach Lampen, um
die Pferde zu erschrecken, und jetzt, so sagt man, wollen sie uns
schon verbieten, Wasser aus der Fauliatke zu holen! Hüh! Das
wird ihnen aber nützen wie Schröpfköpfe einem Toten. Die Was-
serträger sagen, daß sie es nicht zulassen werden. Wenn Kasrilewke Brunnenwasser trinken soll, dann nur über ihre Leichen.
Hüh! … Sie wissen schon gar nicht mehr, was sie sich noch alles
ausdenken sollen, die Reichen meine ich, verbrannt solln sie sein!
Man sagt, das ganze Unglück ginge von Jehupez aus. Den großen
Herren in Jehupez fehlen, wie es scheint, nur noch Kopfschmerzen zu ihrem Glück. Hüh! Sie sitzen da und zermartern sich die
Gehirne, wie sie armen Juden das letzte Geld wegnehmen können. Schnappen uns noch den letzten Bissen vom Munde weg.
Der Schlag soll sie treffen in ihrem Jehupez! Hüh, Kinderchen,
hüh!«

6. Kasrilewker Brände

In meinem Hotel »Türkalia« führte ich die ganze Nacht hindurch
einen erbitterten Kampf gegen blutrünstige Bestien, die über
mich herfielen und sich dafür rächten, daß ich mich nicht zu
ihnen ins Bett gelegt hatte, sondern es vorzog, auf dem Kanapee
zu schlafen.

»Nun, was hast du dadurch gewonnen?« höhnten sie. »Wir
beißen dich so oder so, und zudem liegst du jetzt auch noch
hart. – Wenn du morgen früh aufstehst von deinem Kanapee,
wirst du kaum noch den Hals bewegen können …«

Plötzlich höre ich ein sonderbares Dröhnen: »Bom! Bom!!
Bom!!!« Gleich darauf vernimmt man das Fußgetrappel zahlloser
Menschen und den Ruf: »Es brennt! Es brennt!« Ich stehe auf
und trete ans Fenster. Der halbe Himmel ist feuerrot, die andere
Hälfte pechschwarz! Die halbe Stadt wird auf seltsame Art beleuchtet, die andere Hälfte liegt in tiefster Finsternis! Ich ziehe
mich rasch an und eile nach draußen. Aus der Ferne hört man ein
merkwürdiges Geschrei, Schreckensrufe ohne Worte, Menschen
sieht man schlaftrunken in jene Richtung taumeln. Sie gähnen,
zittern vor Kälte und tauschen sich über das entsetzliche Ereignis

aus: Wer es zuerst bemerkt habe und auf welche Weise. Und sie stellen, jeder für sich, Vermutungen an, bei wem es brennen könnte. Einer sagt: »Bei Jossel!«, ein anderer: »Bei Menasche!« und ein dritter: »Weder bei Jossel noch bei Menasche – es brennt bei Sarah-Sissel!«

»Wie kommt Ihr auf Sarah-Sissel?« widerspricht ihm jemand. »Sarah-Sissels Haus steht auf dem Neumarkt, und brennen tut es in der Altstadt!«

»Wenn das in der Altstadt ist, bin ich eine Rebbizin!« entgegnet ihm ein anderer. »Seht Ihr nicht, daß es neben dem Badehaus ist?«

»Still jetzt, was streitet ihr euch?« sucht sie ein weiterer zu beschwichtigen. »Gehen wir lieber hin, dann werden wir es ganz genau wissen.«

Sie machen sich auf den Weg. Ich gehe ihnen nach und höre, was sie reden.

»Irgendwer hat da seinen Lichtersegen gesprochen.«

»Wie kommt Ihr darauf?«

»Weil es versichert war.«

»Woher wollt Ihr das wissen?«

»Was denn? Wenn es nicht versichert gewesen wäre, würde es nicht brennen. Ein Haus brennt schließlich nicht von allein.«

»Sieh nur, Jenkel, wie schön es brennt! Eine Freude, es anzuschauen!«

Da brennt ein Häuschen wie eine Fackel und wirft glutrote Flammenzungen nach allen Seiten. Das Dach ist schon nicht mehr zu sehen. Es knackt und prasselt im Gebälk, die Fensterscheiben splittern, und dichter rußiger Rauch wälzt sich in dikken Schwaden weit, weit dahin über Häuser und Häuschen. Man hört Weiber über das große Unglück jammern, das mitten in der Nacht über sie hereingebrochen ist, und vernimmt das Weinen von kleinen nackten Kindern, die zittern und sich am Feuer wärmen. Dort sitzt eine ganze Familie auf einem einzigen Federbett mit etlichen Kissen, die sie gerade noch vor dem Feuer hatten retten können, und da steht eine schwangere Frau mit einem Töpfchen und einem Federwisch in der Hand und erzählt einer anderen, wie alles angefangen hat.

»Angefangen hat alles, oj, weh ist mir, bei Schimen, dem

Tischler. Jemand ist, so scheint es, mit einer Laterne hineingegangen, ach, daß ich das erleben mußte, und Hobelspäne gibt es da ja wahrlich genug, oj, finster ist mir, und vielleicht war es auch ein Streichholz oder eine Papirossa, und womöglich hat sogar der Hausbesitzer selbst, Godelju meine ich, Feuer gelegt – ich weiß es nicht, ich bin schließlich nicht dabeigewesen … Jedenfalls sind dadurch, nebbich, ach und weh geschrien, arme Leute an den Bettelstab gekommen, sind hinausgerannt, so wie sie Gott geschaffen hat, weh ist mir! Fragt mich nicht, wozu ich ausgerechnet ein Töpfchen und einen Federwisch mit mir herumtrage – ich weiß es selber nicht …«

»Oj, so ein Unglück! Oj, so ein Schlag …«, weint eine andere Frau auf die Melodie des »Wochengesangs« und ringt die Hände. »Wovon soll ich jetzt leben? Alles ist verbrannt, alles, bis auf den letzten Fa-a-den. Wie soll ich meinen Lebensunterhalt be-strei-ei-ten? Wo werde ich nur mit meinen kleinen Kindern unterkoommen?«

Wie Dämonen, wie böse Geister laufen junge Leute aus dem kleinen Häuschen hinaus und aufs neue hinein, springen ins Feuer, retten, was sie retten können: der eine ein Stuhlbein, der zweite das Pendel einer Uhr, der dritte einen Besen.

»Wo bleibt nur Elia mit dem Schlauch?« schreit einer vom Löschtrupp und blickt sich nach allen Seiten um.

»Hier bin ich, hier!« antwortet Elia, ein kleines Männchen, und macht sich eifrig am Schlauch zu schaffen.

»Was tust du da? Warum dauert es so lange?«

»Ich näh den Schlauch, er ist kaputtgegangen!« ruft Elia zurück.

»Wo ist Fischel mit den Eimern?« schreit ein schwarzhaariger Mann mit einem zerrissenen Gebetsschal, mit verrußtem Gesicht und heiserer Stimme.

»Fischel! Fischel!« helfen ihm alle übrigen beim Schreien.

»Was fischelt ihr?« ruft einer aus, offenbar der gesuchte Fischel selbst. »Schau sie sich nur einer an, wie sie hier lauthals herumfischeln! Fischel – Fischel! Fischel – Fischel!«

»Wo sind deine Eimer?« fragt man ihn.

»Die Eimer sind längst da«, sagt Fischel, »aber was nützen sie euch, wenn Gronim noch nicht mit dem Fäßchen da ist?«

»Es macht dir doch gewiß nichts aus, Fischel, von irgendwo ein paar Eimer Wasser herbeizuschaffen und sie ins Feuer zu gießen?«

»Warum gerade ich?« gibt Fischel zurück. »Soll doch Elia gehen!«

»Elia! Nimm doch bitte einen Eimer und hole Wasser!«

»Wie denn? Ihr seht doch, daß ich am Schlauch zu tun habe! Schickt Motele!«

»Motele! Geh und schaff von irgendwo einen Eimer Wasser heran!«

»Wohin soll ich denn gehen? Ich kenne hier im Viertel keine Menschenseele. Warum nehmt ihr nicht Anschel?«

»Anschel! Sei so gut, lauf und hole Wasser!«

»Ich? Ausgerechnet! Als ob ich wüßte, wer hier wohnt! Schickt doch David!«

»Ruhe jetzt! Da kommt Gronim mit dem Fäßchen! Er kommt! Er kommt!« Und alle stürzen zu Gronim, um Wasser zu holen, allen voran Elia mit dem Schlauch. Gronim, ein Mann mit glänzendem Gesicht, auf dem sich die Haut schält, hat die Rockschöße hochgeschürzt und schreitet gelassen und ohne jede Eile heran. Ihm hinterdrein schleppt sich ein klappriges Pferdchen, kaum daß es noch die Beine aus dem Straßenkot ziehen kann. Beide, sowohl Gronim als auch das Pferdchen, streng unterschieden sollen sie sein, wirken recht verschlafen.

»Gegrüßt sei der Kommende! Schön, Euch zu sehen! Und wir hatten schon, Gott bewahre, geglaubt, daß Ihr heute nicht mehr auftauchen würdet!«

»Ihr habt gut reden!« sagt Gronim. »Wer sollte denn sonst kommen, wenn nicht ich? Was denkt ihr denn? Daß ich ein Leichtfuß bin? Kaum hatte ich das erste Signal gehört, war ich auch schon beim Pferdchen. Meine Alte wollte mich gar noch abhalten: ›Was willst du dich mühen‹, sagte sie, ›bei diesem Schlamm? Hab, nebbich, Erbarmen mit dem Pferdchen – es ist völlig erschöpft vom Tage ...‹ Aber wie konnte ich auf sie hören? Ich tue gern ein gutes Werk, um so mehr, als Menschenleben auf dem Spiel stehen. Und wenn es, nebbich, bei armen Leuten brennt, ist das eine Kleinigkeit?«

»Lang leben sollt Ihr, Reb Gronim! Wir verzehren uns hier

nach einem bißchen Wasser – immer, wenn es brennt, ist kein Tropfen da!«

Und der Löschtrupp läuft mit den leeren Eimern zum Fäßchen – allen voran Elia mit der Spritze. Sie fangen an, Wasser in die Eimer zu pumpen – nichts. Es kommt nichts.

»Was soll das, Reb Gronim? Seid Ihr denn meschugge? Habt Ihr den Verstand verloren? Ihr seid mit einem leeren Fäßchen gekommen!«

»Was heißt hier: mit einem leeren Fäßchen?« sagt Gronim. »Das Faß ist voll bis zum Rand. Was erzählt ihr bloß?!«

»Kommt her und seht selbst!« ruft einer aus. »Das Faß ist leer wie eine Trommel!«

»Was heißt das: es ist leer?« sagt Gronim und betrachtet das Fäßchen. »Was redet ihr nur für ungereimtes Zeug? Ich werde euch was, von wegen leer! Die Bäuche meiner Feinde mögen so leer sein, wie dieses Faß voll ist!«

Und Gronim klopft mit dem Finger an das Fäßchen, beäugt es mißtrauisch von allen Seiten und sieht, daß der Zapfen fehlt.

»Ja, es ist tatsächlich leer – so wahr ich ein Jude bin.« Und er greift sich an den Kopf und beginnt wild draufloszuschimpfen – man weiß nicht recht, auf wen:

»Die Pest auf deinen Hals! Daß dich der Schlag treffe! Einfach auszulaufen! Eintrocknen sollst du! Verschrumpeln! Wie konnte nur der verdammte Zapfen herausspringen – in die Erde versinken soll er! Und wo ist er hin? Rösten sollst du, Unglücksrabe! Im Feuer verbrennen!«

Und Gronim läßt seinen ganzen Ärger, nebbich, an dem armen Pferdchen aus und versetzt ihm einen Schlag mit dem Peitschenstiel über die Flanke. Das Pferdchen blickt ihn vorwurfsvoll an, senkt den Kopf, schaut zur Seite und denkt im stillen: Womit habe ich das nur verdient? Greift einfach zur Peitsche und schlägt zu! Es ist wahrhaftig keine Kunst, die Peitsche zu nehmen und ein Pferd zu schlagen, eine stumme Seele – und das für nichts und wieder nichts!

»Achtzig schwarze Jahre sollst du erleben!« sagt Gronim zu sich selbst. »Ich weiß schon, wie das war: Ich gieß und gieß und gieß und gieß! Jetzt versteh ich es: Das Fäßchen hatte offenbar schon von Anfang an keinen Zapfen! Oh, möge über dich das

Unglück dieser Nacht kommen! In Stücke zerspringen sollst du! – Oh, Herr im Himmel.«

»Wasser! Wasser!« schreien jene, die noch zu retten versuchen, was zu retten ist. »Schneller! Schneller! Bringt die Eimer her! Wasser!«

»Was für Eimer? Was für Wasser?« gibt ihnen der Löschtrupp zur Antwort. »Ihr seht doch, daß kein Wasser da ist!«

»Was heißt das: es ist kein Wasser da?«

»Es ist kein Wasser da, heißt, daß kein Wasser da ist!«

»Wo ist das Wasser denn geblieben?«

»Ausgelaufen. Aus Gronims Fäßchen. Und jetzt geht und jammert!«

Plötzlich vernimmt man das sonderbare Dröhnen noch einmal: »Bom! Bom!! Bom!!!« – und die andere Hälfte der Stadt wird beleuchtet.

»Noch ein Brand! In der Neustadt!!« schreien etliche Stimmen auf einmal, und alle Umstehenden laufen zusammen mit dem Löschtrupp in die Neustadt.

»Zwei Brände in einer Nacht«, meint Gronim kopfschüttelnd zu sich selbst, »dafür bin ich nicht zuständig! Ich habe selbst Weib und Kinder! Ich werde schließlich nicht dafür bezahlt. Will ich – fahr ich, will ich nicht – fahr ich nicht! Und das Pferdchen ist ja auch nicht aus Eisen! Ein Verbrechen, es so zu schinden; es schuftet, nebbich, schon den lieben langen Tag, muß es da noch die ganze Nacht hindurch auf den Beinen sein? Als ob es nichts Besseres zu tun hätte! Keiner kann mich dazu zwingen ... Sollen sie sich nur die Köpfe heißreden! ... Komm, Bruderherz«, sagt er zum Pferdchen, »fahren wir nach Hause.«

7. Kasrilewker Banditen

Als ich, schon im Morgengrauen, von den Bränden zurückkam und die Tür zu meinem Hotelzimmer öffnete, blieb ich stehen, wie vom Donner gerührt: Drei sonderbare, mir gänzlich unbekannte Gestalten machen sich mit einer Kerze in der Hand an meinen Sachen zu schaffen. Das Bett ist zerwühlt, der Schrank steht sperrangelweit offen, mein Koffer liegt mitten im Zimmer, und meine Papiere, meine Manuskripte flattern auf dem Boden herum.

»Was soll das? Wer seid ihr? Was tut ihr hier?« wende ich mich an einen von ihnen, einen rotbärtigen Mann mit einer blauen Warze auf der Nase.

»Geiz ihm dein Ssemer, labs ihm sein Belenslicht aus!« ruft ein anderer dem Rotschopf mit der blauen Warze zu.

Der Rothaarige bleibt mir die Antwort schuldig. Er schließt die Tür, bückt sich und zieht aus dem Stiefelschaft ein großes scharfes Schlachtermesser. Damit fuchtelt er mir vor der Nase herum wie ein Geisterbeschwörer: rechts, links, hoch und runter.

»Wer wir sind? Wir sind hiesige Banditen!« zischt mir ein Schwarzhaariger mit Star auf dem rechten Auge zu, und bei dem Wort »Banditen« funkelt er mich unheilverkündend aus seinem gesunden Auge an und knirscht dabei mit den Zähnen wie ein richtiger Mörder. »Mäur ihm seine Schaten aus!« läßt er sich in ihrer verdrehten Sprache vernehmen.

»Geld her! Los, Geld her!!!« ruft der Dritte im Bunde aus, ein baumlanger Kerl mit heiserer Stimme. Dabei packt er mich am Mantelaufschlag und schüttelt mich wie einen Feststrauß.

»Geld wollt ihr?« sage ich. »Bei mir wollt ihr Geld holen? Wie komme ich zu Geld? Gott hat mich damit verschont!«

»Gas ihm, daß er gült!« ruft der Lange.

»Du lügst!« sagt der Mann mit dem Star zu mir. »Auf der Stelle wirst du alles Geld herausrücken, das du bei dir hast, andernfalls kannst du von deinem Leben Abschied nehmen. Wir geben dir zwei Minuten Bedenkzeit und eine Minute, um dein letztes Gebet zu sprechen.«

Und damit ich nicht etwa meine, daß man sich mit mir nur einen Scherz erlaubt, kommt der Rothaarige mit der Warze noch einmal auf mich zu und fuchtelt mir wieder mit seinem Messer vor der Nase herum – hin, her, hoch, runter –, wie man es mit dem Feststrauß zum Laubhüttenfest macht, wenn man um Regen bittet.

»Was thest ihr hier herum wie die Gölötzen? Nibdet ihm die Nähde und Ssüfe!« ruft der Heisere in ihrer verqueren Sprache aus und fährt, an mich gewandt, fort. »Gibt es hier nicht irgendwo Stricke? Kommt, wir fesseln ihn!«

»Warum wollt ihr euch soviel Mühe machen?« frage ich. »Lieber gebe ich euch mein ganzes Vermögen, hier ist es, ein Beutel mit ein paar Rubeln, nur laßt mich bitte in Frieden. Was habt ihr gegen mich? Ich bin ein Familienvater, habe Kinder, kein böser Blick soll sie treffen, fünf Mädchen und zwei Jungen. Das Kleinste ist noch nicht einmal einen Monat alt ...«

Die drei Banditen wechseln ein paar Worte in ihrer Diebessprache, zählen die wenigen Rubel in meinem Beutel und nehmen mich ins Verhör. Sie fragen, und ich antworte ihnen.

»Von wo seid Ihr?«

»Aus Jehupez.«

»Wie heißt Ihr?«

»Scholem Alejchem.«

»Alejchem Scholem. Wie ist Euer Name?«

»Scholem Alejchem.«

»Alejchem Scholem. Wir fragen: Wie nennt man Euch?«

»Nun, Scholem Alejchem – eben so werde ich genannt.«

»Ein komischer Name! Was arbeitet Ihr?«

»Ich schreibe.«

»Wir meinen, was seid Ihr von Beruf? Womit verdient Ihr Euren Lebensunterhalt?«

»Ich schreibe.«

»Was schreibt Ihr? Bittschriften? Dokumente? Thorarollen?«

»Feuilletons. Jiddische Kinderbücher.«

»Das heißt, Ihr verfaßt Bücher? Ihr seid ein Schriftsteller?«

»Ein Schriftsteller.«

»Was tut Ihr hier?«

»Ich bin gekommen, um mir Kasrilewke anzuschauen.«

»Und mehr nicht?«

»Mehr nicht.«

»Nichts Geschäftliches?«

»Nichts Geschäftliches.«

»Und habt Ausgaben?«

»Und hab Ausgaben.«

»Was habt Ihr davon? Was bringt Euch das?«

»Ich suche etwas, worüber ich schreiben kann.«

»Für wen schreiben?«

»Für die Zeitungen.«

»Was für Zeitungen?«

»Jiddische Zeitungen.«

»Gibt es denn jiddische Zeitungen?«

»Na, was dachtet ihr?«

»Was tun sie?«

»Sie werden gedruckt.«

»Wo werden sie gedruckt?«

»In Warschau.«

»Wozu braucht man sie?«

»Zum Lesen.«

»Wer liest sie denn?«

»Juden.«

»Bezahlt Euch jemand für das, was Ihr schreibt?«

»Versteht sich.«

»Nun, darum geht es doch! Was bekommt Ihr denn so dafür? Wieviel verdient Ihr in der Woche? Raucht Ihr? Wo sind Eure Zigaretten?«

Ich hole mein Zigarettenetui hervor und biete den Banditen etwas zum Rauchen an.

»Graf ihn, ob es aus Lisber ist«, läßt sich einer in ihrem Jargon vernehmen.

»Ist es aus Silber?« fragt mich der mit der Warze und wiegt das Zigarettenetui abschätzend in der Hand. »Silber oder irgendwelcher Schnickschnack?«

»Ein billiges Ding zu dreißig Kopeken!« sage ich zu ihm, und wir rauchen alle zusammen unsere Zigaretten.

»Mmin ihm seine Rhu weg!« meint einer in ihrer Diebessprache.

»Und wo ist Eure Uhr?« fragt mich der Mann mit der Warze und durchsucht meine Taschen. »Was denn? Ihr habt keine Uhr?«

»Ich habe eine Uhr«, sage ich, »und sogar eine gute, eine goldene. Nur, sie ist versetzt – in einem Pfandhaus in Jehupez.«

»So ein Pech aber auch!« brummt der Heisere. »Wir hätten sie jetzt gut gebrauchen können! … Gerade eine goldene Uhr benötigen wir so dringend wie nichts sonst auf der Welt!«

»Wozu braucht ihr so dringend eine goldene Uhr?«

»Eine goldene Uhr kann man verkaufen«, erklärt er mir. »Damit läßt sich ein schöner Batzen Geld machen.«

»Ach, zur Llöhe mit ihm!« ruft ein anderer in ihrem Kauder-
welsch aus. »Er ist genauso ein armer Teufel wie wir!«

»Gute Nacht!« sagen die Banditen zu mir und schicken sich
zum Gehen an. »Wenn Ihr das nächstemal ausgeht, solltet Ihr die
Tür abschließen und nicht auf Gottes Schutz und den Anstand
der Kasrilewker Diebe vertrauen ... Entschuldigt bitte, wenn wir
Euch gestört haben sollten.«

»Aber ganz im Gegenteil!« gebe ich zurück. »Ihr müßt verzeihen, daß es nur so wenig gewesen ist ...«, und ich will sie noch
ein Stückchen bis vor die Tür geleiten, da legt der Heisere den
Zeigefinger auf die Lippen und zischt zur Melodie von »Koldunja«: »P und st macht Pssssssssst!«

Und der Rothaarige mit der Warze zieht noch einmal sein Messer und läßt es ein paarmal über dem Kopf kreisen, so, als wollte
er sagen: »Und wenn du, Gott bewahre, auch nur einen Mucks
von dir gibst, ist dein Leben keinen Pfifferling mehr wert!«

»Zu Hilfe! Zu Hilfe! Zu Hilfe, ihr Juden – so helft doch!« schrie
ich mit mir ganz fremder Stimme, sobald die Banditen verschwunden waren und weckte so das ganze Haus auf. Aus allen
Ecken und Winkeln kamen die Leute zusammengelaufen, Weiber
sind im Hemd aus den Betten gesprungen, und Männer – ich bitt
um Vergebung – in Unterhosen. Man glaubte, ein Feuer wäre
ausgebrochen.

»Was denn? Noch ein Feuer?«

»Brennt es schon wieder?«

»Wo brennt es?«

»Bei wem brennt es?«

»Still doch! Es brennt bei niemandem!« verschafft sich Noach,
der Portier, Gehör und wendet sich an mich:

»Was ist los mit Euch? Was brüllt Ihr wie ein wildgewordenes
Kalb? Was schreit Ihr hier herum wie in einem Irrenhaus? Ihr werdet am Ende, Gott behüte, noch die Schauspieler aufwecken!«

»Räuber! Mörder!« rufe ich. »Banditen haben mich überfallen
und ausgeraubt!«

Wie sie das Wort »Räuber« hören, werden die Umstehenden
von Angst und Schrecken gepackt, es entsteht ein Tumult, alles
redet durcheinander:

»Räuber?«

»Wie viele waren es?«

»Drei Räuber!«

»Wie sahen sie aus?«

»Zwei junge und ein alter!«

»Warum habt Ihr nicht geschrien?«

»Hattet Ihr Angst?«

»Räuber haben uns gerade noch gefehlt! Möge uns Gott vor ihnen schützen! …«

»Gestern waren in einem anderen Gasthof auch Räuber, haben eine Frau zerstückelt, ein Beil hat man gefunden …«

»Ja, es ist schon gefährlich, allein zu Hause zu bleiben …«

»Man wird Kasrilewke wohl bald verlassen müssen!«

»Auch noch Räuber! Als ob wir nicht schon genug Sorgen hätten!«

»Haltet sie! Haltet sie! So haltet sie doch!« hört man plötzlich draußen eine Frauenstimme rufen, und gleich darauf vernimmt man das hastige Fußgetrappel zahlreicher Menschen.

»Ergreift sie! Haltet sie!«

»Ich hab einen!«

»Hier ist der zweite!«

»Bindet sie! Habt ihr schon den dritten? Fesselt ihn!«

»Bindet sie ordentlich! Nicht doch den Kopf! Die Füße müßt ihr fesseln! Die Füße!«

»Selde! Gib mir deinen Schal, Selde!«

»Hört ihr? Man hat sie erwischt!« ruft Noach, der Portier, aus und läuft mit einer Laterne in der Hand nach draußen – und wir laufen hinterdrein.

»Nun, was ist?« schreit Noach in die Dunkelheit in jene Richtung, aus der die Stimmen kommen. »Habt ihr sie gefangen?«

»Ja, sie sind gefangen, gefangen!« antwortet ihm eine Frauenstimme aus dem Dunkel.

»Und sind sie gefesselt?«

»Ja, gefesselt, gefesselt!«

»Alle drei?«

»Ja, alle drei, alle drei!«

»Na, dann wollen wir sie uns einmal anschauen gehen!« meint Noach, der Portier, und ruft alle Leute zusammen. Wir nähern uns im Laternenlicht den eingefangenen Räubern und sehen: Auf dem Boden vor uns liegen drei gefesselte ... Truthähne! Die Truthähne halten ihre blauen Schnäbel gesenkt, plustern die Kröpfe auf und blinzeln mit den kleinen Äuglein, geblendet vom Schein der Laterne. Ein paar halbnackte Frauen stehen stolz neben ihnen und berichten uns von allerlei Zeichen und Wundern: Wie die Truthähne, man wisse noch nicht genau auf welche Weise, aus dem Stall entlaufen wären ..., ob da nun ein Dieb am Werke gewesen sei oder ein Marder sie erschreckt habe, wer weiß ... jedenfalls sei es, Gott sei Dank, gelungen, sie wieder einzufangen, ansonsten wäre ein Schaden entstanden, ein Schaden, den man gar nicht wieder hätte gutmachen können!

»Ach, ihr verdammten Kasrilewker Hühnerweiber – pfui auf euch!« schimpft Noach der Portier und wünscht ihnen die Pest an den Hals: »Der Teufel soll eure Truthähne, Gänse, Enten und sonstigen Federviecher holen ...!«

Und Noach wirft mit lautstarken, deftigen und scharfen Flüchen nur so um sich und kann sich gar nicht mehr beruhigen. Die Menge verteilt sich langsam, man gähnt; jeder geht wieder in sein Zimmer und legt sich zur Ruhe.

Ich allein bleibe zurück, stehe dort mitten im Straßenschlamm, noch ganz betäubt von dieser Nacht mit all ihren Schrecknissen und Aufregungen. Kühle feuchte Nachtluft dringt durch meine Sachen bis auf die Haut. Ich fröstele. Allmählich flammen Lichter in den Fenstern auf. Von ein paar vereinzelten Schornsteinen steigt blauer Rauch auf. Am Horizont wird ein heller Streifen sichtbar. Überall hört man Hähne krähen. Sie recken ihre Hälse und schreien in den unterschiedlichsten Tonlagen, jeder auf seine Art: »Ki-ke-ri-ki-i!«

Ein neuer Tag bricht an.

DAS KASRILEWKER ALTENHEIM

Alles auf der Welt entwickelt sich, schreitet unaufhaltsam voran, auch um unser Kasrilewke macht der Fortschritt keinen Bogen. Ja, Kasrilewke hat in der letzten Zeit einen gewaltigen Sprung nach vorn getan. Wenn Ihr jetzt einmal dorthin fahren solltet, wäret Ihr sicherlich erstaunt, Ihr würdet Euch drehen und wenden und Euch schier nicht satt sehen können. Und genau in der Mitte des Städtchens, gerade dort, wo der Straßenkot am tiefsten ist, würdet Ihr einen großen, hohen und mächtigen Backsteinbau erblicken. Er ist ganz mit Eisenblech gedeckt und mit vielen, überaus vielen Fenstern versehen. An der Vorderseite besitzt er eine große geschnitzte Tür, und über der Tür prangt eine weiße Marmorplatte, auf der, tief eingraviert, in großen hebräischen Lettern geschrieben steht:

»ALTENHEIM«

Ihr steht da, schaut auf dieses Bild und müßt unwillkürlich an einen kostbaren Sammetflicken auf einem alten schimmligen und verschlissenen Mantel denken. Was um alles in der Welt hat so ein prächtiges Altenheim im armen, bettelarmen Kasrilewke zu suchen? Wozu ist es gut? Soll es irgendwen erzürnen? Hat sich da jemand einen Scherz erlaubt? Oder handelt es sich am Ende gar um ein Versehen?

Die folgende Geschichte hat man mir erzählt, als ich mich das letztemal dort aufhielt, um dem Grab meiner Väter einen Besuch abzustatten.

Es war zu jener Zeit, als man vorhatte, quer durch Kasrilewke eine Bahnlinie zu verlegen. Aus Moskau reisten plötzlich allerhand merkwürdige Gestalten an: Ingenieure, Wegvermesser, Erdarbeiter und was dergleichen wichtige Leute mehr sind – unter ihnen auch ein Bauunternehmer, so ein junger Hitzkopf und

222

wohl auch einer der Unsrigen, seinen Namen weiß man bis heute noch nicht genau – entweder war das irgendein Vertreter von Poljakow oder gar Poljakow höchstpersönlich. Daß er jedoch ein reicher Mann, ein Krösus, ein Millionär war, das hat ihm schon das kleinste Kind angesehen. Welcher normale Mensch könnte es sich sonst erlauben, zwei Zimmer für sich allein zu mieten, Hühner zu essen, mitten in der Woche Wein zu bechern und mit der jüngeren Schwiegertochter des Gastwirts, diesem losen Weibsbild, zu schäkern? (Sie trägt ihre eigenen Haare und haßt ihren Mann – alle im Städtchen wissen das.)

Zu jener Zeit also hat sich unser alter Bekannter, Reb Jossefel, der Rebbe, mit dem Gedanken getragen, man müßte in Kasrilewke ein Heim für alte arme und gebrechliche Menschen errichten. Warum ausgerechnet ein Altenheim? Warum nicht ein Krankenhaus? Aber was kommt schon heraus bei solcher Fragerei? Wäre er auf ein Krankenhaus verfallen, hättet Ihr gefragt: Warum eigentlich kein Altenheim? Eines kann ich Euch jedoch versichern: Irgendwelche Hintergedanken, etwa dergestalt, daß Reb Jossefel, Gott bewahre ihn davor, auf seine alten Tage vorgehabt hätte, sich selbst etwas Gutes zu tun, waren dabei ganz gewiß nicht im Spiel. Reb Jossefel vertrat einfach die Ansicht, daß man mit einem alten und kranken Menschen mehr Mitleid haben müsse als mit einem jungen. Das heißt, jung und krank zu sein ist natürlich auch kein Honiglecken. Aber wenn man krank ist und noch alt dazu, fühlt man sich erst recht überflüssig. Und man fällt aller Welt zur Last. Die Leute mögen nun einmal keine hinfälligen Greise – da beißt die Maus keinen Faden ab.

Kurz und gut, er kam ein für allemal zu dem Schluß: Kasrilewke muß ein Altenheim haben. Ein Altenheim ist wichtiger als alles andere. Und damit auch alle die Notwendigkeit eines Altenheimes für Kasrilewke begriffen, hat Reb Jossefel am Schabbes eine Predigt gehalten und ein sehr schönes Gleichnis erzählt: »Es war einmal ein König, und dieser König hatte einen einzigen Sohn ...« Aber da wir nun schon mitten im Erzählen sind, wollen wir nicht eine Geschichte mit der anderen vermengen. Heben wir uns also Reb Jossefels Gleichnis für ein andermal auf. Ich will hier nur soviel verraten: Das Gleichnis hinkte vielleicht ein wenig – die Zuhörer aber haben sich alle Finger geleckt, wie nach allen Gleichnissen, die ihnen Reb Jossefel zu erzählen pflegte. Ach, wenn Reb Jossefel doch nur ebenso tüchtig darin gewesen wäre, sich ein Stückchen Brot zu verdienen, wie er sich darauf verstand, Gleichnisse zu erzählen.

Als er sein Gleichnis beendet hatte, wandte sich ein Hausbesitzer an ihn, einer von den angesehenen Bürgern der Stadt – freilich, wie könnte es auch anders sein, wer sonst würde es wagen, dem Rabbiner einer Gemeinde zu widersprechen!

»Ja, Rabbi, Ihr habt sicherlich recht. Das Gleichnis ist ein sehr schönes Gleichnis. Die Frage ist aber: Woher nimmt man das Geld? Ein Altenheim wird Geld kosten, und Kasrilewke ist eine Stadt der Armen, der Ärmsten der Armen, eine Stadt von Bettlern, Hungerleidern und Elendsgestalten ...«

»Nun, mein Kindchen, ich will dir auch dazu ein Gleichnis erzählen. Es war einmal ein König. Und dieser König hatte einen einzigen Sohn ...«

Doch was der König und sein Sohn getan haben, ist hier nicht so wichtig. Wichtig ist, daß unser Reb Jossefel tags darauf, am Sonntag also, zwei der vornehmsten Herren der Stadt zu sich gebeten hat und sie mit einem Tuch in der Hand auf den Markt und dort von Stand zu Stand, von Haus zu Haus gegangen sind, die altbewährte Art, in Kasrilewke »Geld zu machen«. Versteht sich, daß sich auf diese Weise keine bedeutenden Summen erzielen lassen, aber Reb Jossefel hatte Zeit. Er konnte verlangen, daß man die Sammlung wiederholte, und das auch noch ein drittes oder viertes Mal. An einem Tag kam gewiß nicht viel zusammen, aber was soll man machen: nebbich eine Stadt von Bettlern! Alle Hoffnungen sind auf die Fremden gerichtet, auf die Händler, die nach Kasrilewke kommen, oder einfach nur auf die Durchreisenden, die in einem der Gasthöfe einkehren. Und wenn sich einmal solch ein Vogel dorthin verflogen hat, dann rupft man ihn derart, daß er gleich zehn andere warnt: »Wenn es Euch einmal nach Kasrilewke verschlagen sollte, macht um Gottes willen einen Bogen um diese Stadt, meidet sie auf eine Meile im Umkreis! – Es ist schier nicht auszuhalten mit den armen Leuten dort!«

Als man hörte, daß aus Moskau ein Jude, ein Bauunternehmer, gekommen sei, ein Vertreter von Poljakow oder gar Poljakow höchstpersönlich, auf jeden Fall ein großer Millionär, hat Reb

Jossefel seine Schabbeskleider angelegt, seinen Gebetsmantel und die pelzverbrämte Mütze, was zu dem großen Wanderstecken, den er trug, nicht so recht passen wollte. Entweder das eine oder das andere: Entweder es ist Schabbes – was soll dann der Wanderstab, oder es ist Wochentag – wozu dann eine Schabbesmütze? Antwort auf diese Frage erhielt man erst, als sich Reb Jossefel mit den beiden Honoratioren der Stadt geradewegs zu der Herberge des reichen Bauunternehmers begab.

Ich weiß nicht, was von den anderen Moskauer Bauunternehmern zu halten ist, der Bauunternehmer jedoch, den man nach Kasrilewke gesandt hatte, um die Eisenbahnlinie zu projektieren, war schon ein recht merkwürdiger Kauz. Ein kleines untersetztes Männlein, aufgeschwemmt, mit feisten Bäckchen, fleischigen Lippen und kurzen Armen – und ein rühriges Geschöpf war das! Anstatt zu gehen, rannte er, und statt zu reden, schrie er. Und dann stieß er so ein meckerndes Gelächter aus: »Hä-hä-hä!« Seine Augen standen stets voller Tränen, und alles mußte bei ihm schnell gehen, im Handumdrehen, im Fluge, und jähzornig war er – gütiger Himmel! Wenn Ihr nicht gleich wußtet, was er wollte, oder Ihr ihm gar widerspracht – Ihr ward Eures Lebens nicht mehr sicher! Gleich funkelten seine Äuglein, und er war glatt imstande, Euch ein Leid anzutun oder Euch in Stücke zu reißen. Fürwahr, ein seltsamer, ein sehr seltsamer Bauunternehmer!

In der Herberge hat er gleich bekanntgegeben, daß, wer immer auch zu ihm käme, und sei es der Gouverneur persönlich – genau das hat er gesagt –, vorher an seine Tür klopfen müsse. Und wenn er dann »Herein!« gerufen habe, solle man ihm erst melden, wer ihn da zu sprechen wünsche. Dann würde er ihn entweder hereinbitten oder ihn auffordern, am nächsten Tag wiederzukommen.

Versteht sich, daß man sich in Kasrilewke über dieses Männlein und sein närrisches Gebaren weidlich lustig machte. »Habt ihr schon von den merkwürdigen Sitten dieses Moskauer Bauunternehmers gehört?« hieß es. »Nicht genug, daß ich mir die Mühe mache, zu dir zu kommen. Ich muß auch noch ein hübsches Weilchen draußen vor der Tür stehen und warten, bis du mir ›erlauben‹ wirst, bei dir einzutreten. Und am Ende forderst du mich gar auf, morgen wiederzukommen! Nein, so etwas kann sich auch nur ein Moskauer Bauunternehmer ausdenken! Nehmt dagegen nur einmal so einen bedeutenden Menschen wie unseren Reb Jossefel den Rebben – ein Talmudgelehrter und ein großer Diener vor dem Herrn … Deswegen hat er doch immer und jederzeit Tür und Tor weit geöffnet für ›jeden, der da kommt …‹ – Wir sind doch schließlich Juden!«

Als der Gastwirt, ein Mann mit einem hübschen Bäuchlein unter dem offenen Bratenrock und einer Tabakspfeife im Mund, Reb Jossefel den Rebben plötzlich leibhaftig vor sich stehen sah und noch dazu in seinen Feiertagsgewändern, wurde er ganz verwirrt und stammelte: »Gesegnet sei der Kommende! Gott zum Gruße! Nein, was für ein Besuch! Der Rabbi höchstselbst in meinem Hause! Solch eine Ehre! Nehmt doch Platz, Rabbi … Was? Zu dem Gast wollt Ihr? Aber ja, natürlich, mit dem größten Vergnügen!« Und der Gastwirt vergaß völlig, was man ihm über »wer immer auch zu ihm käme« und »den Gouverneur« eingeschärft hatte. Er legte seine Tabakspfeife beiseite, knöpfte sich rasch seinen Rock zu, führte den Rebben und die beiden vornehmen Kasrilewker Herren zu der Tür des Gästezimmers und war gleich darauf wieder verschwunden.

Womit unser Gast dort in dieser Minute beschäftigt war, ist schwer zu sagen. Vielleicht war er gerade in wichtige Berechnungen für die Eisenbahn vertieft, wie man die Gleise ziehen sollte und wo man die Bahnstation hinstellen müßte. Oder vielleicht lag er auch in seinem zweiten Zimmer – wohlig ausgestreckt – und machte ein Schläfchen? Oder er saß ganz einfach nur so da und plauderte mit der jüngeren Schwiegertochter des Gastwirts (diesem losen Weibsbild, das eigene Haare trägt und den Ehegatten haßt – alle im Städtchen wissen das)? Wer vermag schon zu sagen, was ein einzelner Mensch, ein Bauunternehmer aus Moskau, ein hitziger Bursche und ein Millionär dazu, in seinen zwei Zimmern so alles treibt? Als die Kasrilewker Abgeordneten das erste Zimmer betraten, trafen sie ihn jedenfalls nicht an. Sie bemerkten nur, daß die Tür zum zweiten Zimmer offenstand und es darinnen sehr still war. Weitergehen wollten sie nicht. So etwas ziemt sich nicht – wenn er nun schläft? Sie entschieden sich also, stehenzubleiben, und fingen alle drei an zu hüsteln (so ist es Brauch in Kasrilewke). Der Bauunternehmer hörte es und kam spornstreichs herausgerannt. Als er sich den Unbekannten gegenübersah, wurde er rot vor Wut und schrie die Abgeordneten in Moskauer Mundart an: »Was soll das? Was habt ihr hier zu suchen? Wer hat euch hereingelassen? Ich habe doch tausendmal gesagt, daß niemand ohne Ankündigung zu mir vorgelassen werden darf!« Man munkelt, daß er dabei sogar das Wort »Drecksjuden« gebraucht hat, man behauptet es jedenfalls ... So etwas von einem Juden zu hören ist wahrhaftig kaum zu glauben. Nur, wenn ein Mensch, und noch dazu ein Millionär, bis zur Weißglut gereizt wird, ist er wohl imstande, noch weit schlimmere Dinge zu tun.

Unser Leser, der den Kasrilewker Rebben schon zur Genüge kennengelernt hat, weiß, was für ein zurückhaltender und bescheidener Mensch Reb Jossefel ist, niemals würde er sich irgendwo in den Vordergrund drängen, lieber ist er immer und überall der letzte, ganz einfach, weil er glaubt, daß ein gewöhnlicher Sterblicher es nicht nötig habe, sich zu beeilen. Er hat nichts zu verlieren und braucht keine Furcht zu haben, daß er irgendwo zu spät kommt. Aber jetzt war er doch gezwungen, einen Schritt vorzutreten, denn den beiden vornehmen Kasrilewker Herren war der Schreck in die Glieder gefahren, als der Millionär so wutschnaubend über sie herfiel und mit den Füßen stampfte. Wer konnte wissen, wozu er noch imstande war? Möglicherweise war er nur ein Vertreter von Poljakow, aber vielleicht war es auch Poljakow höchstpersönlich? Also sind sie fast gegen ihren Willen einen Schritt zurückgewichen, um ein bißchen näher bei der Tür zu sein. Was sollte man auch tun? ... Nur Reb Jossefel hat sich auch diesmal nicht erschrecken lassen. Er dachte im stillen bei sich: Ist er ein *großer* Mensch, dann brauche ich vor ihm keine Angst zu haben. Wozu auch? Und ist er ein *kleiner* Mensch – dann habe ich vor ihm erst recht keine Angst! ... Er trat also festen Schritts auf ihn zu und sagte folgendes: »Seid bitte so freundlich und schreit nicht ... Vielleicht habt Ihr recht ... Nehmt es uns nicht übel, wenn wir Euch möglicherweise gestört haben, aber wir sind mit einer gottgefälligen Sammlung beschäftigt, und jenen, der ein gottgefälliges Werk tut – so steht geschrieben – ›der, welcher dabei ist, eine gute Tat zu vollbringen‹, den darf man nicht kränken ... Wir sammeln Spenden, müßt Ihr wissen, für eine große Sache, für ein Altenheim ...«

Dem Bauunternehmer aus Moskau hat es glattweg die Sprache verschlagen. Nicht genug, daß diese drei Männer »ohne Ankündigung« bei ihm eingedrungen waren und nun mitten in seinem Zimmer standen, nein, dieser Alte mit der Pelzmütze mußte ihn auch noch so frech, so dreist wie einen kleinen Schuljungen zurechtweisen – all das hat unseren Gast so stark aufgebracht, ihn derart in Rage versetzt, daß er ein Kitzeln in der Nase fühlte, das ihm allmählich bis ins Gehirn hochstieg, und ihm das Blut ins Gesicht schoß. Er fuhr buchstäblich aus der Haut und vergaß sich so sehr, daß er selber nicht mehr wußte, was er tat. Und fast ohne es zu wollen, hob er seine Hand und versetzte dem Alten mit ganzer Kraft eine schallende, eine flammende Ohrfeige.

»Nehmt das! Da habt Ihr Euer ›Altenheim‹!«

Durch den Schlag wurde dem Alten die Pelzmütze zusammen mit der Jarmulke vom Kopf geschleudert, und der Kasrilewker Rebbe stand für ein kurzes Weilchen, vielleicht zum erstenmal in seinem Leben, barhäuptig da. Das hat jedoch nicht länger als einen Augenblick gewährt. Der Rebbe bückte sich, hob rasch seine Mütze auf und bedeckte wieder seinen Kopf. Danach fuhr er sich langsam mit der Hand über die Wange, um festzustellen, ob er nicht etwa blutete. Und während er dies tat, wandte er sich mit sanfter Stimme und einem eigenartigen Lächeln an den Gast, und sein Gesicht war dabei so bleich wie das eines Toten:

»Nun gut, das also habt ihr *mir* gegeben. Was aber werdet Ihr, Reb Jud, für die kranken alten Menschen geben, für das Altenheim, meine ich?«

Was weiter geschah, läßt sich nicht erzählen. Keiner weiß es, denn die beiden Kasrilewker »Vornehmen« hatten sich, kaum, daß sie die Antwort des Moskauer Bauunternehmers vernommen hatten, eilends aus dem Staube gemacht ... Und der Rebbe Reb Jossefel wollte nicht darüber reden ... Als er von dort wiederkam, hatte er ein seltsames Leuchten im Gesicht, eine Wange, die linke, leuchtete mehr als die andere ... Und er hat mit seinem sanften Lächeln gesagt: »Was für ein Glück, ihr Juden! Ich kann euch eine frohe Mitteilung machen: Der Höchste hat geholfen. Uns wurde ein Altenheim beschert, aber ein Altenheim, hört ihr, an dem Gott und die Menschen ihre helle Freude haben werden ...«

Die kleinen Menschen würden das ihrem Rebben womöglich nicht ganz geglaubt haben, wenn sie es nicht von dem Bauunternehmer selbst mit eigenen Ohren gehört hätten. Dieser nämlich schlug sich mit der flachen Hand auf sein weißes Chemisett und verkündete: »Ja, liebe Leute, ich baue euch ein Altenheim. Ich, ich ganz alleine!« – Und sie hörten es nicht nur, sondern sahen auch mit ihren eigenen Augen, wie der Moskauer Bauunternehmer kurz darauf mit dem Rabbi in die Stadt ging, um mit einer weißen Latte die Freifläche auszumessen: »Genau hier wird das Haus stehen. Soundso lang wird es sein und soundso breit ...« Und wenig später hat man auch schon die Ziegelsteine angefahren, das Holz und die anderen Baumaterialien – und alles ging seinen Gang.

Es hat sich natürlich auch eine Menge Neugieriger gefunden, die den Rebben mit Fragen bestürmten, auf ihn einredeten und ihm die Worte aus der Nase zu ziehen versuchten: »Rabbi! Wie hat sich das alles zugetragen? Wie hat sich dieser Mensch bei Euch entschuldigt für seine Ohrfeige? Was habt Ihr zu ihm gesagt, und was hat er euch geantwortet?« Reb Jossefel jedoch hörte kaum hin und ließ sie sich die Zungen wund reden. Dabei lächelte er wie immer sanft in sich hinein und wiederholte ein um das andere Mal: »Aber ein Altenheim werden wir, mit Gottes Hilfe, bekommen, hört ihr, an dem Gott und die Menschen ihre helle Freude haben werden!«

Es ist ein Jammer – das Altenheim steht bis auf den heutigen Tag leer: Reb Jossefel, Friede seiner Seele, ist schon in jene Welt hinübergegangen, und andere Anwärter gibt es nicht. Die Kasrilewker kleinen Menschlein sind wahrlich vom Pech verfolgt. Haben sie Appetit auf Eingemachtes, fehlt ihnen der Löffel; und ist der Löffel zur Hand – mögen sie kein Eingemachtes mehr.

FORTSCHRITT IN KASRILEWKE

Milieubilder, Schilderungen, Tatsachen und Anekdoten

1. Die Stadt

Gottes Wunder, was aus einer Stadt nur werden kann! Kasrilewke, mein altvertrautes Kasrilewke hat sich so sehr verändert, daß es kaum mehr wiederzuerkennen ist! Nach langer Zeit, nach vielen Jahren kam ich erneut auf einige Wochen in diese Stadt, ging durch ihre Straßen, sprach mit ihren Menschen, suchte alte Bekannte. Wer? Was? Wen? Der größte Teil ist verstorben, ein kleiner Teil nach Amerika ausgewandert, und die Neuen, die Zugezogenen, sind völlig andere Leute. Alles steht kopf! Wo sind sie nur geblieben, die berühmten kleinen Menschlein mit ihren kleinen Horizonten? Wo sind sie hin, jene bärtigen Juden, die nichts mehr in Erstaunen setzen konnte, die mit allem ihre Späße getrieben haben? Wo die jungen Männer mit Stöckchen, die über den Marktplatz zu schlendern pflegten, nach irgendeiner Beschäftigung Ausschau hielten und sich in ihrem Kummer darüber, daß sie nichts fanden, einer über den anderen und alle zusammen über die ganze Welt lustig machten? Stutzer sah ich jetzt durch die Straßen spazieren, ehrsame Bürger mit Hut und mit Kneifern auf der Nase. Und die liederlichen Frauenzimmer mit den weißen Strümpfen und den roten Strumpfbändern? Und die Mädchen von einst mit ihren Kopftüchern? Keine Spur mehr von ihnen! Damen mit Hütchen sind jetzt an mir vorbeistolziert. Vornehme Frauen in Sonntagskleidern. Mamsells mit Handschuhen an den Händen. Neue Menschen. Eine neue Welt. Und die Stadt selbst – hoho! Die Straßen hat man gepflastert. Elektrische Laternen aufgestellt. Grammophone, Kinematographen und Illusionstheater angeschafft – nichts, was es nicht gibt!

Das ist sozusagen die äußere Schale. Tief in seinem Inneren hat sich Kasrilewke noch weit mehr verändert, in der Tat, ich wollte anfangs gar nicht glauben, daß ich noch in meiner alten Heimatstadt war. Überall irrte ich herum, um wenigstens eine meiner ehemaligen Gesellschaften wiederzufinden. Früher waren sie einmal im Überfluß vorhanden gewesen. Ich rede ja schon gar nicht von den »Gebets-« oder »Mischnakreisen«, ich meine solche Vereinigungen wie zum Beispiel »Nächstenliebe«, »Brot für die Hungernden«, »Hilfe für die Siechen«, »Kleider für die Nackten«, »Stütze der Gefallenen«, »Heilung für die Kranken«, »Nachsicht mit den Sündern« … All diese Gesellschaften sind, wie es scheint, völlig verschwunden, dorthin, wo jene verschwunden sind, die sie gegründet haben, wohin der größte Teil der kleinen Menschlein gegangen ist, wo sich nun auch der alte, einsame Rebbe Reb Jossefel befindet – ein lichtes Paradies möge ihm beschert sein –, beim Gedanken an ihn traten mir die Tränen in die Augen. Anstelle der aufgezählten sind im modernen Kasrilewke ganz neue Vereine entstanden, moderne Zirkel für »Kunst«, »Kultur« und »Sprache«. Unmöglich, sie alle im einzelnen vorzustellen, wir können sie hier nur streifen, einen groben Überblick vermitteln. Sie treten im modernen Kasrilewke übrigens stets paarweise auf; was zum Beispiel die Sprache anbelangt, so gibt es einen Zirkel »Jiddischisten« und einen »Hebraisten«, und beide können einander nicht ausstehen, nicht einmal den Namen des anderen hören. Oder es gibt eine Gesellschaft zur Pflege der Volksmusik, und einen »Hasomir« mit den Sparten »Flöte« und »Trompete« – und beide Folkloregruppen würden am liebsten mit dem Messer aufeinander losgehen. Es gibt zwei reformierte Schulen, jede könnte die andere mit bloßen Blicken töten, zwei jüdische Theater, die sich, würden sie nicht Respekt vor Gott und dem Zaren haben, schon längst in einer stillen Nacht gegenseitig in Brand gesteckt hätten, des weiteren zwei Buchverlage, von denen jeder darauf aus ist, den anderen mit Haut und Haaren zu verschlingen, zwei literarische, zwei dramatische und zwei Emigrantenzirkel und noch eine Fülle anderweitiger Gesellschaften, zwei Stück von jeder Art, der wilden Konkurrenz zuliebe, dem alten Übel in Kasrilewke. Die Veranlagung dazu hatten die Kasrilewker seit jeher – es ist einfach nicht auszurotten. Laßt den einen sich die Nase abschneiden, und Ihr könnt sicher sein, daß Ihr dort anderntags zwei abgeschnittene Nasen finden werdet. Was das Motiv dafür ist? Es gibt ein ganz simples Motiv: Lohnt es sich für jenen, seine Nase abzuschneiden, lohnt es sich für mich auch.

2. Zeitungen

So wie jedes Ding im modernen Kasrilewke gleich doppelt vorhanden ist, gibt es dort auch zwei jiddische Zeitungen: »Die Jarmulke« und »Der Hut«.

Es versteht sich von selbst, daß die »Jarmulke« ein frommes, altmodisches Blatt ist, das sich an das orthodoxe Publikum wendet, und es sich beim »Hut« um eine moderne, radikale Zeitung für die progressiven Elemente handelt. Schon allein aus ihrem jeweiligen Motto läßt sich die Ausrichtung dieser beiden konkurrierenden Zeitungen unschwer erraten. Auf dem Titel der »Jarmulke« prangt in großen Lettern: »Für Gott und die Menschen!«, und der Redakteur vom »Hut« hat obenan, ebenfalls in großen Lettern, seinen eigenen Namen gesetzt und darunter ganz bescheiden geschrieben: »Wo ich bin, da sind alle!«

Wann diese beiden Organe gegründet wurden und welches von ihnen älter ist? Schwer zu sagen, denn jedes von ihnen nimmt in Anspruch, das erste und einzige Organ in Kasrilewke zu sein, und ignoriert die Existenz des anderen, erwähnt nicht einmal, Gott behüte, dessen Namen. Der wird gemieden wie das Schweinefleisch! Allerhöchstens gezwungenermaßen und wenn es sich ganz und gar nicht umgehen läßt, weil man sich zum Beispiel gegenseitig beleidigen, begeifern und verreißen muß, nennt die »Jarmulke« ihren Widersacher »das abgefallene Hütchen«, und der »Hut« jene »die verschimmelte Jarmulke«. Meistenteils jedoch geht es bei ihnen sehr viel versteckter zu, und sie vermeiden tunlichst, den Namen des Konkurrenten in den Mund zu nehmen. Als der »Hut« zum Beispiel einmal über seine Widersacherin sprechen, ihren Namen aber nicht erwähnen wollte, führte er anstelle des Wortes »Jarmulke« eine ganze Liste alphabetisch geordneter Benennungen an. Das sah folgendermaßen aus: »Diese Aussätzige, diese Bettlerin, diese Chimäre, diese Denunziantin, diese Einfältige, diese Flegelin, diese Göre, diese Hündin, diese Ignorantin, diese Judenfeindin, diese kauzige Kröte, diese Landstreicherin, diese Müßiggängerin, diese Neidziege, diese Oberfromme, diese Provokateurin, diese Quasselstrippe, diese Runkelrübe, diese Spitzbübin, diese Tintenkleckserin, diese Unholdin, diese Viehhirtin, diese Weltfremde, diese

Zum-Teufel-mit-ihr, deren Namen wir nicht in Erinnerung rufen wollen ...«

Das hat in Kasrilewke einen gewaltigen Erfolg gehabt. Man riß sich den »Hut« aus den Händen. Alle trugen das Alphabet mit sich herum und lernten es auswendig. Die »Jarmulke« war darüber natürlich recht verärgert und hat schon am nächsten Morgen eine ebenfalls alphabetisch gereihte Antwort abgedruckt: »Wir haben es gelesen, das Alphabet von diesem Auswurf, diesem Bastard, dieser Canaille, diesem Dieb, diesem eingebildeten Esel, diesem Frechling, diesem Gottlosen, diesem Herumtreiber, diesem Infamen, diesem Judenhasser, diesem Kriecher, diesem Lügenmaul, diesem Meschuggenen, diesem Nicht-genannt-soll-er-sein, diesem Obergauner, diesem Papierbeschmutzer, diesem Quatschkopp, diesem Randalierer, diesem Schwein, diesem Trejfe-Esser, diesem Unverschämten, diesem Verbrecher, diesem Windmacher, diesem Zu-allem-Fähigen, aber wir antworten ihm nicht darauf, um unsere Feder nicht zu besudeln ...«

Dem Kasrilewker Leser gefällt diese Art von Literatur. Er schätzt sie mehr als jede andere. Er bezeichnet sie als »Kritik« und geht seinem Lebensunterhalt nach, während sich die Redakteure beider Zeitungen »kritisieren«. An Tagen, da die Blätter in Kasrilewke keine »Kritik« enthalten, verkaufen sie sich nicht so gut. Also bemühen sich die Redakteure nach Kräften, so oft wie möglich einander ihre schmutzige Wäsche zu waschen, damit es wieder »Kritiken« gibt und die Leserschaft etwas hat, wonach sie sich alle Finger lecken kann.

3. Konkurrenz

Wenn es auf Neujahr zugeht und bei den Zeitungen Hochbetrieb herrscht, wenn sie lauthals in die Welt trompeten und sich gegenseitig mit dicken, schreiend aufgemachten Neujahrsausgaben zu überbieten suchen, so wie es allerorten üblich ist, erscheint die »Jarmulke« mit einem großen »Rückblick« und zählt alles auf, was sie im vergangenen Jahr veröffentlicht hat. Dabei redet sie natürlich, Gott bewahre, kein schlechtes Wort über ihren Konkurrenten, denn Verleumdung ist wahrlich nicht im Sinne der

Gebote, sie erinnert nur quasi beiläufig daran, daß »das abgefallene Hütchen« in den Windeln lag und sein Redakteur noch barfuß herumlief, als sie, die »Jarmulke«, mit Gottes Hilfe schon eine »Jarmulke« gewesen ist ... Und der Hut verkündet in seiner Jahresrückschau ganz bescheiden, daß er, der »Hut«, zu einer Zeit, da die »verschimmelte Jarmulke« sich noch im Schmutz des Schulhofs gewälzt hat, in seiner ganzen Pracht und Herrlichkeit über den Horizonten von Kasrilewke aufgegangen ist, und Kasrilewke, wäre er nicht gewesen, noch heute im apathischen Schlaf des finstersten Fanatismus liegen würde.

Welche der beiden Zeitungen eigentlich weiter verbreitet ist, läßt sich gar nicht so leicht herausfinden. Die »Jarmulke« schwört bei Gott, daß sie von mehr Menschen gelesen wird als jede andere jiddische Zeitung auf der Welt. Wer es nicht glaube, der möge sich nur in die Redaktion bemühen, dort würde man es ihm beweisen.

Dasselbe schreibt aber auch der »Hut«, und er bietet, nicht faul, sogar eine Prämie von zehntausend Rubeln demjenigen, der ihm schwarz auf weiß nachweist, daß es irgendwo auf der ganzen Welt eine andere Zeitung gebe, die so verbreitet sei wie er. Und bescheiden, wie es so seine Art ist, fährt er fort: »Wir wollen uns mit unserer Zeitung ja nicht selbst loben. Wir halten nichts von Prahlerei. Prahlsucht ist ein Laster, ein Makel des Elends. Wir überlassen es also dem Leser selbst, seine Schlüsse zu ziehen – und die eine Zeitung mit der anderen, den einen Redakteur mit dem anderen zu vergleichen.«

Es versteht sich, daß beide Zeitungen, da die Konkurrenz ungeheuer, der Einfallsreichtum und das Wissen ihrer Mitarbeiter aber eher begrenzt sind, danach trachten, früher als die andere aus dem Druck zu kommen, mehr Nachrichten als die andere aus den gojischen Blättern zu übernehmen und was dergleichen Dinge mehr sind. Gegenseitig überwachen sie streng jeden ihrer Schritte, schauen sich gegenseitig auf die Finger, weisen einander nach, was wirklich geschehen ist, und denkt sich ein Redakteur etwas aus, weiß man das in der anderen Redaktion schon mit allem Drum und Dran. Um das zu illustrieren, möchte ich Euch ein paar Anekdoten anführen, die man mir bei meinem letzten Aufenthalt in Kasrilewke mitgeteilt hat.

234

Bei der »Jarmulke« ist es von alters her Brauch gewesen, am Tage vor Schabbes mit einer Sonderbeilage unter dem Titel »Gut Schabbes!« zu erscheinen. Nun, der »Hut« mußte der »Jarmulke« darin, nebbich, folgen, obwohl er doch eigentlich radikal war und obwohl er doch von sich stets behauptete, lange vor der »Jarmulke« erschienen zu sein, und er begann gleichfalls, jeden Freitag eine Sonderbeilage mit dem Titel »Gut Schabbes!« herauszubringen. So ist die Konkurrenz nun mal – was soll man machen. Dann aber ist er irgendwann einmal des Nachahmens überdrüssig geworden und erschien eines Freitags mit der Notiz, daß er, der »Hut«, da viele seiner Leser an der Schabbes-Beilage nicht interessiert wären und der Redakteur bestrebt sei, die Leser zufriedenzustellen, künftig ohne »Gut Schabbes!« erscheinen werde. Und wie bestürzt ist man beim »Hut« gewesen, als man die »Jarmulke« aufschlug und dort die wortwörtlich gleiche Erklärung fand: »Da viele unserer Leser ... erscheint die ›Jarmulke‹ künftig ohne ›Gut Schabbes!‹«

Nun, der »Hut« hat bei sich gesagt: Ob jene so eine Nachäfferin ist, werden wir ja sehen! Und er ist auf den absonderlichen Einfall gekommen, an irgendeinem Mittwoch ausnahmsweise mit nur drei Druckseiten herauszukommen – die vierte war leer, leer wie ein Nudelbrett. Die »Jarmulke«, nicht faul, erschien am selben Mittwoch ebenfalls mit nur drei bedruckten Seiten, die vierte – leer wie ein Nudelbrett. Das hat den »Hut« mächtig verdrossen, und er nahm sich vor, die Redaktion von all jenen zu säubern, die, wie man so sagt, »den Mist aus dem Hause tragen«. Es hat jedoch nicht viel geholfen. Er mußte sich davon überzeugen lassen, daß man der »Jarmulke« nichts verheimlichen konnte.

4. Umfragen

Die Kasrilewker Redakteure halten nichts davon, die Leser vor den Kopf zu stoßen oder ihr Süppchen für sich allein zu kochen. Im Gegenteil, in Kasrilewke sind Redakteur und Leser durch innige Bande miteinander verknüpft. In Kasrilewke tauscht sich der Redakteur gern mit dem Leser über seine Zeitung aus, ist glücklich, wenn der Leser ihm ein Briefchen schreibt, und führt zu diesem Zwecke verschiedene Umfragen durch, das heißt, er fordert die Leser auf, sich zu dieser oder jener Frage zu äußern.

Über diese Art von Umfragen werde ich hier eine kleine Anekdote zum besten geben, die mir genau so von einem Kasrilewker Literaten mitgeteilt worden ist. Dazu hatte er mich weit aus der Stadt hinausgeführt. Als wir fernab unter uns waren, fing er zunächst einmal an zu lachen, und als er sich endlich wieder beruhigt hatte, hub er an und erzählte folgendes: »Wißt Ihr, wann es um unsere Zeitung am schlimmsten steht? Im Sommer. Es sei denn, Gott hilft und schickt die Cholera – dann mag es vielleicht noch gehen. In jenem Sommer aber, von dem ich Euch berichten will, hat es keine Cholera gegeben – es war zum meschugge werden! Was also tun? Der ›Hut‹ (ich war damals grade beim ›Hut‹ angestellt) verfiel auf eine Idee und schrieb plötzlich, so aus heiterem Himmel: ›Da eine gewisse Anzahl Leser mit dem Titelkopf unserer Zeitung nicht zufrieden ist, sie meinen, das „u" in „Hut" wäre zu lang, sähe aus wie ein stakender Storch, ein anderer Teil der Leser hingegen die Ansicht vertritt, daß ein langes „u" weit schöner als ein kurzes sei, wenden wir uns in dieser Frage an die Leserschaft selbst; und wenn die Mehrheit unserer Leser nach einem anderen Titelkopf verlangt, werden wir keine Kosten scheuen, um uns mit einem solchen zu versehen. Wer sich an der Umfrage beteiligen will, möge sich an die Redaktion „Der Hut" wenden.‹

Nachdem dieses Stück Arbeit getan war, rieb sich unser Redakteur die Hände. ›So‹, sagte er, ›jetzt haben die Rindviecher was zu kauen.‹ Doch am nächsten Morgen, als wir in die Redaktion kommen – was sehen wir? Der Redakteur siedet wie ein Samowar. Was war geschehen? Wir würden ihn noch ins Grab bringen! Wir trügen alle Geheimnisse aus der Redaktionsstube! Und er greift nach der ›Jarmulke‹ und zeigt uns dieselbe Bekanntmachung wie im ›Hut‹; ›Nicht alle Leser sind mit dem Titelkopf unserer Zeitung zufrieden, sie finden, das „u" in „Jarmulke" sei ein wenig zu kurz geraten, wie eine Ente, wenn sie schwimmt, andere wiederum meinen, im Gegenteil, ein kurzes „u" sei viel schöner als ein langes; daher wenden wir uns in dieser Frage an die Leserschaft: Und wenn das Gros der Leser einen anderen

Titelkopf fordert, werden wir uns für einen anderen entscheiden, ganz gleich, was es auch kostet. Die Leser der „Jarmulke" sind aufgerufen, sich an dieser Umfrage zu beteiligen und sich auf schriftlichem Wege an die Redaktion zu wenden.‹

Das war ein grausamer Schlag für den ›Hut‹! Nichtsdestotrotz druckte er tagaus, tagein die Meinungen zum Titelkopf ab, und die ›Jarmulke‹ genauso: Tagaus, tagein ging es um den Titelkopf! Und so hat es sich bei uns in Kasrilewke den ganzen Sommer hindurch hin- und hergeköpfelt, bis der ›Hut‹ eines schönen Tages das Resultat verkündete: ›Wir können den Lesern mitteilen, daß sich der Titelkopf unseres „Hutes" nicht verändern wird, denn von unseren 20 000 Lesern sprachen sich nur 187 gegen und die restlichen 19 813 für den alten Kopf aus ...‹ Na, was meint Ihr? Aber gewiß doch! Noch am selben Tage ist die ›Jarmulke‹ mit derselben Erklärung erschienen. ›Da von unseren 20 000 Lesern nur 187 gegen und die restlichen 19 813 für den bisherigen Titelkopf stimmten, behalten wir den alten bei ...‹

Woher die ›Jarmulke‹ das erfahren hat? – Hier ist keine Menschenseele, nur Ihr, ich und Gott! Und ich sage Euch: Da ist eine finstere Macht im Spiele! Ein Zauberer! Der Teufel selbst verrät es ihr! Aber Ihr wollt sicher den Schluß erfahren? Ein trauriger Schluß! Unser Redakteur hat sich in sein Büro eingeschlossen. Er hat dort sogar geweint. Woher ich das weiß? Nun, ich weiß, was ich sage ... Dann, als er sich ausgeweint hatte, jagte er auf einen Schlag alle Mitarbeiter – mich einbegriffen – fort und stellte neue ein. Er hat aber sehr bald auch jene vertrieben und an ihrer Statt wieder die alten eingestellt. Nur an mich ist er noch nicht herangetreten. Das wird sicher noch kommen. Es bleibt zu hoffen ... Er ist meschugge, der ›Hut‹, das ist wahr, aber man verdient bei ihm ein paar Groschen ... Bei der ›Jarmulke‹ kann man nicht einmal das. Die ›Jarmulke‹ ist doch noch viel schlimmer!«

5. Sensationen und Romane

Wie auf der ganzen Welt üblich, lebt auch die Kasrilewker Presse von den außergewöhnlichen Tagesereignissen und druckt Sensationen. Auf der ganzen Welt tut man das in Maßen. In

Kasrilewke jedoch kennt man kein Maß – und alles nur wegen der Konkurrenz. So verkündete zum Beispiel der »Hut« die Neuigkeit, daß eine Frau in Kasrilewke ein Kind mit zwei Köpfen zur Welt gebracht habe. Am nächsten Morgen findet Ihr die gleiche Notiz in der »Jarmulke«, nur noch ein bißchen gepfefferter: daß eine Frau in Frankreich ein Kind mit *drei* Köpfen geboren habe. Das Kind erfreue sich bester Gesundheit und esse mit allen drei Mündern zugleich … Oder der »Hut« entschied sich, eine Nachricht zu bringen, daß es mitten im Juli in Odessa schrecklich geschneit habe – wie im tiefsten Winter. Die »Jarmulke« ließ sich nicht lumpen und veröffentlichte tags darauf dieselbe Mitteilung, nur noch ein bißchen dicker aufgetragen: daß in Odessa mitten im Juli Schnee gefallen sei, drei Klafter hoch. Mehr als zwanzig Erfrorene habe es gegeben.

Am schönsten aber ist die Geschichte mit den Fischen. Eines Freitags erschien die »Jarmulke« mit der Mitteilung, daß eine Frau, eine Leserin der »Jarmulke«, Fisch für Schabbes gekauft habe – einen Hecht, etliche Pfund schwer. Sie habe den Fisch nach Hause gebracht, ihn geschuppt, ihn aufgeschnitten und in seinem Bauch einen Fingerring und zwei Ohrgehänge aus purem Gold gefunden. Man halte die Stücke für außerordentlich wertvoll. Wer den Schmuck in Augenschein nehmen wolle, könne ihn sich in der Redaktion der »Jarmulke« ansehen.

Das hat dem »Hut« einen Stich ins Herz gegeben, und sein Redakteur ist den ganzen Schabbes über völlig kopflos durch die Gegend gelaufen. Kaum war der Sonntag angebrochen, teilte er seinen Lesern mit, daß eine Frau, eine Leserin des »Hutes«, Fisch für Schabbes gekauft habe – einen Schlei von zehn Pfund Gewicht; nur mit Müh und Not brachte sie ihn nach Hause. Daheim angekommen, habe sie ihn abgeschuppt, aufgeschnitten und aus seinem Bauch einen ganzen Schatz hervorgeholt: ein halbes Dutzend Eßlöffel, ein Dutzend Teelöffel, drei vergoldete Becher, zwei Untersetzer, ein Paar Silberleuchter – und alles 84er Feingehalt! Wer sich diese Dinge anschauen wolle, möge in die Redaktion »Der Hut« kommen.

Sensationeller als alles andere jedoch ist der dortige Fortsetzungsroman. Zu der Zeit, da ich mich in Kasrilewke aufhielt,

238

haben beide Zeitungen, sowohl der »Hut« als auch die »Jarmulke«, einen höchst interessanten und spannenden Roman
abgedruckt. Bei der einen hieß er *Der verbotene Kuß der geraub-
ten Braut* und bei der anderen *Der geraubte Kuß der verbotenen
Braut.*

Wie mir mein oben bereits erwähnter Kasrilewker Bekannter
unter dem Siegel der Verschwiegenheit mitteilte, wurde dieser
Roman einem alten russischen Buch entnommen – von zwei verschiedenen Literaten, die alles daransetzten, die Geschichte soweit wie möglich in die Länge zu ziehen. Und um das Publikum
bei Laune zu halten, warteten sie tagtäglich mit neuen Überra-
schungen auf: So lassen sie plötzlich, wie aus heiterm Himmel,
den kräftigen und gesunden Haupthelden sterben und machen
ihn gleich darauf wieder lebendig, oder sie schaffen ohne viel Fe-
derlesens ein paar von den Frauen aus der Welt, wie es ihnen gerade in den Kram paßt. Ja, und wenn Ihr wollt, fangen sie auch
noch einmal ganz von vorne an – und nichts und niemand kann
sie davon abhalten! Man muß aber, um der Wahrheit die Ehre zu
geben, gestehen, daß dieser Roman in Kasrilewke aufmerksam
gelesen wird. Die Leserschaft leckt sich alle Finger und verfolgt
ihn mit begierigem Interesse. Kaum dämmert der Morgen, gleich
stürzt man sich auf die *Verbotene Braut,* schließlich will man ja
wissen, wie das Ganze ausgehen wird.

Eigentlich hätte die Geschichte schon seit Monaten zu Ende
sein können. Die Verfasser selbst waren es leid, sich damit her-
umzuplagen. Sie hatten sich im Grunde längst von den Helden
ihres Romans befreit: Den einen würde man aufhängen, den
nächsten vergiften, einen dritten erschießen. Wegen der erbitterten Konkurrenz jedoch forderten die Redakteure, man solle die
Sache noch weiter in die Länge ziehen: Keiner von ihnen wollte
als erster Schluß machen. Zu jener Zeit, da ich in Kasrilewke
weilte, führte das dazu, daß einige Romanfiguren schon zum
drittenmal erschossen wurden und die verbotene Braut schon
zweimal geraubt, entführt und gepeinigt worden war; danach hat
man sie gesucht, gefunden und noch einmal geraubt und mörde-
risch gepeinigt. Das Gemetzel dieser Autoren nimmt überhaupt
kein Ende – weiß der Himmel, was sie sich noch alles ausdenken
werden!

6. Reklame

Freilich, wenn sich die Kasrilewker Zeitungen nur nach dem Interesse ihrer Leser richten würden, wäre es bald schlecht um sie bestellt. Der ganze Rummel, das ganze Hickhack geschieht einzig und allein wegen der vierten Seite, wegen der Reklame und den Annoncen, auf die sich bekanntlich die Presse in der ganzen Welt stützt.

Was nun Reklame und Annoncen anbelangt, so läßt sich sagen, daß die Kasrilewker Zeitungen hierin dem Beispiel der amerikanischen folgen – allerdings sind sie jenen noch ein gutes Stück voraus. In Kasrilewke wird Reklame groß geschrieben. Schon heutzutage findet ihr dort niemanden, keinen Händler, Krämer oder Handwerker, keine Köchin und kein Dienstmädchen, der nicht eine Annonce in die Zeitung setzen ließe! Ob ihr wollt oder nicht, spielt keine Rolle – annoncieren müßt ihr. Bringt ihr eure Tochter unter die Haube – müßt ihr annoncieren. Wird in eurer Familie ein Junge geboren – müßt ihr eine Annonce setzen lassen, ist es ein Mädchen – auch eine Annonce. Ja, und wenn es euch einmal einfallen sollte, keine Annonce aufzugeben – gleich ist die Hölle los! Das heißt, man tut euch, Gott bewahre, natürlich nichts zuleide, man schreibt dann in die Zeitung nur Dinge über euch, daß euch Hören und Sehen vergeht und ihr sie schließlich von selbst anbettelt: »Kinderchen! Da habt ihr eine Annonce, zwei Annoncen, drei Annoncen, nur hört endlich damit auf ...«

Über diese Art, Annoncen einzutreiben, erzählt man sich in Kasrilewke eine ganze Reihe hübscher Anekdoten. Wir wollen hier nur ein paar davon zum besten geben:

1) Die Geschichte von einem Krämer

Nochum, der Spezereienhändler, ist es überdrüssig geworden, immerfort Annoncen in den Zeitungen aufzugeben. Eines Morgens, als er nach dem Aufstehen wie gewohnt zur Zeitung greift, schlägt er die Hände überm Kopf zusammen: Auf der ersten Seite steht schwarz auf weiß und in fetten Lettern: »Vergangene Nacht sind in die größte hiesige Gewürzhandlung Mäuse eingefallen und haben die ganze Ware verdorben. Nachdem sie sich mit Spezereien vollgefressen hatten, begann unter den Mäusen ein Massensterben ...«

Natürlich hat sich Nochum, Spezereienhändler, nebbich, die Haare gerauft, Gift und Galle gespien und sich geschworen, daß er die Zeitung verklagen würde, nur geendet hat es damit, daß man heute, Tag für Tag, auf der vierten Seite beider Kasrilewker Zeitungen, schön groß gedruckt, folgende Anzeige findet: »Gute, frische Gewürze jeglicher Art bekommt man nur bei Nochum, dem Spezereienhändler.«

Mancher muß halt erst Lehrgeld zahlen, bevor er klüger wird.

2) Die Geschichte von einem Weinfäßchen

Jidl Schankwirt war sich mit dem »Hut« und der »Jarmulke« in die Haare geraten und hatte gesagt: Schluß jetzt! Er würde nicht mehr für seine Weinschenke inserieren – komme, was da wolle! Er sollte es aber schon bald bereuen, denn am nächsten Morgen stand in beiden Kasrilewker Zeitungen die Nachricht, daß sich bei einem ortsansässigen Schankwirt ein Unglück ereignet habe. Ein Fäßchen Wein hätte schon eine Weile dagestanden und wäre sauer und immer saurer geworden. Und vor lauter Säure habe der Wein zu gären begonnen und ins Freie gedrängt. Schließlich sei das Fäßchen explodiert – der Wirt selbst kam nur wie durch ein Wunder mit dem Leben davon ...

Gleich nachdem Jidl Schankwirt das gelesen hatte, lief er eilends in beide Zeitungsredaktionen und gab folgendes Inserat auf: »Wer Lust hat, ein frisches Gläschen Wein zu trinken, sollte sich daran erinnern, daß es einen Mann gibt, den man Jidl Schwankwirt nennt ...«

Ja, wer nicht hören will, muß eben fühlen!

3) Die Geschichte von dem Phänomen

Einem Ehepaar, das erst kürzlich geheiratet hatte, wurde ein kleiner Junge geboren. Die Eltern des Kindes veranstalteten eine Beschneidungsfeier, alles schön, wie es sich gehört, streng nach Gottes Geboten. Aber was geschah? Sie hatten versäumt, dieses freudige Ereignis tags zuvor in den Zeitungen bekanntzugeben.

Am Morgen nach der Beschneidungsfeier fand man in den Kasrilewker Zeitungen eine kurze Notiz unter dem Titel »Phänomen«. In der Notiz wurde von einem sonderbaren Fall berichtet, der sich in Kasrilewke zugetragen habe, einer Sache, wie sie nur einmal in tausend Jahren vorkommt: »Eine junge Frau, zum erstenmal verheiratet, brachte nur fünf Monate nach der Hochzeit einen Jungen zur Welt. Der kleine Junge, das Phänomen, lebt, ist wohlauf und kräftig an Leib und Gliedern. Gestern erst hat man die Beschneidung gefeiert …«

Was das Ehepaar durchmachen mußte, kann man sich unschwer vorstellen. Der junge Mann, der Vater des »Phänomens«, ist, nebbich, in Kasrilewke herumgelaufen wie eine vergiftete Maus und hat allen Leuten an den Fingern vorgezählt, daß seit seiner Hochzeit genau neun Monate und neun Tage verflossen waren … Aber was half's? In der Stadt hörte man ihm zu und wieherte vor Lachen, der junge Mann drohte mit einem Prozeß, nur, da kein Name erwähnt worden war, hatte man nichts in der Hand – keiner wollte sich der Klage annehmen. In der Stadt jedoch hielt man sich die Bäuche über das »Phänomen«. Das war etwas so recht nach dem Geschmack der Kasrilewker Leser. Der Kasrilewker Leser mag keine traurigen Geschichten. Er liebt die lustigen Dinge!

7. Politik

Man darf indes nicht annehmen, daß sich die Kasrilewker Presse allein in dem erschöpft, was man in Amerika mit Business bezeichnet, daß sie der Politik keinerlei Beachtung schenken würde. Was wäre das für eine Presse ohne Politik? Was wären das schon für Zeitungen, wenn sie sich nicht für die Dinge der Allgemeinheit interessieren wollten? Nicht nur die Redakteure und Mitarbeiter der Zeitungen, sondern auch die Leser selbst werden von Zeit zu Zeit in den Strudel der politischen Kämpfe gezogen. Parteien liegen in erbittertem Streit miteinander, schlagen sich, bekriegen sich bis aufs Messer. Der Bruder erhebt sich gegen den Bruder. Das Wort »Gewissen« existiert nicht mehr. Jedes Mitgefühl erstirbt. Und das wiederholt sich genau alle drei Jahre – wenn man den Rabbiner wählt.

Parteien gibt es in Kasrilewke so viele, wie es Kandidaten gibt. Zwei Kandidaten – zwei Parteien. Ein Kandidat wird von der »Jarmulke« und ihrer Partei, die man auch als »Jarmulkisten« bezeichnet, gefördert, den anderen Kandidaten unterstützt der »Hut« und dessen Anhängerschar, die »Hutisten«. Beide Kandidaten waren in Kasrilewke schon einmal in Amt und Würden, aber jeweils nur für drei Jahre, länger als drei Jahre hat sich noch keiner von ihnen gehalten. Jeder der Kandidaten besitzt selbstverständlich sein eigenes politisches Programm. Wird beispielsweise der Kandidat der »Jarmulke« gewählt, kommt er die erste Zeit am Schabbes früher als alle anderen in die Synagoge, zu Hause trägt er den ganzen Tag über seine Jarmulke (ein eingefleischter Jarmulkist!), und mit jedem feilscht er um die Gemeindesteuer. Wieviel man ihm auch geben mag – es ist zu wenig. Der Kandidat der Hutisten hingegen geht überhaupt nicht in die Synagoge, höchstens einmal zu den Feiertagen, daheim läuft er barhäuptig herum, hat nicht einmal ein Hütchen auf, und ißt, so wird behauptet, sogar Blutwurst. Sein Prinzip lautet: »Ich pfeife darauf!« Und selbst dort, wo man ganz gut feilschen könnte, feilscht er nicht, Gott bewahre! Bei ihm gibt es eine feste Taxe, und wenn ihr sie nicht entrichten könnt, mögt ihr eure Siebensachen packen und euch davonscheren – »Ich pfeife darauf!«

Zu jener Zeit, da ich mich in Kasrilewke aufhielt, war gerade, wie es in Amerika heißt, Municipal election – Gemeindewahl. Es ging heiß her. Von den beiden Zeitungen gar nicht erst zu reden. Was sich die beiden Kontrahenten dabei gegenseitig alles an den Kopf warfen, läßt sich hier unmöglich wiedergeben, wir können nur an einem ausgewählten Fall verdeutlichen, was für Dialoge die Redakteure allmorgendlich miteinander führten: »Wieviel Schweiß, wieviel Schmutz, wieviel Unrat sich doch unter der jüdischen ›Jarmulke‹ angesammelt hat! Wieviel Pein, wieviel Spott, wieviel Schmach wir wegen dieser verstaubten ›Jarmulke‹ erdulden mußten! Der Tag, an dem wir endlich von ihr erlöst werden, wird ebenso ein Freudentag sein wie jener, da wir uns aus der Ägyptischen Knechtschaft befreiten. Nieder mit der ›Jarmulke!‹ Es lebe der ›Hut‹! Nieder mit den Jarmulkisten! Es leben die Hutisten! Hurraaaah!!!«

Darauf hat die »Jarmulke« dem »Hut« mit knappen Worten geantwortet:

»Das abgefallene ›Hütchen‹ hat wieder einmal von sich hören
lassen. Welches Ziel verfolgen diese Hutisten nur mit ihrem
Kandidaten? Wissen sie denn nicht, daß Kasrilewke eine jüdische
Stadt ist, eine alte und bedeutende Stadt vom Stamme Israel, die
keinen Kandidaten zum Rabbiner wählen wird, der Schweinefleisch frißt, noch dazu in Butter gebraten, und das am Versöhnungstag, vor dem Gebet, barhäuptig und ungewaschen?«

Wie der Wahlkampf dort ausgegangen ist, vermag ich nicht zu
sagen. Ich bin vorher abgereist.

8. Die Sache mit den sieben Schadchen

Eine Zeitung muß sich ihren Lesern und deren Bedürfnissen an-
passen können. Das hat als erster der Redakteur der »Jarmulke«
begriffen und bald darauf in seiner Zeitung eine Rubrik für Ehe-
vermittlungen eingerichtet: »Stimme des Bräutigams und Stimme
der Braut«. Gleichzeitig wandte er sich an seine Leser mit einer
Bekanntmachung:

»Die Stadt Kasrilewke wird von Tag zu Tag größer, die Kinder
werden es auch, und die Heiratsvermittler können sich schließlich nicht zerreißen. Daher haben wir uns ein Mittel ausgedacht,
durch das die Kasrilewker Bürger, die sich um das Schicksal ihrer
Kinder Gedanken machen, nicht länger auf die Hilfe der Schadchen angewiesen sind, sondern selber ihre Bräutigame mit Bräu-
ten und ihre Bräute mit Bräutigamen versorgen können. Wie geht
das vor sich? Nun, ganz einfach: jedes Elternpaar, das ein Kind
im heiratsfähigen Alter besitzt, soll nicht lange zögern und der
›Jarmulke‹ mitteilen, daß es so oder so einen Sohn, so oder so
eine Tochter hat, wieviel Mitgift man geben will und was man sei-
nerseits für Anforderungen stellt. All diese Meldungen drucken
wir völlig unentgeltlich ab, nur um ein gutes Werk zu tun, zum
Wohle der Allgemeinheit.«

Versteht sich, daß das beim »Hut« einschlug wie eine Bombe.
Daß ihm die »Jarmulke« aber auch eine solche Sache vor der
Nase wegschnappen mußte! Im ersten Moment wollte er mit

einem flammenden Artikel gegen die »Jarmulke« zu Felde ziehen, Lärm schlagen, wie tief die Kasrilewker Presse doch gesunken sei, wie sehr sich die Kasrilewker Literatur doch erniedrigt habe, daß die »verschimmelte Jarmulke« auf ihre alten Tage auch noch unter die Kupplerinnen gegangen wäre, und was dergleichen bissige Bemerkungen mehr sind. Aber zu guter Letzt besann sich der Redakteur eines Besseren und veröffentlichte tags darauf im »Hut« die folgende Mitteilung: »Die Welt bleibt nicht stehen. Der Fortschritt läßt sich nicht aufhalten. Vorbei sind die Zeiten, da junge Menschen von fanatischen Vätern und Müttern zur Heirat gezwungen wurden, statt frei unter ihresgleichen wählen zu können. Vorbei sind jene Zeiten, da ein Finsterling von Schadchen zwei wildfremde Menschen zusammengeführt und ihnen zur Hochzeit Glück und Segen gewünscht hat. Nein. Die Kinder unserer modernen Zeit sind klüger geworden. Sie können ihr Schicksal selbst bestimmen. Das heilige Gefühl der heiligen Liebe reißt Mauern ein und bricht sich Bahn durch eherne Wände. Herzen wenden sich einander zu. Seelen vereinen sich. Diesem edlen Zweck öffnen wir die Tore unserer Zeitung, und unter dem Kennwort ›Von Bursche zu Mädchen, von Mädchen zu Bursche‹ kann jeder einzelne mitteilen, was er sucht, mag es nun ein junger Mann oder eine Mamsell, ein Greis oder eine Witwe sein – der ›Hut‹ steht ihm stets zu Diensten, denn der Wahlspruch unserer Zeitung lautet: ›Alles für das Wohl des Volkes‹ und die Maxime der neuen Rubrik: ›Freiheit und Liebe‹.«

Bei den Redaktionen beider Kasrilewker Zeitungen ist eine Flut von Meldungen eingegangen: In der »Jarmulke« sind unter der Rubrik »Stimme des Bräutigams und Stimme der Braut« die Eltern der künftigen Brautleute zu Worte gekommen, und im »Hut« unter der Rubrik »Von Bursche zu Mädchen und von Mädchen zu Bursche« die Heiratswilligen selbst. Und in Kasrilewke herrschte eitel Freude. Schließlich ist das keine Kleinigkeit, Ihr könnt schreiben, was Ihr wollt, und braucht kein Geld dafür zu zahlen!

Hätte es in Kasrilewke nur eine einzige Zeitung, dafür aber keine Schadchen gegeben, wäre das womöglich keine schlechte Sache gewesen. Da sich in der Regel jedoch, kaum daß die eine

Zeitung mit einer Heiratsvermittlung betraut wurde, gleich noch die zweite einmischte, und zu guter Letzt auch noch der Schadchen seine Finger ins Spiel bekam – entstand binnen kürzerster Zeit ein derartiges Durcheinander, daß die Betroffenen Kasrilewke Hals über Kopf verlassen mußten. Nicht lang vor meiner Abreise hat sich dort etwas zugetragen, das es sich lohnt, hier wiederzugeben, nicht so sehr um der Geschichte selbst, als vielmehr ihrer Moral wegen. Die Sache hat sich tatsächlich genauso ereignet und ist nicht etwa, Gott bewahre, einfach bloß ausgedacht – derjenige, der sie mir erzählt hat, verbürgte sich dafür. Und erzählt hat sie mir derselbe junge Mann, der mir, unter dem Siegel der Verschwiegenheit, auch die Sache mit den »Titelkämpfen« verraten hatte.

»Wenn Ihr diese Geschichte einmal zu Papier bringen solltet, so nennt sie einfach ›Die Sache mit den sieben Schadchen‹.« Bei diesen Worten wandte sich der junge Mann ab, hielt sich beide Hände vor den Mund und prustete los. Unterbrechen wollte ich ihn nicht. Wenn er schon selbst zu lachen anfing, mußte es sich in der Tat um etwas Lustiges handeln. Also ließ ich ihn lachen. Und als er sich endlich beruhigt hatte, begann er, mir eine Geschichte zu erzählen, die wir hier mit seinen eigenen Worten wiedergeben wollen: »Wie Ihr ja schon wißt, tun unsere Wohltäter, egal, ob es sich um die konservative ›Jarmulke‹ oder den modernen ›Hut‹ handelt, nie etwas für sich, Gott bewahre, ihr ganzes Streben gilt einzig und allein dem Wohle der Allgemeinheit, aber wenn Ihr lest, was sie so schreiben, merkt Ihr bald, ihr Wahlspruch lautet: ›Jeder ist sich selbst der Nächste, und umsonst ist der Tod!‹ Wenn ich Euch nun sage, daß unsere beiden Redakteure Schadchen sind, schlicht und einfach Schadchen, würdet Ihr mir schwerlich Glauben schenken, nicht wahr? Was aber, wenn ich es Euch schwarz auf weiß beweise?«

Dabei zog der junge Mann ein Bündel Zeitungen aus seiner Brusttasche, zunächst die »Jarmulke«, dann den »Hut« und begann laut daraus vorzulesen:

»Aus der ›Stimme des Bräutigams und Stimme der Braut‹:

Werter Herr Redakteur! Ich bin ein ständiger Leser Eurer werten ›Jarmulke‹ und finde es sehr gut, daß Ihr die ›Stimme des Bräutigams …‹ eingerichtet habt. Und so bitte ich Euch, abzudrucken, daß ich ein Kasrilewker Bürger von bester Herkunft und beträchtlichem Vermögen bin und eine einzige Tochter habe. Freilich darf ich sie nicht selbst loben, denn es steht geschrieben: *Jehalel lecha sar welo picha* – mögen dich die anderen loben, ich will hier nur kurz ihre wichtigsten Vorzüge aufzählen: Sie ist 1.) eine Jungfrau 2.) von schöner Gestalt 3.) außergewöhnlich klug 4.) ein wahrer Haussegen 5.) schrecklich gebildet 6.) spielt Piano 7.) bekommt zehntausend Mitgift 8.) ist gekleidet wie eine Prinzessin 9.) spricht Französisch 10.) und tanzt auch. Wer einen Sohn hat, der einen weißen Ausmusterungsschein und eine freie Aufenthaltsgenehmigung besitzt, möge sich in der ›Jarmulke‹ an M. B. M. wenden.

Das war Nummer eins. In derselben ›Jarmulke‹, vom gleichen Tage findet Ihr auch noch eine andere Bekanntmachung: Geehrter Herr Redakteur! Ich bin ein ständiger Leser Eurer geehrten ›Jarmulke‹ und meine, daß Ihr mit ›Stimme des Bräutigams und Stimme der Braut‹ eine gute und nützliche Sache eingeführt habt. Und um Euch zu zeigen, für wie wichtig ich sie halte, möchte ich Euch folgendes mitteilen. Ich bin ein Hiesiger, ein Kasrilewker, und auch meine Eltern und Urgroßeltern sind schon Kasrilewker gewesen. Ich habe mir, gottlob, einen Namen gemacht, bin selbst ein reicher Mann aus angesehenem Hause, mit den angesehensten Familien verschwägert, und habe einen Sohn im heiratsfähigen Alter, der eine ganze Reihe von guten Eigenschaften besitzt. Und da geschrieben steht: *Jehalel lecha sar welo picha* – zu deutsch; *jehelelach ser* – laß den Fremden loben, *ulo* – und wenn kein Fremder da ist, *pich* – dann lob dich selbst, hier nun die Vorzüge meines Sohnes: 1.) Er ist ein junger Mann 2.) kommt ganz nach seinem Vater 3.) ist der einzige Sohn 4.) hat einen weißen Ausmusterungsschein 5.) ist gebildet 6.) ein Schönschreiber 7.) spielt Fiedel 8.) spricht Hebräisch 9.) ist fromm 10.) bekommt auch Mitgift. Wer eine gutaussehende Tochter hat, möge sich unter der Rubrik ›Stimme des Bräutigams und Stimme der Braut‹ bei der ›Jarmulke‹ an N. B. N. wenden.

Zwei feine Annoncen, nicht wahr? Und nun trifft es sich, daß just am gleichen Tage, wie Ihr hier seht, auch der ›Hut‹ zwei Annoncen abdruckt – unter der Überschrift ›Von Bursche zu Mädchen, von Mädchen zu Bursche‹. Jedoch nicht von den

Eltern, sondern von einem Burschen und einem Mädchen. Hören wir zunächst, was der junge Mann über sich schreibt: Werter Herr Redakteur! Als ständiger Leser Eures werten ›Hutes‹ möchte ich Euch mitteilen, daß ich ein gutaussehender, hochgewachsener Jüngling von 23 Jahren bin. Ich besitze einen weißen Ausmusterungsschein. Nichtsdestotrotz bin ich kräftig und gesund, und daran wird sich, unberufen, wohl auch nichts ändern. Ich habe sechs Klassen besucht und verfüge über eine vom Provisor ordnungsgemäß ausgestellte freie Aufenthaltsgenehmigung. Ich suche ein Mädchen, eine Schönheit, mit ein paar hübschen Tausendern Mitgift und einem guten Charakter. Wenn sie Piano spielen könnte, so wäre das nicht übel, und vielleicht käme sie sogar aus angesehenem Hause – das würde auch nichts schaden. Wer mich haben will, soll sich an den ›Hut‹ wenden – Kennwort: Braver Bursche.

Soweit der junge Mann im ›Hut‹. Jetzt wollen wir uns einmal den Brief des Mädchens anschauen. Sie schreibt folgendes:

Geehrter Herr Redakteur! Als ständige Leserin Eures geehrten ›Hutes‹ möchte ich Euch wissen lassen, daß ich ein Mädchen von 21 Jahren bin, mittelgroß, mit schwarzem Haar, weißem Gesicht, reizenden Grübchen auf den Wangen und einem sehr guten Charakter. Ganz Kasrilewke hält mich für eine Schönheit. Wenn ein Tanzvergnügen gegeben wird, verzehren sich alle Kavaliere nach mir. Aber ich schenke ihnen keinerlei Beachtung. Ich will einen Burschen mit gutem Charakter, nicht jünger als 22, einen guten Menschen, der imstande sein muß, ein Weib zu ernähren. Wenn er noch etwas Mitgift bekommen würde, so wäre das nicht weiter schlimm. Jedenfalls wird er in mir eine liebende Frau finden. Er sollte sich an den ›Hut‹ wenden, Kennwort: Berühmte Schönheit.

Nach Lage der Dinge hätte sich, so könnte man annehmen, der Vater des hübschen Mädchens, M.B.M., der einen Bräutigam mit weißem Ausmusterungsschein sucht, bei der ›Jarmulke‹ melden und an N.B.N. betreffs dessen einzigen Sohnes wenden müssen, der ja einen solchen weißen Schein hat, aus angesehener Familie stammt, Fiedel spielt, Hebräisch spricht und so weiter – das würde doch wahrhaftig zusammenpassen wie ein koscherer Deckel zu einem koscheren Topf. Aber was tut Gott? Da fällt es dem Vater, der doch an und für sich die ›Jarmulke‹ liest, wie aus heiterem Himmel ein, den ›Hut‹ aufzuschlagen und auf der vierten Seite nachzuschauen, was sich auf dem Heiratsmarkt tut. Und wie er sich so in die Meldungen vertieft, durchfährt ihn plötzlich ein Gedanke: Was nützt ihm der einzige Sohn aus angesehenem Hause, der schön schreiben kann, Hebräisch spricht und Fiedel spielt? Nein, er findet gewiß keinen besseren Bräutigam für seine Tochter als den ›braven Burschen‹ aus dem ›Hut‹, der auch einen weißen Schein besitzt und noch dazu die Aufenthaltsgenehmigung eines Provisors vorweisen kann. Ja, aber er liest den ›Hut‹? Na, sei's drum, wo steht denn geschrieben, daß alle Juden die ›Jarmulke‹ lesen müssen? In der Schrift heißt es: ›Laß deinem Nächsten seine Art zu leben.‹

Kurz und gut, er hat nach einem Schadchen geschickt und ihm aufgetragen: ›Soundso sieht die Sache aus – Ihr müßt die Adresse des „braven Burschen“ ausfindig machen, und wenn Ihr das getan habt, bringt ihn zu mir, damit er sich mit meiner Tochter bekannt machen kann. Dann wird man den Ehekontrakt aufsetzen und alles geht seinen Gang …‹

Verlassen wir jetzt den Vater des jungen Mädchens, und wenden wir uns dem Vater des einzigen Sohnes zu, der aus angesehenem Hause stammt, ein weißes Dokument besitzt, Fiedel spielt, Hebräisch spricht und so weiter.

Kaum hatte der Vater unter der Rubrik ›Stimme des Bräutigams und Stimme der Braut‹ gelesen, daß es da so ein schönes Mädchen mit derartig vielen Vorzügen gibt, die noch dazu zehn Tausender als Mitgift bekommt, dachte er sofort bei sich, daß das doch wahrhaftig eine gute Partie für seinen Sohn wäre. Nur bei einem war ihm nicht ganz wohl. Die zehntausend steckten ihm wie eine Gräte im Hals. Wenn nämlich ein Kasrilewker Reicher von zehntausend spricht, gibt es höchstens die Hälfte davon oder am Ende gar nur ein Drittel – man kennt sie ja! Besser mit Hunden zu verhandeln! Im ›Hut‹ dagegen meldet sich, wie er gerade erst gelesen hat, eine Schönheit, die einen Bräutigam mit gutem Charakter sucht. ›Und wo findet sich ein besserer Charakter als der meines Sohnes?!

So also sprach N. B. N. von der ›Jarmulke‹ zu sich, schickte nach einem Schadchen und bat ihn unter dem Siegel der Verschwiegenheit, er solle um jeden Preis beim ›Hut‹ in Erfahrung bringen, wer die Schönheit mit dem guten Charakter wäre, und ihr seinen Sohn vorstellen, den mit der weißen Urkunde, der Fiedel spielt, Hebräisch spricht und so weiter. Und so Gott will, wird die Sache ihren Lauf nehmen ... Möge ihnen viel Glück beschieden sein. Amen.

Wenden wir uns nun dem Burschen vom ›Hut‹ zu, der da sechs Klassen abgeschlossen hat und die Aufenthaltsgenehmigung eines Provisors besitzt. Selbst das kleinste Kind würde denken, daß dieser junge Mann wie geschaffen ist für die Schönheit aus dem ›Hut‹, nach der sich alle Kavaliere verzehren. Doch was kommt am Ende heraus? Plötzlich fiel es dem Burschen ein, in die ›Jarmulke‹ zu schauen, und wie er so die ›Stimme des Bräutigams und Stimme der Braut‹ überflog, stieß er auf den angesehenen Juden mit der einzigen Tochter, die schön von Gestalt ist, einen Bräutigam mit weißem Ausmusterungsschein und Aufenthaltsgenehmigung sucht und noch dazu zehntausend mit in die Ehe bringt. Gleich wuchsen unserem jungen Mann Flügel: Aber ebendiesen weißen Schein und ebendiese Genehmigung besaß er doch! Und ohne eine Minute zu verlieren, besprach er sich mit einem Bekannten, dem die Gelegenheit zu so einem kleinen Nebenverdienst gerade recht kam. Jener begab sich unverzüglich zu Herrn M. B. M. und präsentierte ihm einen Burschen mit weißer Urkunde und Aufenthaltsgenehmigung. Dieser war angenehm überrascht und rief aus: ›Gerade habe ich nach jenem jungen Manne geschickt!‹ Der Freund des Burschen sagte: ›Dann sind es halt zwei Schadchen, was tut das? Hauptsache, es wird ein glückliches Paar.‹ – ›Von Eurem Mund in Gottes Ohr‹, gab der Hausherr zurück. Und der andere ergänzt: ›Amen!‹

Jetzt bleibt nur noch die Schönheit aus dem ›Hut‹ übrig – und alles ist geregelt. Als die Schönheit im ›Hut‹ gelesen hat, daß es da einen Bräutigam mit weißer Urkunde und Aufenthaltsgenehmigung gibt, dachte sie gleich bei sich, daß das vielleicht die richtige Partie für sie wäre – nur eines stört sie. Er sucht eine Braut mit Mitgift, noch dazu mit ein paar hübschen Tausendern – tausend hübsche Schläge sollen ihn treffen! – unsere Hutisten, sie mögen es verzeihen, sind wohl modern, liberal und was dergleichen

Dinge mehr sind, aber sobald es ums Geld geht, würden sie sich auch dem Teufel verschreiben, selbst den leiblichen Vater würden sie verkaufen! Was Gelddinge anbelangt, sind die Jarmulkisten doch ein gutes Stück feiner. Und dort in der ›Jarmulke‹ gibt ein wohlhabender Mann bekannt, daß er einen Sohn mit allen möglichen Vorzügen habe und ein Mädchen sucht – eine Schönheit, genauer gesagt, und über die Mitgift verliert er nicht ein Wort. Wozu also dieser Bursche mit der Provisorgenehmigung, der nur aufs Geld aus ist? Der Sohn jenes wohlhabenden Mannes hat nur einen winzigen Fehler: Er ist fromm und spricht Hebräisch. Nun, sie hofft, das wird kein größeres Hindernis sein. Frömmigkeit ist schließlich eine Privatangelegenheit, und wenn er Hebräisch spricht, so ist das etwas, das sicher bald vorübergeht. Wenn sie erst einmal verheiratet wären, würde er wohl aufhören, Hebräisch zu sprechen, dann würde er mit ihr schon reden wie ein normaler Mensch!

So hat die Schönheit bei sich gedacht und ihren leiblichen Vetter, einen verarmten Mann, gebeten, er solle sich doch bitte zu jenem reichen Manne von der ›Jarmulke‹ bemühen, der eine Schönheit ohne Geld sucht, und ihm ihr Bild zeigen, der Rest würde sich schon ergeben ... Und so geschah es auch. Sobald der reiche Mann das Porträt gesehen hatte, rief er aus: ›Das ist genau das richtige Mädchen für meinen Sohn! Eben erst habe ich einen Schadchen zu dem hübschen Mädchen geschickt!‹ Und der verarmte Vetter der Schönheit bemerkte: ›Darum braucht Ihr Euch keine Sorgen zu machen, wenn die beiden erst glücklich vermählt sind, teilen wir die Provision eben durch zwei, was tut's?‹

›Möge es so sein, von Eurem Mund in Gottes Ohr!‹ – ›Amen!‹

Jetzt meint Ihr wohl, daß wir mit den Schadchen am Ende wären? Wartet nur ab. Vergeßt nicht, daß Kasrilewke eine große Stadt ist, in der an armen Leuten, Gott sei Dank, kein Mangel herrscht. Und so stand auch so ein kleines Männchen allein auf der Straße, und da es sonst nicht wußte, was es tun sollte, las es die ›Jarmulke‹ und den ›Hut‹ von der ersten bis zur letzten Zeile, ohne sich auch nur ein Wort entgehen zu lassen. Und als unser Mann nun in beiden Zeitungen die Annoncen der Heiratslustigen bemerkte, rief er voller Freude aus: ›Aber das ist ja ein Geschenk des Himmels! Das Mädchen, die Schönheit aus dem „Hut" ist doch wie geschaffen für den einzigen Sohn des Reichen aus der „Jarmulke", der ein schönes Mädchen ohne Mitgift sucht. Und die gutaussehende Tochter aus der „Jarmulke", die so schrecklich gebildet ist, Piano spielt und zehntausend als Mitgift bekommt, sucht doch haargenau so einen Burschen wie jenen, der da seine sechs Klassen abgeschlossen hat. Sie will einen mit Aufenthaltsgenehmigung, und der hat doch eine Aufenthaltsgenehmigung ...‹

Und ohne sich lange zu besinnen – wer weiß, am Ende käme ihm gar noch jemand anderes zuvor –, machte sich unser Vermittler auf den Weg und hatte binnen einer Stunde allen vier Beteiligten einen Besuch abgestattet: dem Reichen und dem künftigen Brautvater der ›Jarmulke‹ und dem Burschen und dem Mädchen vom ›Hut‹. Doch wohin er auch kam, überall gab man ihm zur Antwort: ›Ihr kommt leider ein wenig zu spät, Gevatter, gerade eben war ein anderer Schadchen hier und hat das gleiche erzählt wie Ihr ...‹ – ›Na und? Was hat das mit mir zu tun? Ob nun schon ein Schadchen da war oder nicht, das bleibt sich doch gleich. Was ich gesagt habe, habe ich gesagt. Aber vielleicht bleibt es sich auch nicht gleich? Ihr braucht nur ein Wort zu sagen, dann mache ich das Ganze wieder hinfällig. Wenn es darum geht, etwas zu vereiteln, müßt Ihr wissen, darin bin ich ein Meister ...‹ Als die vier das hörten, erstarrten sie vor Schreck. Sie mußten erkennen, daß sie es mit jemandem zu tun hatten, der vor nichts zurückschreckte, einem dreisten und erbarmungslosen Erpresser. Und so haben sie den Schadchen angefleht, er möge um Gottes willen nicht alles wieder kaputtmachen, wenn es erst zur Verlobung käme, würde gewiß auch für ihn etwas abfallen.

Und Gott hat geholfen, alles kam zu einem guten Ende. Beide Verlobungsfeiern fanden an einem Abend statt, und es sah aus, als würden sich alle Schadchen der Welt ein Stelldichein geben. Da waren zunächst die Schadchen der Bräutigame, dann die beiden Schadchen der Bräute und schließlich das kleine Männlein, das alles wieder kaputtmachen wollte. Macht alles in allem fünf. Ja, und die ›Jarmulke‹ und der ›Hut‹? Die Redakteure der beiden Zeitungen kamen auch, herausgeputzt wie die Brautväter, obwohl sie eigentlich niemand eingeladen hatte. Doch was tat's – sie kamen im rechten Augenblick. Man hat sie, fein wie es sich gehört und jeden für sich, begrüßt, Branntwein vor sie hingestellt,

Kuchen und Eingemachtes. Sie bedankten sich und sagten, daß sie nicht deswegen gekommen seien. ›Weswegen dann?‹ – ›Wegen der Provision.‹ – ›Was heißt das – wegen der Provision?‹ – ›Nun, das heißt, wir verlangen selbstverständlich nichts, aber man müsse doch verstehen ... Wenn sie mit ihren Zeitungen nicht gewesen wären, wäre es doch nie zu diesen Feiern gekommen. Das heißt, verlangen würden sie selbstverständlich nichts, aber man werde doch gewiß einsehen ...‹

Unsere Redakteure beharrten auf ihrer Forderung, und es wäre ihnen womöglich noch gelungen, die Eltern der Verlobten zu überzeugen. Was kümmerte es sie? Sollten das die Vermittler unter sich ausmachen, schließlich brauchten sie ja nicht zweimal Provision zu zahlen. Doch da haben sich die Schadchen stark gemacht und ein Geschrei erhoben, daß es bis zum Himmel schallte! Was haben Redakteure mit Verlobungsfeiern zu schaffen? Und wo hätte man jemals gehört, daß an zwei Verlobungen sieben Schadchen teilnähmen? Dreieinhalb Schadchen pro Partie! Und mehr als alle anderen hat sich jenes kleine Männchen ereifert, das angedroht hatte, es werde alles wieder zunichte machen. Es drohte beiden Redakteuren an, daß sie ›eins auf die Nase kriegen würden‹, und säumte auch nicht lange, seine Worte in die Tat umzusetzen – es schickte sich schon an, die Ärmel hochzukrempeln. Da aber haben sich die Eltern beider Paare eingemischt, und so sind unsere zwei Redakteure, Gott sei Dank, noch einmal ungeschoren davongekommen.«

Bei diesen Worten hat sich der junge Mann nochmals die Fäuste vors Gesicht gepreßt und still in sich hineingelacht. Und als er damit fertig war, hat er mich gefragt, wann ich Zeit für ihn hätte, er würde vor meiner Abreise aus Kasrilewke gern ein Interview mit mir machen. Ich bat ihn, am nächsten Tag bei mir vorbeizukommen.

9. Interviewer

Der lachende junge Mann, der die Geschichte von den sieben Schadchen erzählt hatte, sprach tags darauf bei mir vor. Unter dem Arm trug er eine Aktenmappe von furchteinflößenden Ausmaßen.

»Ich will Euch interviewen«, hub er an, zog ein langes schmales Büchlein aus seiner Jackentasche und begann gleich in einem fort zu erzählen, ließ mich überhaupt nicht zu Worte kommen. »Fragt mich nicht, wo mein Interview mit Euch abgedruckt wird – ich weiß es selbst nicht. Mag sein im ›Hut‹ – oder auch in der ›Jarmulke‹. Die Chancen stehen etwa gleich. Am ehesten wird es, scheint mir, wohl der ›Hut‹ nehmen. Eine außerordentlich progressive Zeitung. Obgleich seine Progressivität vor allem darin besteht, sich über jüdische Bräuche lustig zu machen und Religionsvorschriften zu verspotten. Ein Beispiel: Ihm gefällt das Fasten nicht. Also veröffentlicht er am Vorabend des Tischebow, vor Jom Kippur oder einem anderen Fastentag einen Artikel von einem Doktor. Nun, der Doktor ist ebenso ein Doktor wie Ihr ein Gouverneur seid. Das schreibt er selbst – der Redakteur, meine ich, auf Ehre und Gewissen! Und dann unterzeichnet er mit ›Doktor Malignus Kompottus‹. In seinem Artikel verbreitet sich der Doktor Malignus Kompottus über die Schädlichkeit des Fastens, des Hungerns und der Selbstkasteiung und zitiert dazu Belege aus Schriften und Büchern, die niemand je zu Gesicht bekommen hat. Dazu führt er Namen von großen Gelehrten an – ausgedachte Namen, wie: Doktor Pfefferus, Professor Knoblus, Friedrich von Zwiebelus, Charles Rettichus, Philipp Muskatus, Edward Fladius, Luigi Knödlus und dergleichen mehr – was ihm gerade in den Sinn kommt. Und wenn ihm solche Autoritäten noch nicht genügen, dann greift er zur Statistik und zählt Euch vor, wie viele Menschen jährlich einzig und allein durch das Fasten an Auszehrung zugrunde gehen. Herauskommt, daß in Kasrilewke an den Fasttagen dreimal soviel Menschen sterben wie das ganze Jahr über an Kindern geboren werden. Und zum Schluß macht er noch eine Rechnung auf, aus der klar und unwiderlegbar hervorgeht, daß es, wenn alle Juden die Fastentage so streng einhalten würden wie bisher, in genau elf Jahren und drei Monaten in ganz Kasrilewke keine lebende Seele mehr geben würde.

Soweit zu den Fastentagen. Jetzt hört, was er sich zu dem heidnischen Brauch des Kapore-Schlagens und der Taschlich-Prozession ausgedacht hat – wahrhaftig, dieser Kerl ist zu allem fähig! Der Redakteur des ›Hutes‹ berichtet also von einer alten

Geschichte, einer historischen Begebenheit, die sich hier bei uns in Kasrilewke zugetragen haben soll: Eines Tages, als sich die Juden zu ihrem alljährlichen Taschlich-Umzug zusammengefunden hatten, kam eine vierspännige Kutsche vorgefahren. In der Kutsche saß die Tochter des Grafen mit ihrem Adjutanten. Als die Pferde so viele Juden auf einem Haufen sahen, wurden sie kopfscheu und gingen durch. Dabei warfen sie die Kutsche um, und die Grafentochter und ihr Adjutant wurden herausgeschleudert. Da der Graf nun Herrscher über Kasrilewke war und ihm die Stadt gehörte, hat er die ganze Einwohnerschaft auspeitschen lassen und allen Juden eine derart saftige Geldstrafe aufgebrummt, daß sie noch hundert Jahre später daran zu zahlen hatten ...

Warum der ›Hut‹ auf mich böse ist? Darauf kommt Ihr sicherlich von selbst. Das rührt noch aus den Tagen der ›Titelkämpfe‹ her, von denen ich Euch erzählt habe. Gott sei mein Zeuge, daß ich an der ganzen Sache genauso unschuldig bin wie Ihr. Nur, da kann man nichts machen. Er, der ›Hut‹, meine ich, nimmt an, daß ich alle seine Redaktionsgeheimnisse an die ›Jarmulke‹ ausgeplaudert hätte. Wenn dem so wäre, müßte die ›Jarmulke‹ doch mit mir ein Herz und eine Seele sein, ist es nicht so? In Wahrheit aber darf ich dort nicht einmal einen Fuß über die Schwelle setzen! Weshalb? Nun, Ihr werdet es hören. Eine reizende Geschichte, das kann ich Euch sagen!« Bei diesen Worten drehte sich mein Interviewer zur Wand, preßte beide Hände vors Gesicht und lachte lautlos in sich hinein. Als er genug gelacht hatte, fing er an, seine Geschichte zu erzählen: »Geschehen ist das schon vor langer Zeit, noch vor der Sache mit den ›Titelkämpfen‹. Ich arbeitete damals schon beim ›Hut‹, war die rechte Hand des Redakteurs und galt als eine Art Redaktionssekretär. Alle vertraulichen Dinge gingen über meinen Tisch. Es gab nichts, was mir verborgen geblieben wäre. Bei der ›Jarmulke‹ gab es auch einen Sekretär. Er war der leibliche Schwager des Redakteurs und ein guter Bekannter von mir, ein wirklicher Freund. Was sich bei *ihnen* tat, das wußte *ich*, und was sich bei *uns* tat, das wußte *er*. Das heißt, wir haben alle Redaktionsgeheimnisse untereinander ausgetauscht, uns heimlich Telegramme geschickt, uns gegenseitig streng vertrauliche Briefe gezeigt, und wenn es um besonders wichtige Dinge ging, führten wir Telephonge-spräche.

Eines Tages geschah folgendes. Ich hockte ganz allein in der Redaktion, Mitternacht war längst vorüber, ich hatte mich auf dem Sofa zusammengerollt und machte ein Schläfchen. Plötzlich schrillt das Telephon, einmal, zweimal, dreimal. Ich liege ganz behaglich im schönsten Schlummer und döse vor mich hin. Aber dieses Telephon gibt keine Ruhe: Drrr-drrr-drrr-drrr! Klingle nur, denke ich bei mir, klingle nur, bis du schwarz wirst, ich rühre mich nicht vom Fleck. Aber es will einfach nicht auf-hören: Drr-drr-drr-drr! Kurz und gut, da half nichts. Ich stehe also auf und greife zum Hörer: ›Wer ist da?‹ Wie sich herausstellt, mein Freund von der ›Jarmulke‹. – ›Was machst du‹, fragt er mich, ›schläfst du?‹ – ›Gott bewahre!‹ sage ich, ›wie kommst du denn darauf?‹ – ›Was tust du dann?‹ – ›Ich arbeite.‹ – ›Woran ar-beitest du? Gibt es Neuigkeiten?‹ – ›Selbstverständlich, und was für welche!‹ – ›Ja, was ist denn los?‹ – ›Na, was schon‹, meine ich, ›ein Pogrom.‹ – ›Ein Pogrom? Wo?‹ – ›Was heißt, wo?‹ gebe ich zurück, ›was meinst du wohl, wo hier ein Pogrom stattfinden könnte?‹ – ›Gewiß in Kischinjow?‹ – ›Möge ich ein so gutes Jahr erleben, wie du ein Schlaukopf bist‹, antworte ich ihm. ›Stimmt das wirklich?‹ fragt er aufgeregt, ›ein richtiger Pogrom?‹ – ›Mit allem, was dazugehört.‹ – ›Und gibt es auch Tote?‹ – ›Natürlich‹, sage ich, ›zweihundert.‹ – ›Geschändete Frauen?‹ ›Fünfund-dreißig.‹ – ›Zerstückelte Kinder?‹ – ›Unzählige!‹ … Mehr bekam ich nicht von ihm zu hören. Er hatte schon aufgelegt und beeilte sich, das Telegramm aus Kischinjow zum Druck vorzuberei-ten. Und am nächsten Morgen erschien die ›Jarmulke‹ mit einer dicken Schlagzeile über alle drei Spalten: ›Neuer Pogrom in Ki-schinjow! (von unserem Sonderkorrespondenten)‹. Ich brauche es Euch wohl kaum zu sagen – unser Redakteur vom ›Hut‹ ist fast nicht wieder geworden. Nicht wegen des Pogroms, Gott be-wahre, sondern weil in der ›Jarmulke‹ so eine fette Neuigkeit stand und im ›Hut‹ nicht. Er hat uns den ganzen Tag lang ge-scheucht und mit Vorwürfen überschüttet – bis sich schließlich herausstellte, daß die ganze Sache weder Hand noch Fuß hatte, an der Geschichte war kein wahres Wort, alles von A bis Z er-logen. Zu dieser Zeit setzte der Redakteur der ›Jarmulke‹ bereits alles daran, herauszufinden, woher und auf welche Weise dieses ungeheuerliche Telegramm in seine Redaktion gelangt war. Und bald lief es darauf hinaus, daß der Sekretär, obwohl er doch sein leiblicher Schwager war, mit Schimpf und Schande aus der Redaktion gejagt werden sollte. Man setzte ihm so lange zu, bis er schließlich eingestand, von wem er die Neuigkeit mit dem Pogrom hatte. Damals hat der Redakteur der ›Jarmulke‹ verkündet, daß ich es ja nicht wagen sollte, bei ihm aufzutauchen, ich würde seine Redaktion nicht mehr lebend verlassen.«

Bei diesen Worten klopfte es an die Tür. Ich bat einzutreten, und es erschien ein Bursche mit sommersprossigem Gesicht, der gleichfalls eine große Aktentasche bei sich trug. Kaum hatte mein lachender junger Mann ihn zu Gesicht bekommen, erbleichte er, als hätte er einen Geist gesehen. Er riß die Augen auf, sprang vom Stuhl hoch, griff nach seiner Aktentasche, verabschiedete sich hastig von mir, und schon war er verschwunden. Ich blieb mit dem Neuankömmling allein und forderte ihn auf, Platz zu nehmen. Er bedankte sich, nahm einen Schreibblock aus seiner Aktenmappe, aus der Jackentasche einen Füllfederhalter, lehnte sich bequem zurück und war bereit.

»Nehmt es mir nicht übel«, fing er an, »aber als ich hörte, daß Ihr hier seid, habe ich mir vorgenommen, ein Interview mit Euch zu machen. Was wollte dieser Dreckskerl übrigens von Euch?«

»Welcher Dreckskerl?«

»Nun, der mit der Aktentasche, der eben nach seinem Hütchen gegriffen hat und gerannt ist, als wäre ein Feuer ausgebrochen. Hat er Euch ein paar von seinen Geschichten aufgetischt? Im Meer versinken sollen sie, Herr im Himmel! Na, ich habe sie ja nicht gehört, also können sie mir, gottlob, auch nicht schaden!«

»Was wollt Ihr damit sagen? Ist er denn ein … ?«

»Ein Lügner, meint Ihr? Ha-ha-ha! Lügner ist nicht gleich Lügner. Da gibt es Unterschiede. Nein, für diesen da sind Lüge und Verleumdung schon Lebenszweck. Über ihn habe ich einmal in einem Feuilleton geschrieben: Es gibt, so drückte ich mich damals aus, zweierlei Arten von Lügnern. Es gibt Lügner, die zu schwarz ›weiß‹ und zu süß ›bitter‹ sagen. Dieser jedoch, schrieb ich weiter, ist ein Lügner, der zu schwarz ›sauer‹ und zu süß ›altbacken‹ sagt. Ha-ha-ha! Nicht übel, was? Darüber hinaus hat er noch einen Vorzug: jedesmal, wenn er eine seiner Weisheiten zum besten gibt, schüttet er sich aus vor Lachen, und erst danach erzählt er sein närrisches Zeug. Über ihn schrieb ich einmal in einem Feuilleton, daß es auf der Welt drei Arten geistreicher Menschen gebe. Der eine erzählt einen Scherz und lacht selbst darüber. Der zweite macht eine spöttische Bemerkung, und sein Gegenüber lacht. Der dritte aber, so schrieb ich, erzählt und erzählt, und keiner lacht. Ha-ha-ha! Wie gefällt Euch das? Wartet nur ab. Das ist längst nicht alles. Er ist noch dazu taub, ja, so taub wie ein Holzklotz! Ich habe ihm einmal gesagt, daß ich ihn aufrichtig beneide. Er hörte es einfach nicht! Ha-ha-ha! Und so was will nun ein Literat sein! Ebensogut könnte ich behaupten, ich wäre ein Vetter der Königin von England, ha-ha-ha! Ihr wundert Euch, warum ich so fröhlich bin? Das liegt in meiner Natur, so bin ich halt veranlagt. Wir kommen beide aus dem gleichen Stall, kurzum, ich bin auch ein Humorist, und das, was ich schreibe, ist Satire, Satire und nochmals Satire. Ich habe einmal eine Satire auf ein junges Ehepaar geschrieben. Anschließend mußte ich sie verbrennen, das Manuskript, so wie es war, ins Feuer werfen. Und warum das Ganze? Weil wir in einer Kleinstadt leben. In Kasrilewke bleibt nichts vor den anderen verborgen. Ich habe meine Satire ein paar Bekannten vorgelesen und sie gebeten, Stillschweigen zu wahren. Keine Menschenseele dürfe davon erfahren. Kaum aber waren sie aus dem Hause, gleich schwärmten sie nach allen Seiten aus und verbreiteten es in der ganzen Stadt. Das Pärchen hat mir vielleicht die Hölle heiß gemacht! Die junge Frau schrie, sie würde sich ein Leid antun, und der junge Mann schwor bei Gott, daß er mir die Gurgel durchschneiden würde. Was sagt Ihr bloß zu so einem Banditen? Und über solche Leute soll man nun Satiren schreiben! Wißt Ihr was, ich werde Euch eine noch schönere Geschichte erzählen …«

Erneut klopfte jemand an die Tür. Ich rief: »Herein!« Doch kaum zeigte sich der neue Gast im Türrahmen, sprang der Humorist auf, griff nach seiner Aktentasche und dem Schreibblock, sagte mir eiligst Lebewohl, versprach, ein andermal wiederzukommen, und schon war er aus dem Zimmer. An seiner Stelle stand ein dürrer, hochgewachsener junger Mann mit eingefallenen

Wangen, einem kleinen schütteren Bärtchen und großen traurigen Augen hinter einem silbernen Brillengestell – eine Art Don Quichotte unserer Tage. Auch er kam mit einer großen Aktentasche und begann sich sogleich nach allen Seiten umzuschauen. Ich bat ihn, Platz zu nehmen. Er fuhr in seiner Beschäftigung fort – guckte hierhin und dorthin, als würde er etwas suchen.

»Was sucht Ihr?«

»Ich suche gar nichts. Ich will nur feststellen, was dieser Nichtsnutz hier getrieben hat.«

»Was für ein Nichtsnutz?«

»Nun jener, der gerade hier gewesen ist. Ich schaue nur, ob er irgend etwas von Euch hat mitgehen lassen.«

»Wieso? Ist er denn ein …?«

»Ein Dieb! Eine Elster! Ihm ist alles recht: Ist es eine Armbanduhr, dann eine Armbanduhr; ist es ein Löffel, dann eben ein Löffel. Er hat in seinem ganzen Leben noch keine zwei Zeilen veröffentlicht, die wirklich von ihm gewesen wären. Jeder hier weiß das. Vor langer Zeit habe ich einmal ein Poem geschrieben: Ich bin, mit Gottes Hilfe, ein Poet, müßt Ihr wissen. Ich schreibe Gedichte, Lyrik. Mein Name steht hier auf dem Kärtchen, und gekommen bin ich, um Euch zu interviewen, denn ich hörte, wenn Ihr herkämet, würdet Ihr Neuigkeiten zu berichten haben. Doch da ich nun schon einmal mit der Geschichte meines Poems begonnen habe, muß ich sie wohl oder übel auch zu Ende erzählen. Also, ich habe ein Poem geschrieben. Ein ausgezeichnetes Werk übrigens. Wenn Ihr wollt, werde ich es Euch zum Lesen dalassen oder vielleicht sogar persönlich vortragen. Von Anfang bis Ende. Dann werdet Ihr sehen, was das für ein Meisterstück ist. Ihr werdet gleich selbst sagen, daß ein Poet wahrhaft von Eisen sein muß, wenn er es in einer Stadt wie Kasrilewke aushalten will – verbrannt soll sie werden! Stellt Euch vor, ich komme mit meinem Poem in die Redaktion der ›Jarmulke‹ und bitte darum, man möge es durchlesen, einfach nur durchlesen, nichts weiter! Von Gedichten, sagt man mir dort, halte man nichts. Also gehe ich in die Redaktion vom ›Hut‹, angeblich ein radikales Organ, eine liberale Zeitung. Gleich sagen sie mir: ›Kein Platz!‹ Ich erwidere: ›Aber ihr könnt es euch doch wenigstens einmal anschauen!‹ Und was antworten sie? ›Keine Zeit!‹ Und so sind sie alle: Der eine hat keinen Platz, der andere keine Zeit. Und dann soll man Poeme schreiben! Jetzt mögt Ihr vielleicht fragen: Wer zwingt Euch denn zum Schreiben? Ja, was soll ich denn tun, wenn es mich mit Gewalt an den Schreibtisch zieht? Ich schreibe ja nicht, es schreibt mit mir! Jeden Tag muß ich schreiben. Jede Woche entsteht bei mir ein Poem, und manchmal auch zwei ... Aber ich wollte Euch ja von jenem Nichtsnutz berichten, da muß ich wohl oder übel zu Ende erzählen. Ich habe mein Poem also ein paar Freunden vorgetragen. Sie haben sich alle Finger geleckt und gesagt, daß sie schon lange nicht mehr ein solches Prachtstück von Poem gehört hätten. Soweit, so gut. Und da kommt dieser Nichtsnutz plötzlich auf die Idee, auch ein Poem zu schreiben. Nicht nur mit demselben Namen und demselben Inhalt, nein, Wort für Wort das gleiche! Und dann geht er damit in der Stadt hausieren, liest es etlichen Leuten vor und gibt es als sein eigenes aus! Hätte ich dazu etwa schweigen sollen? Ich erhob natürlich mächtiges Geschrei und forderte ihn auf, vor eine Kommission zu treten: Er weigerte sich. Ich wandte mich an ein paar gute Freunde mit der Bitte, man solle ihn vorladen. Kurz und gut, man hat ihn, den Nichtsnutz meine ich, vor eine Kommission geladen. Und diese Leute, lauter Literaten und Schriftsteller, haben unsere beiden Positionen angehört und die jeweiligen Zeugen vernommen. Daraufhin hat man die beiden Poeme gründlich studiert und fand heraus, daß sich seines in nichts von meinem unterschied. Jetzt denkt Ihr doch gewiß, daß man ihn zu irgendeiner Geldstrafe verurteilt hätte oder was weiß ich? Da kennt Ihr unsere Kasrilewker Literaten aber schlecht! Sie meinten, daß beide Poeme ihrer Ansicht nach von Puschkin stammten, das heißt, Puschkin habe, so sagten sie, dasselbe Thema in haargenau der gleichen Weise bearbeitet. Und zwar schon wesentlich früher, daher ... Warum wollt Ihr denn plötzlich fort? Und was wird mit unserem Interview? ...«

10. Die Sache mit dem Jubiläum

Wir laden Sie heute zu einem Festabend ein,
der zu Ehren des großen Schriftstellers und
Dramatikers Kopel bin Zwi Nadelmann, bekannt

unter dem Pseudonym K. B. Z. N., anläßlich seines
fünfundzwanzigjährigen Berufsjubiläums
veranstaltet wird. Die Feier findet in dem
großen Kasrilewker Restaurant von Alter Paugatsch
(ehemals Jankl Kwotschke) statt.

Diese Einladung kam mit der Post ins Haus. Sie war von niemandem unterzeichnet, darunter stand lediglich: »Das Festkomi-
tee«. Kaum dämmerte der Abend, machte ich mich auf den Weg,
nahm ein Fuhrwerk und bat den Kutscher, er möge mich vor dem
großen Kasrilewker Restaurant von Alter Paugatsch (ehemals
Jankl Kwotschke) absetzen.

Es ist im allgemeinen so üblich, daß man, wenn man im Verlauf
einer Erzählung auf ein Haus zu sprechen kommt, dieses zunächst von außen beschreibt, dann von innen und so weiter. Und
eben weil das gemeinhin so üblich ist, wollen wir hier darauf verzichten und uns gleich dem Eigentlichen zuwenden.

Es stellte sich heraus, daß ich ein wenig zu früh gekommen
war, der Saal war noch fast gänzlich leer. Nur das Personal in seinen abgewetzten Fräcken und nicht mehr allzuweißen Papier-
oberhemden lief geschäftig umher, stellte Gläser auf die Tische
und klirrte mit den Messern und Gabeln. Ein starker Geruch
nach gehacktem Hering und Zwiebeln erfüllte den Raum. Aus
einem Nebenzimmer drang die Stimme eines Säuglings und legte
Zeugnis davon ab, daß im Hause erst unlängst eine neue Seele auf
Gottes weite Welt gekommen war. Wer die Mutter war – ob die
Wirtin selbst, ihre Tochter, ihre Schwiegertochter oder am Ende
gar eine wildfremde Person, die sich hier nur als Gast aufhielt –,
vermochte ich nicht zu sagen. Tatsache jedoch war, daß der Säugling aus Leibeskräften schrie, daß es ihn fast zerriß vor Schreien.
In solchen Fällen hilft ein mit Spiritus getränkter kleiner Watte-
bausch, den man anzündet und aufs Bäuchlein legt, oder ein
Tüchlein, das man in Branntwein getunkt und mit Pfeffer be-
streut hat; auch für zwei Groschen Juckpulver aus der Apotheke
macht sich da sehr gut und, falls man gerade nichts davon bei der
Hand hat, kann man das Kind auch stillen, das ist noch immer
das beste aller Hausmittel.

Neben den Kellnern im Frack, die damit beschäftigt waren,

die Tische zu decken, sah man ein paar junge Leute, bei denen es sich, den Brillen und langen Haaren nach, offenbar um Literaten handelte, die ebenso wie ich zum Jubiläum gekommen waren. Eines nur verwunderte mich: Diese jungen Leute schienen einander völlig fremd zu sein, nicht nur, daß sie sich nicht unterhielten, kein einziges Wort miteinander wechselten, sie vermieden es auch, sich anzuschauen, und spazierten, die Hände in den Hosentaschen, einfach so in der Gegend herum, blickten aus dem Fenster und pfiffen sich eins. Gleichsam, als wäre jeder von ihnen völlig allein mit sich und der Welt. Schließlich hat Gott geholfen, und die Menge strömte in den Saal, Leute über Leute, unter ihnen auch mein alter Bekannter, der lachende Interviewer. Er flüsterte mir heimlich ins Ohr, daß das alles Kollegen seien und nicht nur Kollegen schlechthin, einige von ihnen arbeiteten schon wer weiß wie lange bei ein und derselben Zeitung.

»Aber wenn sie Kollegen sind, warum reden sie dann nicht miteinander?«

»Eben deshalb – weil sie Kollegen sind. Seht Ihr jenen dort, mit den schwarzen Locken? Das ist ein Dichter, der Verse schreibt und selten, sehr selten auch einmal Prosa. Aber reden, reden mag er mit niemandem, nicht einmal mit seiner eigenen Frau – das steht ihm nicht an. Er hält sich für den größten Dichter der ganzen Welt: Mit ihm verglichen sei Puschkin ein Hund und Lermontow ein grüner Junge. Man hat ihn einmal mit Heine verglichen, da wurde er fuchsteufelswild: ›Wer ist schon dieser Heine? Ein Narr! Ein Bänkelsänger! …‹ Über ihn erzählt man sich eine hübsche Anekdote. Er war einmal im Badehaus, und als er sich so splitternackt dort stehen sah, wurde er rot vor Zorn: So einen großen Dichter wie ihn – sollte man den etwa nackt sehen wie einen ganz gewöhnlichen Menschen?«

Bei diesen Worten schlug sich mein Freund beide Hände vors Gesicht und lachte in sich hinein. Und als er sich schließlich beruhigt hatte, begann er mich aufs neue zu unterhalten.

»Und seht Ihr diesen dort, den mit der blauen Brille und dem kurzen Mäntelchen? Das ist ein Dramatiker. Er schreibt Dramen, wie andere Leute Brezeln backen. So viele Wochen das Jahr hat, so viele Dramen schreibt er. Meint Ihr, er hat etwas davon? Nichts als Sorgen! Noch dazu ist er mit einer Frau verheiratet, die jedes Jahr niederkommt. Er konnte das nicht länger ertragen und sagte: ›Jedes Jahr ein Kind! Wann hat das wohl ein Ende?‹ Und sie? Sie gab kaltblütig zurück: ›Weißt du was? Laß uns einfach tauschen: Krieg du die Kinder, und ich will dafür Dramen schreiben.‹« Und mein Freund schlug wieder die Hände vors Gesicht und gluckste. Als er fertig war, fuhr er mit seiner monotonen Stimme fort – man konnte schier einschlafen dabei: »Und jener da, mit den geschwollenen Augen? Das ist ein Romancier. Tag und Nacht hockt er zu Hause und schreibt Romane. Nicht umsonst hat er so geschwollene Augen. Für wen er sie schreibt, seine Romane? Niemand vermag es zu sagen. Irgendwann einmal in seinem Leben hat er eine Erzählung geschrieben, und die ›Jarmulke‹ hat sie abgedruckt. Seit dieser Zeit schreibt er Romane. Keiner druckt sie. Keiner liest sie. Aber das kümmert ihn nicht – er schreibt. Zum Glück ist er von Gott mit einem Weib beschenkt worden, das einen kleinen Schreibwarenladen führt, und so sorgt er dafür, daß sie Geld einnimmt, das heißt …«

Da verstummte mein Freund plötzlich und stand stramm wie ein Soldat beim Anblick eines Offiziers. Zwei Neuankömmlinge waren in den Saal getreten. Der eine, hager und hochgewachsen, trug einen Hut, bei dem anderen handelte es sich um einen feisten Gnom mit rundem Bäuchlein. Hereingekommen waren beide durch ein und dieselbe Tür. Doch offenbar waren sie darüber nicht besonders glücklich, denn sie blickten beide demonstrativ in entgegengesetzte Richtungen. Der erste, der Lange, lüftete seinen Hut, winkte der Versammlung zu und schaute sich nach einem freien Stuhl um, und auch der andere, der Gnom mit dem Bäuchlein, nahm seinen Hut ab, setzte sich eine kleine seidene Jarmulke auf und schickte sich ebenfalls an, einen Platz zu suchen. Mein ewig lachender Freund raunte mir unterdessen ins Ohr, das seien »die Kasrilewker Redakteure vom ›Hut‹ und von der ›Jarmulke‹«.

»Ihr hättet Euch mit ihnen bekannt machen sollen, jetzt ist es dafür allerdings zu spät«, meinte mein Freund.

»Warum?« frage ich ihn.

»Falls Ihr Euch mit einem von ihnen früher bekannt macht, habt Ihr es mit dem anderen bis in alle Ewigkeit verdorben.«

»Was also soll man machen?«

»Gar nichts. Tut einfach so, als wäret Ihr gestorben.«

»Danke für den Rat.«

»Keine Ursache.«

Es kamen noch Leute über Leute herein, der Saal war bald zum Bersten gefüllt, und das Jubiläum konnte beginnen.

Der Jubilar selbst war ein Mann in den reiferen Jahren, mit blassem, hungrigem Gesicht. Dafür hatte er einen neuen Schabbeskaftan an und saß die ganze Zeit über still und bescheiden in seiner Ecke. Man hörte und sah ihn nicht. Erst als alles soweit war, hat man ihn auf die Bühne geführt und auf den Ehrenplatz gesetzt. Und er strahlte wie ein Witwer auf seiner zweiten Hochzeit.

Sein Kaftan war, ich möchte es nochmals betonen, ein nagelneuer Schabbeskaftan. Er hatte nur einen Fehler – er schlotterte an seinem Körper, als gehörte er nicht ihm, sondern einem Wildfremden. Und als wären mir meine Gedanken auf die Stirn geschrieben, flüsterte mir mein Freund ins Ohr: »Es ist nicht sein Kaftan. Er hat ihn sich bloß geliehen. Er ist nämlich, mögen wir davor bewahrt bleiben, ein ziemlich armer Schlucker. Und daß wir ein Jubiläum für ihn veranstalten, geschieht im Grunde mehr aus Mitleid.«

»Was heißt das: aus Mitleid?«

»Nun ebendas. Da plackt sich ein Mensch sein ganzes Leben lang redlich ab. Geld für seine Manuskripte hat er kaum jemals bekommen, Ruhm – noch weniger. Soll er doch wenigstens auf seine alten Tage ein bißchen Freude haben, so ein kleines Jubiläum …«

»Meine Herrschaften! Ich bitte Sie alle, Platz zu nehmen!«

Der dies ausrief, war ein rotblonder junger Mann, der eine Brille mit Goldrand trug und dessen Stimme nicht so recht zu seinem Alter passen wollte. Das war der Präsident des Festkomitees. Flink und geschickt wies er jedem seinen Platz an, und als er zu dem Gefeierten selbst kam, nahm er ihn bei der Hand und führte ihn ganz an die Spitze der Tafel, und rechts und links von ihm hieß er beide Redakteure Platz nehmen, genau gleichzeitig den der »Jarmulke« und den vom »Hut«. Jene haben sich, ich bitt um Vergebung, einander den Rücken zugewandt und dabei ausgeschaut wie zwei Brautführer, verfeindet wie Hund und Katze, die sich am liebsten gegenseitig umgebracht hätten.

»Meine Herrschaften!« begann der rotblonde Präsident seine Ansprache. »Meine Herrschaften! Wir haben uns heute hier zusammengefunden, um das Jubiläum des ältesten und größten unserer Schriftsteller zu feiern ...«

»Des ›größten‹?« schrie da der Dichter mit den schwarzen Locken. »Des ›ältesten‹, das mag ja noch angehen, aber des ›größten‹?«

»Ich finde auch, das ist eine kleine Übertreibung ...«, unterstützte ihn der Dramatiker mit der blauen Brille.

»Keine Übertreibung, sondern eine Frechheit!« rief der Romanschriftsteller mit den geschwollenen Augen, und der Dichter mit den schwarzen Locken brüllte, so laut er konnte: »Eine Riesenfrechheit! Eine Frechheit und Idiotie!«

»Ein Idiot seid Ihr selbst!« schrie der Präsident zurück, der sich das nicht länger mit anhören konnte, und der Dichter mit den schwarzen Locken zitterte vor Wut.

Meine Blicke wanderten hinüber zum Jubilar in seinem, nebbich, geliehenen Kaftan. Sein ohnehin blasses Gesicht war noch blasser geworden, und seine Augen haben gefleht, gebettelt: »Leute! Habt Mitleid! Macht mir nicht meine schöne Feier kaputt ...«

Aber es war schon zu spät. Ihm, dem berühmtesten Dichter der Welt, gegen den Puschkin ein Hund, Lermontow ein grüner Junge und Heine ein Narr, ein Bänkelsänger war, auf den Kopf zuzusagen, daß er ein Idiot sei!! Nun, wenn ihr es so haben wollt, dann Gnade euch Gott!

»Das ist der rechte Augenblick, um sich davonzumachen ...«, flüsterte mein Freund mir ins Ohr, und wir suchten das Weite.

Epilog

Am nächsten Morgen erfuhr ich dann aus dem Munde meines Freundes, wie gut wir daran getan hatten, uns beizeiten davonzumachen.

11. Die Sache mit dem Begräbnis

Eines Morgens schlage ich beide Kasrilewker Zeitungen auf und erblicke ganz oben auf der ersten Seite in fetter schwarzer Umrandung folgende Notiz:

In der vergangenen Nacht hat Kasrilewke einen schweren und unersetzlichen Verlust erlitten. Im Alter von 52 Jahren verstarb der berühmte Schriftsteller Abraham Jitzchak Weingarten, bekannt unter dem Kürzel A.B.J.W.N. Das Begräbnis ist für heute 12 Uhr festgesetzt. Alle Schriftsteller und Literaten sind gebeten, sich in der Neuen Synagoge zu den Trauerfeierlichkeiten einzufinden. Dort wird auch darüber beraten werden, wie das Begräbnis vonstatten gehen soll und wie man die arme Witwe und die unglücklichen Waisenkinder unterstützen kann.

Es sah ganz so aus, als ob man sich ankleiden und in die Neue Synagoge begeben müßte. Die Neue nennt man sie übrigens nicht etwa, weil sie so sehr neu gewesen wäre, sondern allein deshalb, weil die alte Synagoge noch weit älter, geräumiger und auch schon recht baufällig ist. Ich bin sicher, daß sie eines nicht allzu fernen Tages, wenn nicht heute, dann morgen, in sich zusammenfallen wird und es am Ende gar, nicht ausgesprochen soll es sein, zu einer Katastrophe kommt. Wenn ich in Kasrilewke leben würde und nicht bloß für eine Woche hier Zaungast wäre, einer von jenen, die bekanntlich immer alles besser zu wissen glauben, hätte ich wahrscheinlich geraten, die Synagoge abzureißen. Aber da man eine Synagoge nun einmal nicht abreißt, hätte ich zumindest gefordert, man solle die Wände verstärken, ein neues Dach draufsetzen – und fertig.

Die Sache hat nur einen Haken: Dazu braucht man Geld, und Geld ist nicht da – das alte Übel in Kasrilewke! Im modernen Kasrilewke gibt es alles und jedes, mit einer Ausnahme – Geld. Ja, wenn Kasrilewke neben all seinem Scharfsinn und all seinem Fortschritt auch noch das nötige Kleingeld hätte – na ja, dann ...! Erstens würde es dann dort nicht mehr so viele arme Leute geben, und das wäre, meine ich, schon mal eine große Wohltat für die Stadt, denn wie heißt es doch so schön: Besser ein Reicher als fünfzig Arme.

Das zum ersten. Und das zweite: Woher sollten dann wiederum die vielen Müßiggänger, die zahllosen Herumtreiber, Gassenjungen und Tagediebe kommen, die sich lediglich darauf verstehen, vor Hunger und Kälte zu sterben? Ach, und überhaupt: Hunger und Kälte! Wann endlich naht der Tag, an dem diese beiden Geißeln aufhören werden, die arme Menschheit im allgemeinen und unsere unglücklichen Kasrilewker Brüder im besonderen so zu quälen?

Vertieft in derlei altruistische und humanitäre Betrachtungen über die arme Menschheit und die bedauernswerten Kasrilewker Juden, habe ich mich zu der in der Neuen Synagoge stattfindenden Zusammenkunft im Gedenken an den verstorbenen Schriftsteller Abraham Jitzchak Weingarten, bekannt als A. B. J. W. N., verspätet. Als ich eintraf, herrschte in der Synagoge schon dichtes Gedränge. Die Versammlung hatte lange begonnen, und ein Mann, natürlich ein Schriftsteller, stand auf und hielt eine Ansprache. Es war eine sehr schöne, eine bewegende Ansprache, die zu Tränen rührte. Dabei erzählte der Redner lediglich, wer der Verblichene war und wie er gelebt hatte. Das heißt, genauer gesagt, wie er gestorben war, denn gelebt hatte er eigentlich überhaupt nicht. »Meine Herrschaften«, mit diesen Worten hat der Redner geendigt, »Meine Herrschaften! Zweiundfünfzig Jahre lang ist dieser Mensch ununterbrochen gestorben. Es war die Hölle auf Erden. Ja, unser verstorbener Kollege war die ganzen zweiundfünfzig Jahre seines Lebens zur Hölle verdammt – und geträumt hat er vom Paradies, das er sich, weiß Gott, redlich verdient hätte. Aber es war ihm nicht beschieden. Ich bin mir jedoch ganz sicher, daß er nun geradewegs dorthin kommen wird – ins Paradies, meine ich. Deshalb sollten wir ihm auch seine letzte Ehre so erweisen, wie es einem Mann zusteht, der ins Paradies eingeht. Und auch seiner armen Witwe und ihrer, nebbich, unglücklichen Kinder, die jetzt völlig mittellos dastehen, sollten wir uns so annehmen, wie es den Hinterbliebenen eines Mannes zukommt, der ins Paradies eingegangen ist.«

Diese Ansprache kam ganz offensichtlich sehr gut bei den Zuhörern an, der Beifall wollte lange Zeit kein Ende nehmen. Der Redner stieg verschwitzt vom Podest, und unmittelbar nach ihm stieg ein zweiter Redner hinauf, der all das wiederholte, was sein Vorredner bereits gesagt hatte. Allerdings tat er das mit leicht abgewandelten Worten und ein ganzes Stück schlechter und zerstörte damit einen großen Teil des Eindrucks, den der erste Sprecher hinterlassen hatte. Nichtsdestotrotz wurde auch jenem kräftig Beifall geklatscht, und nach ihm stieg ein dritter Redner auf das Podest und wiederholte, was der zweite gesagt hatte. Aber auch er brachte alles ein wenig anders und noch ein Stück schlechter vor und machte damit noch den Rest des Eindrucks zunichte, den der zweite Redner übriggelassen hatte. Doch auch ihm klatschte man Beifall, freilich nicht mehr so stark und lange wie den beiden ersten, aber immerhin, man klatschte. Und als dieser geendet hatte, kam ein vierter Redner, der fast wörtlich das wiederholte, was der dritte gesagt hatte – und so weiter und so fort: Und die Zuhörer haben eifrig applaudiert.

Das ging so lange, bis es zur Klärung der Frage kam: Was kann man für die arme Witwe und die unglücklichen Waisen tun? Darüber entbrannten heiße Debatten. Einer, ein ausgezeichneter Redner, schlug vor, einen Fonds zu schaffen (das heißt, die Zeitungen sollten zu einer Geldsammlung aufrufen) und von diesem Geld der Witwe einen kleinen Laden einzurichten, etwas, womit sie ihren Lebensunterhalt bestreiten könnte. Das gefiel den Anwesenden, und man spendete dem Redner für sein Projekt Beifall. Doch da ist ein anderer aufgestanden und hat gesagt: Nein, ein Geschäft wäre nicht gut, die Witwe sei ein Frauenzimmer und verstehe es sicher nicht, ein Geschäft zu führen. Innerhalb von zwei Jahren hätte sie das ganze Geld durchgebracht – und was geschähe dann? Nein, seiner Meinung nach wäre es besser, von diesem Geld die gesammelten Werke des verstorbenen Verfassers Abraham Jitzchak Weingarten, kurz A.B.J.W.N., herauszugeben.

Dieser Plan fand weit mehr Anklang, und man hat dem zweiten Redner noch stärker applaudiert. Da meldete sich ein dritter Sprecher zu Wort und bemerkte, daß es mit diesem Vorschlag nicht allzuweit her sei, es gäbe schon genug Bücher auf dem Kasrilewker Literaturmarkt, die herumlägen wie die Wackersteine und von niemandem gekauft würden.

»Bei uns in Kasrilewke«, so argumentierte er, »ist es von alters her Sitte, daß man Bücher nicht kauft, sondern sie sich ausleiht und liest. In Kasrilewke ist das Kaufen ganz und gar unüblich, hier borgt man.«

Dieses schlagende Argument rief donnernden Beifall hervor, und man wollte gar nicht wieder aufhören zu klatschen. Der Vorsitzende mußte die Zuhörer schließlich mit ein paar nachdrücklichen Schlägen auf den Tisch zur Ruhe bringen. Dann rief er mit kräftiger Stimme:

»Meine Herrschaften! Schluß jetzt mit den Diskussionen um die Versorgung der Witwe und der Waisen des Verstorbenen! Ich erkläre die Debatte zu diesem Punkt für beendet. Diese Angelegenheit hätten wir hinter uns gebracht. Wenden wir uns nun dem Verstorbenen selbst zu: Wie wollen wir das Andenken unseres dahingegangenen Schriftstellerkollegen ehren? Wer etwas dazu sagen möchte, den bitte ich um Wortmeldung.«

Beinahe alle Anwesenden ließen sich vormerken. Der erste, dem das Wort erteilt wurde, ist aufgestanden, hat sich geräuspert und einen vielleicht etwas langen, dafür aber um so schöneren Vortrag über das düstere Los von Schriftstellern im allgemeinen und das von jiddischen Schriftstellern in Kasrilewke im besonderen gehalten. Er führte aus, wie schwer und bitter es für einen Kasrilewker Literaten sei, sein ganzes Leben über weder Geld noch Ruhm zu erwerben – wenigstens nach seinem Tode habe er es verdient, daß man ihm ein wenig Ehre zuteil werden ließe. Und so hielte er es für das beste, wenn man von dem für die Witwe gesammelten Geld eine gewisse Summe für ein Denkmal abzweigen würde – für ein Monument, das man dann im Hof der Synagoge aufstellen könnte. Eine Stele mit der Büste des Verstorbenen – in Marmor gehauen oder in Bronze gegossen –, und unter dieser Büste sollte in großen goldenen Lettern eingraviert stehen: »Dem unvergessenen Abraham Jitzchak Weingarten, genannt A.B.J.W.N., von seinen dankbaren Freunden.«

Dieser Vorschlag wurde vom Publikum begeistert begrüßt, und man applaudierte dem Redner lange, sehr lange. Nur einem gefiel dieses Projekt nicht – und zwar absolut nicht. Das war der Dichter mit den schwarzen Locken. Er ist aufgestanden, hat den Plan verrissen und Pech und Schwefel auf seinen Vorredner gespien. Er hat ihn in ein Häufchen Asche verwandelt und seinen schönen Vorschlag in der Luft zerfetzt.

»Erstens«, so argumentierte er, »wo soll man in Kasrilewke das viele Geld hernehmen? Geld, Geld und nochmals Geld! Geld für die Witwe, Geld für die Waisen und nun auch noch Geld für ein Denkmal! Das zum ersten. Und zum zweiten: Seit wann ist es bei Juden üblich, Denkmäler aufzustellen? Es hat doch wahrlich schon bedeutendere Menschen unter uns gegeben – und man hat ihnen kein Monument errichtet. Ja, wie viele Denkmäler gibt es überhaupt in der jüdischen Geschichte? Das zum zweiten. Und drittens: Wer würde wohl gestatten, daß man mitten in Kasrilewke so mir nichts, dir nichts eine Statue aufstellt? Man wird euch eure Statue schon geben, daß euch Hören und Sehen vergeht!«

Daraufhin sprang ein weiterer Redner auf, ein junger Schriftsteller mit Sommersprossen im Gesicht und einem alten, zerschlissenen Jackett.

»Unser Dichter hat recht«, rief er, »und ich weiß sogar, warum er aus tiefster Seele gegen ein solches Monument ist.« (Die folgenden Worte sprach er langsam und überdeutlich.) »Weil er denkt, wenn schon ein Denkmal errichtet werden sollte, dann eins für ihn selbst – denn das erste Denkmal in Kasrilewke gebühre ihm, ihm allein und niemandem sonst!«

Das reichte. Der schwarzlockige Dichter lief blau an vor Zorn und schrie: »Frechling! Unverschämter Lümmel! Hungerleider! Lumpenkerl!« Und schon stürzte er sich mit geballten Fäusten auf den jungen Schriftsteller mit dem sommersprossigen Gesicht und dem alten Jackett. Der Vorsitzende konnte ihn zum Glück gerade noch zurückhalten und so einen Skandal verhindern.

»Hochgeehrte Versammlung!« verkündete er. »Ich will nur sagen, daß es schon spät geworden ist, es ist bereits fünf nach zwölf, und wir hatten das Begräbnis doch auf zwölf Uhr festgesetzt. Darum schlage ich vor, die Diskussion über ein Monument oder eine andere Art und Weise, das Andenken unseres verstorbenen Kollegen wachzuhalten, auf ein andermal zu verschieben und uns jetzt lieber der Frage des Ehrengeleits zuzuwenden – Mi umi hamolichim? Wer sollen die ersten sein, die den Sarg mit dem Verblichenen tragen? Wer soll vorn gehen und wer hinten? Und in welcher Reihenfolge schließen sich die anderen an? Wer an dem Leichenzug teilnehmen will, möge sich eintragen lassen ...«

Da erhob sich ein Lärm und ein Tumult, daß man sein eigenes Wort nicht mehr verstehen konnte! Alle wollten sich zugleich einschreiben lassen. Jeder wollte unter den ersten sein, die den Sarg tragen durften. Alle wollten sie vorn gehen, und keiner hinten.

Umsonst forderte der Vorsitzende die Anwesenden auf, Ruhe zu bewahren. Umsonst klopfte er auf den Tisch und drohte, die Versammlung aufzulösen, falls es nicht leiser werden würde. Der Tumult wurde nur noch größer. Die Gemüter erhitzten sich. Man stritt und beschimpfte sich gegenseitig. Die Atmosphäre begann langsam bedrohliche Züge anzunehmen. Plötzlich spürte ich, wie mich irgend jemand am Ärmel zupfte. Ich wandte mich um und gewahrte meinen Freund, jenen jungen Mann, der die Angewohnheit hatte, ständig lautlos in sich hineinzulachen. Er blickte mich mit ernsten und ein wenig erschrockenen Augen an und schrie mir ins Ohr: »Jetzt ist wohl der rechte Augenblick, aufzustehen und sich aus dem Staube zu machen ...«

Und ich folgte ihm: Ich stand auf, und wir haben uns heimlich aus dem Staub gemacht. Und so, wie sich die Sache im nachhinein beurteilen läßt, war das eine ganz ausgezeichnete Idee.

Epilog

Der Brauch, einen Menschen zu beerdigen, sobald er gestorben ist, und damit nicht bis morgen oder gar übermorgen zu warten, hat sich in Kasrilewke bis auf den heutigen Tag erhalten. Als der Bestattungsverein sah, daß der Verstorbene Stunde um Stunde dalag, während seine versammelten Kollegen in der Neuen Synagoge lärmten und polterten und ansonsten zu keiner Einigung kamen – haben die Synagogendiener den Verblichenen derweil auf den Neuen Friedhof gebracht, ihm sein Grab ausgerichtet und ihn bestattet. Die Waisenkinder haben den Kaddisch gesprochen, die Witwe ist ein paarmal in Ohnmacht gefallen, alles fein, wie es sich gehört und dann ...

Ruhe in Frieden!

12. Jiddischisten und Hebraisten

Als in Kasrilewke ein neuer Wind zu wehen begann, als man unaufhaltsam voranschritt und Neuerungen forderte, ganz so wie in den großen Städten, beschloß man auch eine Gesellschaft zur Sammlung und Pflege des Volksliedes, einen »Hasomir« zu gründen – schon allein deshalb, weil es in jeder Stadt, die auf sich hielt, eine Vereinigung gleichen Namens gab. Das hat den Leuten gefallen. Und überhaupt: dieser Name »Hasomir« – ein schöner Name, ein schönes Wort, außerdem entstammt es dem »Lied der Lieder«. Und so wurde schon bald ein Plan ausgearbeitet, eine Satzung mit den nötigen Statuten aufgestellt. – Es blieb weiter nichts zu tun, als eine Versammlung einzuberufen, und das ist in Kasrilewke nun wahrhaftig ein Kinderspiel. Man braucht lediglich in beiden Zeitungen einen Aufruf abzudrucken: »Heute abend, Punkt acht Uhr, findet dort und dort eine Versammlung statt. Man bittet euch zu kommen.« – Und ihr könnt sicher sein, man kommt. Und gekommen sind nicht nur die Stadtoberhäupter, nicht nur die Spitzen der Gesellschaft, sondern die gesamte Kasrilewker Intelligenz, allen voran die Redakteure beider Kasrilewker Zeitungen.

Selbstverständlich sind nicht alle auf einmal gekommen und auch nicht ganz so pünktlich, wie es geschrieben stand. Jeder kam so, wie er gerade konnte. Die einen sind um acht gekommen, andere um neun, die nächsten um zehn und einige tauchten gar erst gegen elf auf. Es gibt immer wieder Zwischenfälle und Umstände, die euch daran hindern, rechtzeitig zu erscheinen, mögt ihr es selbst auch noch so sehr wollen. Wenn ihr zum Beispiel einen kleinen Laden führt und sich die Kunden just an diesem Abend, als ihr schon fast am Schließen seid, plötzlich wie verabredet auf eure Waren stürzen und kaufen, was das Zeug hält. Oder ihr kommt nach Hause und trefft die Ehegattin nicht an, die Kinder schreien nach ihrem Abendbrot, und ihr findet auch kein gebügeltes Hemd. Oder ihr habt euch ein Loch in den Schuh gerissen, und jetzt guckt eure große Zehe heraus. Oder ihr bekommt plötzlich solches Zahnweh, daß ihr vor Schmerzen die Wände hochgeht. Wer ist schon imstande, all die Mißlichkeiten aufzuzählen, die sich akkurat dann ereignen, wenn ihr zu einer Versammlung eingeladen seid?

Nichtsdestotrotz sind alle gekommen, es gab keinen, der, Gott bewahre, gefehlt hätte. Die Versammlung wurde zwar mit einiger Verspätung eröffnet – aber immerhin, sie wurde eröffnet. Und zwar von Noach, unserem alten Bekannten Noach Reb Jossel von den kleinen Menschlein, dem vormals einzigen Korrespondenten in Kasrilewke und Vorsteher der ehemaligen »Eiferer Zions«, der späteren Zionisten, sowie Gründer einer erklecklichen Anzahl alter und neuer Vereinigungen.

Obzwar Noach Reb Jossel beileibe kein junger Mann mehr ist und in seinem Bart schon mehr graue als schwarze Haare sprießen, obwohl er seinem Alter nach schon Großvater sein könnte (Kinder, wie die Zeit vergeht! – Wir kannten Noach noch als jungen Burschen und später als frischgebackenen Ehemann, der bei seinen Schwiegereltern »auf Kost« ging), ist er doch im Grunde seines Herzens derselbe geblieben, der er immer gewesen ist, und hat sich nicht im geringsten verändert: eine Seele von Mensch und ein Idealist, eine ehrliche Haut, herzensgut, aufrichtig – und vertrauensselig bis dorthinaus! Ihr könnt ihm erzählen, was Ihr wollt, er glaubt Euch aufs Wort. Noach ist Kasrilewke, dessen Vereinen und Gesellschaften mit Leib und Seele ergeben. Wie vor Jahren, so hat er auch jetzt niemals an sich gedacht – er hat weder Weib noch Kind –, immer nur an die Stadt mit ihren Vereinigungen und seine Arbeit im Dienste der Allgemeinheit. Es ist schon der Mühe wert, ein wenig näher auf seine Lebensumstände einzugehen. Noach handelt mit Flaschen. Das ist im allgemeinen ein recht gutes Geschäft, nur bei ihm floriert es nicht. Alle Leute, die mit Flaschen handeln, verdienen Geld dabei – er setzt welches zu. Auch was sein Verhältnis zu Frauen anbelangt, schaut es nicht gerade rosig aus. Von der ersten Frau haben ihn die Schwiegereltern getrennt, das zweite Weib ist von allein gegangen, und bei der dritten hat es auch nicht lange bis zur Scheidung gedauert.

Und alles nur, weil er stets und ständig mit Gemeindeangelegenheiten beschäftigt ist und den öffentlichen Belangen all seine Zeit widmet. Und all sein Geld. Ja, man kann sagen, daß er die Mitgift seiner drei Ehefrauen samt und sonders für das Gemeinwohl aufgebracht hat. Und als er etwas von seinem kinderlosen Vetter erbte (dem neben ihm selbst einzigen kinderlosen Manne in Kasrilewke übrigens), hat er auch dieses Geld für Gemeindeangelegenheiten verwandt. Kurz, Noach ist ein Mensch, der nicht für sich, sondern für die anderen lebt.

Als der neue Zeitgeist in Kasrilewke Einzug hielt, wurde auch Noach von ihm erfaßt, stärker als alle anderen, wie von einer Krankheit. Es hat ihm den Kopf verdreht und ihn ganz trunken gemacht. Er stürzte sich mit solchem Impetus in die Arbeit, als würde sein Leben oder doch zumindest sein Seelenheil davon abhängen! ... Als ihm zu Ohren kam, daß die Stadt nach einer »Hasomir«-Gesellschaft verlangte, krempelte sich Noach kurz entschlossen die Ärmel hoch, setzte sich still in sein Kämmerchen und arbeitete innerhalb einer Nacht die Satzung mit all ihren Statuten und Paragraphen aus, beraumte selbst eine Versammlung an, schrieb eigenhändig die Briefe an die Redaktionen und trug sie auch noch, ich bitte um Vergebung, höchstselbst aus (dafür ist sich Noach nicht zu schade, und faul ist er gewiß auch nicht). Und als die Leute dann zusammenkamen, hat Noach die Versammlung selbst eröffnet und vorgeschlagen, man solle einen Vorsitzenden wählen. Denn Noach strebt nicht danach, sich irgendwo an die Spitze zu stellen und das Amt eines Vorsitzenden zu übernehmen. Er mag das nicht. Wie gesagt, er trachtet nicht nach weltlichen Ehren. Und doch weiß man ja, seit die Welt besteht: Wer dem Ruhme nachjagt, dem entläuft er, wohin der Pfeffer wächst. Und umgekehrt gilt das gleiche: Wer den Ehrungen entrinnen will, den verfolgen sie und suchen sich bei ihm anzubiedern: »Du Narr! Wovor rennst du weg? So ein bißchen Ruhm wird dir guttun!«

Daher verwundert es nicht, daß Noach in Kasrilewke mehr Ehren erwiesen werden als jedem anderen. Wo immer sich irgendeine Arbeit findet, eine Gemeindeangelegenheit, ein Auftrag oder ein Weg zu erledigen ist oder wo es etwas in Windeseile auszuführen gilt, erinnert man sich an Noach. Und Noach gehorcht und schuftet für drei. Er fragt niemals zurück, warum ausgerechnet er, warum nicht ein anderer? Er weiß allein, daß er es tun muß und niemand sonst. Und die übrigen Mitglieder der Gesellschaften sind mit ihm meistenteils zufrieden. Und wenn es sich einmal ergeben sollte, daß man mit ihm unzufrieden ist, gibt man es ihm durch die Blume zu verstehen, durch eine spitze Bemerkung, oder man erzählt ihm in spöttischem Ton ein Gleichnis oder eine Anekdote – wie es in Kasrilewke so Brauch ist, wenn man jemandem das Leben sauer machen will. Und manchmal wirft man ihm auch richtige Grobheiten an den Kopf, bis ihm der Kragen platzt. In Kasrilewke gibt es, weiß Gott, genug Leute, die Noachs Verdienste um die Gemeinde und sein weißes Haupt- und Barthaar herzlich geringschätzen. Aber was interessieren uns hier freche Flegel und ungehobelte Kerle? Kehren wir also zurück zur Gründungsversammlung des »Hasomir«.

Als man Noachs Vorschlag, einen Präsidenten zu wählen, vernahm, kam es zu einigen Meinungsverschiedenheiten unter den Anwesenden: Kandidaten fanden sich schon eine Menge, aber es gab niemanden, der wählen wollte. In Kasrilewke ist es stets und ständig so. Geht es beispielsweise darum, eine Arbeit zu verrichten, ist keiner da. Alles bleibt an Noach hängen. Geht es jedoch darum, irgendwelche Ehrungen zu empfangen, gleich entsteht ein Tumult: »Wer hat sie verdient? Wieso ausgerechnet dieser? Und wieso jener? Warum nicht ich?« – Kurzum, keiner gönnt es dem anderen. Oftmals endet so etwas nur mit Sticheleien und abfälligen Bemerkungen, manchmal gibt es aber auch einen handfesten Skandal, und mitunter setzt es sogar Schläge.

Diesmal sah es ganz so aus, als ob es nicht erst soweit kommen würde, denn es fand sich ein findiger Kopf, der auf eine glänzende Idee verfiel: »Liebe Brüder! Was streitet ihr euch darüber, wen man wählen soll? Schaut mich an: Ich bin euer neuer Präsident. Nun, was wollt ihr mehr?«

Wer das gewesen ist? Niemand anders als der berühmte Dichter mit den schwarzen Locken, dem wir in unseren Kasrilewker Erzählungen schon mehrfach begegnet sind. Der Dichter hat sich ganz obenan gesetzt, schön ordentlich, wie es sich für einen Präsidenten gehört, und mit der flachen Hand auf den Tisch geschlagen: »Liebe Versammelte!« – Mehr als diese beiden Worte vermochte er nicht zu sagen, man hat ihn nicht ausreden lassen. Wer? Die erklärten Gegner des Jiddischen. Sie hassen Jiddisch, denn Jiddisch ist Jargon, und Jargon, das ist – pfui! Und so protestierten sie lauthals: »Iwrith! Hebräisch!«

Obwohl der Dichter mit den schwarzen Locken keinesfalls ein schüchterner Jüngling war, der sich vor Protesten fürchtete, war er im ersten Moment doch ein wenig verdutzt. Dann strich er sich über das Bäuchlein, zupfte den Hemdkragen zurecht und wiederholte, als wäre gar nichts gewesen, mit ein wenig erhobener Stimme: »Liebe Versammelte! …«

Erneut begann man im Saale Lärm zu schlagen. Nun schon stärker. Es erhob sich ein Pochen, Stampfen, Trommeln und

Pfeifen, ein Kreischen und Johlen, daß es bis zum Himmel schallte: »Iwrith! Iwrith! Iwrith!«

Offenbar hatten es die Kasrilewker Hebraisten von vornherein darauf angelegt, einen Boykott gegen die jiddische Sprache durchzuführen. Da half kein Bitten und kein Flehen. Der Dichter mußte den Stuhl des Vorsitzenden schmählich verlassen. Seinen Platz auf der Tribüne nahm der junge Schriftsteller mit dem sommersprossigen Gesicht und dem alten Jackett ein. Auch er wartete nicht ab, bis ihn irgend jemand wählen würde, auch er schlug mit der flachen Hand auf den Tisch – und begann in Hebräisch: »Rabotaj!« – Nicht etwa »Rabossim«, wie wir es sagen, sondern eben »Rabotaj«, wie man es dort in Israel ausspricht …

Eine Stimme hatte der junge Schriftsteller mit dem alten Jackett! Sein »Rabotaj!« hallte durch den ganzen Saal wie eine Glocke. Aber er kam nicht über dieses Wort hinaus, man hat ihn einfach nicht gelassen.

Schuld daran waren die Kasrilewker Jiddischisten, die sich gegen das Hebräische verbündet hatten, offenbar war auch das von Anfang an geplant gewesen. Man hat gelärmt, gepoltert, mit den Füßen gestampft und aus Leibeskräften gebrüllt – es war eine regelrechte Obstruktion! Die Stimmen schallten empor bis zum Himmel, die Wände haben gezittert und die Fensterscheiben geklirrt:

»Mischnatajim! Nudelzöpfe! Jiddisch! Jiddisch!! Jiddisch!!!«

Plötzlich kam einer von den Hebraisten auf die Idee, mitten im dichtesten Getümmel zu rufen: »Czernowitz!« … Das schlug ein wie eine Bombe! Man fragt sich unwillkürlich nach dem tieferen Sinn des ganzen. Czernowitz ist weiter nichts als ein Städtchen in der Bukowina, in Österreich, um das sich zur Zeit gerade zwei Regierungen schlagen. Sie suchen sich gegenseitig von dort zu vertreiben, heute gehört es diesem und morgen jenem. Wenn ihr einem Kasrilewker Jiddischisten gegenüber jedoch den Namen »Czernowitz« erwähnt, so ist das hundertmal schlimmer, als würdet ihr seinen leiblichen Vater verfluchen! Ihr könnt ihn selbst der größten Schandtaten bezichtigen, ihr könnt ihm alle Schimpfwörter der Welt an den Kopf werfen – aber nicht »Czernowitz«. So sind die Kasrilewker Jiddischisten nun mal. Mit den dortigen Hebraisten ist es das gleiche. Wenn ihr einen

Kasrilewker Hebraisten bis aufs Blut reizen wollt, braucht ihr ihm nur ein einziges Wort zu sagen: »Mischnatajim« – (von »Mischnassim« – Hosen) – anschließend solltet ihr euch aber gut vor ihm in acht nehmen, denn dann ist er glatt imstande, euch den Schädel einzuschlagen.

Wahrlich, seltsame Leute, dieses neue Kasrilewker Geschlecht. Merkwürdige Ehrenmänner, verschroben bis dorthinaus und wild und jähzornig dazu, regelrechte Hitzköpfe.

Kurz und gut, als einer der Jiddischisten das Wort »Czernowitz« hörte, ein schmächtiges Männchen, das in einem fort hustete, aber ein rauflustiges Naturell hatte, bückte es sich, zog, ohne lange zu überlegen, den Stiefel vom linken Fuß und schleuderte ihn einem Hebraisten mitten ins Gesicht, genau auf die Stelle zwischen Nasenflügel und linkem Auge. Der Getroffene konnte noch von Glück sagen, daß er keine Brille trug, er hätte dabei leicht ein Auge verlieren können. Selbstverständlich haben sich sofort etliche Hebraisten mit hochgekrempelten Ärmeln auf den schwachen und hustenden Jiddischisten gestürzt, um die erlittene Schmach zu rächen. Wären ihm nicht die anderen Jiddischisten zu Hilfe geeilt, man hätte das Männchen zweifellos mit den Füßen voran aus dem Saal tragen müssen. Versteht sich, daß nach diesem Zwischenfall mit dem jiddischistischen Stiefel eine wüste Saalschlacht entbrannte, eine allgemeine Prügelei, bei der keiner der Beteiligten, weder auf seiten der Jiddischisten noch der Hebraisten, ungeschoren davonkam. Mehr als alle anderen jedoch hat unser ehrliches Gemeindemitglied, unser genialer Gründer von Vereinen und Gesellschaften einstecken müssen – Noach. Völlig überraschend ist man über ihn hergefallen, hat ihm den Buckel gebleut und ihm, um den Vers »Wer den Ehrungen entrinnen will, den verfolgen sie« vollzumachen, zuguterletzt noch Fußtritte versetzt.

Epilog

So einen Sekretär wie Noach Reb Jossel in Kasrilewke könnt ihr lange suchen. Über alles wird Protokoll geführt. Alles wird bei ihm sorgfältig notiert. Nichts übergeht er. Ein künftiger Historiker, der erfahren will, was sich im Kasrilewke unserer Tage zugetragen hat, braucht nur einen Blick in Noachs Aufzeichnungen zu werfen. Sie sind ein Schatz, eine wahre Fundgrube … Was jene historische Versammlung von Jiddischisten und Hebraisten anbelangt, wollen wir hier nur das Wesentliche herausgreifen, ganz so, wie es die Historie verlangt:

« … Nach kurzen einleitenden Worten der Oratoren begannen hitzige, lebhaft geführte Debatten, wobei in den unterschiedlichen Ansichten und strittigen Fragen zwischen den beiden vorherrschenden Parteien keine vollständige Einigung erzielt werden konnte. Da insbesondere unterschiedliche Meinungen hinsichtlich der Konferenzsprache bestanden, die Frage nach der Sprache jedoch letztlich unumgänglich ist, konnte nur ein einziger Ausweg gefunden werden – statt einem ›Hasomir‹, zwei ›Hasomirim‹ zu gründen – einen jiddischen ›Hasomir‹ für die Jiddischisten und einen hebräischen ›Hasomir‹ für die Hebraisten …«

13. Referenten und Vortragskünstler

In Kasrilewke liebt man Literatur, Kunst und Musik, und es vergeht dort kein Abend, an dem nicht die eine oder andere Veranstaltung stattfinden würde. Und das vor allem im Winter. Die Abende sind lang, nicht alle spielen Karten (über Karten reden wir vielleicht ein andermal), kurz, man verlangt danach, ein lebendiges Wort zu hören. Wenn man nicht ins Theater geht, dann in ein Konzert oder zu irgendeinem festlichen Abend – eine Versammlung, eine Lesung, ein Referat mit oder ohne Diskussion. Mehr als alles andere liebt man dort Abende *mit* Diskussion, denn nur so ein Referat, das von irgend jemandem gehalten wird, ist nicht interessant. Er liest ab, und ihr müßt still dasitzen und ihm in den Mund schauen. Bei einem Referat mit Diskussion dagegen könnt ihr euch einmischen, könnt selbst ein Wörtchen mitreden, zeigen, daß ihr auch etwas von der Sache versteht und kein Hinterwäldler seid.

Und weil es in Kasrilewke nur sehr wenige Referenten und Vortragskünstler gibt und man dort auf einen Kasrilewker Referenten oder Vortragskünstler auch keinen allzugroßen Wert legt, bezieht man die Ware im allgemeinen von draußen, das heißt, man lädt sich Referenten, Künstler und Rezitatoren aus anderen Städten ein.

Auf dem Gebiet der Konzerte, der Referate und Lesungen herrscht unter den beiden Kasrilewker »Hasomirim« ein erbitterter Streit, ein Kampf auf Leben und Tod! Laden die Jiddischisten einen weltberühmten Künstler ein, kündigen die Hebraisten einen weltberühmten Redner an. Jeder versucht, den anderen auszustechen. Oftmals kommt es vor, daß an ein und demselben Abend zwei Veranstaltungen stattfinden: ein künstlerischer Vortrag und eine Rede. Und in der Stadt, nebbich, weiß man nicht, wohin man zuerst gehen soll. Man kann sich ja schließlich nicht zerreißen! Daß die Jiddischisten und Hebraisten untereinander verfeindet sind, tut dabei nichts zur Sache. Mag sein, man ist zornig auf den Chasen, soll man deshalb nicht an den Gebeten teilnehmen? Außerdem verzehrt sich Kasrilewke, wie gesagt, nach einem lebendigen Wort. Und so nimmt man, was man kriegen kann – man hört diesem ein bißchen zu und läuft dann, um jenem zu lauschen. Man schnappt ein paar Worte von dem Vortragskünstler auf und eilt, um den Redner anzuhören. In Kasrilewke versäumt man ungern etwas. Das Leben ist so kurz, daß der Mensch alles genießen sollte, was sich ihm bietet. Wer auch immer nach Kasrilewke kommen mag, er kann sicher sein, daß er, so Gott will, ein ansehnliches Auditorium finden wird, einen brechend vollen Saal, weit voller, als ihm lieb ist. Er wird dort herauskommen wie aus einem Schwitzbad. Kasrilewke richtet sich in allem nach den großen Städten und weicht, Gott bewahre, um keinen Fingerbreit von deren Moden ab. In den großen Städten hat es sich in der letzten Zeit eingebürgert, daß nach dem Referat, dem künstlerischen Vortrag oder der Lesung ein Bankett stattfindet. In Kasrilewke ist das ebenso. Kaum sind Referat und Diskussion vorüber, und mag es auch weit nach Mitternacht sein, ergreift man den Ehrengast, den Referenten also, und schleppt ihn in eine Gaststätte. Dort setzt man ihn an die Spitze der Tafel und veranstaltet ihm zu Ehren ein Bankett.

Ja, man könnte fast sagen, daß das Bankett in Kasrilewke wichtiger ist als das Referat oder die Lesung selbst. Das Bankett ist die Hauptsache. Und was das Ausrichten von Banketts anbelangt, darin macht es den Kasrilewker Intellektuellen so leicht keiner nach. Sobald man von der Lesung kommt, wird Hering aufgetischt und Bier herbeigeschafft. Die Gläser werden gefüllt, man bringt Toaste und Trinksprüche aus und stößt auf die Gesundheit des großen Gastes an. Das zieht sich häufig hin bis zum Morgengrauen. In die Toaste werden alle vorangegangenen Diskussionsreden eingeflochten, der hohe Gast muß sich, nebbich, alles noch einmal von vorne anhören und jedem einzelnen noch ein zweites Mal in aller Ausführlichkeit Rede und Antwort stehen. Einmal lobt man den hohen Gast auf dem Bankett ins Blaue hinein, hebt ihn in die Wolken, stellt ihn höher als König Salomo oder, streng unterschieden sollen sie sein, als Shakespeare, so daß ihm ganz schwindlig im Kopf wird, ein andermal zerreißt man den Referenten auf dem Bankett in kleine Stücke, ehrt ihn mit einer »Kritik«, daß ihm Hören und Sehen vergeht, mit einer »Analyse« und solch »scharfsinnigen Interpretationen«, daß ihm ganz schwarz vor Augen wird und er vor lauter »Ehrung« nicht mehr weiß, wohin er sich wenden soll. Und mitunter geschieht es auch, daß die Veranstalter des Banketts in Streit geraten, daß sie neuerliche Diskussionen und Debatten führen und unter ihnen schließlich, ohne daß sie es selbst gewollt hätten, eine derart hitzige Auseinandersetzung entbrennt, daß sich der hohe Gast noch glücklich schätzen und Gott danken kann, wenn er mit heiler Haut davonkommt … Das soll aber nun beileibe nicht heißen, daß es dort gang und gäbe wäre, beschimpft zu werden oder Prügel einstecken zu müssen. Nein, so ist es nun auch wieder nicht. Nur, weil die dortigen Jiddischisten und Hebraisten so erbittert miteinander konkurrieren, kommt es schon von Zeit zu Zeit vor, daß ein Gast Federn lassen muß, daß er für nichts und wieder nichts in ein wüstes Schlamassel hineingerät und so mit Schmutz beworfen wird, daß er dessen Spuren nachher mit keinem Wasser der Welt mehr abwaschen kann.

Um das zu illustrieren, sei an dieser Stelle eine Geschichte angeführt, die in Kasrilewke vor nicht allzu langer Zeit einem Hebraisten und Doktor der Philosophie zugestoßen ist, der an der ganzen Sache völlig schuldlos war und allein durch die Konkurrenz beider Parteien und die Intrigen der Kasrilewker Zeitungen in eine recht unerfreuliche Lage geriet. Man hatte eine Lüge über ihn in die Welt gesetzt, eine Verleumdung – erst im nachhinein stellte sich heraus, daß die Sache weder Hand noch Fuß hatte. Doch bis dahin wurde er von der Kasrilewker Presse tüchtig heruntergeputzt, sein Innerstes wurde nach außen gekehrt und in den Dreck gezogen, und eine Zeitlang führten alle Menschen der Stadt seinen Namen im Munde – es war zum Gotterbarmen!

Das begab sich folgendermaßen: Eines schönen Tages hatten die Hebraisten zu einem ihrer Abende auch jenen berühmten Doktor der Philosophie aus der großen Stadt eingeladen, zu einem Referat mit anschließender Diskussion. Der Doktor der Philosophie war nach Kasrilewke gekommen, hat sein Referat gehalten, die Diskussion durchgestanden, das Bankett unbeschadet überlebt und ist wieder abgereist, dorthin, von wo er gekommen war. Soweit, so gut. Aber was tut Gott? Jetzt traten die Kasrilewker Zeitungen auf den Plan. Sie nahmen das Referat des berühmten Doktors der Philosophie fachgerecht auseinander und legten, jede einzeln, ihre Meinungen dazu dar.

Versteht sich, wenn der eine dies sagt, sagt der andere genau das Umgekehrte. Da die »Jarmulke«, das Organ der Hebraisten, den Gast über den grünen Klee lobte – sie nannte ihn einen genialen Literaten, meinte, daß sein Denken so tiefgründig wie das eines Kant oder Spinoza wäre und er die Rednergabe eines Bebel oder Jauré besäße –, behauptete der »Hut«, das Organ der Jiddischisten, genau das Gegenteil. Er hat ihn zu Asche verbrannt, ihn in den Erdboden gestampft und mit so vornehmen Beinamen tituliert wie »Langweiler«, »Stotterer«, »Plappermaul«, »Frömmler« und was dergleichen Bezeichnungen mehr sind. »Frömmler« hat ihn der »Hut« übrigens genannt, weil er dem Publikum in seinem Referat vorgeworfen hatte, daß es nicht jüdisch genug sei, daß die Kasrilewker Burschen barhäuptig in den Kinematographentheatern säßen und daß die Kasrilewker Mädchen am Schabbes Schirme, Tücher, Handschuhe und ähnliches Putzwerk trügen ... Das hat die Hebraisten natürlich mächtig verdrossen. Ihr Organ, die »Jarmulke«, veröffentlichte eine »Kritik« an den Jiddischisten und warf die alles entscheidende Frage auf: »Wie können Tölpel, ungehobelte Kerle, Schuhputzer, Droschkenkutscher und Bedienstete, die kein X von einem U unterscheiden können, sich nur anmaßen, über solch einen genialen Referenten und berühmten Doktor der Philosophie zu urteilen?«

Die Antwort des progressiven »Hutes« ließ nicht lange auf sich warten. Gleich am nächsten Morgen wandte sich das Organ der Jiddischisten mit einer »Kritik« an seinen orthodoxen Konkurrenten und stellte bezüglich des Gastes die Frage, wie ein Mann, mag er nun ein großer Gelehrter, ein berühmter Doktor der Philosophie und ein genialer Redner sein oder nicht, es wagen könne, seinem Publikum vorzuwerfen, daß es barhäuptig in den Kinematographentheatern säße, und den Mädchen anzukreiden, daß sie Schirme, Tücher und Handschuhe trügen, wenn er selbst, jawohl, er, ebendieser große Gelehrte, der berühmte Doktor der Philosophie und geniale Referent, zwei Schwestern habe, von denen eine zum Christentum übergetreten und die zweite eine Diebin sei?

Diese unerwartete »Kritik« des jiddischistischen »Hutes« schlug bei den Hebraisten ein wie eine Bombe! Im ersten Moment waren sie völlig fassungslos. Danach fand mit dem Redakteur der »Jarmulke« an der Spitze eine Beratung statt, und schließlich kam man überein, dem Referenten eine Depesche zu schicken und ihn darin ganz aufrichtig nach seinen Schwestern zu fragen. Wie aber fragt man jemanden ganz unverblümt in so einer Sache? Wer weiß, vielleicht stimmt es am Ende gar, und er hat tatsächlich zwei Schwestern – die eine getauft und die andere eine Diebin? Das wäre doch wie ein Schlag ins Gesicht!

Man entschloß sich also, einfach telegraphisch anzufragen: »Was machen Eure Schwestern?« und für die Rückantwort zu bezahlen. Es verging ein Tag und ein zweiter – von einer Antwort war nichts zu hören! Erst am dritten Tag kommt ein Telegramm. Es besteht nur aus drei Wörtern: »Was für Schwestern?« Die Hebraisten fassen sich ein Herz und schicken noch ein Telegramm ab, ebenfalls mit Rückantwort: »Eure zwei Schwestern.« Wieder vergeht ein Tag und ein zweiter, schließlich kommt die Antwort. Sie lautet: »Ich habe keine Schwestern.« Die Hebraisten, nicht faul, drahten ein drittes Mal: »Sind Eure Schwestern etwa gestorben?« Die Antwort erfolgt diesmal umgehend und verrät deutlich Gereiztheit: »Was wollt Ihr nur von mir? Ich habe niemals eine Schwester besessen! Ich bin ein Einzelkind!«

Das war eine Erfrischung und ein Labsal für die Hebraisten wie ein langersehnter Regen in der Sommerhitze. Ihnen fiel ein

Stein vom Herzen. Zunächst haben sie alle Depeschen in der »Jarmulke« säuberlich abgedruckt mit einem entsprechenden Kommentar zu den einzelnen Telegrammen, versteht sich, damit alle Welt sähe, wozu Jiddischisten fähig sind. Anschließend haben sie alle »Hut«-Nummern zusammengesucht, in denen das Gerücht über die Schwestern stand, und sie samt und sonders an den Referenten geschickt. Der Referent, ein Hitzkopf, der keine Kränkung so einfach hinnahm, geriet daraufhin in Rage. Er ließ alles stehen und liegen, fuhr schnurstracks nach Kasrilewke und brachte den »Hut« und alle Jiddischisten geschlossen vors Gericht, führte eine Menge Zeugen vor und wollte die ganze Gesellschaft hinter Schloß und Riegel sehen. Wegen Verleumdung, übler Nachrede und persönlicher Beleidigung. Und um zu beweisen, daß er eine reine Weste hatte, daß er keine Schwester besaß, weder eine getaufte noch eine Diebin, und auch noch nie in seinem Leben eine Schwester besessen hatte, legte er die Geburtsurkunden und -register seiner Familie vor, aus denen klar und eindeutig hervorging, daß nicht nur er ein Einzelkind seiner Eltern war, sondern daß auch schon sein Vater keine Schwester hatte! Doch es nützte nichts. Die Hebraisten verloren den Prozeß. Die Richter verkündeten folgenden Urteilsspruch:

»Wenn der Kläger eine Schwester besäße und gegen diese seine Schwester Vorwürfe erhoben worden wären, die sich später als falsch herausgestellt hätten, würden die Verklagten ihre gerechte Strafe erhalten. Aber da der Kläger selbst nachgewiesen hat – und die amtlichen Dokumente belegen es –, daß er niemals eine Schwester besessen hat, die Angeklagten mithin Personen verleumdet haben, die nie existierten, gibt es folglich auch keinen Beleidigten. Wenn es aber weder einen Beleidigten noch einen Beleidiger gibt – ist die Gerichtsverhandlung überflüssig.«

Epilog

An jenem Tage hielten die Hebraisten zusammen mit der »Jarmulke« eine Sondersitzung ab. Die Jiddischisten aber mit dem »Hut« an der Spitze feierten ein Fest, hielten die ganze Nacht hindurch Vorträge und Reden, sangen und tanzten bis zum Morgengrauen. Es war ein richtiges Freudenfest!

14. Theaterliebhaber

Theater gibt es in Kasrilewke zwei: ein Theater der Jiddischisten und ein Theater der Hebraisten, Schauspieler jedoch keinen einzigen. Es sei denn, es kommt eine jüdische Truppe aus Jehupez oder gar zwei Truppen. Dann spielen sie ein paar Wochen lang, und wenn sie dann noch genug Geld haben, fahren sie wieder fort, dorthin, von wo sie gekommen sind, und wenn sie es nicht haben, versetzen sie ihre Uhren, die Kleider und Dekorationen mit sämtlichen Requisiten. Und wenn sie auch die nicht mehr besitzen, gehen sie mit einem Sammeltuch durch die Stadt und bitten um Almosen – was bleibt ihnen sonst übrig? Man kann die Leute ja nicht Hungers sterben lassen, es sind doch Juden, eigenes Fleisch und Blut. Und wenn sie schließlich von dort wegfahren, schwören sie bei ihrem Leben, daß man in Kasrilewke weder von ihnen noch von ihren Kindern oder Kindeskindern künftig jemals auch nur eine Nasenspitze zu sehen bekommt: Das Feuer möge diese Stadt verschlingen; die Pest soll sie holen; im Erdboden versinken soll sie! Recht derbe Worte, nicht wahr? Doch kaum ist ein Jahr vorüber, schon sind sie wieder da! So ist es nun einmal mit den jüdischen Schauspielern, es zieht sie nach Kasrilewke. Wer weiß, wie das Leben so spielt, vielleicht gelingt es in dieser Saison, die Verluste vom Vorjahr wieder wettzumachen, und man erzielt darüber hinaus noch einen hübschen Gewinn? »Ihr kennt das Theatergeschäft nicht«, hat einmal ein abgehärmter jüdischer Schauspieler zu mir gesagt, »heute geht es schlecht, dafür ist es dann morgen um so schlimmer ...«

Weil nun die jüdischen Theater nur zu Gastspielen nach Kasrilewke kommen, es sich jedoch andererseits ohne Schauspielertruppe bekanntlich schlecht spielen läßt, gibt es in Kasrilewke eine große Anzahl von Laienkünstlern, von Liebhabern des jüdischen Theaters.

Ich habe fast Angst davor, es auszusprechen, weil ich fürchte, daß man mich der Übertreibung und Hochstapelei bezichtigen wird, wenn ich sage, daß beinahe die gesamte Kasrilewker Jugend zu den »Liebhabern« zählt. Aber genauso ist es. Wo immer man auf einen halbwüchsigen Burschen oder ein heranwachsendes Mädchen trifft, einen Bräutigam oder eine Braut – sie sind

»Liebhaber«. Und zwar nicht allein Burschen und Mädchen, nein, auch verheiratete junge Männer mit Bärten oder Frauen, die schon Kinder im Hause haben, sind »Liebhaber« und spielen Theater. Ja, was dachtet ihr? Aber offen gestanden, dasjenige Weib, das einen »Liebhaber« zum Manne hat, und der Mann, dessen Frauchen eine »Liebhaberin« ist, sind aufrichtig zu bedauern. Der Mann kommt müde und hungrig von seinem Geschäft nach Hause – was sieht er? Kein Abendbrot da, der Samowar ist nicht aufgestellt, und das Kind brüllt wie am Spieß. Was ist geschehen? Nun, das Frauchen ist »Liebhaberin« und nimmt an einer Probe oder einer Einstudierung teil. Oder auch umgekehrt: Der Mann ist ein »Liebhaber«, treibt sich ständig im Theater herum und läßt es sich wohl sein. Wenn gerade kein Stück gespielt wird, findet eine Probe statt, und wenn keine Probe stattfindet, dann steht eine Versammlung von »Liebhabern« auf dem Plan – man liest das neuste Stück eines Kasrilewker Dramatikers, teilt untereinander die Rollen auf, ißt danach gemeinsam zu Abend, trinkt ein paar Gläschen Wein, raucht Papirossy – und fühlt sich froh und unbeschwert! Und das Frauchen, nebbich, hütet derweil das Haus, darf das Kind wiegen oder liegt im Bett, verzehrt sich vor Sehnsucht und hält die ganze Nacht hindurch Ausschau nach ihrem treuen Gatten, dem »Liebhaber«.

Noch ärger jedoch ist es, wenn beide, sowohl der Mann als auch das Frauchen, »Liebhaber« sind; und am allerschlimmsten (ja, wahrhaftig zum Haareraufen) ist es, wenn Mann und Weib noch dazu unterschiedlichen Zirkeln angehören, also der Mann ein »Liebhaber« bei den Hebraisten und das Frauchen eine »Liebhaberin« bei den Jiddischisten ist oder umgekehrt. Daraus kann leicht ein Konflikt entstehen, der zu einem Zerwürfnis führt und mit Schimpf und Schande endet. Vor nicht allzu langer Zeit hat sich etwas Derartiges zugetragen. Es ging um ein Ehepaar, Mann und Frau beide »Liebhaber«, er – ein eingefleischter Jiddischist, ein Hutist, sie – eine glühende Anhängerin der Hebraisten, eine Jarmulkistin.

Die beiden Ehegatten kamen an und für sich nicht schlecht miteinander aus. Sie lebten ruhig und in Frieden und hatten auch schon bald, nicht ganz ein Jahr nach der Hochzeit, ein Kind, einen Jungen. Plötzlich kam es zwischen den beiden zu

Streitigkeiten. Was war der Grund? Nun, er wollte nicht, daß sie im Theater dieser scheinheiligen Hebraisten spielte: »Wenn du unbedingt spielen willst«, sagte er, »dann kann ich es einrichten, daß du zusammen mit mir auf der Bühne stehst, in unserem Theater, im Theater der Jiddischisten.« Die Frau sah ihn an, als ob er den Verstand verloren hätte. »Was ist denn plötzlich in dich gefahren? Die ganze Zeit über bin ich eine Hebraistin gewesen, und du hast dich nie daran gestört. Jetzt fängst du auf einmal damit an. Was gibt das für einen Sinn?«

Nun, es stellte sich heraus, daß der Sinn des Ganzen ein recht einfacher war: Der Mann, der Jiddischist also, hatte durch ein Zettelchen, das ihm von irgendeinem Hebraisten zugesteckt worden war, erfahren, daß sein Frauchen, die Hebraistin, schon in ihren Mädchenjahren, lange vor ihrer Hochzeit, eine Romanze mit so einem Hebraisten gehabt hatte. Der Gatte geriet in Hitze und begann zu toben! In der ganzen Stadt summte es wie in einem Bienenstock. Gerüchte gingen hin und her, man wisperte und klatschte. Die Sache wurde auf die Straße hinausgetragen, auf den Markt, und ganz zum Schluß gelangte sie sogar in die Presse, das heißt in die Kasrilewker Zeitungen, in die »Jarmulke« und den »Hut«. Und wenn sich erst einmal die Kasrilewker Presse Eurer angenommen hat, dann seid Ihr alles andere als zu beneiden.

Was für eine Rolle spielte nun die Presse bei der ganzen Geschichte? Ganz einfach. Der jiddischistische »Hut« trat für die Sache des beleidigten jiddischistischen Mannes ein und veröffentlichte eines schönen Tages, früh am Morgen, einen bissigen Artikel unter der schreienden Überschrift: »Zum Teufel mit Darwin!« Wir werden an dieser Stelle einen längeren Auszug aus diesem in der Tat höchst interessanten Artikel wiedergeben, wortwörtlich, so wie er im progressiven »Hut« gestanden hat:

»Immerfort versuchen uns die Gelehrten, die sogenannten Darwinisten, ein Kind in den Bauch zu reden – daß es in der Natur angeblich ein Gesetz namens Atavismus gäbe, nach dem ein Kind seinen Eltern ähnlich sein muß. Weit gefehlt! Wir können das mit Fakten belegen. Wir halten nichts von grauer Theorie! Wir lieben Beweise. Vor gar nicht allzu langer Zeit hat sich folgendes zugetragen. Nicht bei uns in Kasrilewke, Gott bewahre, in einem anderen Ort, in Jehupez. Dort lebte ein Ehepaar, beide waren ›Liebhaber‹ des jüdischen Theaters, er ein eingefleischter Jiddischist, sie – eine glühende Hebraistin. Und es kam der Tag, da ihnen ein Kind geboren wurde – ein Junge. Im Jahr darauf stellte man fest, daß das Kind nicht nur keinerlei Ähnlichkeit mit dem Vater, dem jiddischistischen ›Liebhaber‹, besaß, sondern darüber hinaus einem fremden Mannsbild, auch einem ›Liebhaber‹, jedoch am hebraistischen Theater, im Aussehen glich wie ein Ei dem anderen. Und obwohl dieser ›Liebhaber‹, der Hebraist, ein erklärter Gegner des Jiddischen ist, war er doch recht häufig bei dem Weib des Jiddischisten zu Besuch ... Es ist daher mehr als wahrscheinlich, ja, im Grunde kann überhaupt kein Zweifel daran bestehen, daß das Kind, das die Frau des Jiddischisten ihrem Manne geboren hat, seine Ähnlichkeit einzig und allein der Tatsache verdankt, daß die hebraistische ›Liebhaberin‹ dem hebraistischen ›Liebhaber‹ freundschaftlich zugetan ist ... Damit wäre eindeutig nachgewiesen, daß die gelehrten Darwinisten, die groß über Atavismus philosophieren, selbst nicht wissen, wovon sie da eigentlich reden. Sie machen einen nur ganz wirr im Kopf mit ihren närrischen Theorien und wollen einfach nicht zur Kenntnis nehmen, was direkt vor ihrer Nase geschieht.«

Trotzdem wäre vielleicht alles noch gutgegangen. Denn wen kümmert es schon, was ein Redakteur in seinem Kämmerchen so zusammenbraut? Nichts als leeres Geschwätz! Es gibt aber noch eine Zeitung dort in Kasrilewke, ihr Name ist »Jarmulke«, und sie, die »Jarmulke« also, achtet auf alles, was der »Hut« schreibt, und läßt keine Gelegenheit aus, es ihm nach Kräften zu bestellen, dessen könnt Ihr gewiß sein! Sie wartet nur auf einen Anlaß, sich mit dem »Hut« anzulegen, und spielt ihm dann auf, daß ihm Hören und Sehen vergeht! Und so war es auch diesmal. Schon am nächsten Morgen hat die orthodoxe Redaktion der orthodoxen »Jarmulke« einen flammenden Leitartikel veröffentlicht. Auch er stand unter einer schreienden Schlagzeile, und auch sie war in großen Lettern gedruckt: »Hündische Politik«. In diesem Artikel zahlte es die »Jarmulke« ihrem erbitterten Konkurrenten nach Kräften heim und wies, so klar wie zwei mal zwei vier ist, nach, daß sich der »Hut« die Ausführungen über die angeblichen

Gelehrten nur aus den Fingern gesogen hätte, um ein ortsansässiges Paar, ein Kasrilewker Ehepaar, mit Schmutz zu bewerfen. Und wenn dieser Jesuit aus dem Redaktionskollegium auch behaupte, das alles habe sich angeblich nicht bei uns in Kasrilewke, sondern in Jehupez zugetragen – »das kleinste Kind«, so fuhr die Jarmulke fort, »das kleinste Kind weiß, um wen es sich bei diesem Ehepaar handelt, und nur ein Rindvieh merkt nicht, daß damit lediglich bezweckt wird, eine unschuldige Frau zu kompromittieren, eine reine Seele, eine ehrliche ›Liebhaberin‹, und zwar einzig und allein, weil sie keine Jiddischistin ist!!!«

Es versteht sich von selbst, daß die »Polemik« damit noch nicht zu Ende war. Das war nur ein erster Austausch von Höflichkeitsfloskeln, eine Einstimmung gewissermaßen. Jetzt begann das, was der Kasrilewker Leser mit »Kritiken« bezeichnet und so sehr ins Herz geschlossen hat. Während dieser Zeit hatte unser junges Paar, nebbich, nichts zu lachen. Unentwegt mußten sie erzählen. Bekannte und Unbekannte hielten sie auf der Straße an und stellten Fragen. Was gibt es Neues? Aus der ganzen Nachbarschaft lief man herbei, um das Kind anzuschauen. Nach wem es wohl käme ... Gute Freunde haben den beiden geraten, sie sollten den »Hut« wegen Verleumdung, Beleidigung und übler Nachrede verklagen, andere haben das junge Paar bedauert. Und wieder anderen hat es noch mehr um das Kind leid getan. »Was kann das Kind dafür? Nebbich, noch ein Säugling! Ein Gottesgeschöpf!«

Epilog

Das junge Paar ließ sich scheiden. Und kurze Zeit darauf hielt die Hebraistin Hochzeit mit dem jungen Mann, jenem Hebraisten-»Liebhaber«, dem ihr Kind im Aussehen glich wie ein Ei dem anderen.

Tewje, der Milchmann

9 *Reb* – (jidd.) Herr; Ehrentitel für Gebildete, Fromme oder auch nur ältere Männer.

Raschi – Abkürzung für <u>Ra</u>bbi <u>Sch</u>elomo ben <u>I</u>saak (1040–1105), dem einflußreichen Bibel- und Talmudausleger, dessen Kommentare hebräischen Bibel- und Talmudausgaben beigefügt wurden. Seine Anhänger begründeten die Raschi-Schule und verbreiteten seine Lehren und praktischen Anweisungen. Man schrieb ihm gern allerlei scherzhafte Bibeldeutungen zu.

Jehupez – Jiddische Verballhornung für Kiew.

11 *Schächter* – Jemand, der Tiere schächtet, d. h. sie nach jüdischem Ritus ohne Betäubung schlachtet und sie sorgfältig ausbluten läßt.

12 *Schwuos* – (hebr.) Schawout, als Fest der ersten Feldfrüchte wird es sieben Wochen nach Pessach gefeiert und bildet den Abschluß der Frühlingsfeste.

13 *Brodski* – Bekannter Zuckerindustrieller und Millionär in Kiew.

Sukkoth – Laubhüttenfest im Herbst zur Zeit der Obst- und Weinernte, das man acht Tage zur Erinnerung an die Wüstenwanderung der Kinder Israels nach dem Auszug aus Ägypten feiert und bei dem man in laubgedeckten Hütten wohnt.

Targum – Übersetzung des Alten Testaments ins Aramäische und später auch in jeweils landessprachliche Fassungen mit erklärenden Einfügungen und Auslegungen.

14 *Rosch-Haschanah* – Neujahrsfest; es fällt in den Herbst und steht am Beginn der zehn Bußtage, deren Abschluß Jom Kippur bildet.

»Unessane Tojkef« – Gebet am Versöhnungstag.

Nebbich – Unübersetzbarer Ausdruck des Bedauerns.

Golus – Verbannung, Diaspora.

15 *Achtzehngebet* – Wichtigstes Gebet im jüdischen Gottesdienst; es wird stehend und unbeweglich, das Gesicht nach Osten gewandt, gesprochen.

17 *trägt eine Perücke* – Verheiratete jüdische Frauen müssen ihr Haar unter einer Perücke verbergen.

22 *Wohnrecht* – Jehupez (= Kiew) lag außerhalb des »Jüdischen Ansiedlungsgebietes«. Der Aufenthalt in dieser Stadt war wohl praktisch möglich, aber mit großen Schwierigkeiten und Kosten verbunden; vgl. Anm. zu S. 165.

24 *wascht Euch die Hände!* – Es ist ein rituelles Gebot, sich vor dem Essen die Hände zu waschen.

26 *Chossid* – Frommer Anhänger des Chassidismus, einer plebejisch-religiösen Bewegung mit mystisch-ekstatischen Zügen, gegründet von Baal Schem Tow (1700–1760).

27 *Massel-tow* – (jidd.) »Gut Glück«, Glückwunschformel bei allen Gelegenheiten.

29 *Aleph bis Ssof* – Aleph ist der erste, Ssof der letzte Buchstabe des hebräischen Alphabets.

achtzehn Rubel – Die Achtzehn gilt als glückverheißende Zahl, da der Buchstabenwert des Wortes »Chai« (Leben) achtzehn beträgt.

Sabbath – Heiliger Ruhetag mit strengen Verhaltensvorschriften; beginnt mit Sonnenuntergang am Freitag, endet mit Sonnenuntergang am Samstag.

34 *Imperiale und Halbe Imperiale* – Russische Goldmünzen zu 10 und 20 Rubel, mit denen vor Einführung der Goldwährung viel spekuliert wurde.

Betplatz an der Ostwand – An der Ostwand sind die vornehmen Betplätze; dort befindet sich der Thoraschrein.

35 *Ich wohne zwar hier ...* – Vgl. Anm. zu S. 22.

36 *Haggada* – Erzählung vom Auszug Israels aus Ägypten, die an den beiden ersten Abenden des Pessachfestes beim häuslichen Mahl vorgelesen wird. Sie wurde im Laufe der Zeit durch Legenden, Erzählungen und Lieder ergänzt.

37 *Putilow und Malzew* – Damals beliebte russische Spekulationspapiere.

Pessach – Zu Beginn des Frühlings gefeiertes achttägiges Fest zur Erinnerung an den Auszug der Kinder Isreal aus Ägypten.

Bejss-Hamidrosch – Lehr- und Bethaus.

39 *Chanukka* – Makkabäerfest (Fest der Tempelweihe), an dem während acht Abenden Lichter oder Ölflammen in einer »Chanukka-Lampe« entzündet werden.

40 *Talmud* – Nach der Bibel das Hauptwerk der jüdischen Religion. Der Talmud besteht aus der Mischna, der mündlichen Lehre, die als Ergänzung zur Bibel im 2. Jh.u.Z. schriftlich fixiert wurde, und der Gemara, der enzyklopädischen Diskussion über die Lehrsätze der Mischna.

44 *Jaknhas* – Anfangsbuchstaben der fünf Segenssprüche, die bei einem Sabbatausgang, der auf einen Feiertag fällt, gesprochen werden. »Mit Jaknhas handeln« – soviel wie »sich beschäftigungslos herumtreiben«.

46 *trejfe* – Gegensatz zu »koscher«, unrein im Sinne der rituellen Speisevorschriften.

47 *Goj* – (Plural: Gojim) Bezeichnung für Nichtjuden; auch Nichtwissender, Ignorant.

50 *trejfe machen* – Erhält ein Tier beim Schlachten auch nur die kleinste innere Verletzung, so darf das Fleisch nicht genossen werden.

Askekurdo … – Ganz sinnlose Worte, deren Klang jedoch an die Sprache des Talmuds erinnert.

in den kleinen Buchstaben – Gemeint ist die eigentümliche Form der hebräischen Drucklettern.

51 *Melamed* – Kleinkinderlehrer, der die Grundlagen der jüdischen Religion vermittelt.

Schadchonim – Schadchen, (Plural Schadchonim), der Heiratsvermittler.

52 *Aleph* – Erster Buchstabe des hebräischen Alphabets, hat ungefähr die Form des lateinischen X.

Thora – Die fünf Bücher Moses, der Pentateuch; in Rollenform beim Gottesdienst benutzt.

53 *Chuppe* – Traubaldachin, unter welchem Braut und Bräutigam zusammengegeben werden; er ist über vier Stangen gespannt.

»Chad-Gadjo« – »Das Lied vom Zicklein«, Bestandteil der Haggada (vgl. Anm. zu S. 36).

54 *Challe* – Geflochtenes Weißbrot für den Sabbat und die Feiertage.

57 *Hallel* – Bezeichnung für die liturgische Verwendung der Psalmen 113 bis 118. Der Psalm 136 wird auch im Morgengebet für den Sabbat und die Feiertage gesprochen.

Schischi und Maftir – Abschnitte der Bibellesung am Sabbat; das Aufgerufenwerden zu dieser Vorlesung ist eine große Ehre.

58 *Asmodi* – Böser Geist, Dämon; im Talmud König der Dämonen.

Row – Auch Raw; großer Herr, Ehrentitel für führende religiöse Gelehrte.

sela – (hebr.) Schluß, Ende.

68 *Sliches* – Bußpsalmen, die in den Tagen vor dem jüdischen Neujahrsfest beim Morgengrauen gelesen werden.

69 *der große Tannaite Rabbi Jochenen* – Jochanan ben Zakkai (1. Jh. u. Z.), genannt die »Leuchte Israels«, begründer eines Lehr-

hauses in Jawne. – Tannait ist die Bezeichnung für die frühen Rabbinen.

69 *Midrasch* – (hebr.) »Schriftauslegung«; Bibel- und Talmudkommentar.

77 *Chuppe stellen* – Vgl. Anm. zu S. 53.

80 *Hojschano-Rabo* – Der siebente Tag des Laubhüttenfestes.
sobald der erste Posaunenstoß des Monats Elul erschallt – Im Monat Elul (im Spätsommer), auf den das Neujahrsfest und der Versöhnungstag fallen, wird beim Gottesdienst der »Schofar« (Widderhorn) geblasen.

89 *Zaddik* – wörtl.: der Fromme, Gerechte, Heilige. Bei den Ostjuden auch Bezeichnung des wundertätigen chassidischen Rabbis.

101 *Kosnitution* – Verballhornung des Wortes Konstitution durch Tewje.

105 *Cheder* – Lehrstube der traditionellen ostjüdischen Elementarschule, die die Knaben ab etwa dem 4. Lebensjahr bis zu ihrer Bar-Mizwa, der Aufnahme in die Gemeinde bei vollendetem 13. Lebensjahr, besuchen. Lehrstoff: das hebräische Gebetbuch, die Thora und der Talmud.

106 *hoch zu Roß gekommen* – An Festtagen und am Sabbat ist das Reiten und Fahren verboten.

107 *»Ojdcho«* – »Ich danke dir!« (Psalm 118,21). Dieser Vers wird zweimal gesprochen.

109 *Chasen* – Vorbeter und Kantor in der Synagoge.

118 *Gilden* – Alter polnischer Gulden, 15 Kopeken.

120 *Kaddisch* – Schlußteil des täglichen Gebetes; Gebet von Trauernden für die Seele des Verstorbenen, wird von den Söhnen des Verstorbenen während eines Jahres nach dem Tode dreimal täglich gesprochen. Falls der Verstorbene keinen Sohn hinterlassen hat, kann dieses Gebet von einem Vertreter verrichtet werden.

121 *Jom Kippur* – »Tag der Sühnungen«, höchster jüdischer Feiertag, strenger Buß- und Fasttag mit ganztägigem Gottesdienst; fällt in den September oder Oktober.

122 *Haman* – Nach dem Buch Esther Wesir des persischen Königs Xerxes I., der alle Juden im Perserreich töten lassen wollte. Esther verhindert dies; Haman wird getötet.

123 *Pedozur* – Vgl. 4. Buch Mose, 1, 10.

131 *Mesuse* – Kapsel, eine kleine Pergamentrolle, das »Höre, Israel« enthaltend, ist in jüdischen Häusern an jedem Türpfosten angenagelt. Wird beim Betreten und Verlassen des Hauses geküßt.

132 *Targum Onkelos* – Aramäische Bibelübersetzung.

132 *Bnej-Odom* – Am Vorabend des Versöhnungstages (Jom Kippur, vgl. Anm. zu S. 121) wird das Gebet »Bnej-Odom« gesprochen, wobei man einen lebenden Hahn in der Hand hält. Der Hahn wird später gleichsam als Sühneopfer geschlachtet.

Streimel – Eigentümliche Pelzmütze, die an Sabbat- und Festtagen getragen wird.

138 *Sechsunddreißig Gerechte* – Nach einer Legende besteht die Welt nur wegen der 36 Gerechten, die, von niemand erkannt, ständig unter den Menschen leben.

140 *Megille* – (hebr. Megilla = Pergamentrolle); das Buch Esther, zu Purim verlesen.

147 *Mendel Beijlis* – Der Jude Mendel Beijlis wurde 1911 vom zaristischen Regime fälschlich des Ritualmordes beschuldigt.

Kapore-Hahn – Bezeichnung eines stellvertretenden Sühneopfers am Tag vor dem Jom Kippur. Ein lebender Hahn, bei den Frauen ein Huhn, das man sich dreimal um den Kopf schwingt, übernimmt gleichsam die menschliche Schuld; anschließend wird das Tier geschlachtet.

151 *Tischebow* – (hebr. Tischa be Aw) Der 9. Aw-Trauertag in Erinnerung an die beiden Tempelzerstörungen 586 v.u.Z. und 70 u.Z. Ein strenger Fastentag, der in den Hochsommer fällt.

156 *Kol Nidre* – Einleitender Text im Gottesdienst am Vorabend von Jom Kippur (des Versöhnungstages), daher auch Bezeichnung für den gesamten Vorabend.

138 *Siddur* – Gebetssammlung für den Alltag.

Die Stadt der kleinen Menschlein
(Erstabdruck unter dem Titel »Die Stadt Kasrilewke«
in der Wochenzeitschrift »Der Jud«, Warschau 1901)

165 *»Ansiedlungsgebiet«* – Eine Art Ghetto vom Baltikum bis zum Schwarzen Meer, auf das die Bewegungsfreiheit der Juden im zaristischen Rußland eingeschränkt war.

167 *Schabbes* – Sabbat.

Jehupez – Vgl. Anm. zu S. 9.

Eierzopf – (jidd. Challe) Geflochtenes Weißbrot für das Sabbatfest.

170 *Cheder* – Vgl. Anm. zu S. 105.

Thora – Vgl. Anm. zu S. 52.

Talmud – Vgl. Anm. zu S. 40.

171 *Zaddik* – Vgl. Anm. zu S. 89.

Chmelnizkis Zeiten – Bogdan Chmelnizki (um 1595–1657), Kosakenhetman; Führer des ukrainischen nationalen Befreiungskampfes 1648/54 gegen die polnische Fremdherrschaft. Der Aufstand ging einher mit blutigen Progromen an Hunderttausenden unschuldiger Juden. Über 200 ostjüdische Gemeinden wurden restlos vernichtet.

mit dem Neumond des Monats Elul die »Tage der Klage« beginnen – Im Monat Elul, dem 12. Monat des jüdischen Kalenders (August bis September) sucht man altem Brauch gemäß die Gräber der Ahnen auf.

172 *»Mah towoh ...«* – Wie lieblich ... 4. Buch Mose, 24,5.

Das neue Kasrilewke
(Erstabdruck unter dem Titel »Ganz Berditschew«
in der Wochenzeitschrift »Der Jud«, Warschau 1901)

177 *Beschneidungsfeier* – Ein Grundgebot des Judentums; wird am achten Tag nach der Geburt des Knaben in Gegenwart des Vaters und eines Paten vollzogen und ist mit der Namensgebung verbunden.

182 *Chasen* – Vgl. Anm. zu S. 109.

Pessach – Vgl. Anm. zu S. 37.

183 *Gebetsmantel* – Tallis; viereckiger weißer Überwurf aus Wolle oder Seide mit Schaufäden an den Ecken, beim Morgengebet getragen.

Gebetsriemen – (Tfillin); Lederriemen, an denen eine würfelförmige Kapsel befestigt ist, in der sich Pergamentstreifen mit bestimmten Thora-Abschnitten befinden. Sie werden an Wochentagen von Männern beim Morgengebet am linken Arm und an der Stirn angelegt.

184 *Rasnich towarow, pani!* – (russ./poln.) Verschiedene Waren; mein Herr!; *Renkowitschki simni* (poln.) Winterhandschuhe; *Jak boga kochas!* (poln.) hier etwa: Bei meiner Ehre!

Tischebow – Vgl. Anm. zu S. 151.

188 *Kade* – Geräuchertes Fleisch.

Pampuschki – Piroggen, eine Pastetenart.

Nahut – Eine Erbsenart (fand auch als Kaffee-Ersatz Verwendung).

189 *Indik* – (russ./jidd.) Truthahn.

191 *Borschtsch* – Suppe aus roten Rüben, Weißkohl, Fleisch u. a.

191 *Mazzebällchen* – (hebr. Mazza), ungesäuertes, flaches Brot, für Pessach vorgeschrieben.

194 *Kobilianski* – Offenbar ein lokaler Rothschild.

196 *Wimorosig* – (russ.) Eiswein.

200 *»Koldunja«* – (russ.) Hexe/Zauberin, im Jiddischen eigentlich »Di Kischufmacherin«; Titel einer Komödie von Abraham Goldfaden (1840–1908), dem »Vater des jiddischen Theaters«.
Babe Jachne/Hozmach – Zwei Figuren aus dem obigen Schauspiel.

202 *Hamanrassel* – Purim ist ein Freudenfest anläßlich der Errettung der jüdischen Diaspora im Perserreich vor dem Anschlag des antisemitischen Wesirs Haman (vgl. Anm. zu S. 122). Der Tag wird mit karnevalsähnlicher Ausgelassenheit und mit der Auffrühung von Purimspielen begangen. In der Synagoge verliest man die Megille – die Esther-Rolle. Immer, wenn dabei der verhaßte Name Haman fällt, rasselt man mit entsprechenden Holzinstrumenten und stampft dazu kräftig mit den Füßen.

209 *Spielt einen Tanz, etwas Fröhliches …* – Im Original ist hier die Rede vom »Frejlechs«, einem ostjüdischen Volkstanz, dessen Grundmotiv Noach mit seiner lautmalerischen Anweisung zu charakterisieren sucht.

211 *Lichtersegen* – Bei Sabbatbeginn am Freitagabend zündet man die Lichter an, dabei wird von der Frau des Hauses ein alter Segenswunsch gesprochen.

212 *Wochengesang* – Melodiöser Sprechgesang, in dem der allsabbatliche Wochenabschnitt aus der Thora verlesen wird.

216 *Feststrauß* – Die Rede ist hier, wie auch weiter untern, vom Lulaw, einem Gebinde aus einem Palmenzweig, drei Myrtenstengeln und zwei Bachweidenruten, das während der Fruchtbarkeitszeremonie beim Laubhüttenfest geschwenkt wird, um Regen zu erbitten.

217 *»Scholem Alejchem«* – Das Mißverständnis entsteht, weil das Pseudonym des Autors, die hebräische Grußformel »Friede sei mit Euch!«, in seiner Grundbedeutung verstanden wird.

Das Kasrilewker Altenheim
(Erstabdruck in der Zeitung »Di jidische Schtime«, Riga 1910)

223 *Poljakow* – Großkapitalist, der im zaristischen Rußland mit dem Eisenbahnbau beauftragt war.
Sie trägt ihre eigenen Haare … – Einer verheirateten jüdischen Frau Osteuropas war es untersagt, ihr Haar zu zeigen. Daher war

es üblich, die Haare bei der Hochzeit abzuschneiden und eine den Kopf bedeckende Haube zu tragen. Die Mode der Haube wurde später durch das Tragen einer Perücke ersetzt.

223 *Rebbe* – (jidd.) Herr, Lehrer. Anrede für den bestallten Rabbiner wie auch für den Wunderrabbi der Chassidim.

225 *Wanderstab am Schabbes* – Am Sabbatfeiertag sind alle Arten von körperlicher Betätigung, auch Fußmärsche, die über einen genau vorgeschriebenen Umkreis hinausgehen, untersagt.

228 *Jarmulke* – Kleines rundes Käppchen, Kopfbedeckung der orthodoxen Juden, meist unter dem Hut/der Pelzmütze den ganzen Tag getragen.

Fortschritt in Kasreliwke
(Erstabdruck in der Zeitung »Dos Lebn«, Warschau 1914)

231 *»Hasomir«* – Beliebter Name der um die Jahrhundertwende weit verbreiteten jüdischen Volksmusik- und Gesangsvereine.

233 *Trejfe-Esser* – »trejfe« bedeutet, im Gegensatz zu »koscher«, unrein im Sinne der rituellen Speisevorschriften.

236 *»u« in Jarmulke und Hut* – Im Original steht hier in beiden Fällen »waw«, ein hebräischer Buchstabe, der tatsächlich entfernt an den assoziierten »Storch« bzw. die »Ente« erinnert.

243 *Blutwurst* – Der Genuß von Blutwurst ist den Juden streng untersagt.

244 *der Schweinefleisch frißt ...* – Der Genuß von Schweinefleisch ist den Juden strikt untersagt. Ebenso stellt das Braten von Fleisch in Butter (die Mischung von »Fleischigem« und »Milchigem«) einen schwerwiegenden Verstoß gegen die rituellen Speisegesetze dar.
Der Versöhnungstag – (hebr.: Jom Kippur) ist der strengste Fastentag der Juden. *Vor dem Gebet:* Gemeint ist hier entweder das Morgengebet, vor dem nicht gegessen wird, oder eine Steigerung des Sakrilegs am Versöhnungstag durch den Verweis auf das gemeinschaftliche innige Beten in der Synagoge.

244 *barhäuptig* – Ein orthodoxer Jude hält den Kopf auch beim Essen bedeckt.
Schadchen – Vgl. Anm. zu S. 51.

247 *Ausmusterungsschein/Aufenthaltsgenehmigung* – Unter Zar Nikolai I. war ein Zwangsmilitärdienst von 25 Jahren, die sogenannte »Aushebung«, üblich. Die Aufenthaltsgenehmigung berechtigte

zur freien Wahl des Wohnsitzes innerhalb des »Ansiedlungsgebietes«.

248 *koscher* – Rein im Sinne der rituellen Speisevorschriften.

254 *Tischebow* – Vgl. Anm. zu S. 151.

Jom Kippur – Vgl. Anm. zu S. 121.

Kapore – Vgl. Anm. zu S. 147.

Taschlich-Prozession – Brauch, nach dem Nachmittagsgebet des ersten Tages der Neujahrsfeier an ein fließendes Gewässer zu gehen, um dort in Form von Brotkrumen symbolisch die Sünden des ganzen Jahres fortzuwerfen.

271 *Kaddisch* – Hier: Waisengebet der Söhne bei der Beerdigung der Eltern.

272 *»Lied der Lieder«* – Das Hohelied Salomos.

276 *Rabotaj/Rabossim* – (hebr./jidd.) Meine Herren!

276 *Czernowitz* – In Czernowitz fand 1908 eine nationale Sprachenkonferenz statt, die Hebräisch zu *der* und Jiddisch zu *einer* Sprache der Juden erklärte.

279 *Chasen* – Vgl. Anm. zu S. 109.

Die Textgrundlage der Übertragung bildete die 28bändige Gesamtausgabe »Ale Werk fun Scholem Alejchem«, Wilna/Warschau, 1925/26.

INHALT